人生海海

麥家
MAI JIA

目錄

推薦序

人生海海，傳奇不奇

王德威

麥家在中國大陸享有「諜戰小說之父」之名，在華語世界也廣受歡迎。他的作品如《解密》、《風聲》、《暗算》等描寫抗戰、國共鬥爭時期的諜報工作，波譎雲詭，極盡曲折複雜之能事，在當代文學裡獨樹一幟。也因此，麥家小說不僅被大量改編為影視作品，也早有多種翻譯版本問世。

以麥家受歡迎的程度，很可以如法炮製，以擅長的風格題材延續市場效應。但在頂峰之際，他卻突然收手，蟄伏八年之後方才推出《人生海海》。從書名看來，新作已然透露不同方向。麥家以往作品著眼一項機密訊息的傳遞破譯，一樁間諜遊戲的此消彼長，新作則放大視野，觀照更廣闊其實也更複雜的生命百態。麥家拒絕在舒適圈內重複自己，勇於尋求創新可能，當然有其風險，未來的動向如何，值得注意。

《人生海海》的書名對台灣、閩南地區的讀者而言應該覺得親切。這句俗語泛指生命顛簸起伏，一切好了的感觸；有種世事不過如斯的滄桑，也有種千帆過盡的釋然。麥家沿用這一辭彙，顯然心有感感焉。小說從民國延伸到新世紀，道盡大歷史的風雲變化，也融入了他個人的生命經驗。故事發生在浙東富陽山區，正是他的所來之處。

小說圍繞一個綽號為上校的人物展開，他出身浙東山村，因緣際會，從一個木匠入伍，自學成為軍醫，歷經抗日戰爭、國共內戰、朝鮮戰爭，最後來到文化大革命。出入這些歷史場景，上校有了匪夷所思的冒險。他是出生入死的軍中大夫，也是風流無度的好色之徒；他曾當過和尚，更曾捲入諜報工作，周旋國共、日寇、漢奸集團之間。上校孑然一身，卻身分多變——他另一個外號竟是太監。而一切風風雨雨皆指向其下腹的刺字。那刺字寫些什麼？如何發生？何以成為人人希望一窺究竟的謎團？謎樣的上校或太監終於在文化大革命期間遭遇巨大衝擊。

熟悉麥家的讀者，可以看出《人生海海》與此前作品的關聯。他寫戰時情報人員詭祕的行徑、驚悚的冒險，可謂得心應手。但在新作中，麥家的野心不僅止於敘述一個傳奇人物而已，他同時著眼於發掘這一人物的前世與今生。於是，上校的出身與之後回歸農村一一來到眼前，村中的四時變化、人事遭遇烘托出一段又一段的時代即景。這些描寫時以抒情韻味投射麥家的個人鄉愁，但卻更常凸顯一個南方鄉村的種種陰暗與閉塞。外面世界的天翻地覆與其說帶來村中的改變，不如說反照了改變的艱難。所有的矛盾與挫折在文革時爆發，首當其衝的正是像上校這樣歷經大風大浪，出走而又回返的人物。

這使全書的視景陡然放寬。麥家所關心的不僅是上校個人的遭遇，更是他與老少村民在閱歷和價值觀的劇烈差距。而雙方所付出的代價是慘烈的。麥家善於講故事，以往諜報小說裡的布置——有如《風聲》的蜚短流長、《暗算》的背叛與被背叛、《解密》的懸而不解——仍然不缺，但爾虞我詐的戰場則融入日常生活中。當大是大非的教條轉化為瑣碎的家常倫理，當堂而皇之的革命遭遇卑劣的人性時，一切變得如此黏滯曖昧，猶如魯迅所謂的「無物之陣」。

小說安排的敘事者是個少年，他的天真與苦悶恰恰與上校的神祕與世故形成對比。事實上，這位少年的成長和回顧才是小說的真正主軸。透過少年好奇的眼光，上校的一生逐漸浮出地表。就此，小說分為三部。第一部分交代上校在文革前後的背景和遭遇；第二部分則藉不同角色之口，倒敘上校早年傳奇；第三部分則跳接到當代，昔日的少年漂泊到西班牙，如今步入老境，回返故鄉，因為尋訪上校而發現更驚人的祕密。

細心的讀者不難理解麥家如何利用敘事方法，由故事引發故事，形成眾聲喧譁的結構。居於故事中心的上校始終沒有太多自我交代——他在文革中受盡迫害，最後其實是瘋了；反而是周遭人物的臆測、捏造、回憶、控訴、或懺悔層層疊疊，提醒我們真相的虛實難分。然而《人生海海》不是虛應故事的後設小說。麥家顯然想指出，寫了這麼多年的諜戰小說，他終於理解最難破譯的密碼不是別的，就是生活本身。

上校與少年來自同一山村，分屬兩代，命運極其不同，卻有出人意表的糾纏。麥家寫作一向精準細密，對這兩個人物的關係處理可見一斑。他們都是孤獨者，各自被「拋擲」到世界裡甚至世界外，由此展開生命之旅：上校投入戰爭與革命，歷經冒險與沉淪；少年偷渡前往馬德里，遭受無限的異國艱辛。比起來，上校的故事有諜報、有女色，還有縱欲、殺伐、情愛和背叛，而少年的故事則是一個海外遊子從無到有、資本主義式的創業寓言。但少年離鄉背井的原因又和他的家族與上校的恩怨息息相關。上校神祕的英雄氣質讓少年著迷不已，相形之下，少年在海外那些涕淚飄零的經驗反而是小巫見大巫了。多少年後，老「少年」還鄉，還是不忘故人；他必須挖掘上校最不可告人的祕密，以此完成上校的故事，以及自己（遲來的）成長儀式。在最奇特的意義上，他們成為不自覺的師徒。

《人生海海》前兩部分固然可觀，但真正讓讀者眼睛一亮的是第三部分。這一部裡，麥家的敘事速度突然加速，將少年與上校雙線情節合而為一，同時與上校背景一樣神祕的妻子林阿姨登場。這位女性是全書的關鍵人物，麥家筆下的她極其動人。經由她娓娓道來，上校的過去——他的風流往事、政治立場、婚姻關係，還有下腹的刺青……一一釐清——至此真相似乎大白。但上校本人早已智力退化如兒童，無從聞問了。故事急轉直下，聽完上校一生之謎最後的「解密」，老去的少年（還有麥家自己，以及理想的讀者）不得不喟然而退。

《人生海海》著力處理許多深沉的話題，善與惡、誘惑與背叛、屈辱與報復、罪與罰，此消彼長，載沉載浮。都說愛和時間能夠帶來寬宥和解，麥家也的確以此為小說添加正面色彩。但俱分進化，無有始終。愛或時間果然能證明或抹消生命的糾結麼？小說的敘述者何其有緣，認識了一位傳奇人物，但在講完／聽完上校的故事後，就像英國詩人柯勒立芝（Samuel Taylor Coleridge）《古舟子詠》（*The Rime of the Ancient Mariner*）裡的那個年輕人一樣，變得成熟了，卻再也走不出憂鬱。我們想到沈從文在《三個男人與一個女人》的一段話：

> 我老不安定，因為我常常要記起那些過去事情。一個人有一個人命運，我知道。有些過去的事情永遠咬著我的心，我說出來時，你們卻以為是個故事。沒有人能夠瞭解一個人生活裡被這種上百個故事壓住時，他用的是如何一種心情過日子。

麥家作品一向以傳奇取勝，《人生海海》高潮迭起，依然能滿足讀者期望。但我認為這部小說真正意圖是以傳奇始，以「不奇」終。「傳奇不奇」語出沈從文另一名篇之標題。所謂「不奇」，不在於故事吸引力的有無，而在於作家或敘事者從可驚可歎的情節人物裡，體悟出生命不得不如此的必然及惘然。這是人生的奧祕，還是常識？

《人生海海》的基調是幽暗的，小說的終局甚至鬼氣彌漫。而我以為這才是麥家作品從過去到現在的底色。他的諜報小說之所以如此動人心魄，因為寫出常人常情常理所不能、也不敢碰觸的祕密——絕對威脅也是絕對誘惑。他的人物在愛國或叛國的表面下，都散發一種頹廢耽溺的氣質，甚至忘我。上校的故事何嘗不也如此？《人生海海》試圖將這樣的感受擴大，作為回看故鄉甚至歷史的方法。危機是真實的，冒險是奇異的，真相是虛無的。如何將傳奇寫成不奇，這是很大的挑戰。

據說這是麥家策劃寫故鄉的首部，他將如何講述未來的故事，令我們無限好奇。

推薦序

「解密」的另一種途徑

——讀麥家長篇《人生海海》

程德培

一

麥家因其《解密》和《暗算》而名揚天下。就其文類而言，被歸於「諜戰小說」一檔。其實在這些長篇之前，麥家也寫過不少中短篇，這些與「記憶」有關的作品被人稱之為「小人物系列」。《刀尖》之後，麥家曾表示要「抽身而去，開闢新的『陣地』」。這不，差不多十年過去了，我們等來了長篇新作《人生海海》。起先，我不懂「人生海海」何意，只是讀到小說最後一章才得知，這是「一句閩南話，是形容人生複雜多變，但不止這意思，它的意思像大海一樣寬廣，但總的說是教人好好活著而不是去死的意思。」小說的主旨和作者的追求變數由此可以想像。

《人生海海》試圖告別過去的「諜戰」、「特情」或「密碼」之類的稱謂，但要做到脫胎換骨談何容易。比如講故事，那可是麥家的立身之本。《人生海海》中，故事不止捲土重來，而且變本加厲。故事總是社群的生活，離鄉的奔波和返鄉的旅途總是其常見的形態，其中有著可以傳遞經驗的「忠告」，專注於無名的畏懼，關注於並不靠譜的閒話和傳說。於是，我們跟隨眾說紛紜的故事，來到了一個老式江南村落：一個前靠海龍山，後有老虎山的雙家村，那裡有著無盡無止的言說，「爺爺和老保長在祠堂門口享太陽，嚼舌頭。」就古老村落而言，故事總是有空的，總是在場，總是在身邊，它一刻不停的看護著我們，為我們打發閒暇的時光，既為我們排憂解難又挑逗我們的好奇心，使我們沉迷於恐懼的焦慮之中。於是，村裡的怪人怪事，上校的鬼屋及其傳說便隨風而至，隨聲而落。

記得麥家在談到《風聲》時曾說道：「為什麼我取名為《風聲》？風聲這個詞就蘊含著一些不確定性，『風聲』是指遠處傳來的消息，這個消息是真是假我不知道。從某種意義上說，歷史就像風聲一樣飄忽不定，真假難辨。至於誰的說法是真，你自己去判斷吧。所謂歷史就是一些不同的講述，我們永遠無法抵達它的真相。」這段話對《人生海海》來說依然有效。隨著太監之謎，上校傳奇的軍旅人生的降臨，我們的閱讀始終徘徊在尋找真相的旅途中。上校即太監，他無疑是小說的中心人物。就像古老的英雄傳奇陷於世俗的人云亦云，以訛傳訛的言辭，涉足於各種不同之人層疊交錯的講述一樣。奇怪的是，上校並不直接和我們照面，他也從自我講述和坦露心聲。他的故事、祕密和人生都是被爺爺說、老保長說、小瞎子說、阿姨說，以及那個敘事者的「我」說所包圍。《人生海海》充斥著不同的故事、傳說和猜疑想像，不同的人講的故事都是背面和側面，都是片段和碎片，故事一個接一個，東一個眼見，西一個耳聞，講有講者的情感判斷，聽有聽者的想法和闡釋。甚至每個人講故事的方式也不同，比如，「老保長講故事的樣式跟爺爺比，有兩多一少，多得是廢話和髒話，少的是具體年份」；而阿姨總「是一個表情：沒有表情的表情，波瀾不驚的樣子，一個腔調：風平浪靜落雪無聲的樣子，事不關己高高掛起的腔調。」

上校作為一個完整形象的曲折人生，在無數的故事和傳說中逐漸成形並完成拼圖，而小說的敘述者「我」則在敘述中完成自己的成長故事。從這個意義上說，這是一部複調結構的作品，它是由說者和聽者共同完成的小說，它讓兩個陌生的人在絕對親近的地方中相遇。儘管他們的相遇總是陰差陽錯，當其中一個成熟長大時，另一個則心智尚未成熟；而當後者成熟長大時，前者則早已瘋癲，心智又回到了幼年。

二

解密的動力來自祕密，而圍繞祕密講故事一直是麥家難以擺脫的敘事衝動。太監之謎對少校而言是個不能揭示的祕密，為了保住祕密他「甘願當太監、當光棍、當罪犯」。圍繞著這個祕密，各種傳言、猜測、胡編亂造和確有實證的親眼目睹此起彼伏，時而洶湧，時而沉默，它構築著上校的人生傳奇和坎坷命運。當一個人不知道自己是誰的時候，自然而然也就會尋找他所歸屬的群體。莎士比亞提出過，「存在或不存在的問題。」普魯斯特則提出「屬於或不屬於」的問題，也就是歸屬問題。對於無法回答自己是誰的人，歸屬可以讓他找回意義、交流和存在。而現在為了守住這個祕密，回歸故鄉的上校，不僅身分成了問題，歸屬則更無法尋求。太監之稱成了閹割的焦慮，鬼子留下的髒東西成了恐懼的符號，成了眾人好奇之源，待解的密碼。他唯一相伴只是被人稱之為「活菩薩」的母親和那兩隻相依為命的貓。

上校的傳奇生涯成就了村落的故事之源。他是那麼的與眾不同，故鄉之人成了參與分享故事的局外人，而他呢，則是進入生活的被放逐者。上校既是英雄又是惡魔般的鬼怪之人，他既是聖人又是個「瘋子」或罪人，無論如何都是個有疑問、有祕密的人物。在一個隨波逐流和服從慣例的世界裡，這個人物的真實身分被淹沒；而在那個黑白顛倒的瘋狂歲月，真相成了個千古之謎成了奇談怪論。正如本雅明所說的那樣，命運其實就是生者與罪過之間的關聯。了解善與惡的命運，即通過惡來了解善的命運。一個時代誤解了另一個時代，一個卑鄙的時代用它自己的方式誤解了所有其他的時代。

太監之謎固然重要，圍繞著它的揭祕過程貫穿全書，也規定了敘事時間。但伴隨著揭祕的進程，我們也能感受到世態炎涼的「鬼氣」和時代變遷的暴力和張力。上校的故事是那麼動人，「有時間有地點有人物有事件，情節起伏，波波折折，聽起來津津有味，誘得蟋蟀都閉不攏嘴不叫，默默地流口水。」上校如此，其他人的故事又何嘗不是如此呢？比如直到第三部才登場的林阿姨那與上校愛恨情仇的故事，還有作為一個「民間思想家、哲學家、評論家，是我課外的同學和老師」的爺爺，因一時輕信的出賣行為，最終只能自殺身亡，包括那個大喇叭「老保長」的上海歷險等等。總之太監之謎發酵了一系列事件，它是一系列次生故事的創造者，它也同時成就講故事的一些要素：奇蹟、壯觀、魔法、魅力，甚至是鬼迷心竅。

隨著故事的進展，我們漸漸明白，太監之說的來由並非男人的那東西存在與否，相反，而是它特別的巨大，神奇到了可以成為軍統打入日偽內部的「利器」。問題出在了川島芳子刻在其小腹上的字，成為了上校終身的禁忌，如同真正的祕密一樣，它是不能大白於天下的。那些字形同閹割一般，讓上校過上了「太監」的生活，失去了男子的武功和無法收穫應當如期而至的愛情。儘管那碩大的陽具依然存在，但已名存實亡，成了令人害怕的東西。

總之，這個故事太曲折離奇，太匪夷所思。將一個與眾不同的英雄之奇特人生安放在太普通不過的村落，讓一個瘋狂的時代去撬動千年沉澱的道德倫理和良心底線，結果只能是不可思議。我們想要簡單地概括它或許是件冒險的事。雖然小說最終對敘事的疑點有所交代，對離奇之處有所解釋，特別是臨近結局抖露出太監之謎的全部真相，但對上校之悲劇性人生我們依然無法釋懷，對上校之命運所引起的困惑和茫然依然無法消除。太監之謎被解祕，但上校之人生命運還遠未解讀。作為人物形象，上校是離我們那麼遠，又那麼近。要理解自尊的幽暗和深不可測，要想安放一顆漂泊的心，我們或許還不如那兩隻與上校相依為命的黑貓白貓。

祕密的本質在於，無論如何也不能「揭示」它，就不能揭示它而言，它仍然是祕密。但祕密之所以吸引我們，就在於它催生了揭開它的欲望，這種欲望的持續正是敘事的時間。我們通常把祕密當作一種揭示，另一方面，也存在著一種真正的祕密，絕不能通過任何一種方式揭示出來。太監之謎似乎是解了，但少校的人生之謎依然存在，它以一種悲劇性的方式超越了我似曾相識的歷史階段，又以不同的方式暗算著我們各自的人生，以一種不完美的方式去想像一種完美。

三

雙重祕密突顯了上校不凡之處，這位出生時因胎位不正而大費周折來到了人世的奇才，「十七歲參軍，從打紅軍到打鬼子、打解放軍、打蔣介石、打美國佬，半輩子在前線戰場上」，他當過軍統，是位神槍手，更多的時間是一位天才的神奇軍醫，用林阿姨的話來說是「被他救過命的人也多了去」。殺戮與拯救構築了上校的英雄傳奇，也是其人生祕密的鎖和鑰匙。一方面，在昔日的背後隱藏著某種結構性的東西，它抗拒著我們；另一方面，一種結構化的東西又隱藏在我們自己的成見或現實意願裡，並決定著我們對他們投去的好奇目光。如何在失憶的世界裡，銘記鐫刻過往的歷史和事件，如何回溯社群在不同的時間點上受主流意識的侵襲、洗腦壓迫和支配性的創傷。「現在」總是驅逐著「過去」，並欲取而代之。「過去」總是有令人不安的熟悉的身影，死者總是令人揮之不去，悔恨不已又是一種暗自不斷的咬噬。恰如佛洛伊德在《一個幻覺的未來》中指出的：「生命，如同強加在我們身上的命運，對我們來說太過艱難，它為我們帶來太多的痛苦、失望，以及無法解的問題。」生命的要旨到底為何？曾被這個問題所縈繞的是宗教。它曾經如黑格爾所說，是享有保障的避難所，無此人類就無法去承受世界的茫然。但宗教死了以後，無論是被解放的人性之意識形態，還是掙脫了束縛的自然科學進步，卻沒有提供有效的替代物。對上校而言，生命的意義並不是契約通常總有一個終止的日子，而是誓約卻總是持續到死。

在一個極端瘋狂的年代中，上校的命運不是死亡就是發瘋。發瘋是死的另一種形式。於個人而言，選擇發瘋是避免永久的牢獄之災或槍斃，對敘事而言，發瘋才使得故事得以延續，唯其如此，麥家理想中的愛情故事才得以浮出水面。《人生海海》全書三部二十章一百節。到了第三部，時間好像洶湧澎湃，用迅猛的力量，將人和事快速推向各個方面。自從「我」逃之海外，經歷了各種磨難之後，分別以一九九〇年代和二〇一四年為回歸故鄉的兩個時間點，自身的情感故事和奮鬥史與上校的人生落幕和祕密的最終揭曉互為映襯、相互補充。就像小說中所提醒的，「我有兩個時間。我必須有兩個時間，因為我被切成兩半，一半在馬德里，一半在中國。我已經六十二歲……」，「我已經等了二十二年，每天用記憶抵抗漫無邊際的思念，用當牛作馬的辛勞編輯回來的夢。」

回鄉之路的講述古已有之。歷史上奧德賽是一個最終成功的受苦受難的形象，而正因為如此，他才遭到了柏拉圖主義者，但丁以及大多數蔑視「大團圓結局」的現代人之詬病和修正，認為他的漫遊就是可能的神聖完美的徵兆，而應該間接地看到「薛西弗斯的幸福生活」。「人生的意義不是對某個問題的解答，而是關於某種生活。它不是形而上的，而是倫理性的。它並不是脫離生活，相反，它使生命值得度過——也就是說，它使人生具有一種品質、深度、豐富性和強度。」我以為，特里．伊格爾頓這段回應是值得我們思考的。

上校和「我」都經歷了回鄉，前者的傳奇成了一種祕密，而後者多少有點榮歸故里的味道；前者成就了人生的意義雖不乏悲劇性，後者雖經歷坎坷還是多少有點大團圓之嫌疑。不過「我」的還鄉確擔負著「視角」的功能，不但兩次返鄉完成了小說的結尾，而且故鄉的變化，從經濟發展污染到治理污染的變化雖有點浮光掠影，我們也是感同身受的。雖然，這段歷史離我們太近，無法以超然的態度重新講述，但由於這段歷史又經歷太多的變故，今天重溫似乎又覺得離我們太近，又很難身臨其境的覆述呈現其客觀性。相信麥家一定在書寫中能感受到其難度，但習慣在尖刀上行走又是其寫作的秉性，要其不寫還真不行。

《人生海海》的結尾依然承擔著解密的重任，太監之謎終於得到了揭示，小腹上所刻之字也終於在我的見證之下以修正的方式大白於天下。但這個天才是有限的，它局限於故事的天下，存活於說與聽的世界之內，誕生於某人在某種場合對一個側面的供述。隨著阿姨的最後陳述，隨著上校的妻子，「作為一個前麻醉師，阿姨以最為職業的方法結束了自己，追隨愛人而去」，一個淒美的愛情故事隨之誕生，差不多活了一個世紀的老人也終於離開了我們閱讀的視線。人究其實質而言就是我們關於他人的記憶。我們稱之為生命的東西，歸根結柢就是一張由他人的記憶編成的織錦。死之到來，這織錦便散開了，人們面對的便僅有一些偶然鬆散的片段、一些碎片。弗蘭克．克默德在《結尾的意義》中有一個著名的論斷：「結尾」是一個象徵著我們自己的死亡的形象，所以，它是可怕的，然而我們內心深處也有著對各種「可理解的結尾」的需求。雖然我們不願意面對自己的死亡，但對克默德來說，「結尾即是生命中的事實，也是想像中的事實。」太監之謎對雙家村的人來說，曾是眾口不一的傳說和猜測，面對有過部分共同經歷的見證者來說，又是部分的講述，不同側面迂迴的故事，《人生海海》不止是故事，還需要結構的組合。結構還是不同敘述的組織者，所以那個敘述者「我」的成長故事、海外經歷、「我」的所見所聞、「我」的說和聽或轉述才得以成為不可或缺的存在。可惜的是，那些曾經太想知道結尾的同村人都以不同的方式共同的宿命過早地離開了我們，剩下的只是那一座座的墳地。爺爺、父親、母親與老保長、老瞎子都走了，他們都帶著各自的部分知曉，各自既同又異的認知方式，道德評判，甚至懺悔和各自的想像過早地離開了結尾。正像彼得．布魯克斯認為的，一切敘事「本質上都是訃告」，它們的意義只有死後才能呈現。

四

麥家曾經說過，「我筆下的英雄都是悲劇性、不完美、不成功，沒有一個笑到最後的。」對此，小說家何大草這樣評述：「麥家的小說敘述到最後，幾乎都是走向毀滅。無論是N大學數學系高材生陳華南，還是陸家堰村目不識丁的瞎子阿炳，一個是破譯密碼的天才，一個是搞監聽的奇才，卻被自己的天才戕害了，如同一個用矛刺穿自己的盾。陳華南可以看得太遠，所以看不到腳下的陷阱；阿炳可以聽到最細微的天外之音、地下之聲，連帶也就聽到被欺騙的聲音。悲劇為什麼會發生？答案是一個死結。不然，怎麼叫做天才的悲劇呢？」

《人生海海》也寫英雄，但其處境已然不同。英雄的悲劇性書寫難以擺脫，但其生存的難處始終和時代的風浪休戚與共，隨普通人的「心靈法則」和「良知起伏」而波動。麥家的傳奇也不乏古怪的故事和人物譜寫的是一首英雄詩和愛的傳奇，它是既古老又那麼的現實，我們則在迷茫和困惑中被震撼了，一種難以理解的動人心肺縈繞著我們。即便我們要求助於隱喻和象徵也解決不了什麼問題。一位生命的嚮導卻被命運的悲劇烏雲所籠罩；一種既愛又恨的心理情感讓我們難以釋懷，菩薩心腸不離不棄但魔鬼般的惡卻又如影隨形；生與死可能容易分清，但要善惡分離卻沒那麼容易。傳奇人生是那麼的不同一般，可他的悲劇人生卻讓我們觸摸到了人人皆知的現實處境，包括腳踏實地的故土，清晰可辨的村落圖景，以及無法忘卻的瘋狂年代。

英雄詩為人格撰寫，人格外殼對我們是如此生死攸關，脫去它就要冒死亡或瘋狂的危險，這也是為什麼上校即使瘋癲也不忘記要抹去那刻在他小腹上的恥辱之字的原因所在。人格是抵抗絕望的神經性的防禦性機制，他無法承認真實的人之處境，無法忘記真正令人害怕的東西，他所經歷的死亡與再生，正如帕爾斯所說：「死而再生，談何容易」。「不容易」是因為，人身上需要死的東西是如此之多。上校的人生經歷無數的槍林彈雨，出手超越敵我的手術刀的人道搶救，經過失去自我的恐懼和堅不可摧人格的廝殺，囚禁與逃亡的輪替，瘋狂的重影互為替身的幻想等，經歷了九九八十一難，在愛神的眷顧下，那些恥辱之字「最終變成了一幅畫，一棵樹，褐色的樹幹粗壯，傘形的樹冠墨綠得發黑，垂掛著四盞紅燈籠」。具有象徵意義的是，上校唯一的遺產便是那套用金子打製的醫用手術刀具。

「我」終於講完了他的故事，當然也同時裹挾了「我」的成長史，曲折難忘的奮鬥史。麥家想通過這個複調式的故事來推進其小說的轉型和升級。效果如何？各人自有評說。我的感覺是，作者為此付出諸多努力，比如語言和結構，除了將你說，我說，他說的故事片段如何熔為一體之外，還有一個「報紙上說」不斷穿插全書，每每讀到這裡我都回想起自己走過的那些個歲月，那時什麼

「教育」也沒有，除了「報紙上說」外還有什麼？還比如何將奇人奇事納入當代生活的變化，如何借助故事的魅力拓展小說作為一種體裁所給予我們的幫助，那就是幫助我們理解人類生活的多樣性和我們自身道德的偶然性……但是，我們也應該看到，一個再了不起的作家也是人而不是神，某些與生俱來的才能要擺脫也難，就像那種近乎偏執的想像，又像對祕密和守護祕密的青睞等。想像或許是現實存在的反面圖像，一個被靈感震撼的世界，一種認識官能有機的相互作用，一種為意識與無意識相互滲透的解釋圖式或是一種急於表達的被剝奪的方式。有個作家認為，「偏執狂似的想像是一種反叛和脫離社會的特殊方式，但不僅如此，他還將它比作一種迷幻藥。他認為，它撕破了生活的陳腐而使人麻木的表層，使他接觸到某種更深刻和更豐富的，但不幸也可能是虛幻的事物。最為重要的是，它使他感到自己更充滿活力，有一種比官方的理性文化所敢於承認的更加強烈和絕對的自我。它是一種『震顫性譫妄，是思想犁鏵在震顫中填平畦溝』。它還近似於一種生存的強烈情感，這種情感是某些宗教經驗的特徵：『用水也能點燈的聖人，其記憶差錯代表上帝氣息的遠見卓識者，真正的偏執狂——對他來說，無論是在充滿歡樂還是藏有威脅的領域中，一切都在組織他自己的中心脈搏周圍……』」（〔美〕莫里斯．迪克斯坦著，方曉光譯，《伊甸園之門》，上海外語教育出版社，一九八五年，第一二五、一二六頁）這個作家便是平欽，他在為自己的想像力特徵所做的辯護時如是說。

《人生海海》講究複調，它經常讓兩股不同的敘述力量在那裡拉拉扯扯。麥家又是一個喜歡不斷反覆重寫自己作品的作家：《密碼》改寫了十年，《刀尖》寫於二〇一一年，一直到二〇一五年還在修訂。不知《人生海海》會不會改寫，如果會的話，不知將如何修訂？

二〇一九年三月三十日於上海

第一部

第一章

1

爺爺講，前山是龍變的，神龍見首不見尾，看不到邊，海一樣的，所以也叫海龍山；後山是從前山逃出來的一隻老虎，所以也叫老虎山。老虎有頭有頸，有腰背，有屁股，還有尾巴和一隻左前腳——因為它趴著在睡覺，所以光露出一隻。前山海一樣大，崇山峻嶺，像凝固的浪花，一浪趕一浪，波瀾壯闊。老虎翻山又越嶺，走了八輩子，一輩子一千年，累得要死，一逃出前山，跳過溪坎，脫險了，就趴下，睡大覺。這樣子，腦頭便是低落的，腰背是耷拉的，屁股是翹起的，尾巴是拖地的，並甩出來，三隻腳則收攏，盤在身子下。唯一那隻左前腳，倒是盡量支出來，和甩出來的尾巴合作，一前一後，鉗住村莊。

登上山頂——老虎屁股——往下看，村莊像被天空的腳蹄踏著，也像是被一聲口令聚攏起來，顯得緊密。其實是散亂的，屋子排的排靠的靠，大的大小的小，氣派的氣派破落的破落。這是一個老式的江南山村，靠山貼水，屋密人稠。屋多是兩層樓房，土木結構，粉牆黛瓦；山是青山，長滿毛竹和灌木雜樹；水是清水，一條闊溪，清澈見底，潭深流急，盛著山的力氣。溪水把鵝卵石刷得光滑，鋪在弄堂裡，被幾百年的腳板和車輪——獨輪車、腳踏車、拖拉機——磨得更光滑，有勁道。弄堂曲裡拐彎，好像處處是死路，其實又四通八達的，最後都通到祠堂。

祠堂威風凜凜，地主一樣霸占著村裡最闊綽的一塊空地和一棵大樹。樹是白果樹，也叫銀杏，樹幹粗得沒人抱得住，梢頭高過祠堂頂尖，喜鵲很安耽地在上面做窠、下蛋，生出下一代。春暖花開時節，嫩綠的葉苗像一支祕密部隊，從條紋狀的樹皮下鑽出，便一發不可收拾，發瘋似的向天空和枝椏爭搶地盤；要不了幾天，扇形的樹葉密密麻麻，隱起枝椏，遮天蔽日，擋風避雨，召集全村的麻雀都來過夜。秋末冬初，風是染料，把碧綠的樹葉子一層層染，最後染成黃銅色。一夜寒風，樹葉紛紛落地，鋪滿祠堂門前，蓋住青石板，跟著人的腳步混進周圍弄堂。弄堂沒規矩，卻總是深的，腸子一樣伸曲，寬的寬，窄的窄；寬的可以開拖拉機，窄的擠不過一副肩膀，只夠貓狗穿行。

春末秋初都是夏天，像夏天的凌晨四五點和夜晚七八點都是白天一樣。

每到夏天，村子像得了疾病，把人折磨得死去活來。首先是忙，田地要勞作，畜生要侍候，屋漏要補，洪水要防，陰溝要通，茅坑要清，牛欄、豬圈、雞窠、鴨棚、兔窩裡的牲畜都來添亂，一堆事，像疹子一樣發出來，日子再長也不夠用。因為熱，挨家逐戶，門窗都敞開，人都袒開身子：男人赤膊，穿短腳褲，女人也穿得短薄，袒肩露胸，亮出白肉，臉上汗涔涔的。人出汗，屋牆和家具也出汗，潮濕濕的。村子捂在山窩裡，三面不通風，熱氣散不開，被悶成瘴氣，爬上牆，或躲在陰暗角落。

弄堂裡有穿堂風，雖然風裡裹著陣陣惡臭，但大家照樣搬出桌椅，攤在弄堂裡吃飯、納涼、談天，咫尺之外，甚至腳下就是陰溝。陰溝裡爛著死老鼠、泥淖、狗屎、雞糞、小孩子的屎尿，它們在黑暗裡竊竊私語，吐出滿嘴臭氣。但這算什麼？我們不怕臭。只有蟲子才怕臭，敵敵畏一噴，死個精光。人要怕臭怎麼活？誰去澆糞？誰去噴農藥？這些活大家都搶著做，因為輕便，也可以順手牽羊照顧一下自家莊稼。

總之吧，每到夏天，村子像剝了殼的餿粽子，黏糊糊又臭烘烘的，人總忙叨叨的，各路蟲豸也總不安生：蒼蠅、蚊子、蟋蟀、螢火蟲、壁虎、螞蟥、螞蟻、蜻蜓、螞蚱、蜈蚣、毒蛇、蜥蜴、毛毛蟲，四面八方冒出來，尋死覓活扎進人堆，加到我們生活裡，給我們添亂、生事、生病，等著冬天來收拾。

到了冬天，村子像裝了套子，一下子封閉了，清冷了，安靜了。尤其落雪天，靜到素雅，鵝卵石鋪陳的弄裡堂外，雞犬無影，雪落無聲，人影稀落。積了雪，即便有人走過也聽不見平時各人各樣的腳步聲。積雪像木工房裡的鉋子，糕點鋪裡的模子，把各人各樣的腳步聲都刨成一個樣，壓成一個形，聽上去只有一個聲：嚓。

嚓——

嚓——

嚓——

聲音瓷實、壓抑、單調、僵硬，不像人在走，像鵝卵石在走。像死了千年的鵝卵石，有一塊——興許是兩塊——成了精，活了，從雪底下鑽出來，在雪地上跳，殭屍一樣的。獨有一人走過，聲音是出格的不同，不是嚓，而是咯！分明比嚓著力、堅硬，尖利而短促。

咯！

喀！

喀！

聲聲刺耳，步步驚心，像冰封的雪在被刀割，被錘擊。

這聲音經常在黎明朦朧的天光裡，或夜深人靜的月光裡響起，在逼仄的弄堂裡顯得突兀、大膽、凶悍，殺氣騰騰的，一下子躥上屋頂，升到空中，在天上響亮，在寂靜中顯得空曠、遙遠，像從黑雲或月亮上傳來的。

每當響起這個聲音，爺爺就講：「聽，太監回家了。」或者：「太監又出門了。」

同樣聽到這個聲音，父親則笑：「嘿，上校回家了。」或者：「上校又出門了。」

2

上校就是太監，是同一個人，不同的是叫的人，有人叫他——太監當然不是女性——太監，有人叫他上校。少數人當面叫他上校，背後叫他太監，比如我爺爺；多數人當面背後都叫他上校，比如我父親。叫太監畢竟難聽的，所以滿村莊大幾千人，沒一人會當面叫他太監。只有調皮搗蛋的小孩子，有時結成團夥，衝他唱歌一樣叫：

「太監！啪啪！太監！啪啪！」

擊著掌，和著聲，有節奏，像大合唱。

多數時候，他埋頭走，不理睬，因為人多，睬不來。少數時候，他會做樣子追趕，嚇得大家抱頭鼠竄。有一次，小瞎子耍威風，獨個人衝他叫。當時他正趴在自家屋頂上在通煙囪，高空作業，危機四伏，小瞎子以為他下不來，叫得囂張得很。哪知道，才叫兩聲，只見他手腳並用，像隻猴子，從高高的屋頂上噌噌噌翻下來，然後不依不饒地追。追出兩條弄堂，硬是把小瞎子捉住，按倒在地，撕開他嘴，灌了一嘴巴煙囪灰。

小瞎子是我表哥同學，上課坐一張板凳，下課總淘在一起，手腳一樣的。因為他爹是瞎佬——真正的瞎子，黑眼珠是白的——所以叫他小瞎子。這是綽號。學校裡，村子裡，有名的人都有綽號，什麼太監、上校、雌老虎、老巫頭、老瞎子、小瞎子、活觀音、門耶穌、老流氓、狐狸精、拖油瓶、跟屁蟲、蹺腳佬、肉鉗子、白斬雞、紅辣椒、紅燒肉等等。我父親叫雌老虎，爺爺叫老巫頭，表哥叫長頸鹿，我在班級裡最好的淘伴叫矮腳虎，矮腳虎爺爺叫蹺腳佬，老保長叫老流氓。他們都是村子或者學校裡掛名頭的人物，出頭鳥，經常被人掛在舌頭上。

爺爺講：「綽號是人臉上的疤，難看。但沒綽號，像部隊裡的小戰士，沒職務，再好看也是沒人看的，沒斤量的。」

小瞎子在學校裡的斤量十足，像秤砣。他有爹沒娘，爹瞎佬一個，管不牢，養不教，成了野小子，淘氣鬼，膽子比癲子大，老是闖禍水，老師都討厭他，有的還怕他。但這回徹底被上校嚇破膽，慫得尿褲子，像個破雞蛋。我和表哥親眼看見的，他滿臉滿嘴烏黑塗鴉的菸灰，像活鬼，哭得跟殺豬似的響，聲音裡攙進血，四面濺，驚得樹上的鳥兒都逃進山，真正可怕！

這年小瞎子十三歲，說到底還是軟殼蛋，經不起事，平時看他英勇得很，真正來事就慫了。晚上，我把這事拿回家講，父親聽了少見地眉開眼笑，一口口罵小瞎子活該，幸災樂禍的樣子，像個小孩子。

爺爺訓他：「你有沒有道德，連小孩子都打，什麼人嘛，你還幫他站話。」

父親頂他：「什麼小孩子，一個小畜生，有人生沒人養的東西。」回頭警告我，「以後少跟這小畜生玩。」

我說：「我從不跟他玩，是表哥，天天跟他玩。」我才十歲，一隻黃嘴鳥，藏不住話。

父親瞪一眼，罵表哥，實際是教訓我：「他整天跟這畜生淘一起，早遲要闖禍。」

爺爺哼一聲，轉過身，用後腦勺對父親講：「先教訓好你自己吧，少跟他往來。」指的是上校，也是太監，「我還是那句話，夠了，你這生世跟他好夠了，別再給我添事了。我老了，只想活得舒坦些。」

這樣的話我已經聽爺爺講過十萬八千遍，每一次爺爺講的時候都轉過身去，好像是不好意思講，又好像是十分厭惡講。每一次，父親都是一隻耳朵進，一隻耳朵出，不記心上，聽過算過，回頭仍舊同上校稱兄道弟，得空就往他家裡鑽；有時還一起離家出走，不知去哪兒鬼混，氣得爺爺對天上罵：

「這隻雌老虎，老子總有一天要被他氣死！」

我覺得爺爺已經氣死，否則不會這麼罵父親的。罵父親雌老虎，跟罵上校太監一樣，是捏人卵蛋，往死裡整。要是外頭人，這麼罵他，父親一定掄拳頭了。老保長講，一個女人的奶，一個男人的蛋，只有一個人能碰，第二個人碰就是作死，要出人命的。老保長還講，我父親有兩窩蛋，一窩在褲襠裡，一窩在心坎上。我知道，心坎上那個指的就是父親綽號——雌老虎，平常開玩笑講講可以，吵架是絕對不能出口的，誰出口他就成了真正的老虎，要咬人的。

3

父親是個悶葫蘆，生產隊開會從不發言，只悶頭抽菸；家裡也很少言語，言語還沒有屁聲多。但你別以為他是門啞炮，他的炮芯子露天的，像地雷，一踩就要響。為什麼叫他雌老虎，就這緣故：性子躁，拳頭急。至少我是這麼認為的。雌老虎就是母老虎，護著幼崽，風吹草動都要撲上去，凶得很。誰願意跟這種人交朋友？鬼都不願。父親在村裡沒朋友，唯一同上校，關係一向好。

爺爺講：「天打不散，地拆不開。」

兩人同年同月生，打小一起玩，捉知了，掏鳥蛋，摸螺螄，養蟋蟀，偷雞摸狗，調皮搗蛋，小赤佬，淘氣鬼。十三歲，兩人同時拜東陽師傅王木匠為師，學木工，三四年，木工房當家，一只鍋裡盛飯，一張床上睏覺，感情越發深，像親兄弟，關係好到門。

爺爺講：「一支菸都要掐斷，分頭吃。」

關係這麼好，當然要保護上校名譽，不准人叫他太監。外面人管不著，至少在家裡要管住我們，開玩笑都不准叫，嚴肅得很。只有爺爺叫他沒辦法，因為爺爺是他老子，如果我叫保準吃巴掌。有一次表哥叫了一回，被父親搧一大耳光，耳朵裡像飛進一隻蚊蟲，嗡嗡嚶嚶好幾夜，害他差點做聾佬。

不管父親跟上校怎麼好，爺爺都不歡喜他進我們家。為什麼？因為他是太監嘛，斷子絕孫的。村裡有講究，老人有講法，斷後的人前世都作過孽，身上晦氣重，惡意深。爺爺不准晦氣惡鬼進門，進來就要趕，不好意思直接趕，時常拐彎抹角趕：打狗，趕雞，摔碗筷，踢板凳，對我發無明火。所以每次上校來我家，我家總是雞飛狗跳，不安耽。為這個，父親和爺爺吵過架。

父親講：「什麼晦氣，你是迷信，人家吃香喝辣的，日子過得比誰都好。」

爺爺講：「再好也是太監，褲襠裡少傢伙。」

父親吼：「你知道個屁！」

爺爺罵：「你連屁都不知道！有道是『百善孝為先』，『不孝有三無後為大』，你知道嗎？你整天跟一個斷子絕孫的人攪在一起就不怕遭報應。」

父親講：「那又怎麼啦，難道還會傳染我？」

爺爺講：「你怎麼知道不會傳染？」

父親講：「我已經有三個兒子啦，怎麼傳染？」

爺爺講：「三個兒子怎麼了，當初他可是我們村莊鋒頭最旺的人，誰想到會有今天。天要落雨，娘要嫁人，世道要變的，如果你太得意，不注意。」

父親和爺爺吵架，我總是希望爺爺贏，爺爺也總是贏。爺爺念過私塾，後來還在祠堂開過學堂，肚子裡有一套一套的老理古訓，包括各人的前世今生，包括上校的這個那個，他都能數落出來，歸根到底來證明他講得對。

爺爺告訴我，上校是個聰明絕頂的人，從小兩隻眼睛像玻璃球一樣閃閃亮，什麼事都比旁人學得快，做得好。比如學木匠，第一年，我父親只會替師傅打打下手，鋸鋸木料，使個鉋子鑿子，他已經會獨立做壁櫥碗櫃，鉋子鋸子斧頭榔頭鑽子鑿子，樣樣使得神氣活現。第二年，已經會箍腳桶，做臉盆，出手的盆盆桶桶，大大小小，滴水不漏，一等的手藝不比師傅少一釐。第三年，蔣介石派來部隊紮在我們縣城，一次次向山裡發兵，阻截共產黨的部隊向江西方向撤退，兵荒馬亂，王木匠回了老家。爺爺以為這下木工房要散場，託關係排父親去縣城做臨工。想不到上校居然一個人照樣開張做生意，既當師傅又當徒弟，生意比從前還好。父親知情後從縣城逃回來，做他幫手。

爺爺講：「你爹就這出息，脫不開他，脫開了就不行。後來太監去當兵，他一個人根本開張不了生意，只好關掉木工房。做師傅靠手藝吃飯，你爹學了幾年，手藝頂不上人家幾個月，箍出來的腳桶臉盆，水漏得像篩子。」

4

上校當兵是民國二十四年，秋季的一天，十七歲的他和我父親照例去鎮上趕集市，既買東西也賣東西，買的東西有木料、洋釘、煤油、桐油、鐵皮、砂紙、角鐵等；賣的東西有洗臉盆、腳盆、米桶、水桶、桌椅、板凳等。到鎮上，正好撞上國民黨部隊在招兵，一個大鬍子營長看中上校，連東西帶人都被他領走。部隊在擴編，要人也要物，東西不挑選，有什麼要什麼，花錢買；人員挑三揀四，只挑年輕機靈、高大壯實的。營長一眼挑中上校，對同樣年輕的父親卻視而不見。父親想跟走，營長說下回吧，說到底是沒看中，不要他。其實父親後來也是壯實的，老虎嘸，矮壯壯的，沉實得很。但父親發育晚，那時還沒有發開，像團死麵疙瘩，小不溜湫又老氣橫秋，看相實在差。

從此，兩人隔開，天各一方。

爺爺講：「為這個，你爹像隻瘟豬，十幾天吃喝了就睏覺，不做事。直到有一日接到太監託人捎來的包裹，裡面有一封信，有一雙部隊上發的襪子和一件襯衣，你爹的瘟病才好。」

上校在信裡告訴父親，他這十多天都在附近山裡受訓練，現在部隊要出發去江西前線打仗，要求父親務必管好木工房，守好攤子，等他打完仗回來再一起盤大生意。然而父親雖有心管，卻無力管好，木工房生意一日日敗落，熬不到過年，已經關門收攤。與此同時，機靈的上校在部隊上更加機靈，表現好，受器重，先給團長當警衛員，後來當班長、排長、連長，一路提拔，出息越來越大。

出門後第四年，他第一次返鄉，已是堂堂大營長。爺爺講當時全村人像看洋人一樣去看他，那樣子可真神氣，腰裡別著烏黑的蘇聯大手槍，腕上箍著銀亮的南洋小手錶，頭上戴著金邊蕾絲硬殼帽，背脊骨立得筆直，胸脯挺得老高，像大姑娘一樣。他回來是奔喪的，爹死了。他爹五十歲不到，正值壯年，一身肌肉，一把蠻力，可以摜倒一頭牛。一天他從自家菜地裡挖到一個日本佬丟的炮彈殼，比牛脖子粗，沉得重。他力大如牛，用肩膀扛回家，存放在豬圈裡，準備到冬天賣給鐵匠。當時是夏天，鐵匠還在老家做農活。

我們這邊木匠都是東陽人，鐵匠都是永康人，平時他們在家做農活，冬天沒事做，出來做家具，打農具，掙外快。一般一個大村莊總搭配一個木匠和一個鐵匠，候鳥一樣，貼著季節來去。木匠就是王木匠，鐵匠姓張，臉上有一道從額角斜插到耳根的刀疤，村裡人背後都叫他「刀佬」。一到冬天，刀佬扛著鋪蓋到村裡，先是挨家挨戶收購廢銅爛鐵，然後生爐打鐵，用廢銅爛鐵打造出一樣樣簇新的農具刀器，四方八鄉賣。刀佬打出來的菜刀，刀背厚實，刀刃青亮，可以砍骨削鐵，像軍刀，賣得俏。

那炮彈殼一直躺在豬圈的亂稻草堆裡，像個小屍體，立起來有半個大人高，秤斤兩少說七八十斤，賣給刀佬，至少可以買齊一年的農具。上校的爹盼著冬天刀佬來收購，卻沒等到秋天，連人帶兩頭豬、一隻羊、幾隻雞，都死精光。老保長從鎮上找人來檢查，結論是炮彈殼有毒，什麼肉碰到它都要爛，把命爛掉為止。上校爹就這麼爛死的，死相難看，半邊身子沒一片囫圇肉，爛成一個大蜂窩，千刀萬剮一樣。

葬掉父親，理當日早歸隊，部隊在打仗，身為一營之長，幾百號的人性命繫在身上，哪有工夫休假？但上門提親的媒婆接踵而來，拖住他後腿。那年他二十一歲，還沒對象，惹得姑娘們流口水，都想嫁給他。我小姑比他小三歲，也想嫁給他，連夜給他織了一雙毛線襪。他一天見兩三個，四五天沒相中一個。

爺爺講，這是對的，父親剛死，頭七沒過，哪合適相親？大概他也是忌憚這個才沒有相中人，因此大家都講太監不愧是聰明人，好像要做傻事，實際上是在打圓場，陰人陽人——老子和媒婆——都不得罪。

當然，那時他還不叫太監或上校，老保長也不老，但爺爺講起來一律叫他們太監和老保長。

是太監歸隊前那天夜裡，老保長在家中祕密設筵給他餞行。這倒是老保長的聰明，他當的是偽保長，吃的是漢奸飯，按理要把太監押去縣裡交差。但老保長一向不做漢奸事，他只吃漢奸飯不做漢奸事，甚至祕密幫國民黨、共產黨做事。這是上下公認的，所以後來他漢奸的罪名是一點也沒有，有的都是功勞，並領到一塊獎牌，表揚他抗戰有功，偽裝工作做得出色。他聽說太監在部隊上殺過鬼子立過功，心裡敬佩，頂著風險，偷偷給他設筵送行。

筵席設在老保長一個手下家裡，因為老保長當時有個姘頭，家裡白眼對斜眼，冷鍋冷灶的，待不了客。待客總要吃酒，吃酒總要多叫些人。老保長叫來幾個牌桌上的老搭子和姘頭陪太監吃酒，吃了酒打牌是例行的。太監第二天要歸隊，無心打牌，先走，卻沒有回家。他母親在家裡等不到人，著急，怕他吃醉酒，耽誤第二天上路，便上門來尋人。老保長和牌友聽了都奇怪，因為筵席早就散場，他們親自送他出門，沒回家又會去哪裡？老保長想起酒桌上他姘頭的有些表情作派，一下亂了心思，起了疑心，悄悄往姘頭開的小店摸去。

5

老保長一輩子軋過十幾個姘頭，當時的姘頭是個戲子，好像叫春什麼，記不清。因為沒人叫，都叫她狐狸精。狐狸精的來歷大家是明清的，兩年前老保長剛當保長時，請戲班子來村裡唱戲慶祝，她是戲班裡的小角色，一台戲下來只有幾句唱詞，下了戲台什麼事都做，掃地擦桌，端茶遞水。午間歇場，老保長去戲班裡看望演員，她給老保長端茶，眼光亮亮地放任自由。老保長暗暗捏她手，她遞上笑臉。老保長一下膽大，摸她屁股。她吃吃笑，小聲道這是夜裡的事情。當天夜裡她脫光身子讓老保長摸個遍，就這麼相好上。後來她退出戲班子，投靠老保長，來村裡開一爿小店，公開做他姘頭，直到多年後，老保長去上海賭博敗完家業才散夥。

爺爺講：「戲子就是戲子，骨頭輕，管不住身子。」

老保長去小店裡看，果然跟他猜疑的一樣，太監在他姘頭床上！那個時候太監年輕，二十出頭的小夥子，褲襠裡的傢伙比槍桿子還要硬。戰爭年代保長也是有槍的，一把英式毛瑟駁殼槍。你小子找死敢睡我女人！當時的老保長也不老，一聲怒吼，拔出駁殼槍。但哪有經過幾年沙場的太監手腳利索，不等他按下槍栓，後者的蘇式托卡列夫手槍已經栓開膛滿對準他。兩管烏黑的槍口像鬥雞眼一樣對上，一觸即發，嚇得月光都抖。真的抖，瑟瑟的，像在發冷。

太監看到月光在對方槍管上抖，心沉下來，先承認錯誤，是吃醉酒，求原諒，勸他放下槍，有話好好講。老保長哪裡肯，罵爹日娘，咆哮如雷，一邊把另隻手也搭上，握緊手槍不讓它抖。

看樣子敬酒吃不成，太監開始上罰酒，威脅老保長：「我數到三你放下槍，我明天就離開村莊，女人還是你的，否則你死定，女人就是我的，我帶走。」

老保長罵：「該死的是你！」

太監露出一口大白牙，發出絲絲冷笑：「笑話，你開過幾回槍，你摸過的子彈還沒有我殺的人多，我是軍隊上有名的神槍手，百步穿楊，百發百中，不信你試試看。」然後開始數數，「一，二……」

沒數到三，老保長已經放下槍。

第二天，太監按時歸隊，小店照常開門，像什麼事也沒發生。

爺爺講：「怎麼可能沒事？老子屍骨未寒就跟人通姦，必遭天殺。當時村裡所有老人都這麼講，」那時爺爺還不是老人，「現在我老了，照樣這麼講，這是大逆不道，老天不會饒他的。」老天不管在什麼時候總是站在老人一邊，這年冬天，全村人都聽聞，太監褲襠裡的傢伙出了問題，成了綠頭閹雞一隻。至於是怎麼被閹的，有兩種截然不同的講法，一種是老保長講的，講他色膽包天，睡了他們師長女人，被師長現場活捉。師長放出兩條路叫他挑：一是飲彈自盡，一了百了；二是揮刀自宮，死皮賴活。小子貪生怕死，選了後一條路，是個認慫認罰的軟殼蛋。另一種正好相反，講他是在一次戰鬥中跟鬼子肉搏，不慎被鬼子的大洋刀刺中襠部，傷到根子，即便這樣他還是忍痛割了鬼子的命。這顯然是英雄好漢的形象，跟老保長講的有雲泥之別。

但不管哪一種講法，他褲襠裡的寶貝傢伙篤定出了問題。

爺爺講：「這就是報應，老子剛入土，頭七還沒過，他就不好好盡孝，放肆褲襠裡的東西，偷雞摸狗，老天爺怎麼可能饒他？」

爺爺講：「做人就是在合適的時候做合適的事，他挑錯了時間睡錯了女人，結果一輩子都睡不了女人，這就是報應。」

爺爺講：「世間海大，但都在老天爺眼裡，如來佛手裡，凡人凡事都逃不出報應的鎖鏈子，善有善報，惡有惡果。」比如張三李四，比如王二麻子。

每到夏天，在螢火蟲漫天飛的夜晚，在臭氣薰天的天井或弄堂裡，爺爺總是吃著菸，搧著篾扇，跟我和表哥講這些那個。講起這些那個，爺爺像老天爺，天上的仙，地下的鬼，人間的理，世間的道，什麼都知道，講不完。講著看著，月亮升起來了，村子安靜下來，蛐蛐在石頭縫裡嚁嚁叫，水牛在欄裡噗噗噴氣，壁虎在牆壁上畫畫，老鼠在穀倉裡唱歌，貓頭鷹在後山竹林裡哭泣。爺爺講，它們前世都是人，作了孽才伏了法，轉世做不成人，做了蛇蟲百獸。

第二章

6

冬天，爺爺愛在祠堂門口享太陽，嚼舌頭。老人都愛在那兒享太陽，嚼舌根，包括老保長。老保長和爺爺是一對舌頭冤家，都愛嚼七舌八，卻嚼不到一起，常拌嘴。老保長嚼的多是下流話，葷故事，男歡女愛，姦殺淫亂，色情淫穢。祠堂坐北朝南，堂堂正正，四通八達，五十米開外是一條沙礫鋪就的國道，遇到趕集日，人來車往，塵土飛揚，熱熱鬧鬧，像一個世界在路過，勾引人看。老保長總是盯著女性看，看著嚼著，這人長，那人短，最後都嚼到床上去。他形容自己是個夢想家，在夢裡和所有見過的女人都上過床。他形容最喜歡的女人叫「紅燒油肉」，只要吃得到，願意死。

紅燒油肉，暗紅色，油汪汪，香噴噴，綿密的香氣彷彿有魔力，村裡沒有一個人不為它著魔。人是鐵，飯是鋼，肉是夢，紅燒油肉是我能做的最美好的夢。但我說的紅燒油肉跟老保長講的不一樣，我說的是真正的肉，豬肉；他講的是比喻，專指那種又白又胖的女人，白得潔嫩，像剝了殼的茭白，胖得飽滿，像熟透的水蜜桃。有一次，他看見這樣一個女人從公路上走過，嘴巴流出口水，眼睛睜得比嘴巴大。

爺爺捉弄他，張開手掌，擋住他眼，嘲笑他：「看什麼看，撐死眼睛餓死屌，有什麼好看的，看了也是白看。」

老保長打掉爺爺的手，繼續看，一邊奚落爺爺：「餓死的是你的屌，我的屌經常吃紅燒油肉，你的屌連骨頭都吃不到。啊，多好的一塊紅燒油肉啊，跟她睡覺一定像睡在烏篷船上一樣舒坦。」

爺爺罵他：「你個老流氓，下輩子一定做烏龜。」

老保長笑，「你個老巫頭，下輩子保準做烏鴉。」

巫頭和巫婆是一個意思，男的叫巫頭，女的叫巫婆，專指那些愛用過去講將來的人，用道理講事情的人。爺爺就是這樣的人，愛搬弄大道古理，愛引經據典，愛借古喻今，愛警世預言，愛見風識雨。享著太陽，看著人來人往，聽著是是非非，爺爺經常像老保長講下流話一樣，講一些高深莫測的大道理。

有一次，我看到爺爺像發神經，在對一隻狸花貓講：「人世間就這樣，池塘大了，水就深了，水深了，魚就多了，大魚小魚，泥鰍黃鱔，烏龜王八，螃蟹龍蝦，鮮的腥的，臊的臭的，什麼貨色都有。」

我像一隻狗，趕開貓，衝到爺爺面前問：「爺爺，你在講什麼？」

爺爺捋著鬍子講：「我在講啊，一個村子就像一個池塘，池塘大了，什麼魚都有，村子大了，什麼人都有，配齊的。」

我問他：「上校算什麼人？」
爺爺講：「什麼上校，太監。」
我應著：「那太監是什麼人？」
爺爺講：「他是個怪胎，像前山，深山老林，什麼都有。」

7

我們村叫雙家村，大家姓蔣，小家姓陸，大大小小五千多人，是全縣排頭尖的大村。因著人多，怪胎也少不了，老保長是一個，鬥耶穌是又一個，鳳凰楊花是再一個。老保長怪的是，他有一雙識別婊子的火眼金睛，什麼女人守不住身子，他一看一個準，所以七十多歲，而且窮得叮噹響，照樣有人跟他軋姘頭，因為他看準對方是個婊子，要淫蕩。鬥耶穌怪的是，他把一個光著身子的西洋人當菩薩，供在家裡，日日夜裡對他跪拜，跟他訴苦，有時還對他哭，眼淚一把把流。鳳凰楊花怪的是，她跟一百個男人睡覺也下不了一個蛋，因為她是隻石雞，比木雞還要木。

當然最怪的人是太監，這不用講，大家公認，看得見，摸得著。我覺得村裡所有人的怪古加起來也頂不上太監一個人，他絕對是全村最出奇古怪的人，怪古的名目要扳著指頭一個一個數——

第一個，他當過國民黨，理所當然是反革命分子，是政府打倒的人，革命群眾要鬥爭的對象。但群眾一邊鬥爭他，一邊又巴結討好他，誰家生什麼事，村裡出什麼亂子，都會去找他商量。即使我爺爺，平時很討厭他跟我父親攪在一起，但只要家裡遇到什麼要緊事，照樣要去請他拿主意，好像他才是真正的巫頭，天下事都知曉。

第二個，他從前睡過老保長女人，照理是死對頭，可老保長對他好得不得了。爺爺講太監最後是被解放軍鎮壓回來的，剛回村裡時各種風言風語的罪名把他塗成一個惡鬼，猙獰得跟染上麻風病似的，即使父親也一時不敢去貼他；大家都怕他，避他，奚落他，只有老保長一人張口「姪郎」閉口「姪子」地叫他，幫襯他，宣揚他，慢慢替他立起後來的威信。最該恨他的人卻對他最好，這就是古怪。

第三個，他是太監，不管是怎麼淪成太監的吧，反正是太監，那地方少了那東西。但每到夏天，大家都穿短腳褲的時候，我們小孩子經常偷看他那個地方，好像還是滿當當的，有模有樣的。而且，好幾次我看他在外面撒尿，照樣像其他男人一樣，腳站著，手把著，一點兒不像太監。據說，古代太監撒尿跟女人一樣，是蹲著的。

第四個，他向來不出工，不幹農活，不做手工（包括木工，他的老本行），不開店，不殺豬，總之什麼生活都不做，天天空在家裡看報紙，嗑瓜子，可日子過得比誰家都舒坦，抽大前門香菸，穿三接頭皮鞋和華達呢中山裝。更氣人的是，他家灶屋好像公社食堂，經常飄出撩人的魚香肉味。

第五個，他養貓的樣子，比任何人家養孩子都還要操心，下工夫，花鈔票，肉疼、寶貝得不得了，簡直神經病！

8

村裡無人不知曉，太監家有兩隻貓，一隻全黑，一隻全白，都跟小豹子一樣，腰身長長的，頭圓圓的，走路一腳是一腳，慢騰騰，雅致得很。我經常看見他用香皂給貓洗澡，用長柄木梳給牠們梳毛，從頭梳到腳，用金子小剪刀給牠們剪趾甲，剪完又用砂紙磨。最氣人的是，還專門給牠們買上好的鯗吃！我父母從來沒有對我這麼好過，我吃過的鯗還沒有他家貓多。

我寧願做他家的貓。我敢說，這也是我身邊所有小孩子的想法。

表哥說，他還跟貓一起睡覺。但表哥也承認，只是聽人說，沒有親眼見過。我倒是親眼見過他跟貓講話，而且貓好像也聽得懂他講的話。那年我才五歲，父親給我三分錢，叫我去蹺腳阿太開的小店買香菸。父親告知我，三分錢可以買八支半前進牌香菸，如果他給我九支，我要對他鞠一個躬，叫一聲「七阿太」；如果只給八支就不理他，甚至可以罵他蹺腳佬，反正他是蹺腳，追不上我。

蹺腳阿太的小店開在祠堂門前，太監家在祠堂背後，我去小店必須經過他家門口。跟大多數人家不一樣，他家有圍牆，圍著一個小院子——爺爺講是以前的豬圈改造的，豬圈裡放過毒炮彈殼。院門平時間不開，因為怕狗欺負他家的貓，那天卻開著，我看見院子裡有一畦菜地，種著香蔥和芹菜，他滿頭白髮的老母親拎著一只洋鐵桶在給菜地澆水，太監自己則像個老爺一樣，坐在屋門前的台階上，享著太陽，抽著香菸，看著報紙，腳跟邊躺著一白一黑兩隻貓。

白貓最先發現我，對我昂頭咪地叫一聲，好像在通知主人，有人在門口。太監聽了，放下報紙，抬起頭，看見我。看了兩眼，笑了，問我是不是老巫頭的孫子。我搖頭——那時我還不知道爺爺的綽號呢。

他母親笑道：「怎麼可能不是，簡直跟他爹生一個模樣。」

他哈哈大笑，扮著我爺爺的樣子和口氣招呼我：「哎，我的乖乖，進來吧。」

我看著兩隻虎視眈眈的貓，不敢進門。

他對牠們一揮手，發命令：「你們進去。」兩隻貓完全是聽懂的樣子，甩甩尾巴，立起身，對我齜一下牙，掉轉身，一前一後，往黑暗的屋子裡去。我不知道為什麼陽光那麼白亮，台地上明晃晃的，連太監手上的菸在冒氣我都看得清明，可幾步之後的屋子裡，卻是那麼一團黑，一片黑，像被陽光抹黑似的。五歲的我不知道這是自然現象，以為這是鬼屋的現象，又想到剛才貓對我齜牙，好像要吃我，嚇得我拔腿就跑。

事後我跟爺爺講起這事，爺爺一把摟住我，興高采烈又滿懷感激地對我講：「啊喲，我的乖乖，你不進去是對的，以後也不要去，那就是個鬼屋，那傢伙就是個鬼。」

我嚷嚷：「他跟貓說話，還跟貓睡覺。」

爺爺講：「所以他不是人，是鬼，鬼投胎的。」

以後好幾年，我去小店買東西或去祠堂玩，都不從他家門口走。我寧願繞一個大圈也不走他家門口，因為我怕遇到鬼。表哥說他家的兩隻貓是鬼變的，我說他滿頭白髮的老母親也是鬼變的；表哥說鬼已經把他爹吃掉了，我說可能就是那死老太婆吃的。我們經常這樣數落太監和他老母親，我和表哥的友誼也因此變得更加深厚牢固，好像我們有一個共同敵人，我們必須團結一起，不棄不離。

有一天，我和表哥正在這麼亂講太監時，被正在茅坑裡解溲的父親聽到。父親從茅坑裡出來，一邊繫著褲腰帶一邊追著我們罵，惱羞成怒的樣子，好像太監是他親爹，我們是茅坑裡的臭石頭。

表哥問我：「舅舅為什麼對太監那麼好？」

我想都沒想，脫口而出：「因為他鬼附身了。」好似我早備好答案，其實是爺爺的話。

確實，爺爺經常罵父親被鬼魔附身，給死人摸過額頭。爺爺講，運氣是陽氣，鬼魔是陰氣，陰陽是相剋的，甘苦是作對的，人一旦陰盛陽衰，苦頭當道，就要倒霉頭，背禍水，吃水也要嗆死。據說以前父親滿聽從爺爺的，父子倆像兄弟一樣親，我們家像穀倉一樣讓人羨慕，老小和睦，兒女順當，人畜興旺。但自從太監回到村裡後，父親老是淘爺爺的氣，家裡老是吵吵鬧鬧，搞得爺爺老是擔驚受怕，怕霉運隨時落到我家。

9

吃水會不會嗆死人我不知道，但吃農藥篤定要死人。記得，五歲那年我就見過一個吃農藥死的人，七歲時也見過一個：都是女人家，一個老太婆，一個大姑娘。村裡幾乎年年有人尋死，上吊，投井，跳水庫，吞剪刀，割腕子、頸子，什麼手法都會冒出來。但最常見的是吃農藥，便當，擰開瓶蓋，眼睛一閉，倒進喉嚨完事，門都不用出，也不要做任何準備。這不，一個皓月當空的夜晚，爺爺和我睡得死死的，突然被人活活叫醒，因為門耶穌吃農藥尋死了——這也算得上是我家倒霉運吧，因為門耶穌是爺爺堂兄弟，雖不是一家人，總歸是自家人，我要叫小爺爺的。

小爺爺年輕時在上海拉過三年黃包車，經常有個西洋人坐他車子，每次付帳都不要找零頭。小爺爺覺得他比菩薩道士都好，對他百依百順，最後順了他心，信了耶穌，張口閉口「阿門」「阿門」的，鐵鐵地落一個門耶穌的綽號。耶穌是要行善的，這日下午他照耶穌的託付去鎮上做善事，花掉兩塊錢，把他兒媳婦氣得要死。媳婦是江北人，綽號紅辣椒，撒起潑來水牛野鬼都怕，敢當眾撕開胸脯賴你耍流氓。她當然不會氣死自己，只會氣死別人，她把小爺爺天天阿門的耶穌像從牆上一把扯下來，扔進灶膛燒成灰。這是小爺爺的命根子，根子燒灰了他去哪兒活？只有去死。

農藥在小爺爺肚皮裡像灶火一樣熊熊燃燒，要不是太監——不，必須尊稱上校——及時趕來一定會把他燒死。我親眼看見，上校是怎麼把小爺爺肚皮裡的熊熊大火澆滅的，他先是往小爺爺嘴巴裡塞進一塊肥皂，灌他吞下去；然後扒掉他褲子，把他頭朝地吊起來；然後又用打農藥的噴壺往小爺爺屁洞裡注水。農藥壺有一個噴頭，通過控制壓力桿，可以把農藥噴上樹，射得比屋簷高。上校把噴頭塞進小爺爺屁洞裡，按住，一邊拉壓力桿，把滿滿一壺水都壓進他屁洞裡。這一定是痛的，小爺爺啊呀啊呀叫，叫著叫著，水從嘴巴嘩嘩吐出來。這水比屙出來的屎還要臭，薰得上校睜不開眼。

上校睜開眼，對小爺爺兒子講：「你爹死不了啦，給我去燒麵吧。」這是老規矩，上校救活誰，誰家要燒碗肉絲麵給他吃。有這樣的老規矩，指明他不是第一次這樣救人，只是我是第一次看到。這年我十一歲，已經跑得比爺爺快，所以爺爺派我去叫上校，要不我也看不到。

沒等上校吃完麵，小爺爺已經能開口講話，講的話卻難聽，不感謝，反而罵，無情無義的。「你作孽啊！」他罵上校，一邊嗚嗚哭，「我要死你幹嗎救我，我該死不死比死還要罪過啊。」

上校講：「是耶穌派我來救你的，你被我救活就是不該死。」

小爺爺哭得上氣不接下氣，「耶穌像燒了，我沒臉皮活了。」

上校講：「燒了可以再買，買得到的。」

笑話，小爺爺就是被兩塊錢作死的，哪有錢去買新耶穌？這總得要更多錢吧。上校得知情況後，當場從身上摸出十塊錢，遞給小爺爺，像遞著一支香菸，輕巧又客氣地發話：

「呶，給你，不就是幾塊錢的事嘛，值得用性命去抵。世上命最值錢，我被人罵成太監都照樣活著，你死什麼死，輪不上。」

小爺爺做夢似的，看著鈔票，不敢拿，也好像是拿不動，因為手抖得厲害。上校豪爽地把它塞入小爺爺哆嗦的手心裡，安慰他：「沒事，拿著吧，只是別同我媽講，她迷信觀音菩薩，跟你的耶穌是犯沖的。她要得知我出錢給你買耶穌像，搞不好也要氣死。」說完哈哈大笑，笑聲騰騰地揚上天。

那天晚上，我第一次看到上校的眼睛，果然是明明亮亮的，比潔白的月光還要亮，一點不像個作祟的鬼，像個英雄，堂亮得很。這是我重要的一個經歷，我開始對上校生出好感，他救了小爺爺的命，也救了自己在我心目中的形象。我像被他吸著似的，跟著他出門，目送他遠去，皎潔的月光披在他身上，照得他隱隱生輝。他走路的樣子橫豎不像太監，倒真是有些大軍官的威風頭，大踏步，高抬手，腰筆直，腳生風，一步是一步，昂首挺胸，雄赳赳，氣昂昂，怎麼看也不像褲襠裡缺了東西。我想，他本事這麼大，可以把死人救活，即便褲襠裡真缺了東西，他也一定可以補上。我猜他一定是把那東西補上了，所以看上去還是「滿當當」的。

10

從此，我對上校的看法和態度發生大變樣，以前爺爺總罩著我，我是爺爺的奴才，爺爺怎麼看上校我都認下，像狗吃肉，吃得乾淨，骨頭都嚼碎，嚥下。結果，上校在我心目中的樣子總體是髒的，壞的，怪的，鬼祟的。我怕他，躲他，講他壞話，也瞧不起他，唯一保下來一點好奇心，想了解他，因為怪嘛。他像一座塵封久遠、織出多個鬼故事的老房子，你怕它又忍不住想進去看。以前爺爺講不許看，我就不看，百依百順，一副奴才相。現在我不要再做爺爺的奴才，因為我覺得他

「不像鬼，像個英雄」。

秋天到了，柿子樹葉開始變色，發黃，發褐，脫落，原來青綠扁圓的柿子也開始變色變樣，變得發黃，泛紅，赤紅，紅得火辣辣的，變得圓滾滾的，像一盞盞小紅燈籠。燈籠密密匝匝的，掛滿枝枝丫丫、節頭梢頭，遠看整棵樹像著火似的。這時，收穫開始了，樹上摘柿子、板栗、獮猴桃、酸鉤子，地裡刨紅薯、洋芋、花生，水下挖藕、摸蚌。這是一年中最好的季節，不僅因為有收穫，也因為風和日麗，天高氣爽，可以出門遠行。

小爺爺大致就在這時節收到了有人從杭州捎來的耶穌像，簇新，油亮，且比原先的大一號。當天夜裡，小爺爺焦急又驕傲地在老地方掛好神像，在蒲團上足足坐到天亮，嗚嗚咽咽一個通宵，有點彌補配齊的意思。第二天上午，稍歇的小爺爺起床後直奔我家，向爺爺來報喜，一坐幾個鐘頭，嘮嘮叨叨，只講一個人的好話，就是上校。

爺爺聽著，忍著，終於忍不住，頂他嘴：「你真好笑，講他那麼多好話，好像他比耶穌還要好一樣的。」

小爺爺耐心勸爺爺，小小聲聲講：「好就是好，耶穌看在眼裡的。你以後要改變對他的看法，別老埋汰他，這對你自己也不好。」

爺爺嘿嘿笑，是輕慢的譏笑，「你幫我問問耶穌，會怎麼個不好？是要我死還是生不如死？」

小爺爺低頭講：「別把死掛在嘴上，我是死過的人，那罪不是人受的。」抬頭看看天上又講，「人在做天在看，耶穌在天上看著，你老這麼埋汰一個好人要遭報應的。」

「別拿你的耶穌嚇唬我。」爺爺對他翻白眼，那死相同吃過農藥一樣難看，「你以為我是白烏珠（瞎眼），瞎（嚇）大的。」爺爺傲慢得像一隻好鬥的公雞，伸長脖頸，瞪圓黑烏珠，把話甩得冒火星子，「我吃的飯比你早，識的字比你多，還輪不到你來教訓。」根本不把小爺爺的警告放在眼裡。

爺爺像一棵盤根錯節、枝繁葉茂的老榕樹，上遮天下蓋地，裡三層外三層，天打雷劈都不怕，怎麼會怕小爺爺莫須有的風雪預報？總之，爺爺活成一個老箚頭，你要改變他是很難的，不像我。我像三月裡的桃樹，一夜之間變成一幅畫，一本詩，花枝招展，燦爛得連自己都認不得。這決定我要反對爺爺，在這場爭論中站到小爺爺一邊。

我拉著爺爺手說：「爺爺你不對，上校是個好人，你要改變對他的看法。」

爺爺推開我，站起身，作模作樣地放一個響屁，笑道：「變個屁。」

這滿有意思的，聽上去是死活不要變的意思，看上去又是樂意變的——因為在笑。到底有沒有變？以我的觀察，有不變的內容，如爺爺仍舊不許上校來我家；但也有變的地方，比如偶爾他有事來找父親，爺爺不會像從前一樣打雞罵狗，礐事生非，只會悶聲走掉，眼不見為淨。這就是變，是讓一步的意思。讓我萬千想不到的是，爺爺最後居然會讓出這一步：許我跟父親去上校家揩油！

第三章

11

凡是鼻子靈的人都有體驗，上校家經常燒好吃的，儘管他家廚房深在院子裡，看不見窗洞，但濃郁的香氣會飛的，從鍋鐵裡鑽出，從窗洞裡飄出，隨風飄散，像春天的燕子在逼仄的弄堂裡上下翻飛。香氣驅散了空氣裡的污穢，像給空氣灑了一層金，像閃閃金光點亮了人眼睛一樣，拉長了人的鼻子。有一次我親眼看見老保長在經過上校家門口時，撫著鼻頭，衝著他家屋牆說了一句：

「又在燜蹄髈，他媽的，這味道比女人的胸脯肉還香啊。」

一天晚上我已經睡著覺，卻莫名其妙醒來，月光下一眼看見床頭櫃上放著一根粗壯的蹄髈骨，它散發出的香氣火焰似的，比月光要亮。這是父親給我帶回來的，骨頭上還掛著兩坨肉，我吃了一坨捨不得吃第二坨，不吃又念念不忘，搞得我一夜做噩夢，為保護這坨肉的安全費盡心機。這是我九歲那年的事，因為這根蹄髈骨，這個多夢的夜晚成了我最難忘的一個記憶，像那兩坨肉已長在我身上，消不掉。

老保長講，上校每個月都要吃一隻蹄髈，每次蹄髈上都插著兩副筷子。你總以為另一副筷子是他老母親的。不對，老太婆是活觀音，吃素的，那副筷子是我父親的。一個月總有那麼一兩次，父親像被油肉香氣吸走似的，回家時也是滿嘴油水香氣，有時是一身酒氣。我是小孩子，跟大人去東家蹭個飯，揩個油，是再通常不過的。所以，好多次，父親都想帶我去揩油，卻回回遭到爺爺阻攔又罵：

「他少吃一塊肉不會死，要死你去死吧，別捎上他。」

蹄髈雖好吃，但鬼屋不好惹。爺爺再三叮囑我，那是個鬼屋，去不得。以前，對鬼屋的害怕鎖死了蹄髈肉對我的誘惑，但自上校的英雄形象印在我心裡後，誘惑像雪地裡的青草一樣冒出來。一天晚上，我豁出去，頂著回來被爺爺臭罵罰跪的風險，偷偷跟父親去了上校家揩油。想不到，爺爺知情後非但沒有罵我，反而為我沒吃到蹄髈感到可惜。這個變化是驚人的，像爺爺變成了父親。

爺爺講：「百草不如一木，百聞不如一見。」

在我後來多次去揩油的經歷中，吃蹄髈的機會其實不多，多數時候是一碗紅燒肉或乾菜蒸肉。至於爺爺講的什麼鬼屋，完全是瞎話，鬼扯！爺爺，你沒去過不知道，你無法想像上校家有多潔淨：水泥磨過的地面上比我家每天擦三次的飯桌還要光亮，夏天，我赤腳踩上去要打滑；貓從外面回來，走到哪裡老太婆的抹布擦到哪裡；吐痰，要吐到痰盂裡；抽菸，菸灰要彈到菸缸裡。這樣子，潔淨得纖塵不染的，連螞蟻蚊蟲都待不住，待下去就要餓死，更別提鬼。只有冒失鬼才會來這兒，而且來了也是找死，因為有觀音菩薩鎮著。

爺爺告訴過我，上校生來就是個怪胎，胎位不正，又是頭胎，他媽鬼哭狼號了兩天，血流了一腳桶都沒把他生出來，最後靠觀德寺的和尚送的半枝人參，給她補足一口氣才把他生下來。事後她去廟裡謝和尚，和尚講是觀世音顯靈救他們母子的，一句話叫她一輩子迷信觀音菩薩。她把觀音像請到家，供在堂前，天天燒香敬拜，求菩薩再顯靈，給她添丁。菩薩不靈，求不到，她去廟裡跟和尚哭，和尚對她講，人要知足，不要占了前山還要後山，她是信的。後來丈夫死於非命，她又去寺裡找和尚哭，和尚告訴她，要沒有菩薩保佑，死的是她兒子，老子是替兒子死的，不幸中有大幸，她也是信的。再後來，聽說兒子丟了寶貝疙瘩——那時老保長恨死她兒子，大肆散布謠言，村裡連隻狗都颳到風聲——她又去對和尚哭，和尚勸她，這叫大難不死必有後福，她又是信的。總之，和尚講什麼她都信，從頭信到腳，信到死。

爺爺講：「這老娘們，和尚送她一口氣，她還給菩薩一生世，實誠得不像人，像菩薩下凡，所以叫活觀音。」

活觀音天天誠誠實實地給觀音菩薩燒香，從家裡堂前燒到後山觀德寺，後來又路遠迢迢燒到普陀山的寺廟，求遠方的菩薩——遠方菩薩會念經——把她兒子也收去，讓母子同心同德，有福同享。

爺爺講：「照理，他斷了根子，肉身清淨，是最合適當菩薩信徒的。」

但上校戒不了菸酒肉和刀（手術刀），菩薩一直不收，不要他，害得老太婆天天在菩薩面前苦苦討饒。這個我有體會，每次我跟父親去揩油，老太婆總是不停往我碗裡夾肉，目的大概是要上校盡量少吃吧：他少吃一塊肉她少受一份罪。為了讓老太婆少受罪，只要她在家上校一律不吃酒，菸也是盡量少吃的。我倒是盼望上校吃酒，因為吃了酒他會講故事。我後來覺得聽他講故事才是真正的「揩油」，比吃肉還過癮。只是，這樣的時節像蹄髈一樣，並不多見。

12

必須是老太婆去普陀山的時候，也必須是上校吃足酒、人高興的時候，他的故事才會一個勁地從嘴裡劈劈啪啪出來，像酒氣一樣關不住。那時候他必是滿臉通紅，兩隻眼珠像電珠一樣亮，手裡夾著香菸，腳下盤著兩隻貓。空氣裡彌漫著煙霧和酒氣，貓被嗆得喵喵叫，他也不管。那時候他什麼都不管，只管抽菸、喝茶、打飽嗝、講故事。

我最歡喜聽他講故事，他闖過世界，跑過碼頭，談起天來天很大，講起地來地很廣，北京上海，天南海北，火車坦克，飛機大炮，有的是稀奇古怪、奇花異草。民國哪一年，我在哪裡做什麼，有一天發生了一件什麼事……他總是這樣講故事，有時間有地點，有人物有事情，情節起伏，波波折折，聽起來津津有味，誘得蟋蟀都閉攏嘴不叫，默默流口水。我給他和父親輪流倒茶，有時也點菸，像他們的勤務兵。

我聽上校講的第一個故事發生在蘇北皖南一帶，時間是民國二十九年，當時他剛當軍醫不久，部隊駐紮在安徽馬鞍山西北向的大山深塢裡。一天夜裡他被緊急拉上一輛吉普車，車子開幾個小時，不知到哪裡，在一個破廟裡，搶救一個從南京運來的女傷員。傷員是戴笠手下，軍統幹將，貌美如花，卻是冷面殺手，潛伏在南京城裡，專幹肅除漢奸的特務工作。常在河邊走哪能不濕腳？這不，受傷了，大腿、肩膀、小腹，三處中彈。算她命大，都不是致命傷，只是腹部子彈鑽得深，必須剖肚開腸。結果誰也想不到，取子彈的同時順帶取出一個七個月大的男嬰，因為營養不良，只有一個拳頭大，像隻小貓。人小命大，他活了，一年多後他在上海又見到他，已經會滿地兒跑。

上校哈哈笑：「這女人自己都不知道，她竟是懷有身孕。我摟草打到兔子，當了一回接生婆，你們講稀不稀奇？這是我當軍醫後遇到的第一件稀奇事。當然以後就多了，但再多也沒有在前線戰場上多。」

當軍醫前上校都在前線打仗，開始打紅軍，後來打鬼子。有一個故事講，日本鬼子攻打武漢時他是連長，負責師部轉移撤退，死守一條盤山公路。前來攻打的鬼子有兩輛坦克，七八十人，十幾門迫擊炮，攻勢凌厲。頭一仗下來，全連一百八十多人死掉一半；又一仗，又死一半；再一仗，又死一半，人像稻子一樣被一片片割倒。最後一仗，鬼子從陣地側面破開一條新路往上攻，此時鬼子尚有一輛坦克，坦克後面，人頭烏壓壓一片，而他只剩下十九個傷兵哀兵，且彈盡糧絕，擺明只有死路一條。眼看鬼子衝到陣地前沿，他們準備跟鬼子肉搏一場，死個光榮。想不到突然間鬼子抱頭鼠竄，亂作一片，哇哇叫，亂放槍，撒腿跑，作鳥獸散，像中了邪。

原來鬼子坦克開進一片原始荊棘林，毀了幾十萬隻馬蜂的老巢，那些馬蜂都成了精，個頭有蝗蟲的大，數量也有蝗蟲的多，散在空中，遮天蔽日，嗡嗡聲連成一片，像沉悶的雷聲在山坡上翻滾，捲起一陣風，吹得塵土飛揚。那些馬蜂如有靈性，知道是鬼子作了惡，要報仇，紛紛朝他們身上撲，肉裡螫，前仆後繼，奮不顧身。鬼子雖有鋼炮坦克，但在無數不要命的馬蜂的瘋狂圍攻追擊下，逃無可逃之路，躲無可躲之處，一個個在地上翻轉打滾，痛哭嚎叫，最後無一倖存，屍陳遍野，屍體一個個又紅又腫，像煺了毛吹了氣的死豬。

這一仗下來，他直提營長，配了手槍、手錶，同時他父親離死期也不遠了。我知道，那些鬼子都是被馬蜂毒死的，而他父親則是被鬼子的毒氣彈毒死的，冥冥中好像是配好的，一牙還一牙的意思。

爺爺講：「這就是命，事先講不清，事後都講得清。」

這故事給我印象很深，以致後來我上山看見馬蜂就逃。

另一個故事則讓我暗暗發誓，長大一定要去上海看看，那個高樓啊，那個電車啊，那個輪船啊，那個霓虹燈啊，那個花園公園啊，那個十里洋場啊，那個花花世界啊，像在天上，像從頭到腳都鍍了金，連腳趾頭也不省略。

13

在這個故事裡，上校到了上海，做了那個女特務的部下。女特務急救之後搭上校乘的吉普車去醫院養傷，其間她看上校聰明能幹，做事沉穩，生相也好，動員他加入軍統。上校不情願，他不想再殺人，只想救人。但後來一張軍令下來，不願也得願，軍令如山倒。從此他輾轉到上海，以開診所做掩護，埋名隱姓，殺奸除鬼，刺探情報，過上一種恐怖又滑稽的生活：一邊紙醉金迷，一邊隨時丟命。那女特務是他上司，為他單立一組，配他兩把手槍、一部發報機、一箱金條、五個下級。五人各有專長，有的會偷，有的敢殺，有的會配炸藥，有的會講鬼子的鳥語。其中有個女的，專管發報機，是四川人，身材高挑，長方臉，高鼻梁，胸脯滿得要從衣裳裡漲出來，上街時常遇到不三不四的小赤佬吹口哨。但她很少白天上街，夜裡才露面：這是她的工作，不奇怪。怪的是，她從不開口，講話只靠打手勢、寫字——原來是個啞巴！她字寫得快又見勁道，藏不住手頭的力氣。她手勁大到什麼程度？掰手腕，你大男人雙手掰不過她一隻左手。她右手可以劈斷磚，左手可以把你拎起，懸空，像拎小雞，分明是練武過的，有內功。她自己也承認，曾在峨眉山上當過六年尼姑，武功是山上練的。

吃著菸，喝著茶，打著飽嗝，噴著薰人的酒氣，有時吊著故事主角的家鄉口音，連聲帶色，自問自答，是上校講故事的特點，成套路了。這不，他又開始老一套，拖著四川話的腔調，拋出一堆問號：

「四川人開口離不開『咋子』和『要得』，咋子標致的人咋子要當尼姑？標致的人當婊子才要得是吧？當婊子也比當尼姑要得是吧？再講，啞巴咋子識得了字？她識得字指明她不是天生的啞巴是吧？那她又是咋子成啞巴的呢？是病還是災？是禍還是殃？到底是咋子了呢？」

確實，這個「咋子標致」的女人渾身塗滿了「咋子」的問號。

吃口水，抽口菸，上校恢復口音，接著講：

「世上沒有不透風的牆，日子久了出頭的椽子總要爛。有一次出現緊急情況，我半夜三更去她租住的屋尋她。她管發報機，住處必須隱蔽，但頂級的隱蔽不是躲起來，鑽旮旯，藏在清風雅靜無人去的地方，而是混在人堆裡，所謂大隱隱於市噱。所以，她住在一條集市弄裡，家家門都是店面，賣油鹽醬醋、日用雜貨，白日夜裡人來車往，鬧鬧熱熱。她扮著開布店，裡屋做倉庫，堆滿布，平時發報機用布匹包著，混在布堆裡，像樹葉混在樹葉裡，一般查是查不出來的，除非專心找尋。她人住在閣樓上，屋頂有個老虎窗，萬一出事可以鑽窗逃跑。」

半夜三更，最鬧熱的市弄也見不到人影，靜得深厚。上校朝她店裡走去，一路只聽見自個兒沓沓的腳步聲和咚咚的心跳聲。店在弄堂盡頭，檔頭上。這也是講究，不能夾中間，要靠邊，鬧中取靜，有退路。終於，上校走到她店門前，正舉手要敲門，聽見屋裡傳出幽幽的呻吟聲。門是那種木排門，不大隔音，上校立在門外，聽得清爽，那聲音像哭又不像，像小貓在撒嬌、發嗲。

事情很緊急，他沒有多想——不，也是想了一下的。

上校講：「我想她可能在做夢，夢見傷心事了，所以不顧忌，敲開門。進屋看，總覺得她有些異常，神色慌張，好像已知道我要報的急事。我納悶，正要問她，閣樓上突然發出一陣窸窣聲，像有人。發報屋怎麼能有外人？這是破紀律的。我問怎麼回事，不等她回答，樓上冒出一個滿頭金髮的洋佬，拖著長裙子，板著一張吃足虧頭的凶臉，迎著我們放肆地走下樓梯，經過她面前時狠狠抽她一記耳光，揚長而去。我一時沒明白究竟，後來明白了，那洋佬把我當作她的相好，吃醋了。這麼半夜三更尋上門來的，不是相好就是鬼了。」說著哈哈大笑，哈出滿嘴酒氣。

這故事我聽得半懂不懂的，尤其是後面，他越講越奇怪：「我就這麼意外地撞見了她底細，然後回頭想她的過去，我大致推算得出來，她該是天生好這一口的，她去做尼姑就是為了吃這一口。興許是端錯碗了，偷雞不著蝕把米，反被人割了舌頭。為什麼要割舌頭？女人吃這一口離不開舌頭，割舌頭就是要滅她這一口，斷她根子。但她斷不了，賊心不死，尋來上海這花花世界。這林子太大了，什麼鳥都有，也讓她尋著要的鳥了。」

我聽不懂，講給表哥聽，他也懂不了。這故事對我們來說太深奧，我們在這方面的知識幾乎是零蛋，一團黑，抓不著問題，想問都不知怎麼開口。問題沉下去，沉得太深，沉到海底，我們哪裡撈得著？我們只見過水庫。

14

給我印象深的還有一個故事，說的是民國三十二年，他在上海的五個手下的一個，那個會講鳥語的傢伙，被汪精衛的特務重金收買，把他一組人都賣個光。特務全城捕殺他們，死兩個，逃兩個，抓一個。抓的就是他，被敵人從電車上抓走，後來關押在湖州長興山裡的一個戰俘營裡勞改，四五百人，天天挖煤。一次山體坍方，把一百多人堵在坑道裡，大家拚命救，幾百人晝夜不停挖坍方。但坍方面積太大，十多天都挖不通，就洩了氣，放棄營救——因為救出來也是死人，不划算。

上校講：「只有一個人不放棄，一個江蘇常熟人，四十多歲，入獄前在上海十六鋪碼頭當搬運工，壯實得像一頭牛。他有兩個兒子，老大二十一歲，跟他在碼頭上做工，小兒子十七歲，做母親的幫工，在鄉鎮上盤了一爿雜貨店，賣油鹽醬醋。常熟就是沙家浜的地方，是新四軍經常出沒的地盤。新四軍也要吃飯，常來店裡買東西，一來二往，把小兒子發展了，當了交通員，經常往上海跑，傳情報，採購藥品、槍械、彈藥什麼的。後來老小把老大也發展了，兄弟倆你來我往，成了新四軍一條活絡的交通線。」

那時在上海看電影是時髦，一次老大帶老小去看電影，散場時老大不小心踏了一個女人的腳後跟。女人回頭罵他，老大不吱聲，認了罵。老小卻不服氣，頂了女人的嘴，立刻有人衝上來搧他一耳光。他罵飯都吃不下，哪嚥得下耳光？十七歲的人畢竟毛，做事沒深淺，容易衝動，跟人家打起來。哪知道對家是個警察，吃凶飯的，拔出槍來耍威風，要兄弟倆下跪討饒。老大知道事情不妙，準備認慫，討個安耽。老小不幹，趁現場混亂，撲上去要奪對手的槍；一下槍響了，雖然沒傷到人，卻引來一群警察，把兄弟倆抓去警局教訓。這下情況更糟糕，因為老小身上帶著一份採購清單。警察有嗅覺的，一看清單，懷疑兩人身分險惡，開始對他們嚴刑拷打審問。後來又上門搜查，搜到一把手槍和一些子彈，害得把父親也牽連進去。父子三人就這樣落難，最後被關進戰俘營挖煤。那次坍方，父親和上校是一個班的，躲過一劫，但兄弟倆都在裡面。

「這簡直要了當爹的命！」上校講，「從發生坍方後，十來天他就沒出過坑道，人家換班他不換，累了就睡在坑道裡，餓了就啃個饅頭，誰歇個手他就跟人下跪，求人別歇。他總是一邊挖著一邊講著同一句話──你們把我兒子救出來後我就做你們的孫子，你們要我做什麼都是我的命。講過千遍萬遍，喉嚨啞了還在講。只要是人，長心眼的，聽了看了他這可憐的樣子，都情願替他賣力賣命。」

可坍方是個無底洞，幾百人輪流挖了十多天，都賣了命的，就是買不來裡面人的命。眼看過了救命時間，獄頭放棄營救，要大家去上班，只有他不放棄，白天被押去上班，夜裡一個人去挖坍方。大家勸他算了，救出來也是死人，別把自己的命也搭進去。他嗚嗚叫，你不知道他在講什麼，因為喉嚨已經著地啞掉，發不出聲。但看他的空床鋪，你知道他誰的話都沒聽進去，他的被窩成了老鼠窩。他本是搬運工，一個壯漢子，胸脯厚實得子彈打不穿，卻眼看著一天天瘦下去，像日子是一把刀，在一刻不停削他、刮他、放他血水，血肉一層層剝下來，乾下去，枯得像個鬼。

一天夜裡有人打架受傷，上校去給人包紮，老遠看見一個人在臘月的寒冷裡踉蹌著往坑道晃去。天已經黑透，只能看清一團黑影子，看不清模樣，但上校知道他是誰──可憐的父親！這些天他曾多次這樣見過他，在黑夜的寒風裡獨孤孤一人往黑洞裡奔走，但現在不是在走，而是在跌跌撞撞，一步三晃，幾步一跤，像吃醉酒，糊塗得手腳不分，連走帶爬的。夜裡睡覺時，上校眼前老是浮現這身影，心裡很難過，想他可能是腿腳有傷。他帶上藥水和幾個冷饅頭去看他，也想勸他回來歇一夜。去了發現，他已死在坑道裡，半道上，離坍方還有一個幾十米的彎道。他已經爬了幾十米，幾十米的坑道都是他爬的手印子、吐的飯菜，最後死的樣子也是趴著的，保留著往前爬的姿勢。

上校講：「我想他一定是想跟兩個兒子死得近一些，就想把他抱到坍方段去葬。他本是那麼壯實，大冬天，穿著棉襖棉褲，看上去還是很大塊頭，像你（父親）。我以為要花好大力氣才抱得起他，可一抱發現輕得像個孩子，像你（我）。我知道他已經很瘦，可想不到會瘦成這樣子，完全只剩下一把骨頭，骨頭好像也枯了，朽了，輕飄飄的。我本來是鼓足力氣抱他的，反而被這個輕壓垮了，哭了。我前半輩子都在跟死人打交道，戰場上手術台上死人見得多，從沒哪個人的死讓我這麼傷心。我一路抱著他都在哭，葬他時也在哭，哭得喘不過氣來，現在想起來都難過。」

在將近三年時間裡，我聽他講過很多故事，有的嚇人，有的稀奇，有的古怪，這個是讓人難過的，講得他眼淚汪汪的。這些故事總是那麼吸引人，我經常聽得不眨眼，一兩個鐘頭像火燒似的燒掉了。不過我最想聽的事他一向不講，比如他是不是睡過老保長姘頭；有沒有跟他們師長老婆偷過相好；他是怎麼當上軍醫的——爺爺講的對嗎？最後又因什麼被解放軍開除的，等等。請他講，他總是生氣，有時不理我，有時罵我。

有一回，他罵我：「你這個屁蛋子，從哪兒聽來的這些屁事。」

另一回，他訓我：「以後不准問這些事，小心我撕爛你的嘴。」

其實我最最想問的是他到底是不是太監，當然我知道這是絕對不能問的，問了保準要吃耳光。這道理不沉在海底，是浮在水面上的，小瞎子就是教訓，活鮮鮮的。

15

你知道，我關心的那些事大都是爺爺告訴我的；你也知道，現在我已經聽上校講過許多故事。

我聽了故事都會轉手講給爺爺聽，這樣爺爺就更有興致來講上校的事。好幾次，都是聽了我講的故事後，爺爺像受到啟發，冒出一個新故事。比如關於上校當軍醫的故事就是這樣，是那天我給他講完那個女特務懷孕的故事後，爺爺告訴我的。

爺爺多次講過，上校打小機靈活絡，長大後更是聰明絕頂，學什麼都心靈手巧，比人快一手。有些手藝他像天生長在身上的，不學自會，無師自通。他當軍醫就是這樣，既不是通過學校栽培，也不是經過師父傳幫帶，只是因為「那傢伙」受了傷，在醫院裡養傷幾個月，老是看醫生救治傷員，日積月累，看會的。

戰爭年代，傷員多數是槍傷、刀傷，頭破、肚皮爛、斷腳、缺胳膊；軍醫多數是外科醫生，擅長開刀、縫針、取子彈、接骨頭、包肚皮這些血淋淋的手術。平時不打仗，醫院清風雅靜，清閒得很，前線一開戰，傷病員一車車運來，軍醫累死都忙不過來。有些傷員傷勢太重，生死難料，軍醫懶得管，怕忙碌一陣白忙乎，耽誤時間。他們被丟在走道上，困在擔架上，呼天求地，鬼哭狼號，有的受不了痛撞牆尋了死。醫生見怪不怪，心腸鐵硬，把他們當死人看，從他們面前匆匆過往，連給個口頭安慰的工夫和心情都沒有。他養傷了幾個月，見得多了，膽子也大了，偷偷把那些被軍醫丟在走廊上的垂死傷員當活人救，練技術。反正救不了也沒人追究，救活了是天上丟餡餅。就這樣，他拿起手術刀，私設手術台，偷偷當起軍醫。幾回下來居然救活幾人，一下在醫院出名，醫院就留他當了正式軍醫。

正式了，救的人更多，時間長了，多得排成隊，看不到頭。這些人從不同戰場上下來，有的從抗日前線，有的是國共內鬥，有的是警匪火併，有的是黑社會血洗。子彈是不長眼的，刀子是認人的，而人總是做不到刀槍不入。所以，這些人形形色色，三六九等，有小兵，有將軍，有平頭百姓，有達官貴人，有土豪富紳。小兵得救了對他下跪磕頭，高官富商出手闊綽，有的給他加官封號，有的送他金銀珠寶。有一年他回鄉探親，帶回來一箱子金條、金元寶、金手鐲，把他母親嚇得魂飛靈散，堅決不要，一定要他帶走。

我當然要問爺爺：「這是為什麼？金子是最值錢的東西。」

爺爺總能回答，但有時會講得繚來繞去，你不知道他在講什麼，比如這回就是。「因為值錢才不要。」爺爺講，「值錢的東西像好看的女人，是禍水呢，殺人越貨，謀財害命，要的就是這些玩意。家裡有一箱金子，一群惡鬼壞蛋盯著、念著，哪個人睡得著？何況她一個寡婦。」

這樣，上校只好把箱子原封不動拎回去，束之高閣，當廢品待。他只有老，沒有小，老的不要，老婆沒有，子孫斷絕，派不出這些東西的用場，最後索性賤用，請金匠打了一副手術器具：剪子、鑷子、切刀、尖刀、挑刀、長針、短刺等，一應俱全，亮出來，排滿一張桌面。金器在打製中攙了合金，又拋了光，顯得更加細膩鋥亮，鬼祟的金光追著人眼睛鑽，刺得人睜不開眼。他本是名望在外，配上這套稀奇，名聲像長了翅膀一樣飛，飛上天，那些生死關上的傷員病夫從四面八方奔他來，出院一批冒出一批，韭菜一樣，一茬茬冒出來。這些人四處宣講他的功德，他的醫術，他的了不得：金子打製的手術器具，起死回生的本事，視金錢如糞土的道德，等等美名把他造成一個神，神乎其神。那時沒人叫他上校，因為部隊裡上校很多，不能代表他。那時人都尊稱他為「金一刀」，是金子的意思，也是天下無敵的意思。別人的刀殺人，他的刀救人；別人的刀是銀色的，他的刀是金色的。那時的他，即便是太監，也跟皇帝身邊的太監一樣值錢，受人禮拜。

爺爺講：「事各有理，人各有命，那些躺在棺材裡的死人一定都後悔沒遇到他，否則死的可能就是別人。」

第四章

16

爺爺知道上校很多事，也不知道上校很多事。

知道上校最多事的必定是父親，用父親的話講：「你爺爺講的那些都是二手貨，是我漏給他的，有些是他瞎說八道的。」

這我有體會，凡是父親講的上校事爺爺不一定講得了，而爺爺講的那些父親都能講，而且講得更加全面，時間地點都有，聽起來更過癮。有些事爺爺講到一半，講不下去，就叫我去問父親。我問過很多，父親也對我講過一些，比如上校養貓的事，上校跟解放軍大首長結交的事，都是父親告訴我的。只是父親是個悶葫蘆，一般不愛主動講，除非我去問，貓和首長的事都是我問來的。

上校養的第一隻貓是國民黨一個長官的女人送他的。

這是一九四六年秋季的事，父親講，鬼子投降後上校又回部隊去當軍醫——因為他不想殺人，只想救人。當時他所在的陸軍醫院在東北撫順銅闕鎮，一天中午一個少婦在兩個勤務兵陪同下，乘一輛美軍吉普車來到醫院。女人頭戴呢絨軟帽，披著肉色大斗篷，一派貴婦人的鋒頭，見了上校又是鞠躬又是磕頭，感謝他救了自己男人。問她男人是誰，她話說一半，遮遮掩掩，只說是一個長官，不肯指名道姓，不知道是因為官銜太高還是別有隱情。總之，一個無名長官的女人，長官因傷病未癒行動不便，託她來答謝救命之恩，施恩的禮物盛滿一只斗方藤條箱。上校看禮厚得很，不敢收。

上校講：「這些大概都是鬼子手上繳來的贓物吧。」

女人講：「都是來路正經的東西，你放心收就是。」

上校講：「兵荒馬亂的我多一只箱子是個累贅。」不要。

女人講：「這些都是值錢的東西，可以長遠留著的。」

上校講：「這年頭命都不值錢更別說東西。」堅決不要。

女人甜嘴一張，巧舌如簧，苦苦相求，搬出長官軍令，執意要他收下。上校不猶豫，堅定不收，出絕招，親自動手，把箱子端上車，逐客。奇怪，車裡居然有一隻貓，懶洋洋趴在藤籮裡，一身絨毛虎斑，圓滾滾，一對銅鈴圓眼，亮晶晶，滿好看。上校看著歡喜，對女人講：

「若你真要送禮，留下這貓就好。」

女人眉開眼笑，把貓抱到他懷裡。

從此，上校的生活裡沒有少過貓，像領養的是子女。

17

因為養貓，喜歡貓，上校耽誤過不少事，最大一件事是錯過投誠良機。

父親講，國民黨打不過解放軍，自北向南一路敗退，上校因此走馬燈似的，換過多支部隊。一九四八年冬天，上校的部隊換到江蘇鎮江，是駐防長江的一支海軍部隊，基地在金山寺附近，聽得見和尚撞的鐘聲，和尚也聽得到部隊吹的軍號。他白天在醫院上班，夜裡回公寓住，走路幾分鐘。一天夜裡他剛睡下，被兩個黑衣人封住口，綁了，拖上車拉走。下了車又上船，下了船又坐車，折騰一個通宵。車子最後開進大別山區，一個解放軍的營地，讓他給一位首長做手術。

首長胸部中彈，子彈夾在心肺之間，已經一天一夜，生命垂危。解放軍請他給首長做手術，不做，槍在腰眼裡抵著。上校知道，不做沒活路，做了不成功，也是死路一條——因為他們勢必會懷疑他是故意失手，害死首長。所以當時他跟這位首長一樣，命懸一線，生死架在手術刀尖上。

運氣不錯，手術很成功，首長起死還生，他也保住性命，皆大歡喜。解放軍把他當貴賓接待，也把他當投誠對象看待，給他講形勢，擺道理，動員他棄暗投明，當解放軍。當時國民黨節節敗退，解放軍已準備殺出大別山，打響淮海戰役，形勢對解放軍很有利，他有點想留下來。但想到留下來他養的幾隻貓要吃苦頭，要麼餓死，要麼淪落街頭，他於心不忍，最終還是選擇走。

這一走，差點走進鬼門關。

父親告訴我，上校當兵就被送去江西前線圍剿中央紅軍，當時紅軍走的是撤退路線，他們負責追趕，追追停停，一直追到福建龍巖。什麼是戰爭？就是活一天算一天，一天等於一生世，得空就要快活，及時行樂，死了不冤。所以戰爭間隙，別人都去吃喝嫖賭找快活，他不這樣，他埋頭苦練本領，練槍法，練刺殺，練埋伏。他有自己的看法，做木工手藝就是生意，上戰場本領就是性命，練好本領就是保護性命。他想到做到，仗打一路，他練了一路本領，也撿了一路性命。眼看戰友死的死，傷的傷，他毫髮不損，靠的就是有過硬本領，能打會躲。他槍法準到什麼程度？你放飛手上的鴿子，他同時裝子彈打，十槍九中。有這身本事戰場上早遲要當英雄，部隊到龍巖後同紅軍有一場激戰，他一戰成名，被評為大英雄，報紙上表揚他，登過照片。

後來他所在的國民黨部隊起義加入解放軍，有人算計他，把這本老帳翻出來，告他手上沾滿紅軍血債。解放軍做事嚴肅認真，不冤枉好人，也不放過壞人。經查證，罪名確鑿，便把他關進牢房，要審判他。好在接管這支部隊的解放軍首長正好是他救過命的那位首長，不費周折，把他保下來，派他去前線戴罪立功。這是運氣，否則篤定坐牢，槍斃都可能。

我把上校這些故事講給爺爺聽，爺爺的頭搖得像個撥浪鼓，唉著聲、歎著氣講：「都是女人惹的禍，都是女人惹的禍。」接著擺正頭，定住神，聲音變得堅決，一口咬定：「他這輩子全是女人害的。」

我覺得也是，他當太監是女人害的，去上海當特務是女人安排的，害他做了日本佬的俘虜，後來當解放軍俘虜也是女人害的——要不是那女人送他貓，他早當了解放軍，哪會惹出後邊那些事，被人告，差點送死。我真是為他可惜，為幾隻貓放棄了正經當解放軍的大好機會。

爺爺講：「你看，他現在還養貓，不吸教訓，不回頭。他這人就這樣，骨頭太硬，心氣太傲，仗著聰明能幹，由著性子活，對老天爺也不肯低頭。這樣不好的，人啊，心頭一定要有個怕，有個躲。世間很大，天外有天，山外有山，不能太任著性子，該低頭時要低頭，該認錯時要認錯。」

18

爺爺在廂房前跟我講大道理，母親和大姊在灶屋裡包粽子，兩隻老母雞聞到了糯米經山泉水浸泡後散發出的清香，在堂前踯躅、張望，伺機撿到便宜。我有三兄弟，一個姊姊，姊姊最大，已出嫁，逢年過節才回來；大哥大我七歲，已是正勞力，每天和父親一起出工，參加生產隊勞動，種田，鋤地，灑農藥，修水庫，上山斫柴，下河摸魚，樣樣能幹；二哥比我大五歲，在鎮上學漆匠，平日不在家，農忙時節才回來幫工，搶收搶種，就是大家叫的「雙搶」。

這是一九六七年端午節前的一天，是我十四周歲的生日——我們這邊講虛歲，虛歲是十五歲啦。十年前，每到這一天，母親一邊包著粽子一邊總會對我們講：「就是今天，我一下生下兩個大肉粽子。」有時會加一句：「要真是兩個大肉粽子就好了。」好像我們還不如兩個肉粽子。

我是雙胞胎，還龍鳳胎呢，可惜小妹五歲那年得怪病死了。從此母親不再講那話，講了傷心。養到五歲不容易的，記憶和感情很濃了。本來我和二哥中間還有個二姊，出生當日就死了。這個就沒感情，母親似乎忘了她，難得提起，提了也不動感情，不像只小我半個鐘頭的小妹，經常提起，提起就傷心。正因為這緣故吧——我一前一後夭折了兩個孩子——家裡人尤其是爺爺對我格外肉疼，怕我被兩個女小鬼纏走。爺爺規定，家裡再窮端午節一定要包粽子，買黃酒，燒香拜祖，做祭祀，為的是叫兩個小女鬼吃飽，安耽，別來纏我。我認為這是迷信，我才不怕她們呢。死人有什麼好怕的，活人才可怕，像父親和上校，還有個別老師和同學——特別是小瞎子！是我暗暗怕的。

過完端午節第二天，村裡出現怪事，有四戶人家的孩子一齊失蹤了！他們是鳳凰楊花外村領來的兒子「野路子」、鐵匠家老三「肉鉗子」，還有小瞎子和我小姑的大兒子，就是我表哥。他們似乎合謀好，一起偷走家裡幾塊錢和一些乾糧，不知去向，像飛出巢的小鳥。幾家人四方找尋，沒著落，急得要死。晚上小姑來我家哭，非要父親去幫她找。那天爺爺不在家，在三姑家。爺爺兒子少，只有我父親一個，女兒倒多，有四個，除開小姑其他三個都嫁到外村，每個月爺爺總要挑一家去走走，待幾天。這幾天父親就不顧忌，經常帶上校來我家，當時他就在我家。

上校向我小姑問明情況，點旺一根菸，吸一口，不急不慢地勸小姑：「不用找，會回來的。」再吸一口菸，單獨對父親講，「我倒擔心他們回來，回來大家就沒好日子過了。」講得大家糊里糊塗。

父親問：「這同我們有什麼關係？」

他笑道：「沒你事，是我的事。」

父親講：「你就直講，他們去哪裡了。」

他偏偏不直講，繼續打著啞謎，「要颳大風了，要落暴雨了，有人要吃苦頭了。」像算命先生的那一套，繞著彎，打著轉，帶機關，話裡有話。他講得越是起勁，我們卻聽得越發糊塗。

父親問：「什麼風？什麼雨？」

這回他總算直講：「是紅暴的風，聯總的雨。」

我不知道什麼是「紅暴」什麼叫「聯總」，父親大概是知道的，沒有問下去，莫名其妙地罵罵咧咧起來，罵也不知是在罵誰，好似在罵紅暴和聯總。當時我以為這是兩個人，後來才知道，紅暴是當權派，穿皮鞋的，聯總是造反派，一群赤腳佬。這是當時我們縣革命的兩大派，起初只是吵，打嘴仗和筆仗，陣地主要在城鎮，貼大字報，刷標語，辦油印刊物，開大會，搞集會，唇槍舌劍，口誅筆伐。其間紅暴占絕對優勢，取得決定性勝利。後來聯總在支左部隊的幫教下組織紅衛兵敢死隊，在縣政府門前打響第一槍，從而拉開武鬥序幕，形勢迅速出現逆轉，大批紅暴分子貪生怕死，紛紛流竄鄉下，東躲西藏，把當家權力拱手交到聯總手上。聯總聚集的雖是一群赤腳佬，但年輕有為、有擔當、有抱負，他們沒有躺在功勞簿上睡大覺，他們要將革命進行到底，把紅暴分子趕盡殺絕。審時度勢，他們及時把戰場拓展到農村，吸收大量鄉村中學生加入到紅衛兵隊伍裡，進行挨村逐戶的拉網式搜查，旨在肅清餘毒，斬草除根，根除後患。

19

我表哥他們就是在這時勢下加入聯總革命隊伍，參加了全縣紅衛兵武裝大串連，去了鎮上，去了縣城，去了很多村莊，串連一大幫毛頭小青年，蝗蟲似的，衝來殺去，到哪裡都是喊口號，砸東西，貼大字報，抓人遊鬥，關人審問。到我們村也一樣，首先挨家挨戶搜查流竄的紅暴分子。

天吶！不查不知道，一查嚇一跳，就在我們校長家豬圈的稻草堆裡，他們搜到一個大傢伙：縣委宣傳部教育股股長，曾經是紅暴方面最得力的一員幹將。開始聯總所以落敗，此人是罪魁禍首，他的文章像投槍，像匕首，像機關槍，像炸藥包，把聯總一批帶文藝腔的嫩筆頭子逼入死胡同，差一點全軍覆沒。這麼個大犯要犯，居然窩藏在我們學校、我們村，於是我們村一下成為聯總眼中釘、重災區。聯總一把手胡司令親自騎腳踏車到我們學校，把犯人和我們校長一起帶走，並下達指示：聯總要在我們學校設立分部，對我們村進行大清洗、大革命、大教育。

當天下午學校召開大會，宣布停課，同時舉行莊嚴的紅衛兵入隊儀式，凡出身貧下中農的初三班級的學生都領到一只紅衛兵袖章，宣誓效忠聯總。共六十七人，由一男一女兩個我不認得的城裡青年領頭，對著一面大紅旗高舉手，喊口號，下戰書，宣讀誓言，感覺前方在打仗，他們要上戰場去拚死。

前方不在遠方，就在村子裡，戰爭不是跟敵人作戰，而是鬥爭四類分子，打砸寺廟和祠堂。村裡有一大一小兩座寺廟：觀德寺和關帝廟，都在後山上。關帝廟蹲在村子入口，老虎尾巴的彎頭上，是一座石頭屋，小小的，空的，不住人，只有一尊紅臉黑髯的關公像，平時少有人去燒香，只有逢年過節才有香火。觀德寺大，坐在老虎頸背上，門前拓一塊鋪滿青石板的道地，比籃球場大。道地連著老虎支出的左前腳，直通山下。這也是村裡人包括和尚和信徒上下山唯一的路，因為走的人多，路越走越寬，起頭一段甚至可以開拖拉機上去。後一段鋪著條石板，砌著一共九九八十一級台階，是寺院歷代和尚積的功德，化緣修的。

路都修得這麼好，更不要講寺院，那個氣派，超過祠堂：三進院，占地好幾畝，像個大宅院。前院供著彌勒佛，中殿供著觀音菩薩，後院住著七八個和尚。山上沒有稻田，和尚養雞養鴨，用它們換蔬菜糧食。我見過廟裡大多數和尚，但從沒見過老和尚，他從不下山，你去廟裡也看不到他。聽說他每天都在小紅屋裡練功，功力高到什麼地步呢？爺爺總舉一個例子，講當年日本佬打到我們村，把村莊糟蹋夠，上山準備再糟蹋觀德寺，被老和尚一把笤帚柄救下。原來鬼子小隊長是個武士出身，知道老和尚有武功，要同他比武。約定好，只要老和尚贏，鬼子不進廟，否則燒掉廟。那時老和尚當然並不老，眼明手快，力壯如牛，用一把笤帚柄上陣，三下五除二把小鬼子大洋刀奪到自己手上。小隊長服輸，對他作揖，放過觀德寺。

靠著老和尚的威望，寺院名聲響，香火旺，一年四季四方八遠都有人來燒香敬拜，求子女，求平安，求福壽。上校母親篤信觀音菩薩，平日裡像在那兒上班，幾乎日日早上都要去供一炷香，一年到頭柴米油鹽樣樣送。

爺爺講：「這老娘們，待和尚像待爹娘一樣好。」

幸虧她當時去了普陀山，不在村裡，否則看紅衛兵把她崇拜的地方糟蹋了，把她情同手足的和尚打罵了，豈不要她老命嗎？阿彌陀佛，菩薩有靈，預知這兒要出亂子，先安排她避開了。

20

紅衛兵開過會後，由城裡青年領著，先去搗了關帝廟，燒了關公像，後去山上毀了觀德寺，把所有佛像、神龕、雕像、經書、楹聯、畫像，燒的燒，砸的砸；有些燒不掉、砸不碎的，一律丟入山上水庫裡。我們看著，確實有種看打仗的感覺，打砸搶燒，火光沖天，煙霧彌漫，和尚哭的哭，叫的叫，罵的罵，拜的拜，呼天搶地，一派亂象。

一個胖和尚，剛開始提一根鐵杖，橫在大門口，不准紅衛兵進門。紅衛兵排好隊，高喊口號，準備衝鋒陷陣。眼看一場打鬥一觸即發，我們看得緊張興奮到頂，門卻突然吱呀一聲稀開，出來一個慈眉善目的老和尚——終於看到他了！

老和尚不開口，只揮手，示意胖和尚放下鐵杖，放人進去。胖和尚捏緊鐵杖，漲紅臉，跺著腳，哇哇叫，不服從。老和尚雙手合十，閉上眼，輕輕念一聲阿彌陀佛，緩步走到胖和尚面前，一眨眼，一伸手，對準胖和尚的頸脖啪啪兩下，胖和尚頓時丟下鐵杖，閉嘴收聲，立停不動，木樁一樣。就是這個胖和尚，後來眼看著寺廟被糟蹋，哭得死去活來，號啕聲一浪高過一浪，越過山嶺，傳到村子裡，父親在家裡都聽到了。

這天夜裡我先是睡不著，然後又做了一夜夢。我在夢裡看見自己當上紅衛兵，跟一群紅衛兵一起圍攻胖和尚，鐵杖在我眼前飛，我一點都不怕；鐵杖擊中我額頭，鮮血直流，我一點都不痛，照舊昂著頭，衝啊殺啊，像隻發瘋的小公牛。最後正是我變成公牛，長出兩只尖角，刺破胖和尚的頸脖子，痛得他獅吼一聲，把我驚醒。

這真是令人激動難忘的一天一夜，白天看得驚心動魄，夜裡在夢中更加驚險刺激，衝啊殺啊，頭破，血流，混戰，血戰，熊熊烈火在燃燒，滾滾烏煙在翻捲，瘋狂水牛在狂奔，鬼在哭，狼在號，人在廝殺……

現在我還沒有做夢，連覺都還沒有睡，還在吃夜飯，正在飯桌上對全家人講白天看到的紅衛兵打砸寺廟的故事。講到一半上校來了，進門就對父親講：

「你看，我成烏鴉嘴了，講什麼晦氣就來什麼晦氣。」

「是啊，不得了了。」父親講，「這些小王八蛋到底想幹什麼。」

上校講：「我要出去避一避。」

父親問：「避什麼？」

上校講：「我估摸明天他們要拿我們這些四類分子開刀，遊鬥。」

父親講：「躲得過初一，躲不過十五。」

上校講：「好漢不吃眼前虧，先躲一躲再講。」

父親講：「這些小畜生，屌毛都沒長齊，怕什麼。」

上校講：「俗話講不怕老只怕小，小鬼作惡老鬼哭。你不曉得，我早曉得，城裡被這些小鬼攪翻了天，每天江面上都浮出無名死屍。這些小子心還沒有長圓，做事沒輕重，還是避一避好。」

父親在別人面前是悶葫蘆，在上校面前不會少講一句。他勸上校別走：「避什麼，是禍躲不掉，我就不信這些小畜生能把你怎麼了。」停一停，像突然想起，又講，「哎，你媽現在不是在觀音菩薩身邊嘛，會保佑你的。」

上校講：「觀音菩薩保佑我兩隻貓好了。」一邊從褲袋裡摸出兩把用紅毛線串著的鑰匙和十塊錢遞給父親，「我的貓就是你家老母豬，我媽在普陀山，只有靠你照顧了。」父親不好意思拿，他直接把錢和鑰匙放在桌上，「我的貓嘴刁，每天要吃魚鮝，沒錢你煎手板心給牠們吃啊。」

父親講：「我捉老鼠給牠們吃。」

他笑道：「我的貓只捉老鼠，從來不吃。老鼠多邋遢嘛，陰溝裡的東西，牠們才不要吃呢。」因打算連夜走，要做準備工作，他無心停留，一邊講著一邊就轉身開步走，依然是昂首挺胸，一步一頓，夜色裡，像個殭屍。

21

上校前腳走，表哥後腳到，來找我爺爺。因為明天上午要在祠堂開批鬥大會，所有四類分子都要押上台批鬥，他希望爺爺代表貧下中農上台發言。爺爺口才好，有威信，當代表發言最合適。但爺爺臨時去了二姑家，二姑養的過年豬害病了，他要去關心一下。表哥聽說這事，很失落，又很堅決，要求父親連夜去叫爺爺回來。父親像沒聽見，埋頭吃飯，不理睬。我多嘴，對父親講：

「上校比瞎子先生還算得準。」

「算得準有什麼用，」表哥對我說，「他也要被批鬥。」

「鬥個卵，」父親這才開口，訓表哥，「你們給他洗腳都不配。」

「你不要亂講，」表哥居然頂父親嘴，「只有反革命分子才這樣亂講。」

「你放什麼屁，」父親撂下筷子，手指著他，「小心我抽你！」

要是以前表哥一定要躲，現在卻臨危不懼，脖子一挺，鼻孔裡噴出一股惡氣，手指著紅袖章，警告父親：「只有紅衛兵打別人，沒有人敢打紅衛兵。」氣得父親起身真要打他，幸虧被母親和大哥攔住。

父親打不著他，只好罵他，叫他滾。

表哥走的樣子一點不像滾，脖子直挺著，步子沉穩得很。雖然出去才半個多月，表哥像一下子長大好幾歲，長出息了，穿一件神氣的軍裝，袖子上戴著鮮紅的紅衛兵大袖套，胸前佩著一枚雞蛋一樣大的毛主席像章，走路肩膀一聳一聳的，說話時右手一揮一揮的，像音樂老師教我們唱歌一樣。我像被他吸牢，跟著他走，父親叫我也不理。

這天晚上我沒有回家，我和表哥睡在一起——反正爺爺不在家，回去也是一個人睡。我請表哥對我講講這段時間的經歷，他從出門第一天講起，一天天講，一直講到當天下午。黑暗中，我總覺得不是表哥在講，講的也不是表哥的事，而是一本書裡的事。微風輕輕吹拂著蚊帳，我聞到表哥身上熟悉的汗臭味，可聽著總覺得這是一個陌生人。

我說：「表哥，你現在講話和以前不一樣。」

他說：「革命鍛鍊了我。」

我說：「革命真好。」

他說：「革命就是好。」

我說：「我也想參加紅衛兵。」

他說：「你才初一，年紀不夠。」過一會又說，「你可以先爭取加入預備隊，我們已經打算在初二和初一年級裡組建紅衛兵預備隊，到時我同小瞎子商量商量，爭取讓你第一批加入預備隊。」

這時我才知道，小瞎子官級比表哥高，他是我們村紅衛兵分隊長，表哥和肉鉗子、野路子都是他下級，只是小隊長。小瞎子是全校出名的壞蛋，偷學校電燈泡、粉筆，偷看女同學上廁所，講女老師的下流話，反正三天兩頭幹壞事。就在他們出去串連前不久，學校開運動會，他把鉛球埋進沙坑準備偷回家，體育老師發現後狠狠批評了他。第二天他把體育老師家的兩隻老母雞趕進糞坑，淹死，害得老師奶奶蹲在糞坑邊對著死臭的老母雞啊啊哭，他躲在牆角落裡哈哈笑。這是我親眼看見的。

「怎麼讓他當領導？」我不理解。

「是大隊長讓當的。」表哥解釋說。

「誰是大隊長？」我見過兩個城裡青年，「是那個男的還是女的？」

「既不是那男的也不是那女的，」表哥說，「大隊長還沒來，明早才能來。」

這天夜裡十四歲的我第一次嘗到了失眠的滋味，是一種夜色也有重量、形狀和氣味的滋味，像沒睡在床鋪上，是睡在黑色的空氣上，睡在一堆目不暇接、紛亂和狂熱的思緒裡。這些思緒互相仇恨，穿著黑衣圍攻我，讓我雖然一動不動卻累得不行，好像血液的流動需要齒輪轉動才能帶動。每一次，我徒勞又努力地閉緊雙眼，卻總能清晰地看見黑夜像一面無處不在的鏡子在窺視我，在討厭地看守我，不准我逃離。鏡子裡經常出現一個神祕的身影，高個子，寬肩膀，方臉孔，大眼睛，穿得跟表哥一樣，一身綠軍裝，腰上繫著褐色牛皮帶，臂上戴著紅袖章——他是我想像中的大隊長。

第五章

22

真實的大隊長和我想的完全不一樣，真實的大隊長是小個子，白臉蛋，文文弱弱的。他的胳膊還沒有我粗，舉起來，直直一桿子，像鐮刀柄，上下一樣細，看不見一塊肌肉。他穿的球鞋只有三十六碼，比我母親還小一號。

爺爺講：「這麼小的腳不可能長高，高了就要倒，像牆頭草。」

他身上只有腦袋是大的，腦門寬大又高，據說裡面裝滿了詩和夢想。當紅衛兵前，他是縣一中藍天詩社社長，當然是詩人。作為嚮往藍天的詩人，可能也是因為個子不高吧，他走路總抬著頭，望著天空。給我印象最深的是，他上嘴唇留著一道鬍髭，毛茸茸的，黑得油亮，像抹了油，讓人聯想到他是詩人。其次，他笑起來嘴形滿好看，露出一口大白牙。但是他很少笑，據說只有照鏡子時才笑。表哥告訴我，他每天早上洗臉時和晚上睡覺前都要對著鏡子修鬍髭，修很久，一邊修一邊笑，卻不出聲，像鏡子裡的人才是真人。

村裡沒有旅店，大隊長和他帶來的人只好住在學校教室裡，睡在課桌上。大隊長帶來一女三男，都是他同學，縣城來的，我們不知道他們名字，只叫他們「四大金剛」——大隊長的四大金剛。因有女同學的緣故，他們睡覺時不關門，不關燈，結果遭蚊蟲叮得要死，第二天大家看他們身上都是紅點點，像出了疹子。後來他們改變作息時間，上午睡覺，下午和晚上開展工作。工作內容主要是肅清紅暴分子餘毒，宣揚造反有理，破除封建迷信，批鬥四類分子。他們在學校大門口掛出「富春縣革命造反聯合總司令部第七分部」名頭的木牌，原來我們校長辦公室成了大隊長的辦公室，門口插著一面繡有「聯總」黃色絲字的紅旗，所有人進出都要對紅旗敬禮，對大隊長喊報告。後來我們知道大隊長是聯總胡司令的堂兄弟，當然也姓胡。有人為討好他也叫他胡司令，他從不反對，後來大家索性都叫他胡司令，真正的胡司令成了總司令。

胡司令進駐我們村後，天天有忙不完的事，白天有時組織人寫標語貼標語，有時帶人挨家挨戶搜查：凡是封建迷信的東西，一經發現，一律繳走，燒的燒，砸的砸，絕不姑息——謝天謝地，小爺爺的耶穌像沒被發現，我家一尊梓木關公像、兩幅鍾馗年畫和一串奶奶留下的佛珠，不得幸免。到晚上更忙碌，先是召集全體紅衛兵在學校操場上開大會，批鬥四類分子，發動群眾揭發他們的罪行，然後對個別表現不好或罪行特別嚴重的反動分子，胡司令會押他們去辦公室單獨審問，搞各個擊破，常忙得通宵達旦。

胡司令多次在會上強調，我們村子大，歷史深，惡勢力強，山上有寺，村口有廟，還有老祠堂、老軍屯、老牌坊，解放前國民黨軍隊駐紮過，階級鬥爭形勢尤為嚴峻複雜，要求全體紅衛兵做好長期鬥爭的思想準備，甘於吃苦，敢於鬥爭，充分調動廣大人民群眾的革命積極性，把全村所有階級敵人從犄角旮旯裡揪出來，將無產階級文化大革命進行到底，不達目的不罷休。

23

每次胡司令在辦公室單獨審問人，總有一堆人躲在窗洞外偷聽偷看，其中必有我。這是我們最感興趣的一件事，像看戲文一樣，很好看。我們是看客，也是渴望加入紅衛兵預備隊的積極分子，有場外聲援的意思。開始程序都一樣，胡司令走進辦公室，解下皮腰帶，很威風地拍在桌子上，隨即舉起毛主席語錄，字正腔圓地宣布：

「偉大領袖毛主席教導我們，要把無產階級文化大革命進行到底，你是革命的對象，人民群眾的敵人，知道嗎？」

我對胡司令這種威風凜凜、頭頭是道的樣子佩服得五體投地，所有四類分子在他面前都變得老老實實，含著胸，低著頭，有問必答，有令必從。這天晚上我看見父親被胡司令帶進辦公室時，嚇壞了，我知道父親在背後講過胡司令壞話，罵他是小雜種，難道是表哥出賣了父親？

不是的。

原來胡司令一直在找上校，全村所有四類分子都被批鬥，受教育，只有他一人漏網。而且，胡司令了解到此人罪行特別嚴重，早先當過國民黨軍官，後來被解放軍開除，現在又不好好接受改造，不參加勞動，好吃懶做，過資產階級生活，母親還搞迷信活動，傳播愚昧落後的封建思想，一家人都是革命的絆腳石。胡司令認為這是個大問題，命令小瞎子——分隊長——必須找到他，狠狠批鬥。小瞎子於是帶領三個紅衛兵，對上校家進行二十四小時嚴防死守。父親不了解情況，按時去上校家給貓餵食，被小瞎子逮個正著。由此胡司令懷疑父親知道上校去向，便叫他來問情況。

胡司令一反常態，對父親不凶，甚至客氣，讓他座又遞菸，友好得像親眷，看得我心頭很溫暖又如夢似幻，懷疑是幻覺。後來才知道，因為我家是貧農，是紅衛兵的堅強後盾，胡司令必須要待好的。他拋出問題——上校在哪裡——的同時，特別申明，這不是審問，是詢問。

我聽到父親幾乎不假思索又帶點兒氣惱地講：「我可不知道他在哪裡。」但我懷疑是知道的，「我要知道早去找他啦。」父親講得確鑿，「他對我講出去一天就回來，交給我兩條帶魚鯗餵那兩隻畜生，現在東西早吃個精光，我得去水庫摸魚給牠們填飽肚皮，煩死人啦。」

這時我確信父親一定知道上校在哪裡，因為他講的是瞎話，他抓什麼魚啊，狗屁！家裡還有好幾條帶魚鯗呢。父親在胡司令面前臉不變色、神不慌張、撒謊不心慌的表現讓我震驚又內疚。胡司令對他這麼好，父親卻不厚道，滿嘴謊話，讓我很失望難過。這也讓我認識到在上校和胡司令之間，我感情是傾向胡司令的。大人很怪的，平時總教育我們要誠實，講真話，不能撒謊，自己卻經常鬼話連篇。

不過我也很怪的，雖然一邊喜歡上校同時卻並不情願他逍遙在外，我希望他出現在胡司令面前接受審問，這樣興許我能聽到他更多故事，比如他同老保長，憑什麼結怨不結仇；又如他褲襠裡，到底藏著什麼稀奇古怪；還有他動不動從身上摸出十塊錢，哪兒來的錢？我相信這是村裡所有孩子的好奇，包括表哥、小瞎子、肉鉗子、野路子他們，後來事實證明他們比我還想知道。

我的願望沒有落空，上校回來了，是小瞎子用一個鬼主意騙回來的——絕對鬼得很！村裡人都知道，小瞎子當然也知道，貓是上校命根子，親兒子，心肝寶貝，手心手背，反正比什麼都要緊要死。他向胡司令設計——錦囊妙計——把上校兩隻貓抓起來，然後在廣播裡廣播，他一定會自投羅網。

果然，上午小瞎子把兩隻貓抓到學校關起來，下午上校就乖乖地回到村裡，手上拎著一只黑色豬皮包，直接去學校尋貓。後來胡司令檢查他皮包，發現裡面有一雙涼拖鞋、一塊手巾、半條香菸和兩只鋁盒子。打開盒子，一只是一堆手術器具，大大小小，金光閃閃的，像只百寶箱；一只是一堆魚骨頭，烏糟糟、臭烘烘的，像只泔水桶。

把他抓起來！

胡司令一聲令下，幾十個細胳膊嫩腿的紅衛兵在四大金剛帶頭下，奮不顧身朝上校圍上來、撲上去。起初上校邊擋邊退，像隻大貓似的，手腳靈巧，借力發力，紅衛兵根本近不了他身，多人吃了苦頭，有的倒地，有的啊喲啊喲叫，好像吃了痛。後來上校看這些人個個像吃了炸藥，視死如歸，一輪輪撲上來，不知是認了輸還是怕傷著他們，索性放棄抵抗。紅衛兵趁機一哄而上，把他抓住，按倒在地。

把他捆起來！

胡司令又發令。

可沒有繩子，以前的四類分子都很老實，不要捆的。小瞎子就是聰明，眼睛骨碌碌轉兩下，直奔學校廚房，找來一根捆豬用的大麻繩。胡司令親自動手，他通過半年大革命，已經捆過很多人，有經驗，有技術，在四大金剛協助下，三下五除二，把上校捆了個結實，然後押去村裡遊鬥。

24

這是一次特別的遊鬥，以前搞遊鬥不敲鑼打鼓，只喊口號。這次前面有人敲鑼，後面有人打鼓，一會兒鑼聲蓋過鼓聲，一會兒鼓聲壓過鑼聲，中間穿著口號聲，一浪滾一浪，一浪高過一浪，驚得鳥兒不敢在村子上空飛，都逃進山裡，鑽入樹林，像天空著了火。這麼隆重，是慶祝的意思，把唯一在逃的首犯要犯抓住了，壞人從此一網打盡，無一漏網。以前搞遊鬥，是一群人，大家都老老實實，低著頭，不作聲，像看無聲電影，不好看。這次是一個人，獨腳戲，人雖少，戲卻多，上校一會兒罵人，一會兒掙扎，一會兒被人罵，一會兒被人打，好戲連場，有看頭。

關鍵是上校這個人，以前在村子裡走，一向是腰板筆挺，昂首闊步，神氣活現。尤其到大冬天，他總是穿著那雙高幫大靴子，靴子底下掌滿鐵釘，在鵝卵石走過，即使是在冰雪上走，照樣喀！喀！喀！像一匹戰馬在行軍。而現在，他變得像一隻癩皮狗，要人拖著走，架著走，威風掃地，狼狽不堪。

這天爺爺已從二姑家回來，看到上校被遊鬥的樣子，連連搖著頭講：「完了，完了，這下子太監罪過了，打我看他出生從沒見他被人這麼奚落過，這幫子小東西……」後半句話熬著回到家才講出來，「簡直是畜生！」

父親講：「畜生都不如，居然連寺廟都要糟蹋。」

爺爺講：「是啊，觀德寺活了兩百歲了，凡是壞人都見過，都沒這幫子小畜生壞。只有畜生才這麼傷天害理，把一個兩百歲的老寺廟一下糟蹋了。小畜生！小畜生！」爺爺一口接一口罵紅衛兵，好像只有這樣反覆罵才能解他心頭之恨，才能突出紅衛兵超乎尋常的壞，把他們作法罵死。

爺爺平時最討厭上校，但較比胡司令和紅衛兵，他感情似乎明顯偏朝上校，和我正好相反。大人就是這麼奇怪，總跟小輩子對著幹，好像養我們就是要養一個對手。爺爺，你是老糊塗了嗎？一個破廟糟蹋了有什麼好心疼的，值得你這麼去罵革命小將紅衛兵嗎？爺爺，你要知道這麼罵他們說明你是反革命，要被押上台去批鬥的，我可不想有個反革命爺爺，我還想盡早加入紅衛兵呢。總之，在對待紅衛兵的態度上，我同爺爺和父親是有矛盾的，我覺得他們很自私，目光短淺。

就在爺爺謾罵紅衛兵的同時，上校像被制服的瘋子一樣，被威風的紅衛兵拖回學校。照以前，搞遊鬥，全村子走一圈只要個把鐘頭，但由於上校不配合，抗拒，掙扎，鬥爭，時間被活活拖長，結束時天已經落黑。照以前，鬥歸鬥，生活歸生活，鬥完人要放人，該回家吃飯就吃飯，該睡覺就睡覺。但胡司令認為這傢伙不老實，認罪態度差，決定要特別對待，把他關起來，不准回家。

小瞎子當時正要給上校解繩子，準備放他回家，聽胡司令這麼指示，很興奮，說：「這太好了，我不要解繩子了。」

胡司令說：「把他捆緊一點，免得他逃跑。」

小瞎子說：「他要敢逃跑，我打斷他狗腿。」

胡司令上前拍他肩膀，表揚他：「你這個思想很好，對這種要作死的頑固分子，我們就要勇於鬥爭敢於鬥狠。」

可胡司令想不好把他關在哪裡，他昂著頭，摸著鬍髭沉思著。

小瞎子馬上獻上一計：「把他跟貓關在一起。」

小瞎子就是鬼主意多，胡司令就是喜歡他鬼主意多，他們是一丘之貉——那時我剛在課本裡學到這個成語——不，這是個貶義詞，不合適用在胡司令身上，只適合小瞎子。我相信胡司令早遲會發覺小瞎子是個大壞蛋，然後撤銷他職務，讓我表哥當分隊長。這天夜裡，我心裡就是裝著這個思想睡著的，耳朵裡照舊灌著爺爺一把一把的鼾聲，像拉著風箱。

25

兩隻貓被關在從前老保長姘頭開小店的屋裡，現在是學校食堂柴屋，堆著乾柴火、蜂窩煤、麥稈、稻草、報廢的課桌、板凳、黑板、風車、織布機，亂七八糟，反正什麼都有。甚至還有一口棺材，不知是誰家存放在那兒的。屋裡臭氣沖天，是腐爛的酸臭，更有屎尿酵化後的惡臭。學校不是有廁所的嘛，誰這麼缺德在這裡屙屎拉尿？原來是食堂師傅，他為了積肥，不去廁所解決問題。他的廁所是兩只糞桶，一只屙屎，一只拉尿，到時間都挑到自己菜地裡，肥水不外流。

兩隻貓在臭氣薰天、灰飛煤黑的柴屋裡關一天，看上去非常邋遢，可憐兮兮。那隻白貓已髒成黑貓，黑貓和白貓一樣，渾身上下都是煤灰，甩個頭，一團灰飛煙起。牠們一直在養尊處優中嬌生慣養，什麼時候受過這種罪苦：脖頸上勒著一根尼龍繩，忍饑挨餓，髒不拉幾的。上校見了，頓時有種天塌地崩的感覺，淚滾出來，涕流下來，罵天罵地，一點不掩飾內心的痛恨憤怒。

押他來的小瞎子覺得奇怪，下午把他當豬狗一樣遊鬥，牽著，拖著，罵著，打著，身上到處是傷，他都不叫一聲痛，不吭一聲苦，現在反而這麼悲憤交加要死不活的樣子，簡直神經病！要不是被綁著，他真擔心他發瘋，把自己吃了。本來他還計畫背著胡司令先審問審問他，多古怪的一個人，村裡哪個孩子不在背後議論他？越議論越叫人好奇。他有好多好奇心想滿足，現在是多好的機會，可以私下審問，可以先知為快。可看他發癲憤怒的樣子，小瞎子怕他發瘋傷及自己，臨時打消念頭，什麼都沒問，掉頭就走，有點臨陣脫逃的樣子。

「你別走。」上校叫住他。

「你想幹嗎？老實點！」小瞎子嘴硬腿軟，一邊往門外退。

「把貓放了。」上校對他講道理，「你們批鬥我跟貓有什麼關係。」

小瞎子用鼻孔哼一聲，陰陽怪氣說：「你算老幾，我要聽你的。」

上校轉過身，用反剪的手敲敲屁股，告訴他兜裡有十塊錢。幹嗎？你放貓，我給錢。十塊錢哪，可以買一缸豬肉，醃上，一家人可以吃一整年。可萬一這是個陰謀，趁你去掏錢他一腳把你踢倒……他當過兵，有功夫——下午已經露過幾手——我可不能上當受騙。這麼想著，小瞎子才熬住誘惑，罵他：

「你這個狗太監，想腐蝕我？等著瞧，回去我報告胡司令，你腐蝕革命紅衛兵，罪加一等！」

胡司令聽完報告，老一套，拍拍小瞎子肩膀，表揚他：「你用行動證明我提拔你當分隊長是英明正確的。」退開一步，口氣變得誠實又堅定，「說實話我們不可能老待在這兒，今後這兒的革命江山要靠你們自己來插遍紅旗，像太監這種國民黨反動派，頑固分子，我們必須要對他鬥爭到底，專政到底，要把紅旗不但插到他頭上，還要插進他心裡。」

小瞎子表態：「我反正聽您司令的，您槍指到哪兒，我就打到哪兒。」為了顯示對司令的恭敬，他有意傻起腰，低著頭。小瞎子留過級，班級裡年紀最大，個頭也高的，比小個子胡司令要高半個頭，傻腰低頭是表示忠心。表完忠心又討教：

「那下一步我們該做什麼？」

「當然是發動群眾批鬥他！」

斬釘截鐵地下達指示後，胡司令用一種沉緩的口氣說：「剛才我已想過，今天晚上我們只批鬥他一個人。此人太張狂，太放肆，國民黨反動派的餘毒太深，我們一定要用強大的無產階級專政的力量把他鬥死批臭，滅他威風，叫他有頭不敢抬，有屁不敢放，從骨頭裡滅掉他的囂張氣焰，讓他永遠聽人民群眾的話，做人民群眾的奴才。」

雖然我對胡司令的長相有些失望，不夠強壯，但聽他講話，那堅定的口氣，那標準的普通話，那滔滔不絕的口鋒，還是非常讓我佩服的。我想，這一定是因為他是詩人的緣故。據說他有一本比書本還要大的筆記本，每天夜裡，等大家睡覺了，他就在筆記本上寫詩，有的很長，一面黑板都抄不完。也有不長的，會抄在黑板上，大家都看得到，我印象深的是這麼一首：

有些草是毒草
有些人是敵人
有些山是高山的膝蓋
有些人是革命的絆石
我們要在高山巔放歌
我們要在大海裡暢游
革命不是請客吃飯
文化大革命就是好

在胡司令離開我們村子的前一夜，他親自把這首詩抄到我們學校臨公路的白牆上，每個字都有父親拳頭那麼大，白牆紅字，老遠看得到。這紅色特別鮮豔，有人講是因為紅墨水裡攙了鮮血——有人講攙的是雞血，有人講攙的是豬血，有人講攙的是胡司令青春的熱血。到底有沒有攙血？到底攙的是什麼血？要是往常，大家一定會去找上校求問，他見多識廣，何況他跟血打了一輩子交道，這個問題一定難不倒他的。可那時大家已經找不到上校了，他失蹤了！

第六章

26

現在胡司令還沒有走，上校也沒有失蹤，他同貓一起被關在骯髒的柴屋裡，等待晚上對他進行聲勢浩大的批鬥。吃夜飯時，我聽到胡司令帶來的那個女同學又在廣播上通知，要求全體村民吃完夜飯去學校參加批鬥會。從胡司令帶人進駐我們村後，連續幾天都這樣，到時間，廣播響，女同學先講，胡司令接著講，講來講去是一個意思：開大會，每家每戶至少要出一個代表，小孩子不算。

批鬥會照舊是在排山倒海的口號聲中開始。口號聲一停下，兩名城裡來的紅衛兵押著上校上台來：確實只有他一人，孤單單的，兩隻手被剪在背後，綁著，頭上戴一頂圓錐形的大高帽子，上面寫著「人民公敵」和「十惡不赦」，掛胸前的紙牌子上也寫滿各種罪名，還打一個紅色大叉叉，感覺批鬥完要拉去槍斃。

「同志們！社員同志們！」胡司令率先上台講話，先講上校畏罪潛逃躲避批鬥的事，接著講當前一片大好的革命形勢，最後走到台前，指著上校義憤填膺地講，「今天我們只鬥他一個人，因為他罪大惡極，更因為他有罪不認，知錯不改，要同廣大人民群眾抗拒到底。偉大領袖毛主席教導我們，坦白從寬，抗拒從嚴，對他這種想一條黑路走到底的頑固分子，壞分子，我們革命群眾堅決不答應！同志們，你們答應嗎？」

不答應——！

不答應——！

不答應——！

台上台下的紅衛兵振臂高呼，廣大群眾卻沒有伸出幾隻手，應者寥寥無幾。胡司令不高興，往前走幾步，目光越過台前的紅衛兵方陣，專門落到後面的人民群眾方向，再次呼籲社員同志們響應。

應者依然寥寥，在暗黑中顯得格外稀少。

今晚人民群眾有點不聽話。胡司令一臉失望地收回目光，在台上踱步，沉思，一邊撫著小鬍子。不一會兒他昂起頭，舉目，整裝，闊步走到台前，威風凜然地抹一把汗，使勁睜大眼睛，開始對台下慷慨激昂，其形其狀，其激越的聲音，比繫在腰間的武裝帶威嚴，比箍在臂上的紅袖章紅烈，看著令人振奮，聽著令人沸騰。

社員同志們——胡司令振臂一揮，聲若洪鐘，彷彿要點燃夜空——剛才我聞到一股同情階級敵人的臭味，比茅坑裡的石頭還要臭！還要毒！請問你們的階級覺悟在哪裡？他是國民黨反動派的走狗！是牛！鬼！蛇！神！革命的春風已經吹綠大江南北，所有階級敵人無不聞風喪膽，繳械投降，而他死不悔改，為什麼？因為他有後台老闆。誰是他的後台老闆？國民黨！蔣介石！美蔣特務！蘇修分子！他以為這些反動派會來救他，所以死不悔改，妄圖垂死掙扎。笑話，天大的笑話！偉大領袖毛主席教導我們，世界是我們的，明天是我們的，我們是世界的主人，一切反動派都是紙老虎。

打倒紙老虎！

打倒蔣介石！

打倒美帝國主義！

打倒國民黨反動派！

打倒蘇修勃日列涅夫！

口號喊得一排接一排，一浪壓一浪，風煙滾滾的樣子，把窠在屋簷下的大小鳥兒都嚇得驚恐萬狀，逃出窠，奪命飛，在黑暗中和蝙蝠碰撞。蝙蝠個小，體輕，經不起撞，一撞就吱一聲叫，墜落地，有時跌在人身上，引發一陣小騷亂。

27

儘管這樣的批鬥會天天晚上開，但這次給我留下印象最深，也最好。首先是胡司令從來沒有講過這麼多話，他講得真好，義正詞嚴，字正腔圓，頭頭是道，滔滔不絕，感覺不是從縣城來的，而是從省城甚至首都北京來的。其次，雖然上校跟我父親關係好，平時我也喜歡聽他講故事，但我更喜歡和大家一起喊口號。母親講過，每次生產隊分糧食，她把一袋袋糧食裝上自家獨輪車時是她最幸福的時刻，我覺得跟大家一起一次次振臂高喊口號是我最幸福的時刻。

打倒——！

打倒——！

打倒——！

喊完口號，胡司令要求大家上台揭發上校罪行。最踴躍的是小瞎子，第一個上台，然後是肉鉗子，然後是我表哥，最後是野路子。當初就是他們四人出去串連，把胡司令等人領到我們村掀起革命狂風，現在他們當之無愧是胡司令的核心成員，頭上有銜，手上有權，臉上有光彩，地位和權力僅次於胡司令帶來的四大金剛。金剛配門神，我們私下叫他們是胡司令的四小門神。

四小門神逐一批鬥完後，胡司令又號召社員們上台來批。

大家不要怕，有什麼講什麼，有冤申冤，有仇報仇，有恨雪恨——胡司令用一串排比給大家鼓勁，做動員——我們要翻他變天帳，歷史上的，政治上的，生活上的，都可以講，凡是他的罪行都可以講。這是革命，革命不是請客吃飯，革命就是無情，就是鬥爭，就是撕開敵人的偽裝，亮出他們醜惡的靈魂。

社員們照樣不積極，裝聾作啞，一度會場出奇的靜。胡司令不氣餒，連哄帶嚇，口舌費盡。催促又催促後，終於出來一人，是老保長。老保長七十多歲了，但身子骨還是像門閂一樣硬，一頓飯能吃下一隻雞、一斤燒酒。爺爺最羨慕他的好身體，有一次我在祠堂裡偷聽到爺爺和他的一段對話——

「老流氓，」爺爺一向叫他老流氓，「你比我才小一歲吧。」

「是啊，老巫頭，」老保長罵罵咧咧的，「你他媽的就仗著比我大一歲，欺負了我一生世。」

「放屁，你當著保長誰敢欺負你，只有你欺負我。」

「你才放屁，我才當幾年保長？其他時光都是你欺負我。」

「現在你可以欺負我了，我都彎不下腰了，明年我看就出不了門了。」爺爺捶著腰背歎息著，好像有些感傷，「老了，我老了。可我看你一點不見老啊，你身子骨至少比我健爽二十歲。」

「這話假不了，」老保長嘿嘿笑，「至少跟女人上床睏覺，我比你二十年前還活跳。」

另有一次，爺爺帶我在打穀場上風秕穀，我負責搖風車，爺爺負責把穀子從麻袋裡倒出來，用簸箕灌入風車斗。和爺爺比，我的活是比較輕鬆的，只要手把著搖柄不停轉。但我終歸是小孩子——那年我才十一歲——沒耐力，轉著轉著，滿頭大汗，手臂疼得不行，沒力氣了，想停下來。爺爺要我堅持，別偷懶。我堅持一會，實在用光力氣，只剩下氣惱，索性停下來，坐在地上，是要賴的作派。當時老保長正好從我們身邊走過，聽到我在講用光力氣的話，他像唱歌一樣對我講：

「小夥子的力氣越用越多的，像小姑娘的奶子越摸越大。」

「你個老流氓放什麼屁！」爺爺抓一把秕穀子砸他。

「我不是在幫你講話嘛。」老保長呵呵笑著。

爺爺罵他：「人家還是孩子，你放屁也得分場合。」

老保長講：「人家是孩子，可我們是老頭子，有屁要快放，再過幾年你連放屁的力氣都沒了。人老了，力氣像鈔票一樣，就越用越少啦，我現在不浪費力氣，力氣都存著，只用在女人身上。」

老保長這人就是這樣，三句話離不開女人、睏覺、奶子，活脫脫一個大流氓。爺爺經常罵他這輩子對女人作的孽太多，下輩子一定做騾子，配不上對——我不大懂這話的意思，但總歸是在罵他吧。爺爺罵人一向有水平，像老保長講下流話，也像胡司令宣講革命道理，從不放空槍，是穩準狠的水平。

28

現在，老保長正在往台上走去，照平時老保長走路一步是一步，響生生的。但今天可能是吃足了酒，上台時步腳亂得很，身子東歪西斜，差點跌一跤。等他轉過身，面對台下，果然是吃飽酒的樣子，臉孔彤紅，嗓門嘶啞。

吃飽了酒，話就多，也敢講。

「我來講幾句。」他這麼開講，一邊摳著鼻屎，一邊吐著酒氣，雖然沒對準話筒，嗓門破破的，但聲音還是宏大，傳得很遠，「剛才小胡司令講，有什麼講什麼，剛才幾個紅衛兵也講了不少，我就簡單講講吧。」

老保長先是一條一條講，後來講亂了，也沒有條數，想到哪講到哪，像在祠堂門口跟一群老人婦女講閒話，亂七八糟的。好聽是好聽，就是文不對題，甚至有些反動，叫胡司令和紅衛兵們都很反感。

我要講的第一條是，剛才幾個小兔崽子講的很多是不對的——他這樣講道，把小瞎子他們四個門神都說成小兔崽子，毫無顧忌——例如有人講他睡了我的女人，這個就不對，簡直胡說八道。大家都曉得，村裡一條狗都曉得，他是太監，綽號就叫太監。太監怎麼可能睡人家女人？太監如果能睡女人家，太陽就從西山那頭出來了。這個肯定是不對的，你們不能冤枉他。

第二條，剛才有人講他當過國民黨，這個是事實，他還有個綽號叫上校，為什麼？因為他當過國民黨上校。但劃他是反動派反革命，這又是不對的，因為他當國民黨時還救過共產黨，救過解放軍的一個大領導，這個大家也是曉得的。如果他是反動派反革命，怎麼會去救解放軍的大領導？

一個飽嗝頂上來，像額頭被人擊一掌，整個人往後蹣跚兩步。立停後，他接著講，聲音變得更加響亮——

就算他從前是反動派，救過解放軍大領導後就不再是了，好比我以前當過偽保長，家裡富裕得冒油，村裡一半田地是我的，但後來評成分時我評的是雇農。全村只有兩個雇農，我是其中一個，為什麼？因為我後來犯錯誤，搞賭博，家敗了，連住的屋子都被人占了當賭債抵了，我窮得連短腳褲都沒得穿，住在祠堂裡，偷菩薩的東西吃，那個慫樣子，比貧農還不如，所以評我雇農。如果照以前我富裕時候算，我保準是大地主，共產黨沒準要槍斃我。但共產黨是講道理的，共產黨看我窮成那個慫樣子，活不下去，給我分房子住，送衣服穿，送被褥用，當然更送吃的，這樣我才活到今日子，還有菸抽，還有酒吃。所以你們不能講他從前，要講他後來，講他後來救解放軍大領導的事，講他後來跟隨解放軍大領導打國民黨和美國佬的事，這才是共產黨的作風。

講到這兒。他停下來，回頭問胡司令：「你們是講從前還是講後來的，如果講從前，你們應該把我也押起來跟他一起鬥，如果是講後來就應該把他放了。」

「誰敢放他！」胡司令大吼一聲，一邊解下皮帶，以為這樣會把老保長嚇倒。

「怎麼？你想打人？」老保長一點不怕，反而用摳鼻屎的手指頭指著他罵，「你個小畜生，老子今天告訴你，你要敢碰我一根手指頭，我就叫共產黨把你收進監牢！共產黨是最保護我這種人的，共產黨也是最講道理的，我剛才講的都是道理，你不想講道理，要講無法無天，那好，老子叫你吃不了兜著走，我查你祖宗八代，不信你家都是雇農。報紙上寫著只有雇農才能鬥雇農，貧下中農都沒資格。」說著他走到前台，大聲對台下喊：

「社員同志們，你們講我的話對不對？」

台下早已經有點不安靜，嘈雜聲像熱氣一樣升起來，越升越高，這會兒經老保長這一聲喊，頓時沸騰起來。不止一個人，也不止十個人，幾乎多數人同時回應：對的！接著是一陣猛烈的笑聲，然後是經久不息的嘀咕聲、交談聲、打鬧聲，甚至還有罵娘聲。總之會場紀律一下渙散，不可收拾的樣子，有人甚至開始擅自往外走。一個人走，十個人動，會場一片混亂。

胡司令見勢不妙，連忙宣布散會。

29

我是不高興的，一場好好的批鬥會，半路殺出個程咬金，變成一場鬧劇。

一個多小時後，我正在豬圈裡給兔子添草料，準備完了就去睡覺，開小店的蹺腳七阿太的小孫子矮腳虎突然跑來通知我：上校剛才逃跑了，現在又被抓回去，吊在樹上，胡司令要殺雞給猴看，很多人去看了。

矮腳虎是我同班同學，除開表哥他跟我的交情最深，我在外面不敢做的壞事他都幫我做了，屬於鐵淘伴，難兄弟。聽說有很多人去看，我當然不甘心錯過。我連忙草草幹完活，溜出門，跟他走。我們一口氣跑到學校，發現校園裡空蕩蕩的，看不見一個人影。校園裡只有一棵泡桐樹，而且年初死了，光禿禿的，即使沒有月光，老遠也看得到，樹上沒有吊人，一片樹葉都沒有。

矮腳虎說我們來遲了，為了證明他的情報沒有錯，他執意要去看那棵樹，說可能吊人的繩子還在。走到一半，我們聽到食堂那邊傳來一聲瘆人的貓叫，接著是一聲又一聲，好像兩隻貓在殊死搏鬥。我馬上想到，胡司令在打上校的貓。誰都知道貓是上校的親骨肉，打貓就是打他。我一下理解了，矮腳虎說的「殺雞給猴看」，指的大概就是這個，貓是雞，上校是猴子。

我想到學過的另一個成語：心如刀絞，想上校現在應該是這個成語的樣子吧。

雖然打的是貓，既然來了還是去看看吧。我們循著貓叫聲朝食堂方向跑，不一會兒看見關押上校的柴屋門前聚著一堆人，亂烘烘的，吆三喝四，人頭攢動，好像在圍捕一頭野豬。儘管我們沒有刻意斂聲，但照樣沒有人注意到我們的到來，因為戰鬥太激烈，他們無暇顧及我們。走近了，我們發現無一個大人，都是紅衛兵，二三十人，他們抓的也不是什麼野豬，而是一個人，就是上校。我們趕到時上校已被徹底制服，一道道密匝匝的繩子把他裹成一個粽子，正在吊起來，吊在屋簷下。

沒等完全吊好——有人還在給繩頭扣結，胡司令已經著急地解下皮腰帶，先是雙手向外一張，示意人散開，然後很老練地將皮帶在空中掄兩下——發出呼呼聲——接著就朝上校身上掄去。

啪——！啪——！啪——！聲音粗暴結實，像竹節在焚燒中爆裂。

胡司令一邊用力打一邊厲聲罵：「我叫你跑！我叫你跑！天大地大也沒有我們紅衛兵大，你敢跑！我打斷你的狗腿，看你還能不能跑！你跑到天涯海角，照樣是我們紅衛兵的天下，照樣在我手上，我照樣打你！打你！」

啪——！

啪——！

啪——！

後來我經常想起這個晚上，想起這個叫人心驚肉跳的啪啪聲。

我印象很深，胡司令打得氣喘吁吁，上校卻一直不吭一聲。倒是屋裡兩隻貓，不斷發出痛苦嘶叫，而且對得十分準，外面打一下，裡面叫一聲，怪得很，好像都打在牠們身上。當然這是不可能的，牠們雖然比一般的家貓要聰明，古靈精怪，但不可能是神仙下凡，會鐵布衫、金鐘罩，把主人包住，替主人挨打。上校在抽搐，在齜牙，在咧嘴，在流血，分明打在他身上。他一定痛得很，但就是不叫、不哼、不啊、不呻、不吟，死也不吱聲，那樣子給我留下極深刻的印象，好像他是一個稻草人。但仔細看，看著他的眼睛，又和稻草人完全不一樣，那雙眼睛會放光、發亮，打一下，亮一下，射出一道光，黑暗中，像貓的眼睛。

我不知道，要不是後來父親及時領著七阿太、老保長、爺爺等人——都是可以倚老賣老的老輩子——趕來攔阻，胡司令會不會把上校打死，打死一個頑固的國民黨反動派算不算犯法？這天晚上我心底頭一回冒出一絲不大崇敬胡司令的情緒，我開始怕他，躲他，開始有點恨他，開始盼他早點走。

爺爺講：「這小畜生下輩子投胎八九是在地上爬的，要被人剝皮吃。」

我知道，爺爺指的是蛇，是天底下最可憐可恨的東西，眼睛是瞎的，腳是連根斷的，只能在地上爬，只能吃老鼠和死人肉。

第七章

30

第二天我得到兩個消息。

第一個是我在洗臉時聽到的，父親在天井裡，埋著頭，一邊吃著早飯一邊憂心忡忡地對著飯碗講：上校一夜都沒有回家。就是說他被關了一夜，現在還關著。這當然是個壞消息，說明胡司令還要叫他吃苦頭。會不會槍斃呢？我不知道，我只知道父親其實是講給爺爺聽的，希望他再拿出老輩子的威力去交涉。但爺爺不吱聲。爺爺經常裝糊塗，這是老人家的權利。

第二個是吃日中飯時，從老保長嘴裡得知的。父親請他來我家吃飯，並送他一包菸，做他工作，讓他去學校給上校送飯——他是雇農，這事他去做是最合適的。老保長很爽直，滿口答應，拔腿就走。我們等他回來吃飯，他倒是很快回來，只是手上還提拎著送給上校的飯菜。

父親問他怎麼回事，他一邊摸出菸，一邊罵：「他媽的，這群王八蛋恨我，死活不准我進門。」抽口菸，接著罵，「他媽的，這什麼世道，猴子稱大王，老子當慫蛋，剛才他們居然想打我，虧我腿腳還健，跑得快。」

一陣猛烈的咳嗽，像喉嚨裡在著火，燒得他滿臉通紅。「快，茶，給我來杯茶水。」吃過茶，喉嚨安靜下來，他繼續講：「也不知是真是假，剛才我在路上聽鳳凰楊花講，小騶子他們下午要走，」小騶子就是胡司令，「興許已經走了。」

這當然是個好消息，如果真的。鳳凰楊花是四小門神之一的野路子的媽，老保長因此認為這該是真的。父親當然希望是真的，但也擔心是假的。到底是真是假？這任務只有我去完成。父親少見地衝我露出慈祥的目光。他覺得這還不夠，去灶屋打開碗櫥，搜出兩粒紙包糖送給我。

「你去學校看看，」父親吩咐我，「打聽一下，小騶子他們是不是真走了。」

臨走父親從未有過地往我額頭上親一口，叮囑我快去快回。

我覺得我不是跑去學校的，而是飛去的，飛翔的翅膀就插在額頭上，父親親過的那個地方。我從沒有想到被父親親一口會這麼神奇，那地方一直熱辣辣的，腫的，脹的，像長著什麼——興許就是翅膀吧。當見到表哥時，我感到心臟像隻青蛙一樣已跳到喉嚨口，要跳出來——我擔心他告訴我胡司令沒走，好像這樣就對不起父親的那一口親。

對得起的！

表哥證實，胡司令和四大金剛都走了，剛剛走。至於為什麼走有兩種說法，一種是胡司令要去向總司令彙報老保長的事，一個雇農站在階級敵人一邊怎麼辦？另一種是他們已出門多日，穿的衣服全被汗水捂得發臭，必須回去換洗。尤其那女同學，據說來了「大姨媽」更是刻不容緩要回去。

我要以後才知道這「大姨媽」的真實意思，當時我以為大姨媽就是大姨媽，母親的大姊就是我的大姨媽。一年後，我知道這大姨媽的真實意思後羞死了，因為我曾四處宣揚她來了大姨媽。

好了，現在我還不知道羞，現在我在初三乙班教室的窗洞外偷聽小瞎子讀報紙。不管是為什麼走，胡司令和四大金剛總之是走了，這裡暫時由小瞎子負責，他是分隊長，四小門神的老大。按照胡司令走之前的布置，這天下午是政治學習時間，全體紅衛兵在教室裡聽小瞎子讀報紙。我和矮腳虎等幾個小夥伴躲在窗外偷聽偷看，發現好幾個紅衛兵在打瞌睡，樣子像瘟雞，頭勾著、晃著，眼皮子翻著。

我們看一會兒，覺得沒意思，就撤了。

天淅淅瀝瀝下起小雨，校園裡出奇安靜，兩隻黑亮的老鴰停在那棵枯死的泡桐樹上嘎嘎叫，越發襯托出校園的清靜。連日來這裡一直在強勁的革命東風吹拂下，正如一幅標語上寫的：四海翻騰雲水怒，五洲震盪風雷激。這會兒似乎是累了，趴下了，病懨懨的。我們不知去哪裡打發時間，但我們喜歡這個時間，這個樣子：清靜，涼爽，雨水收起了酷熱，紅衛兵都待在教室裡，整個校園空蕩蕩的，我們成了主人，可以大搖大擺走走，逛逛，沒有人管，自由自在。

我想去柴屋看上校，他昨天被打了夠嗆，現在不知怎麼樣。一個人去我有點怕，去的人多我又煩；我只想跟矮腳虎一個人去，私下問他，他很樂意陪我去。於是我們以去上廁所的名義跟其他人分了手。等我們從廁所出來，雨轉眼間下大了，落在地上，撲撲響，冒著灰煙和熱氣。我們頂著雨，像頂著槍林彈雨，嘩嘩叫喊著，往柴屋方向跑，驚得兩隻老鴰惶惶地從樹上飛走。

31

柴屋就是以前老保長姘頭開小店的屋，老保長敗家了，姘頭跑了，才廢棄了，被學校占用，做了柴屋。這麼好的房子，地段又好，按理大家要搶手的。但這屋子住過婊子，名聲不好，風水也不好——害得老保長家產敗光，妻離子散——沒人要，也只好做柴屋用。屋子是要人養的，做了柴屋，沒人養，屋子就越來越破敗，原來的門窗都壞了。現在的門是一扇毛竹門——用整棵的毛竹拼的，一般豬圈才用這種門，看上去極其簡陋破落。從前不記得有鎖，現在上著一把半舊不新的大鐵鎖，自然是因為關上校的緣故。

作為曾經的小店，它窗戶特別寬，有一扇門橫過來的寬，我們叫橫窗。以前老保長的姘頭就站在窗戶裡收錢交貨，窗戶其實是當櫃台用的。這種橫窗因為太寬，開不來窗門，只能上排門，在窗框上下挖一條凹槽，一塊塊木板依次嵌入凹槽，排成一排，居中再橫一杠栓——就是這種門，我們叫排門。天長日久，凹槽日曬雨淋，早壞掉，吃不住木板，只能用釘子釘死。但木板已不齊備，排得稀疏，柵欄一樣，小孩子甚至可以側身鑽進去。據說昨晚上校就是撬掉一塊木板逃跑的，但兩隻貓沒有配合他，牠們被關了兩天，肚皮餓得慌，心裡大概也煩惱的，不像平時對上校言聽計從。隔壁就是食堂，門前有兩只泔水桶，到了夜晚這兒是老鼠的天堂，糧倉。兩隻貓出來後撞見幾隻老鼠，頓時撒腿去追，把上校的逃跑計畫徹底泡了湯，害他受一頓毒打。

啪——！

啪——！

啪——！

正是這個一直盤在我心頭的聲音引誘我去看上校的，我想看看他是不是受傷很嚴重。為防止上校再逃跑，柴屋的橫窗已加固，橫七豎八釘著十幾塊簇新的毛竹板，加上原來的老木板，橫豎交叉，新老交加，變得十分牢固。屋簷下還懸著一根粗壯的尼龍繩，繩頭捲曲，有污漬，興許是上校的血跡。我們趴在窗台上往裡看，什麼也看不見，黑忽忽的，像黑洞，看不到底。能聞到一股臭烘烘的氣味，撲鼻而來，好像裡面有一窩腐爛的死老鼠在興風作浪。

我們不怕臭，堅持看，反覆看，仍舊見不到上校人影。

突然，一聲貓叫像個鬼一樣鑽出來，撕破黑暗，嚇得我們從窗前逃開。過一會兒，裡面傳出一個哈欠聲，然後好像是有人在叫我。我聽出是上校的聲音，他一遍遍叫，聲音越來越清晰，確實是在叫我。我猶豫又大膽地回到窗前，問他幹嗎。

他講：「你進來，把貓領走，交給你爹。」

我說：「門鎖著。」

他講：「把它撬了。」

我找到一塊石頭，用父親給我的一粒紙包糖交換，唆使矮腳虎去撬。他接過石頭，看著天上，想著。想一會兒，扔了石頭，對我小聲說：「胡司令還要回來的。」

我聽見上校在黑暗中笑，「什麼狗屁司令，槍都沒有摸過，給我當勤務兵都不要。」

矮腳虎對著窗洞問他：「你以前有勤務兵嗎？」

他講：「多的時候有幾個，一個給我臉上擦汗，一個給我洗手，一個給我穿鞋子，一個給我洗衣裳。」一邊哈哈笑，好像精神滿好。

我問：「你受傷了嗎？」他的樣子好像沒有受傷。

他講：「我打過九十九次仗，打掉的子彈比你吃過的番芋還要多，怎麼可能不受傷？我身上全是傷，彈片在我身上做了窠。」

我說：「我是問昨天晚上，你有沒有被打傷。」

他講：「你看他長那個娘娘相，手上屁勁都沒有。」

我說：「可我看見你流血了。」

他講：「那不過是皮肉傷，就像你家老母雞，挨了一笤帚，丟幾根毛能叫受傷嗎？傷筋動骨才叫傷。我的筋骨硬著呢，就他那個娘泡勁，只配給我撓癢癢。」又哈哈笑，笑完了還唱戲文，咚咚咚，鏘鏘鏘，自己敲鑼打鼓自己唱，滿來勁。

我把一隻眼睛嵌在竹板縫裡，循著聲音往裡看。黑暗彷彿被他的唱戲聲驅散，這會兒我看到牆角一個黑影，坐在地上，雙手被反綁在一架風車腳上，兩隻貓蜷在他腿窩裡，朝我射出四道藍光，幽幽的亮。我適應了黑暗，可以清晰地看到套在貓脖頸上的白色細尼龍繩，卻看不見那隻白貓。

我奇怪，問他：「那隻白貓呢？」

他講：「可憐啊，在這鬼地方，白貓已變成黑貓了。大白，跟他打個招呼。」一隻貓對我喵一聲。「小黑，你也打個招呼。」另一隻貓也對我喵了一聲。「聽出來沒有，牠們精神不大好。呃，可憐啊。」我看到他彎下腰，低下頭，用下巴撫慰著貓——因為手被捆著反剪在背後。

我問：「牠們生病了嗎？」

他講：「牠們想回家。」接著又講，「我一定要讓牠們回家，這鬼地方太髒了，牠們受不了這苦。」

我覺得這是不可能的，現在胡司令不在，小瞎子管事，當初把貓關起來就是他的鬼主意，你怎麼可能叫他同意把貓放掉？不可能的。小瞎子什麼人嘛，壞人，全校第一的大壞蛋。壞人是不會做好事的。我把這個意思告訴他，他一點不擔心，信心十足地告訴我，他會叫小瞎子同意的。

「我會讓他變得像我的貓一樣聽我話。」他嘿嘿笑著，「不信你看，今天晚上我的貓就能回家。」

我懷疑他在發高燒，講胡話。回到家，我沒有跟爺爺提貓的事——這是胡話有什麼好講的？我跟爺爺講上校唱戲文的事。我問爺爺，他被關著，還被打了，但好像一點不難過，為什麼？爺爺的痔瘡在發作，心情不好，沒有像往常一樣對我耐心講解，只甩給我一句話：

「他該難過的都難過了還有什麼好難過的。」

又是講得纏來繞去的，我聽得半懂不懂的。

32

晚上，我們一家人正在吃夜飯，表哥像夢裡人一樣牽著上校兩隻貓來到我家，令我大吃一驚。我幾乎以為是自己在發高燒，出現了幻覺。但兩隻貓一隻接一隻從我腳邊走過，又擺尾，又喵喵叫，活生生的樣子，不容我絲毫懷疑。我覺得自己要哭了，因為太激動，激動壞了，好像放出來的不是兩隻貓，而是我兩個親人。

兩隻貓認識我父親，一進屋就鑽到他腳邊，轉著圈，叫個不停。父親像上校一樣對牠們講話，問牠們：「你們餓了？」牠們伸出舌頭各舔父親的一隻腳背，像那是一對石斑魚。父親講：「牠們肯定餓了。」叫母親去給牠們弄點吃的。

我問表哥這是怎麼回事，表哥不對我講，只對我父親和爺爺講：「今天晚上我們要審問太監，但他提出條件，一定要把他兩隻貓送到你們家，交給舅舅，否則他什麼也不講，打死也不講。」

父親問：「你們又打他了？」

表哥說：「你最好勸勸他，讓他老實點別自討苦吃。」

爺爺講：「他這人什麼都會，就是不會老實。」

父親講：「現在貓在我手上，更不會老實了。」

表哥說：「那他逃不了要挨打。」

父親講：「你不能打他。」

表哥好像點了下頭，也好像沒點。

父親走到表哥跟前，一本正經告訴他：「他把貓交給我指明什麼？指明我——你舅舅——是他最親的人，你打他等於打你舅舅知道不？如果你打他我就揍死你。」

爺爺插進來訓表哥：「不要以為繫根腰帶就了不得啦，還不是花錢買的，有本事叫政府給你發，政府管你吃管你喝管你皮帶衣裳才叫了得。」爺爺越訓越有氣，話越講越難聽，「從小教育你別跟小瞎子這東西往來你就是不聽，現在倒好，像兩坨鼻涕一樣整天黏在一起，我看你早遲要吃生活。」

老保長曾經講過，我母親是隻洞裡貓，四十歲像十四歲一樣沒聲響，一聲響就臉紅；父親是老虎屁股摸不得，張口要罵娘，出手要打人；爺爺是半隻喜鵲半隻烏鴉，報喜報喪一肩挑。爺爺平常不罵人，罵人就是報喪，你會很難過的。爺爺這頓譏諷數落，洪水一樣的，把表哥的心情徹底沖壞。我看他一言不發地離去，腳步沉重得要死，像隻落湯雞，鞋子裡灌滿泥淖。

我追出去，陪他一起走，想安慰他。我從他的腳步聲中聽出他的憤怒和痛苦，卻不知怎麼安慰他，囉里囉唆一通，感覺都是廢話。開始他不理我，只埋頭走，步子又快又重。後來他突然發火，先罵一句髒話，然後一口氣罵道：

「全是神經病，把一個頭號階級敵人當親人看待，簡直瞎了眼！我看他們都中了毒，沒有階級立場，沒有革命覺悟，最後必定要害人害己，害我當不成小隊長，害你當不成紅衛兵，害自己當反革命分子挨批鬥。」

我的心情也一下子變得陰沉沉，像走在出喪的路上。我們默默地走在闃靜的弄堂裡，初升的月光把一邊牆頭照得灰亮，弄堂裡卻越發暗黑，幾乎不大看得見路面，只聽見我們交錯的腳步聲，一會兒咚咚，一會兒沓沓：咚咚是在青石板上，沓沓是在鵝卵石上。直到走出弄堂，踏上公路，我看到月光明亮飽滿地鋪在沙礫上，我們的腳步聲也隨之消失，像被月光收走。表哥這才開腔，對我說今晚要審問太監。

我問：「胡司令不在，誰審？」

他說：「當然是我們。」

33

表哥說的「我們」是指紅衛兵們，全體紅衛兵，地點是在初三甲班教室裡。因為沒有在廣播上通知，沒有一個大人來，來的都是紅衛兵和像我這樣嚮往當紅衛兵的革命少年，另有一些來湊熱鬧的小孩子。我們到的時候紅衛兵們已經滿滿地坐在教室裡，小瞎子站在講台上正在對大家講話。教室外，窗門前，擠滿像我這樣的人。因為來得遲，我擠不到窗前，聽不清小瞎子在講什麼。

突然擠在窗前的人嗡一聲散開，都往教室門口擠。原來是上校被押來了！他在我們一群準紅衛兵的夾道簇擁下，由肉鉗子和野路子押進教室。一進教室，口號聲拔地而起，都是老一套的一長串「打倒」。雖然人沒有以前多，但聲音擠在教室裡，感覺比以前還要熱烈，還要震耳朵。

趁紅衛兵喊口號時，我們又重新搶位置。

這回我占到好位置，就在窗洞前，可以清楚地看到教室裡每個角落，聽到裡面每個人講話。我注意到，上校明顯瘦了，額頭和眼睛顯得更大，但不亮，沒光。他平時眼睛和額頭亮亮的，會發光，現在額頭上有一團像梅花的黑印子，看上去灰頭土臉的。後來我發現其他好多地方——手背、手臂、下巴，白汗衫的胸前、肩頭、背上，都有這樣一朵朵黑梅花。

我知道這是貓爪印。

其實，他穿的白汗衫除了領子和袖口還有些白的模樣，其餘部分都黑不溜湫的，都是黑煤灰和貓爪印。這會兒他手被反剪著，站在講台上，黑板前，像剛從黑板裡鑽出來的。黑板上，用紅白雙色粉筆寫著一排空心大字：

蔣正南批鬥會

蔣正南大概是上校名字吧，我不知道，應該是的吧。但自始至終，七嘴八舌，沒有誰叫他名字，更沒有人叫上校。大家叫他太監、狗東西、狗特務、紙老虎、死老虎等等，人多嘴雜，五花八鬥，叫什麼的都有，總之都很難聽。因為人多，也因為小瞎子沒有獨立主持過這種會議，更是因為小瞎子沒威信，批鬥會開得亂得很，開頭就亂糟糟，人人爭先恐後站起來責問上校這個那個問題，他不知該回答誰。小瞎子要求一個個來，但沒人聽他。小瞎子沒威信的，大家瞧不起他，以前聽他是因為有胡司令替他撐腰，現在胡司令不在場，沒人把他放在眼裡。野路子甚至當場跟他頂嘴，吵起架來。他覺得沒面子，一氣之下取消會議，自己一個人把上校帶走，好像上校是他的俘虜。

小瞎子押著上校走出教室，我們隨即蜂擁而上，把他們簇擁、圍住，擋住去路。小瞎子嚷著要我們讓開，趕上校走。上校卻不走，故意停下來，回轉頭對小瞎子講：

「我要回家。我衣裳太髒了，要回家換衣裳。」

「回家？」小瞎子剛跟人吵完架，正在氣頭上，要發洩，聽上校這麼亂講，狠狠推他一把罵：「回你的墳墓去！」

「回墳墓也要換衣裳。回去問你爹，人進墳墓前是不是要換套乾淨衣裳。」

「你要換的是心！」小瞎子照舊惡聲惡氣罵，「你心裡全是反革命思想！」

上校本來還想跟他爭辯，猛然看到我，便不理他，徑直走到我面前對我講：「回去跟你爹講，我要換套乾淨衣裳，他知道我衣服放在哪裡。」一種命令的口氣，好像我父親是他親兄弟。

我滿臉通紅，心怦怦跳，好似被人當場抓住罪狀。我想說：「我才不幹。」但張不開口，好像嘴巴被上校的目光封住。他眼睛一直緊盯我，我又看見熟悉的亮光射出來，刺得我眼睛和嘴巴張不開。我幾乎有種暈眩的感覺，想逃走，想鑽地縫。好在小瞎子及時發話，一時替我解了圍。

小瞎子對我講，陰陽怪氣地：「好吧，我同意你去替他拿衣服，反正你爸也沒有階級覺悟，同他沆瀣一氣——這詞胡司令在批鬥會講過，否則他一個留級生，懂得屁——穿一條褲子，互相幫助是應該的。」頓了頓又做補充，不准我父親來學校，「他來總壞我們的事，昨天晚上要不是他帶人來救這狗東西，他早該投降了。」

這哪是解圍？這是雪上加霜，痛打落水狗。我更加羞愧，雖有一百個念頭，有千言萬語想講，想罵人，想打人，想……卻沒有選擇，只是一聲不吭，縮著身子，垂落著頭，灰溜溜地走了。我感到，背上負著一千斤目光，兩條細腿撐不住，在打顫。我第一次認識到，羞愧是有重量的。

34

父親去上校家取來衣服，又備上一瓶清涼油、兩包菸，一一塞進我書包裡。父親替我把書包蓋子蓋好，囑咐我快去早回。我沒有聽他，反而走遠路，繞到七阿太的小店，叫上矮腳虎陪我。我發現，羞恥心讓我變膽小了，我不敢一個人去學校。

我們來到學校，很意外，門口居然沒有放哨的——是臨時脫崗還是拆了？不知道。走進大門看，操場上沒有一個人影，教室沒有一個窗戶亮燈，整個學校又黑又空，落寞得有些冷酷無情，像剛被大火燒過。

「怎麼沒有一個人？」我問矮腳虎。

「一定都回家了，」他說，「誰願意跟小瞎子做事嘛。」

「可胡司令就是喜歡他。」我說。

「你知道為什麼嗎？」他說，「因為小瞎子給他買菸，他抽的菸都是小瞎子買的。」

「不會吧？」我有點懷疑。

但他十分確定，用「親眼看見」和「兩次」來作證。他家開著村裡唯一一爿小店，完全有資格確定。於是，我更加不喜歡胡司令了。我有種受騙的感覺。這種感覺會拐彎的，轉眼拐到上校身上——我突然對他生出一種同情心。我甚至懊悔這兩天來一直沒有同情他，包括替他拿這衣服，剛才我還覺得是件羞恥的事，現在一下子感到理直氣壯。我緊緊摟著書包蓋子，唯恐衣服跑出來，丟了，一邊加快步伐，希望盡快把牠們送給上校，讓他穿上身，別再那麼髒兮兮的，像個叫花子。

四周一片黑，也沒有人可以問，我們不知道上校在哪裡，只有先去柴屋看看。

柴屋門稀開著，一隻白臉黑狗在偷吃上校吃剩的飯菜，我們的到來把牠嚇跑了；牠冷不丁從黑屋子裡躥出來，也把我們嚇了一大跳。牠沒跑遠，還惦念著吃剩的美餐，賊溜溜地盯著我們，似乎知道我們要走。矮腳虎操起一根木棍朝牠迎上去，要去報復牠剛才對我們的驚嚇。

矮腳虎所以叫矮腳虎，就因為膽子大，不怕天不怕地的，連響尾蛇都敢捉，更別說一隻狗。他追出去幾十米遠，一直追到狗急跳牆，翻出圍牆逃走為止。回來時他對我說他已經知道上校在哪裡，原來他剛才看見教室那邊有個窗戶亮著燈，就是校長辦公室，現在是胡司令辦公室。

他說：「一定是小瞎子在審問他。」

我說：「也可能在打他，胡司令走之前交代過，如果他不老實可以打他。」我照搬爺爺的話說，「上校這人什麼都會，就是不會老實。」我真擔心上校不老實，被黑心的小瞎子毒打。我真的越來越同情他了。

辦公室的門可能開著，至少沒關緊，他們講什麼我們老遠都聽得到，一問一答，一清二楚。上校今天好像比較老實，小瞎子問什麼他答什麼，並不抗拒。他們講得很有意思，我們不由自主放慢腳步，斂聲收氣，悄悄靠攏。

教室樓是個扁長的凹字形，中間有一條長走廊，走廊上立一排青磚柱子，上面刻滿各種罵人的話和下流話，每年校長總派人用石灰粉塗那些髒話，柱子便是半青半白的，月光下白的發亮，青的發黑，是黑白分明的樣子。校長辦公室在走廊盡頭，我們從最後一根廊柱處踏上走廊，果然發現他們沒有關門，門前走廊上鋪了一長條亮光。我們不敢往前走，怕被發現，索性退到廊柱後，席地而坐，專心偷聽起來。我們聽得津津有味，有些問題小瞎子簡直是幫我們問的。

第八章

35

「據我們得到情報，」是小瞎子的聲音，「你每年都能收到一大筆特務經費，你經常外出就是去跟特務接頭。」

「臭死了！臭死了！」上校的聲音明顯比小瞎子大，清爽，「這麼臭的屁只有要死的人才放得出來。我再次告訴你，我不是特務，也從來沒見過什麼特務，更沒有拿過什麼狗屁特務經費。」從聲音判斷，上校應該是向著門坐的，小瞎子是背對著門，也是背對著我們。

「那憑什麼你從來不幹活日子還過得那麼好，你的錢從哪兒來的？」

「誰說我不幹活，我幹的活多著呢。」

「我從沒有見你下過田地，你家連農具都沒有。」

「難道只有下田地才叫幹活？你爹下過田地嗎？不是照樣掙錢。」他爹是瞎子，兩眼一抹黑，出門拄棍子，屁事做不來，靠一張嘴巴掙錢。

「我家沒有錢。」

「沒錢怎麼養大你的，你喝西北風長大的？」

「我吃的還沒你的貓好。」

「我吃的也沒我的貓好。」上校好像在笑，「像你爹把好吃好喝都留給你一樣，我也把好吃好喝的都給了貓。」

「你為什麼要對貓這麼好？」

「像你是你爹兒子一樣，貓是我兒子。」

「我爹靠給人算命掙錢，你靠什麼？」

「你看桌上那只皮包，是我的，你們要還給我，我就靠它掙錢。」

「裡面是什麼？」

「你可以打開看。」

「這是什麼東西？」

「這就是我的『農具』，我就靠它掙錢，替人開腸剖肚，治病救人。如果我是什麼狗屁特務，這包裡藏的應該是手槍、子彈、匕首，知道嗎？」

「你可能藏在家裡，那些東西。」

「你可以叫人去查，如果有那些東西你槍斃我好了。」

「我們會去查的，等明天胡司令回來就去查。」

「最好現在去查，查了沒有的話就放我回家。」

「別做夢，今天你就老老實實接受我的審問。」

「我可以老實回答你所有問題，但你得給我鬆綁。」

「又想耍花招是不是？別敬酒不吃吃罰酒。」小瞎子好像端正了一下坐姿，椅子發出痛苦的呻吟，吱吱地，「坦白從寬，抗拒從嚴！老實告訴你，胡司令專門交代過，你要不老實我可以打你，不犯法的。」

「首先我沒有不老實，我只想好好回答你問題，但我手痛，精神集中不了，無法好好回答問題。其次你想打就打吧，也不是沒挨過打，反正你要我回答問題必須給我鬆手，這是條件，再說這也是你同意過的。」

「放屁！我什麼時候同意了？」

「你不是叫人去給我去拿衣服了，同意去拿衣服就是同意我換衣服，同意我換衣服就是同意給我鬆綁，我總不可能這樣綁著換衣服吧。再說了，我還要去上廁所，你總不能不讓我去上廁所吧，昨天你們司令也是讓的。」

36

囉唆很久，在上校保證絕對不逃跑的情況下，小瞎子總算同意給他鬆綁，並親自押他去廁所。從鬆綁開始到他們出來去上廁所，我們有足夠的時間避開，躲在就近的一個教室裡。教室裡一片黑，我心裡更黑。我在想兩個問題：

一個是表哥他們呢？如果普通紅衛兵走掉可以理解的話，表哥、肉鉗子和野路子他們不該走的，他們是小隊長，怎麼能隨便散夥，明天胡司令回來怎麼辦？一定要挨罵的。事後我了解到，他們沒走，這會兒正在食堂廚房生火煮肉，為豐盛的夜宵忙碌。胡司令他們在這裡天天熬夜，當然要吃夜宵，現在司令不在，他們要趁機嘗嘗司令的待遇：開會、審人、吃夜宵。為此，小瞎子威逼一個地主婆送來一掛醃肉和一袋筍乾，肉鉗子從家裡偷來一大茶缸土燒酒，準備審完上校後好好慶祝一下。

再一個是，上校會不會趁機逃跑？他要跑小瞎子一人肯定對付不了。小瞎子是心黑，虛偽，鬼點子多，好出鋒頭，真正要跑啊跳啊打架啊，蒼白得很，怎麼可能對付人高馬大的上校？讓他單獨對付上校，一隻腳都對付不了。我一邊希望上校逃，一邊又擔心他逃，很矛盾，心裡一團黑。我問矮腳虎，他覺得這樣聽他們審問滿有意思的，所以不希望他逃。

上校說話算數，沒逃，跟著小瞎子回去辦公室，路上還在惦記我怎麼沒來。等他們回去坐下，我們又回到老地方偷聽。因為在教室裡聽不到他們講話，我們也不敢緊跟著出來，所以開始有幾句話沒聽到，聽到的第一句話是上校在講他累了，想抽菸。小瞎子說他沒菸，上校講他皮包裡有——

「包裡香菸火柴都有。」上校的聲音確實有點疲倦，好像剛才在廁所跟小瞎子幹過一架似的，「你給我看看，如果包裡沒菸，指明你的司令是個賊骨頭，連香菸都要偷。這皮包一直在他手上。」

「閉嘴！這不是菸嘛。」

「給我，你們總不能沒收我的菸吧。」

「給你，誰要你的臭菸。」

「是香菸，怎麼是臭菸。」我聽到上校發出熟悉的笑聲，「俗話說菸酒不分家，你也來一根。

不會抽？男人要學會抽菸，抽菸的男人更像個男人，好像女人頭上插一朵花，那就更像女人啦。」

「你還男人呢，褲襠裡都是空的。」

「除非你跟你爹一樣是個瞎佬，不然你睜開眼看看，我這褲襠是空的？掏出來，我這傢伙只會比你的大。」

我們不知道上校有沒有掏那東西，從後面的話分析應該是沒有。但審問從此變得越來越有意思，開始吵架，出現一些火藥味，後來又開始講一些不堪入耳的東西，帶腥味的，把小瞎子弄得狼狽不堪。

「大怎麼了，」小瞎子說，「誰不知道那是假的，是根橡皮柄，沒屁用場的。」

「哈哈，把你媽找來，我用給你看。」

「操你媽！」小瞎子拍桌子罵。

「哦，對了，你沒媽，我只有操你奶奶了。」

「哼！死太監一個，操什麼操，操你自己吧。」

「你才操自己，長這麼大連女人的手都沒摸過吧，我在你這麼大時身邊女人一大堆，想操誰就操誰。」

「結果被人割了雞巴，只能當死太監，連撒尿都得脫褲子，跟老娘們一樣罪過。」

「罪過的是你，有人生沒人養，靠吃羊奶子長大。」上校抽了菸，好像精神頭十足，聲音變得亮堂，話一句接一句，像算珠子一樣劈里啪啦響，「別以為紮個紅袖章就上天了，村裡最罪過的是你，有爹沒娘，吃了上頓沒下頓。不瞞你講，回去可以問你爹，我可沒少接濟過他。做人要講良心，我對得起你家，你不能對不起我，講瞎話，誣陷我。我怎麼可能是特務？老保長不是講了，我救過共產黨的一個大領導，大領導也救過我，否則我現在可能還在坐牢。」

「你為什麼要坐牢？」

「因為當過國民黨啊。」

「這不就對了，你是國民黨所以要接受我們審查。」

「好，審吧，查吧。」上校聲音突然變得含糊，好像嘴裡含著什麼，該是叼著菸吧，「反正我也不想回那鬼地方去，簡直像個茅房。」傳來嚓的一聲，應該是在點菸，「太臭了！我寧願待在這裡。嘿，只要有菸抽，」確實是在點菸，「我可以陪你講到天亮，你有什麼都可以問，我什麼都可以跟你講，包括你爹和你媽的情況。」

37

這個不用上校講，我們都知道，小瞎子是獨養兒，無兄弟，沒姊妹，家裡只有他一個孩子——這叫獨養兒；如果是女兒，就叫獨養女。我們村雖然人多，但這樣獨根獨苗的人還是很少，我印象全村好像只他一個。當然，野路子不算，野路子是外頭領來的，他媽是一隻石雞，下不了蛋。

其實，小瞎子連親媽都沒有，他媽在生他前就跟人跑掉了——誰願意嫁一個瞎子嘛。聽說他媽長得不難看，甚至有點好看，一張桃子臉，圓圓的，眉毛濃濃的，嘴唇嘟嘟紅。我沒見過——連小瞎子都沒見過，我怎麼可能見過？我是聽說的。我還聽說，他媽是被騙來的，相親時見的是小瞎子叔叔，瞎佬弟弟，進洞房時也是弟弟。兩兄弟長得像，聲音也差不多，關了燈，弟弟出去，哥哥進來，黑燈瞎火，新娘子只能當傻子。

爺爺講：「這是個天大的陰謀，觀音菩薩都要上當，別說一個新媳婦。」用老保長的話講，新媳婦進洞房哪個不慌里慌張的，又沒個燈火，誰分得清誰？只要不是野人，身上長滿毛，調誰去也分不清。

第二天早上，小瞎子他爹醒來，呼天搶地地哭，說是過了一夜洞房，眼睛看不見了，瞎掉了。開始他媽滿相信，跟著哭，後來四方給他尋醫生看病。當然看不好，瞎佬生出來就是大瞎子，現在又是大騙子，騙到一個嘴唇嘟嘟紅的老婆。如果弟弟不回來，女人可能永世是他的。但弟弟不可能不回家，他只是被村裡派去江北修北渠，眼看嫂子已經身懷六甲，生米煮成熟飯，斗著膽子回來，見了嫂子一口口叫。叫得聲音響響的，味道甜甜的，好像這樣叫叫就可以消除嫂子的疑心。

怎麼可能？你從小瞎子滿肚子的鬼主意看，可以預想他媽不可能是個大笨蛋，小笨蛋也不是。村裡人講，他媽是隻笑面虎，聰明得很，表面上什麼也不講，背地裡卻什麼都做。她一邊跟一個經常來村裡賣麥芽糖的貨郎偷偷在田野裡滾稻草堆，一邊把瞎佬給人算命掙來的錢都騙到手。錢騙完後，她去公社醫院配回來七粒藥片，一天夜裡，她把藥片全部丟進一鍋稀飯裡。這天夜裡瞎佬一家人呼呼大睡，像一窩死豬，天上打雷都吵不醒，因為那些藥片是安眠藥。

爺爺講：「最毒婦人心，女人壞起來是個無底洞。」

就在這天夜裡，在一片雷雨聲中，她像一道閃電一樣消失，從此無影、無蹤、無音。然後一天夜裡，她又像隻蝙蝠一樣，趁著漆黑鬼鬼祟祟潛回村裡。你不知道她來做什麼，反正沒找任何人，也不偷東西，像個迷路的孤魂野鬼，空落落地在村裡轉一圈，又走掉，神不知鬼不覺，只有天知地曉。

半夜裡，瞎佬被一個嬰兒的哭聲吵醒，他就是小瞎子，是被裹在襁褓裡丟在瞎佬家門口的。襁裓裡塞著一張紙條，寫著小瞎子的生辰八字，另有一句話：瞎佬，這是你的種，你養大他，好給你送終，他媽已經死了。

從那以後，沒有人再見過這女人，好像真的死了。

小瞎子靠喝羊奶長大，卻成了一隻披著羊皮的狼。

38

椅子嘰哩嘎啦一陣響，好像挨了一頓揍，哭了一場。你不知道小瞎子在做什麼，好像是起來一下後又坐下，坐得屁股疼，在反覆調整坐姿。終於，椅子安靜下來，小瞎子以一種嚴正警告的口氣審問上校：

「現在我問你，你跟老保長到底是什麼關係，必須說實話！別耍滑頭，否則別怪我不客氣。」

「這有什麼好耍滑頭的，村裡人都知道我年輕時不懂事把他的女人睡了，然後就結下冤仇。」

「可他昨天明明幫你說了很多好話，而且專門講你沒睡他女人。」

「誰會講自個女人被人家睡了？人都是要面子的。他昨天表面上是幫我講了些好話，實際上是為了自己面子，用好話來掩護他的假話，把我講成太監。這是對我莫大的污辱，只有對我有深仇大恨的人才會這麼污辱我。」

「村裡人都講你是太監。」

「現在你還講我是特務呢。」

「難道不是嗎？」

「當然不是。」又是嚓一聲，「人家講你是小瞎子難道你就是瞎子了？人言可畏，人心叵測。有些人的心是黑的，存心用來害人的，有些人的嘴是專門長來放屁造謠的。我這人就是愛逞強，得罪了一些人，所以被人造了不少謠。但是天知地知，我不是特務也不是太監，就像你不是瞎子一樣。我是個堂堂正正的男人，抽菸喝酒，嫖娼賭博，打架鬥毆，年輕時候我樣樣都在行。現在年紀大了，世道也變了，嫖賭的事情戒了，打架也打不動了，但還是堂堂正正的男人。」

「別裝蒜了死太監，什麼堂堂正正，你以為我沒看見，剛才你去撒尿我親眼看見你像個老娘們一樣蹲在那兒撒尿，這叫堂堂正正嗎？」

「我在拉屎，難道你是站著拉屎的？」

「拉屎怎麼沒擦屁股？」

「我沒紙怎麼擦，用手指頭擦？那不如不擦。你沒聞到屎臭味嗎？就因為我沒擦屁股知道吧。虧你講得出口，偷看人拉屎拉尿，你是不是經常看人拉屎拉尿，而且專看女人的是不是？下流，真下流！今天我告訴你一個人生大道理，是男人總是歡喜女人的，但女人喜歡男人風流，而不是下流。什麼叫風流？我就叫風流，我年輕時身邊女人一大堆，現在也是想要就有。」

「吹什麼牛皮，老婆都沒有一個還一大堆女人。」

「有老婆怎麼風流？警察整天守著你怎麼去幹壞事？老實同你講，我為什麼當光棍，就是要自由自在，不要人管。我風流成性，改不了，天生是一個光棍命。因為沒老婆就講我是太監，真是天大的笑話，國際笑話。好吧，就算我是太監，難道這也要審問？難道這也是政治問題？」

「那就審審你的政治問題。」

「我沒有政治問題，我相信你問到最後只會還我一個清白——我不是特務。我以前確實當過國民黨，但現在絕對不是國民黨特務，不是反動派。我擁護共產黨，擁護毛主席，擁護新中國。為了保衛新中國我還去朝鮮打過仗，抗美援朝，立過一等功，當過英模，在全國四處演講呢。」

「你就吹吧，可最後怎麼被吹回老家了？」

「因為我沒管好這傢伙，犯了生活作風問題。總之，我沒有政治問題，我如果有問題就是生活作風問題。今天你們因為我生活作風問題鬥我批我，我服氣，要是其他問題我不服氣的。」

「那講講你的生活作風問題。」

「這就多了，你想聽什麼，從前的還是現在的？就怕你不敢聽，聽了也聽不懂。你可能看過女人的屁股，但見過奶子嗎？像南瓜一樣的大奶子，還是像梨子一樣的小奶子？還是像布袋子一樣的老奶子？見過嗎？見過又摸過嗎？摸過又親過嗎？親過是什麼感覺？親過後是……」

「閉嘴，你個下流坯！」

「你看，我剛開講你就受不了了……」

我們也受不了，坐不住，像坐著的水泥地上在冒熱氣，渾身燥熱，心臟從胸膛裡往喉嚨裡鑽，喉嚨裡像塞著塊燒紅的烙鐵，口水嗞下去，吱吱冒氣，當然就想咳嗽。這不，我和矮腳虎幾乎同時站起來，想忍住咳嗽。

我忍住了，矮腳虎沒忍住，索性溜了。

我不跑，我是來送衣服的，有什麼好跑的。

小瞎子從屋裡衝出來，衝著走廊大聲嚷嚷：「誰？誰？誰在外面？」像條看家狗，汪汪叫。見到我，起頭把我當賊看，凶巴巴朝我撲上來，似乎想咬我一口。但看到我手上拿的衣服，像狗看見肉包子，一把奪過去，訓我：「你怎麼才來！」我想解釋他又不要聽，搶著責問我：

「你剛才有沒有在外面偷聽？」

我當然說沒有，撒謊誰不會。

上校在屋裡叫我，小瞎子可能擔心他再叫我做事，不囉唆，趕我走，好像猜到我想留下來偷聽似的。我不知道接下來會發生大事情，走了就走了，沒一點遺憾。即使他不趕我也覺得該走了，因為蚊蟲實在太多，咬得我渾身瘙癢。剛才我不敢撓，回家的路上我使勁撓，越撓越癢，越癢越撓，撓得手臂上、腳關上都是紅疱子和血印子。睡覺時爺爺發現我身上這些紅疙瘩，連忙拿來楊梅酒給我擦身子，一邊數，總共數出二十七塊紅疙瘩，簡直是遍體鱗傷啊。

爺爺講，大多數蚊蟲到寒露節氣就要死掉，寒露寒露，蚊蟲無路，指的就是這意思。但叮過人、吃過人血的蚊蟲，精氣足，頭腦靈，變得聰明，到了寒露時節會尋個暖和的地方做窩，睡大覺，養精蓄銳。這樣就可以熬過三九嚴寒，死不了，變成蚊蟲精，來年繼續作威作福。我想，我和矮腳虎今天至少讓幾十隻蚊蟲都變成了蚊蟲精，明年說不定還要再來吃我們的血。

第九章

39

記憶裡，我從來沒有上樓同父母睡過覺。我陪爺爺睡覺，睡在一樓廂房裡，東廂房，一向如此。東廂房對面當然是西廂房，是我們家吃飯的地方，中間有一個小天井。天井外面直通大門，裡面連著前堂，前堂後面是退堂。退堂是燒飯和上樓以及去後院的地方，開有後門後窗；後門出去是豬圈、柴屋，我的兔子就養在那裡；後窗下是一只大土灶，對著一架木樓梯；樓梯貼著前堂板壁，有人上下樓時吱嘎吱嘎響，像部風車。前堂是祭祖的地方，板壁正中以前掛的是我爺爺父母的畫像（我叫他們阿太），現在掛的是毛主席像，下面橫著一張長條閣几，閣几上以前擺著祭祀用的東西，現在有的被母親收起藏好，有的被紅衛兵繳走，不知去向，也許是燒掉了。

我很少上樓，但也總是上過。我知道，退堂樓上沒住人，住的是老鼠，因為穀倉就在那裡。當然老鼠最後都不會有好下場，父親在那兒埋著兩副捕鼠夾，夾子裡撒著比穀米更香的黃豆，黃豆說：老鼠，你來吧，來了就夾死你。東廂房樓上——即我和爺爺樓上——以前住著大姊，現在住著大哥；父母住在西廂房樓上。前堂樓上一半是過道，一半是房間，以前住著大哥和二哥，現在基本空著，因為大哥搬走，而二哥很少回家。如果要看後山只要去退堂樓上，打開窗戶，後山幾乎伸手摸得到。爺爺講，他小時光住在西廂房樓上，爬上窗台，找一個角度，可以遠遠看到前山和溪坎。現在什麼也看不到，都是牆角屋簷，擋著堵著，前山的風都吹不過來。

前山我是不大去的，太遠，溪坎我是天天要見到的，去上學也好，放學去田地裡割兔草也好，繞不開的。夏天，我有時整天泡在溪坎裡，游水，摸魚，拔水草。溪坎有名字，叫大源溪，顧名思義水源是充足的，因為前山像海一樣大嘛。山水山水，山水是連著的，海大的前山連的必定是「大源」，不會是「小源」。冬天，溪流瘦弱得病懨懨的，但一開春，溪水便一夜夜漲，到夏天甚至經常發洪水，湍急的溪流裹挾著連根拔起的樹木、毛竹、各種莊稼，浩浩蕩蕩奔騰著；奔走不了幾公里，匯入富春江。如果富春江發洪水，江水倒灌，溪水就會越過溪坎，順著弄堂，挨家挨戶亂串門。

爺爺講，富春江裡有大魚，民國二十二年，富春江爆發百年不遇的洪水，村子裡水深一米多，可以撐船；洪水退走時，他在我家樓梯下逮到一條七十八斤重的大白條魚，那魚立起來比我奶奶還高，躺在地上一身白亮，把整個灶屋都照亮。但這是一個陰謀，不等家裡人把魚吃完，我奶奶的壽命已經走完。爺爺講，這魚是陰府派出的考官，專門來考他的！他考敗了，吃了魚，丟了奶奶。從那以後，他在前堂擺設香爐、燭台、關公像，祭祖拜神，消災辟邪，直到紅衛兵把這些法器抄走。後來我家的日子越過越晦氣，惹出一堆事，可能跟這個有一定關係吧。

因為祭祀要用，前堂固定有一套桌凳，桌子是一張八仙桌，凳子是三條長板凳，兩張太師椅，正中擺放。平時，我經常在八仙桌上做作業，爺爺在廂房裡睡午覺，爺爺打呼嚕我聽得一清二楚，我讀課文也會吵到他，不許的。所以，每次爺爺睡午覺前，只要看我在那兒做作業，總交代我只准寫字，不准讀課文。晚上也是這樣，睡覺前爺爺總會去前堂看看，如果有人他要趕：走了，走了，我要睡覺了。除非你是一個人，除非你們保證不出聲，講悄悄話。

爺爺講，我睡覺像死豬，雷都劈不醒，他睡覺像松鼠，掉一片樹葉都會醒。

但這天夜裡，「死豬」卻「活」了。我是說，這天夜裡，我半夜三更醒了。

40

不知是身上癢的緣故，還是月光太亮，照到我眼睛，總之我一下醒來。先是朦朧聽到有人在嘀咕，後來聽到有人在哽咽，嗚嗚咽咽的，時有時無。聽見這嗚咽聲，我像著了火，一下坐起身，本能地。我這才發現，床上只有我一人，爺爺已經不知去向。門稀開一條縫，切進來一路月光，彷彿爺爺乘著月光走了；同時那個嗚咽聲也一同被月光照亮，滿當當地擠擁在我心裡：恐懼、好奇、刺激、緊張、混亂的感覺，在黑暗和嗚咽聲中左衝右突，起伏跌宕。

是誰在哭？

一個男的。

一個大人。

但不是我父親，也不是爺爺，更不像大哥。

是誰？強大的好奇心戰勝恐懼，我悄悄下了床，一步一步，貓一樣輕悄。門縫夠寬，我可以輕鬆側身出去，然後如臨深淵地循著聲音去。聲音來自我家退堂，灶屋裡，最旮旯的角落，最避人耳目的地方。誰幹嗎半夜三更躲到那鬼地方去哭？四處沒有開燈，我從月光裡走過去，什麼也看不到，一片烏黑，那嗚咽聲彷彿也變得烏黑，像鬼在哭。他的聲音我似曾相識，又像被黑夜包裹著，使我無法辨識。只有一點很清晰，很奇怪，就是：他好似不會哭又好似不敢哭，不肯哭，哭得亂七八糟的，時而嗚嗚咽咽，泣不成聲，時而哼哼哧哧，怒氣沖沖。

他到底是誰？我有種要裂開來的痛快和痛苦。

門關得死死，我當然不敢闖進去看，但我知道閣几一頭有個破洞（其實板壁上有多處縫隙和孔眼）可以看到退堂。藉著月光，我躡手躡腳走近閣几，找到那個破洞。巧得很，我眼睛剛湊上去，只聽裡面嚓一聲，一支火柴像閃電一樣撕破黑幕，又比閃電持續更長時間。在火柴熄滅前，我已完全看清楚：點菸的是爺爺，正對著我，縮手蜷腳地坐在爐膛前的小板凳上，一臉肅穆、在行大事的樣子；一個高大的人背著我，僂著腰，身子前傾，半個屁股坐在方凳上（母親經常坐在上面一邊守著飯菜一邊納鞋底），雙肘撐在灶台上，兩隻手抱著耷拉的腦袋，肩膀一聳一聳的——就是這個人在嗚嗚，悲痛得不成樣子了，散架了，上半身幾乎癱在灶台上。我也看到了父親，他盲目地傻傻地站在那人身邊，是一副累極的樣子，也是喪魂落魄的樣子。

那人是誰？

在火柴熄滅前的一剎那，我從衣服上一下認出：他是上校！他穿的是我晚上送去的那件白汗衫，背上印著一個大大的紅號碼：12。

我記得清楚，父親交給我這件汗衫時，爺爺曾責備他，夜裡蚊蟲多，應該拿件長袖襯衫才對。父親解釋，這衣裳是上校母親從普陀山寺院裡請來的，或許有法力，可以保佑上校平安。我敢斷定這就是我給上校送去的那件衣裳，如果不出意外穿它的人當然是上校。

可是……可是……上校怎麼會變成這個樣子？他跟我心目中的上校完全不一樣，顛倒不像！黑白不像！我心中只有一個上校，腰筆挺，大嗓門，風趣爽朗，膽大勇敢，天塌下來都不怕。即使給我一百個上校，我也想像不到這個樣子的上校：這麼傷心的樣子！這麼委屈的樣子！這麼狼狽的樣子！

這真是上校嗎？

是的，錯不了，衣服是他的，聲音是他的，背影也是他的。

41

到底出了什麼事？

我第一想到的是貓，貓出事了，跑了。不，是死了，跑了應該大家去找才對。不，死了貓也不至於這樣子，這是天塌下來的樣子！再說，死了貓小瞎子也不會放他出來。於是我想到他那個白髮蒼蒼的老母親，會不會是她死了？老太婆病病歪歪的，還整天不著家，四方八遠燒香拜佛，神神叨叨的，是快死怕死的樣子。

想到這裡，我心頭反而鬆寬下來，因為這跟我家沒關係。我愣著，想著，一紅一黑的菸頭，像鬼火，一嗚一咽的聲音，像鬼哭。如果真是那個叨老太婆子死了，村裡倒是少了一個多嘴的人——她有些愛多管閒事，平常看見我們調皮搗蛋，不是橫加指責就是念阿彌陀佛嚇我們。我胡思亂想著，不知道到底發生了什麼事，也不知道接下來還會發生什麼事，只希望有人出來發話，盡快給出我一個答案。

爺爺像摸到我心思，咳嗽一聲，發話，聲音裡沒有一點感傷和遲疑。「不走篤定死路一條。」爺爺講，是長輩老子的口氣，帶著見多識廣的權威和堅決，「要走得盡快，必須在天亮前走，晚了就走不成了。」

接著是父親的聲音，低落、沉緩、落寞的，彷彿攙著上校的淚水。「是的，走吧，死在這小畜生身上值不得。」父親想拉上校起身，上校卻不配合，不動，賴著，像被灶沿吸住似的。

爺爺立起身，催促道：「趕緊走，還要收拾東西，不能耽誤了。」一邊也過來拉上校起身，「快起來，走了。」

上校似乎剛從夢中醒來，丟了魂似地站不穩，一邊機械地呢喃著：「走？去哪裡？」聲音嘶啞、膽怯、茫然、孤苦。這哪像他，平時他總是給別人解決問題，排憂解難，教人這個那個，有時氣定神閒，有時神氣活現，現在卻這般怯懦惶惶，無頭蒼蠅一樣。

爺爺講：「天下那麼大，哪裡不能走，非要走一條死路。」

父親講：「你外面朋友那麼多，哪裡不能去，去哪裡都比在這兒等死好。」

爺爺對上校講：「快走，沒時光耽誤了。」

爺爺對父親講：「拉他走，天亮就走不成了。」

我從爺爺紅旺的菸頭中依稀看到上校被父親拉起身。我知道他們要出來，連忙回到廂房，閃在門後躲著，這樣可以正面看到他們出來。不一會兒，他們果然開門出來，從黑暗裡走出來，走進月光裡。月光又冷又亮，我看到父親拽著上校手臂，牽著，爺爺在後面押著，趕著，有時推著，不准他停下來。就這樣，上校亦步亦趨跟著父親，耷拉著腦袋，佝著腰，僵手僵腳的，深一腳淺一腳的，停停走走，向大門移去，挪去。出門時他雙腳甚至連門檻都邁不過，差點被門檻絆倒。他像一下子變成比爺爺還要老邁的老頭子，像發生的事情把他迅速報廢了。

這是我在村裡最後一次見到他，月光下，他面色是那麼蒼白淒冷，神情是那樣驚慌迷離，步履是那麼沉重拖沓，腰桿是那麼佝僂，耷拉的頭垂得似乎要掉下來，整個人像團奄奄一息的炭火，和我印象中的他完全不是同個人——像白天和黑夜的不同，像活人和死鬼的不同，像清泉和污水的不同。

走到門口，我已經看不見，卻聽見他們停下來，講起來——

爺爺講：「走啊。」

上校講：「我的貓呢。」

父親講：「貓好著，放心，我會給你管好的。」

上校講：「我要帶走。」

爺爺講：「這個不行。」

父親講：「你帶走貓就指明你來過我們家。」

爺爺講：「是啊，別為了你的貓讓我們去蹲牢房。」

父親講：「你放心好了，我一定管好你的貓，以後有機會再給你送去。」

爺爺催促道：「別磨蹭了，快走！」

我聽到上校又悲悲泣泣起來，好像還想在門檻上坐下來。但父親和爺爺的態度堅決而強硬，像訓小孩子一樣，不准他出聲，不准他磨蹭囉唆，果斷地又拉又推，然後我聽到父親和他的腳步聲響起來，漸漸走遠。

爺爺沒有馬上回來，逗在門口抽了一支菸，大概是觀察一下的意思，也是安一下心的意思。等他回來，看到並知道我剛才一直在偷聽偷看，他安下去的心瞬間又騰沸起來。長這麼大我沒見過爺爺對我發這麼大火，他一直很寵我，不像父親，會打我罵我。在我挨打受罵的屈辱史上，爺爺扮的一向不是凶手，凶手總是父親，母親有時是幫凶，爺爺總是保護我，安撫我，是罩著我的大佬的角色。

但這回，爺爺乾脆俐落地出手了，狠狠搧我一巴掌，壓著嗓門對我怒吼：

「聽著！你給我記牢，你什麼也沒有看見，你做夢了！」

我沒明白爺爺的意思，傻乎乎地強調我確實看見了。我的愚蠢激怒了爺爺，他一把揪住我耳朵，窮凶極惡地警告我：

「把它全忘了！忘得乾乾淨淨！像什麼也沒看見一樣，知道嗎！」

爺爺死死揪住我的耳朵不放，越揪越緊，像要把它撕下來一樣。我大聲叫痛，他依然不鬆手，罵我：

「痛算什麼，如果你不把它忘掉是要死人的，我們全家人都得死！」

我知道出了大事，可我對它一無所知，已知的——看到的、聽到的——也都要忘掉，忘不掉要死人，全家人都要死！我嚇壞了，不知道到底發生了什麼事，不知道怎樣才能忘掉這些事。我為自己的魯莽和無知感到羞愧，恨不得死掉。

42

天蒙蒙亮，我被噩夢驚醒，發現爺爺又不在屋裡，他坐在天井裡，一根接一根抽菸，菸屁股散落一地，數不清。我知道他在等父親回來，父親卻遲遲沒有回來，直到一家人吃早飯時，總算回來，身上濕漉漉的，手上居然拎著兩隻灰毛野兔。父親似乎很高興，臉上難得地堆滿笑容，立在門前，對我們大聲嚷嚷：

「你們看，夜裡我在後山放了兩副枷，都有收成呢。」

這個位置，這麼大聲，用心是要讓鄰居聽到。

我看出，兩隻野兔身上沒有一處傷，它們可能是父親在送上校不知去哪兒的回來途中從不知哪個獵人的手上買的。父親這麼刻意掩蓋事實，讓我更加確信爺爺對我的警告絕非危言聳聽，我必須忘掉夜裡所看到聽到的一切，如果有人問我父親昨晚去了哪裡，我只能說他去山上狩獵了，什麼上校的傷心啊，什麼父親送他走啊，什麼爺爺的警告啊，我都沒看見沒聽見沒經歷，那是我做的噩夢——以後很長一段時間，爺爺都再三這麼警告我，叮囑我，恨不得用烙鐵烙在我心頭。

可誰能告訴我，到底發生了什麼事？我覺得，這一夜，像一道黑色的屏障，把我和過去徹底隔開，現在的我滿腦子是疑問，是恐懼，是孤獨，是無助，是冤屈，是被黑暗的謎團重重包圍的樣子，是天塌地陷的感覺。我覺得自己像我養的兔子，被拔光了毛，一種大禍臨頭的兆頭包抄著我，撕裂著我，隨時可能爆掉，四分五裂。

謎底在兩個小時後揭開，那時幾乎全村人都蜂擁到學校，看小瞎子。幹嗎？他出了大事了，被人動了刀子，渾身是血，全身是傷。傷成什麼樣？舌頭被割了，講不成話了，成啞巴了；手筋也被挑斷了，兩隻手僵掉，伸不直，十個手指頭像雞爪子一樣合不攏，彎不起，報廢了，完蛋了。

是老保長最先發現小瞎子被害的，他老光棍一個，一向不做早飯，早飯常常去鳳凰楊花攤在祠堂門口的小吃鋪買油條和煎包吃。當他經過學校大門時，發現門口不像前幾天那樣有紅衛兵把守，就溜進去，想去看看上校，結果看到的是血淋淋的小瞎子，要死不活的樣子，把他嚇成一個話癆。

「啊喲喲，那樣子真嚇死人啊！」我曾多次聽老保長這樣對人講，「我一踏進柴屋，一股濃烈的血腥味和屎臭味撲上頭，像剛殺過豬。我想他媽的完蛋了，這樣子，這個血腥糊臭的樣子，太監八成是被打死了，不死也快死了，一定是七竅流血，屎尿失禁了。屋裡烏漆墨黑的，我都害怕往裡走，怕一腳踏在屍首上。好在我摸到開關線，開了燈，看到風車邊蜷著一個人，背朝我，一動不動，沒反應，我大呼小叫也沒反應。這時我想他十成是死了。真他媽的倒楣，大清早撞見死人。你們知曉太監這人，他對我不仁，但我不能對他不義啊，死了要替他收屍。可走近一看，他媽的，我又嚇一跳，原來不是他，是瞎佬那兒子，小瞎子。當時他那樣子真像是死翹翹了，嚇得我根本不敢碰他，連忙出來報信。你們想，我碰了他，萬一真死了，紅衛兵找我算帳怎麼辦？講不清爽的。我活一輩子，什麼兵都見過，最怕的就是紅衛兵，橫的不講理，豎的不講人性，叫你徹底沒話講，沒理論。」

當然，其實沒死，只是昏死，後來紅衛兵趕來，把他抬到屋外，涼風一吹，陽光一照，他醒過來了。醒過來就嗷嗷叫，嘩嘩哭，叫什麼誰都聽不懂，只見叫一聲嘴裡冒出一口血；他不停地叫，血不停地冒，同時兩隻手跟雞爪子一樣亂抓亂舞，活脫脫一個殭屍吸血鬼，嚇死人！

必須送醫院，越快越好。

要快只有叫拖拉機送，但開拖拉機的師傅已經出工，要去田畈裡找。消息就這樣傳開，等拖拉機開來時學校裡已經烏泱泱的都是人，比開批鬥會人還多，我當然是其中一員。老實說，看到小瞎子那鬼樣子時，我馬上想到這是上校下的手。只要有點常識的人都想得到，好多事實和關係明擺著的，用後來胡司令的話講：上校作案的證據比比皆是。

首先，上校不見了，跑了，失蹤了——胡司令講，這是畏罪潛逃。其次，上校有作案動機，他恨死小瞎子——胡司令講，因為正是小瞎子用「捉貓計」把他騙回來的。再次，老保長發現小瞎子時他是被綁在風車腳上的，而綁他那根繩子原來是綁上校的。表哥告訴我，為防止上校逃跑，只要關進柴屋，他們總是用那根繩子捆住他，然後再綁在風車腳上——胡司令講，現在同一根繩子綁在小瞎子身上，這說明什麼？很顯然是他作的案，他作了案，逃跑了，這是一個鐵證。

證據越來越多。時近中午，醫院傳來消息，醫生確診小瞎子的舌頭是人為割掉的，割掉小半截，割得整齊，並且專門縫了針，針腳也縫得整齊。手為什麼僵掉？也是因為手筋被切斷，切的位置很準，不上不下，不多不少，恰到好處。醫生講，人的舌頭是血管最密集的地方，如果任傷口敞著，不縫針，病人可能因失血過多致死。總之，這不是一般人幹得了的，得有專業的工具、知識、技術。無疑，這是又一個鐵證！村裡只有殺豬殺雞屠牛宰羊的那些刀具，誰有這專門的工具、知識、技術？只有上校，人家是金一刀，一等一的外科醫生，前半輩子是專業幹這行的。

至此，胡司令完全確定上校是案犯，便向公安局報案，一邊組織紅衛兵抓捕上校。

公安局派出兩名民警，帶著村裡十多位基幹民兵，在村裡村外找，家家戶戶查，山上山下搜。我們家是首先來的，一名民警和兩個民兵，坐在前堂八仙桌前，找父親和爺爺問了一通話。父親不慌不張，有問必答，答的都是編的瞎話，卻是有證有據：捕獸枷子、野兔子（有了血跡）、泥濘的鞋子（走過山路）、鄰居隔壁和路人的證詞，人證物證都有。甚至連獸證都有，就是上校留下的兩隻貓。

父親引出兩隻貓，對公安民警振振有詞：「村裡誰不曉得，這是他的心肝寶貝，他要是來過我家，這兩隻畜生早被領走了。」

爺爺接著父親的話講：「他寧願留下自己性命也不會願意留下牠們。」然後排出一長串「所以」，「所以，依我看，他不是逃了，而是死了，至少是準備去死了，所以才不管牠們了；所以，依我看，你們將來找到的只能是他的屍體了；所以，能不能找著他其實已無所謂了，因為反正死了。」

我躲在廂房裡聽爺爺和父親講，聽得心驚肉跳，只怕民警發現破綻，也怕民警來找我盤問。好在民警和民兵都是大笨蛋，也是懶漢，他們喝著茶，抽著菸，樓上、豬圈、退堂這些可能藏人的地方都沒有去查看，連身子都懶得動一下，問過，聽過，就走了，好似十分信任我爺爺和父親。

你無法想像，聽到他們走後我激動得哭了。

這一天我哭了好幾次，真是難忘的一天啊！

第二部

第十章

43

這個夏天留下了一個血腥時間，也留下了一堆問題。

以後很長一段時間，我都在問同一個問題：上校為什麼要那樣做，既割小瞎子舌頭又挑他手筋？割了就割了，怎麼又給他傷口縫針？這似乎是矛盾的。問表哥，表哥總叫我少管閒事，不答理我。表哥很怪的，自從小瞎子出事後像變了個人，不愛來我家，平時也不大愛拋頭露面，整個人有點蔫掉。肉鉗子也有這種傾向，不像以前那麼活絡。尤其提到小瞎子受害的事，兩人一律沉默，躲開，避掉。他們好像為小瞎子的事傷透了心，悲傷的陰影疊著恐懼的心理，人像被霜打的嫩葉子，失去了往時的神氣，幽暗下來。只有野路子，因為以前常受小瞎子排擠，吵過架，是不是有點幸災樂禍？反正他一下冒出鋒頭，是一枝獨秀的樣子，經常接受我們小孩子的追捧，我們問什麼他都不避諱，敢講，愛講。他告訴我們，上校所以給小瞎子傷口縫針是怕他失血過多而死，死了就是命案，犯的是死罪。就是說，上校這樣做是為自己留條活路，萬一被抓捕歸案，不會被槍斃，頂多判刑坐牢，不丟命。這是用心盤算過的，設計好的。

這見識深刻得，配得上上校的知識和聰明，我們信服。但針對上校為什麼要割人家舌頭又挑手筋這問題，他卻是深不下去，老在浮皮潦草講空話，一會兒指東，一會兒道西，講得顛三倒四，漏洞百出，我們聽著總覺得不確切，不服氣。

要是以往我一定會去問爺爺，我相信他一定會給出確切答案。我爺爺和一般老人不一樣，他見多識廣，能說會道。我爺爺是個民間思想家、哲學家、評論家，是我課堂外的同學和老師，我們同床共寢，相濡以沫——我給他暖腳，他給我暖心——一個個漫長的冬夜，一個個納涼的夏夜，我問過他無數無數問題，什麼問題我都可以問，什麼問題都難不倒他。但面對這個問題，上校的問題，上校的所有問題，從此我不但不能問，甚至不能想。這是爺爺在這個夏天給我立的死規矩！

事實上從那以後我們家連上校的名字都極少提，誰提就要吃白眼，甚至耳光，好像他是我們祖宗八代的仇人；要不我們一家人都是勢利小人，薄情寡義，專幹過河拆橋、人走茶涼的事。上校，我父親曾經最要好的朋友，現在卻成了我們全家人的禁忌、毒蛇、地雷，天天藏著、掖著、躲著、避著。該死的上校，你讓年少的我嘗盡了保守一個祕密的苦頭；該死的上校，你到底做了什麼，去了哪裡，到底為什麼要對小瞎子下如此毒手？

沒有人知道上校的下落，胡司令派出所有紅衛兵四方找也找不到，公安局把通緝令貼滿大街也不管用。他消失了，像小瞎子他媽，像一個屁，一夜之間從村裡蒸發——我是眼看著他走的，那天夜裡，那個驚濤駭浪的恐怖之夜，我和他，彷彿兩只溺在洪水的驚濤駭浪中無力靠攏、只能嗚咽分別的破船。

和上校一同消失的還有他老母親。據野路子講，胡司令得知老太婆在普陀山某寺院修行後，第二天就帶著四大金剛星夜兼程，直撲普陀山。但還是遲一步，撲了個空，只撲到老太婆匆匆逃走遺落在客棧裡的一副老花鏡和一只香爐。香爐裡的煙灰還是溫熱的，指明她剛走不久，也指明菩薩真的保佑了她。那香爐我以前在上校家多次見過，黃銅的，圓口的，立深比海碗深，底托伸著三隻四爪龍足，沿口掛著兩隻鳳頭耳，掂一掂，沉得很，像盛著菩薩的靈魂。

這個夏天，像這只香爐一樣盛著神祕的分量，彌漫著令人好奇又迷惘的氣息。儘管村裡流傳著各種關於上校為什麼要這樣奇里古怪毒害小瞎子的說法，但大家知道這些說法都不可靠。說法越多越不可靠。可靠的說法只有一個，只有等小瞎子醫好病，由他本人公布。即使舌頭醫不好，醫好手也行，可以寫出來。但後來小瞎子從公社醫院到縣醫院、省醫院，從中醫院到西醫院，從江湖郎中到教授專家，把老瞎子算命掙來的錢花個精光，兩個病照樣一個也醫不好。用老保長的話講，錢嘩嘩流出去，都打了水漂，只買了個屁的聲響。

這個夏天，老保長好似把小瞎子的斷舌頭接在了自己舌頭上，成了一個多嘴多舌多事的長舌頭，什麼事情都要吃一口，插一嘴，嘴唇都被熱辣的口沫星子灼傷了。

44

我在多種場合聽老保長講過這樣的話：「太監是什麼人，聰明絕頂，人精一個。這世道是公平的，老天爺把他的褲襠掏空了，同時把他腦洞填滿了。要比腦筋誰都別想比過他，他要救人，死人也救得活，他要害人，神仙也要被害死。所以啊，小瞎子的病去天上也是治不好的。」

這些話本來我爺爺都會講，現在你給一袋子錢他都不會吐一個字。命丟了，錢頂個屁用場——我想爺爺一定會這樣講。爺爺費盡心機要我忘掉那個夜晚，自己卻一直活在那個夜晚製造的恐怖的陰影下。他不懂法律，但知道自己和兒子在那個夜晚犯的罪——這在當時是常識，因為每次批鬥會都在講這些，要大家互相揭發罪行，有罪瞞著、隱情不報也是犯罪，幾乎婦孺皆知。正因為不懂法律，法律的威嚴被爺爺無限放大，壓得他抬不起頭，喘不了氣，驚恐得要死。現在你要跟爺爺談上校的事，沒門，威脅利誘都沒用。爺爺像小瞎子一樣變成了啞巴，倒是老保長變成了大喇叭，時常在祠堂門口大談上校和小瞎子的事。

他經常大聲地告訴問他的人：「他媽的這還用問，不明擺的，太監這樣害小瞎子，就是要他閉嘴，有屁不能放，有屎不能屙。小瞎子一定掌握住太監什麼見不得人的東西，如果這東西叫小瞎子傳出來，他就沒法子活了，沒臉皮活了。只有這樣他才會下這毒手，舌頭手筋一起咔嚓，殺人滅口一樣的。太監不殺人，但滅了口，這就是太監高明的地方，他腦筋裡有的是這些高明。」

有一次老保長在這麼講時爺爺正好在場，老保長講完，爺爺似乎很有感想，接著老保長的話講：「是啊，老流氓，歷史上殺人滅口的案例多，所以還是什麼都不知曉的好。老古話講得好，箱子裡存的錢是越多越好，心裡存的事是越少越好。」

老保長問爺爺：「你箱子裡存了多少錢？」

爺爺嘿嘿笑道：「我一沒存錢，二沒存事，三只剩老命半截子，等著死。」一邊掰著滿是老繭的手指頭。

老保長哈哈笑：「提到死，現在排第一的不是你，當然更不是我，我是無論如何要排在你之後的。為什麼？因為你滿肚腸心思，心思多了，壽命就少了，這是閻羅王定的規矩，反不了的。」又哈哈，又講，「那現在排第一的是誰？你推算是誰？當然是太監嘛，他犯罪逃跑，罪加一等，如果被公安捉回來保準要吃黃澄澄的花生米，五毛錢一粒（子彈）。這是國家定的規矩，你講是不是？」

爺爺對上校的事犯忌，不想多嘴，只笑笑，不出聲。

老保長衝著爺爺的笑──像抓住一個笑柄，開懷大笑：「看你笑的樣子，像鑽進了新娘子的被窩裡。我知道你討厭太監，恨不得他早死，可你兒子在哭知道吧，村裡誰不知道他們的關係好到門，好得情願互相頂死。」

爺爺勃然大怒，臭罵他：「你放什麼屁！都七老八十了還沒學會講人話，要頂死也該是你憑什麼是我兒子，你在批鬥會上幫他講了那麼多好話，鬼知道你們是什麼關係。」罵完就氣呼呼地走，不戀戰。

我知道，爺爺是怕吵起來，氣生氣，話趕話，講了不該講的話，給人留下話柄，給公安抓到蛛絲馬跡。看見我在場，爺爺一把拉我走，他也怕我留下來被人利用，套出那天晚上我看到的事情。這些事情講出來就是父親和爺爺的罪狀，必須爛在肚皮裡。自始至終，爺爺在上校潛逃的問題上一直保持高度警惕，謹小慎微，尤其對我，經常提醒我，開導我，甚至威脅我，必須守死。

很長一段時間，爺爺每天晚上睡覺前都對我講同一句話：這事你守不住，我就喝農藥死給你看。害得我經常做噩夢，看見爺爺喝了農藥，口吐白沫，翻白眼珠。歸根到底，這是上校害我的。該死的上校，你到底做了什麼？到底去了哪裡？到底為什麼要對小瞎子下如此毒手？

45

和爺爺比，父親的警惕性要差一些，最顯明的例子是表現在對兩隻貓的態度上。當初表哥把牠們從學校領來交給父親時，爺爺沒有反對，以為只是暫時的；後來上校逃跑前想帶走牠們，他又是反對的，因為這會成為上校來過我家的證據。兩隻貓就這樣陰錯陽差在我家待下來，搞得爺爺難過死，老是擔驚受怕，好像這是兩隻老虎，隨時要傷害我們。

我發現，兩隻貓到我家後開始變得有點野，經常出門亂竄。我家沒院子，父親又要做生活，經常不著家，不可能像上校一樣時刻守著牠們，管著牠們，疼愛牠們。牠們失落了，無聊了，吃飽了要出門溜達，饑餓了要野出去尋食，把人家晾在窗戶上、屋簷下的鯗叼走，給我家淘氣。關鍵是，牠們是上校落在村裡的尾巴，人們看到牠們就會想到上校，想到上校和我父親不尋常的關係。

日復一日，爺爺忍無可忍，時常恨不得一腳踩死牠們，用唾沫淹死牠們，用鐵鍋蒸了牠們。要不是父親阻攔，我想兩隻貓一定早被爺爺弄死，餵狗吃了。為這個，父親和爺爺經常鬧矛盾，吵架。有一次吵得凶，爺爺發了狠，提著刀揚言要剁了牠們，父親一手護白貓一手護黑貓，伸出脖頸對爺爺講：

「你想要牠們的命，先要走我的命。」

另一次吵得更凶，完全像敵人，父親警告爺爺：

「你要敢要牠們的命，我就敢要你的命。」

狠話插到底，兩隻貓才有幸挺過一道道鬼門。

貓活著，竄著，上校的幽靈就不散，爺爺的心病就除不了。怪的是，後來兩隻畜生真不見了，爺爺的心病反而變得更嚴重。那是這年冬天，五穀都入倉了，農活都休眠了，照例是縣上整修水利的時節。父親被派去江北雞鳴山修水庫，山高路遠，條件簡陋，必須自帶碗盞、鋪蓋、糧食。也許是怕爺爺害死貓，父親居然要把兩隻貓也帶走。這很滑稽，好像他出門是去管穀倉，領著天兵天將。母親強烈反對，罵父親神經病。爺爺袖手旁觀，不管，讓父親發神經病，懶得理睬。帶走就帶走，眼不見為淨，最好是死在外面，這大概是爺爺的心理，他恨這兩隻畜生。

年關前，父親收工回來，挑著兩只大麻袋，一只裝的是帶去的鋪蓋、碗盞、衣裳等；一只裝的是一些年貨，有的是工地發的，有的是山上採的，有的是買的，都是過年吃的用的東西。父親從身上摸出一條紅絲頭巾交給母親，要她保管好，不許用，因為是給大哥將來談對象預備的。給我一份禮物是一雙新棉襪子，白色的，像供電局工人發的勞保襪。我捧在手裡頓時覺得一股暖流火燒似的上了身，渾身都酥了：這是我夢寐以求的新年禮物。這麼多喜喜慶慶的東西，一副過新年的樣子，我們陶醉在喜悅中，沒有發現父親少帶了一樣東西回來：兩隻貓！

爺爺最先發現，責問父親：「兩隻畜生呢？」

父親講：「你不是討厭牠們，我把牠們煮了吃了。」明顯是氣話。

爺爺講：「你吃了我也不會吃牠們，講實話。」

父親講：「死了。」

爺爺不相信，追問：「怎麼死的？」

父親答得乾脆，像早對人講過：「山上太冷，又沒東西吃，就病了，就死了。」

我以為爺爺會開心地打個總結：「死了好。」或者：「早該死了。」或者相應的話，總之是幸災樂禍吧。但爺爺似乎給難住，不知道講什麼好，猶豫好久才從牙縫裡擠出一句話：「這是命，忘了牠們吧。」聲音幽弱，分明是同情的心情，安慰人的口氣，讓我覺得爺爺好奇怪的。

春節過後，一天晚上我在豬圈裡給兔子餵夜草。這是我睡覺前必須做的事，也是我讀書附帶的勞務：養好四隻長毛兔，我的學費全靠牠們潔白的長毛攢出來的。所以我每天下學都要去割一籃兔草，早晚各餵一次，年三十都免不掉。豬圈裡沒有電燈，一片黑，爺爺和父親從屋裡出來，沒注意到我，就在我眼皮底下吵起來。

爺爺很氣，很凶，開口就對父親吼：「告訴我，那兩隻畜生到底去了哪裡！」

父親像在夢中被突然叫醒，很煩躁、責備的口氣，頂撞他：「你凶什麼，不是早同你講過，死了。」

爺爺呸一聲，依舊一口惡語：「別自作聰明！你以為我不知道，門旮旯裡拉屎總要天亮的。」

父親講：「你知道什麼。」

爺爺講：「牠們根本沒死。」

父親講：「哪個鬼跟你講的？」

爺爺講：「別管誰跟我講，你老實跟我講，牠們到底去了哪裡？你那天到底去了哪裡？」

父親講：「什麼那天？我都在山裡，能去哪裡？」是且戰且退的樣子。

爺爺罵：「真想搧你！都什麼年紀了還靠撒謊過日子。講啊，你不講是不？好，我來告訴你，」黑暗中，爺爺步步逼近，逼得父親團團轉。「（臘月）十五那日，山裡落大雪，休工兩天，當天下午你帶著兩隻畜生下了山，第二天中午才回去，畜生不見了。你老實講，那天你去了哪裡，貓去了哪裡？」

父親突然笑起來，好像脖頸裡被塞進一把雪，徹底驚醒，也被逗樂了，嬉笑著講：「這不就對了，我早跟你講過，山裡太冷，沒吃的，貓病了，我就下山想找人給牠們看病，順便給牠們找點吃的，結果當天夜裡就死了。死了我就找地方埋了，我總不可能帶回去給他們吃吧，我捨不得的。」

爺爺似乎被說服了，軟了口氣問：「真是這樣？」

父親變得理直氣壯，講怪話，帶髒字，口氣堅定又放肆：「還能怎樣？就這樣，那些丝都要以為是我一個人吃了獨食，所以才亂嚼舌頭。你也不想想，我怎麼忍心吃牠們？這是人家的孩子，心頭肉，我餓死也不會吃的。這個你總可以理解吧，但他們理解不了就胡說八道，這幫子丝！」

爺爺進一步被說服，口吻裡透出一絲關心和擔心，問父親：「你曉得他們在講什麼嗎？」

父親脫口而出：「曉得，就講我曉得上校在哪兒，我去找他了，給他送貓去了。」

爺爺講：「這話要傳遠去，公安聽到篤定要來找你麻煩。」

父親講：「那我有什麼辦法，他們要亂嚼舌我能怎樣？」

爺爺講：「你負責管好自己的嘴，我負責是去管他們的嘴。」略作停頓，歎了口氣講，「今後你要學學做人，不要動不動跟人發火，這世道越來越亂了，不要老得罪人，多得罪一個人就多一條死路。」

父親默不作聲，摸出兩根菸，遞給爺爺一根。爺爺掏出火柴，先點了父親的，再點自己的，然後兩人邊抽邊走，回屋裡去，黑暗中顯得越發親密，像一對難兄難弟。沒想到一場來勢洶洶的幹架最後是這麼友好收場，我看著他們越來越黑遠的背影，心裡甜滋滋的。天依舊黑忽忽的，我心裡卻暖洋洋的亮堂，像爺爺劃亮的火柴旺在我心頭。

我不知道爺爺後來有沒有去找人做過工作，我只知道後來村裡確實有些關於上校和父親的風聲在暗地裡吹，什麼上校沒有死，還活著；什麼父親知道他躲在哪裡，還去看過他，等等。照例，上校作為公安通緝的逃犯，這些風聲極容易散開，浮出水面，興風作浪。但這次有些反常，風聲只限在小範圍轉，私底下走，沒有探出風頭，形成風浪，最後公安確實也沒來找父親調查。

46

爺爺講過，村子的一年四季，像人的一輩子，春天像少小孩子，看上去五顏六色，生龍活虎，朝氣蓬勃，實際上好看不中用，開花不結果，饞死人（春天經常餓死人）；夏天像大小夥子，熱度高，精氣旺，力（熱）氣日日長，蛇蟲夜夜生，農忙雙搶（結婚生子），手忙腳亂，累死人；秋天像精壯漢子，人到中年，成熟了，沉澱了，五穀豐登，六畜興旺，天高雲淡，不冷不熱，爽死人；冬天像死老頭子，寒氣一團團冒，衣服一件件添，出門縮脖子，回家守床板，悶死人。

這裡有些是雙關語，明的一層意思，暗底一層含義。有些含義好理解，比如「夏天熱度高」，既是指天氣的熱度，也是指人的熱情，熱火朝天的生活，狗都閒不住；有些含義卻不大好理解，比如「夏天蛇蟲夜夜生」，既是指大自然裡的毒蛇害蟲，也是指人口舌上的是是非非。夏天日長夜短，暑熱難當，人都不愛待在家裡，要出門，三五成群，四六抱團，散在弄堂裡，聚在祠堂門口，吃飯、納涼、打牌、下棋、看戲、閒聊天、拉家常，是製謠傳謠、傳播小道消息的好時節。

去年夏天，上校失蹤後，整個村子都在談論他，真真假假，犄角旮旯都在淺吟低唱，蘑菇一樣的，見風就長。他在「蛇蟲夜夜生」的盛夏出事，註定是要被人大張旗鼓地嚼舌，嚼得遍體鱗傷。然後到秋天，盛況逐漸收斂，一路下滑，到冬天滑入谷底。翻過年，只是零星有人提起，提了就提了，氣泡一樣，風一吹就破了：因為終歸是老故事，陳芝麻爛穀子，不可能出現風聲四起的老行情。要出現老行情，必須冒出新東西，比如上校被捕了，審出案情真相了；或者小瞎子開口講話了，揭開一堆祕密真相，等等。新東西遲遲不湧現，上校自然而然在離我們遠去，這是大勢所趨。然後到了夏天，不知是誰起的頭，也不知是哪一天，一輪嚼上校的新行情平地拔起，勢如破竹，風風火火，迅速席捲全村。此輪行情可謂駭人聽聞——原來上校是個大騙子，他根本不是什麼可笑的太監，而是可惡的雞姦犯！青天霹靂，風雲突變，一時間全村人頓時興奮起來，嘈嘈起來，一傳十，十傳百，乾柴遇烈火一樣的，颱風吹沙塵一樣的，轉眼間家喻戶曉。

我同矮腳虎是小兄弟，經常在七阿太的小店玩，幾乎是最先聽到這風聲的人之一。小店祠堂一樣的也是公共場所，人來人往，七嘴八舌，許多小道消息會第一時間在這裡集合又發散開去，像集市。一天我正同矮腳虎在小店門口修彈弓，老保長來買菸，一進小店，七阿太就報喜似的對他講上校的最新行情。老保長聽了哈哈笑，提著大嗓門嚷個響亮：

「這不鬼扯淡嘛，誰不知道他是太監，村裡一隻狗都知道。」

「是啊，」七阿太配合他，「我也覺得古怪，但這事好像是真的。」

「真個屁。」老保長照舊笑，「你是真老糊塗了。」

「你才糊塗，整天酒醉糊塗。」七阿太有些生氣，也放開喉嚨，「這事八九假不了，因為是小瞎子自己講的。」

「小瞎子講的？」老保長剎住笑，正式問，「他開口了？」

「口是沒開，」七阿太講，「是用腳講的。」

老保長像被掏了腋窩又大笑起來，笑得立不住，一屁股坐在板凳上，一邊咳嗽一邊嘲笑七阿太：「蹺腳佬，看來你他媽的真是老糊塗了，腳怎麼會講話？」

是啊，腳怎麼能講話？

是的，腳可以講話的，我和爺爺後來都親眼見過，小瞎子用腳在泥地上罵過人：我操你媽！不過現在還沒到那一天，那天是古曆七月半，現在才六月底，還隔半個多月呢。現在七阿太用蹺的那隻腳的大趾頭在他家泥地上對老保長寫字，寫了一個「大」字，一邊數落老保長：

「你一生世就是女人，就是酒醉糊塗。看見了沒有，腳趾頭照樣可以講話。」

「哈哈哈，」老保長照舊笑，一邊照著七阿太的話頂他嘴，「你一生世就是蹺腳，就是這爿小店，村子大門都沒出過，天下事屁都不懂。你講太監是強姦犯我信，講他是雞姦犯打死我也不信的。」

老保長和七阿太，一個是祠堂常客，一個死守小店，都是傳播小道消息的一把好手。他們以互相配合居多，村裡一點屁事總被他們你來我往，嚼得爛熟，無人不曉。有時意見不統一，兩人互相拆台，打擂台，一般是老保長得勝。老保長有點赤腳佬的意思，吃過酒，什麼話都敢講，誰家的門都敢進，不忌憚，不保守，敢衝敢拚，豁得出去。而七阿太蹺個腳，行動不便，只能守株待兔，加上輩分高，畢竟要端莊的，有些話得守著，不能信口胡謅，有失體面。所以，但凡老保長和七阿太開仗——打嘴仗——一般總是老保長贏。

怪的是，這一次，在上校是雞姦犯的問題上，老保長一路失敗，形勢一邊倒，都向著七阿太，像大家串通好，像老保長真的酒醉糊塗，犯了大錯，失了民心。在我印象中，唯一公開堅定支持老保長的只有一人，就是爺爺。這也是怪的，一般爺爺不大尊重老保長的，這回卻尊重到底，情願為他做惡人，當槍使，是兩肋插刀的仗義和英勇，豁出去的樣子。結果惹得小瞎子發瘋，咬人，咬爺爺，瘋狗一樣的。

這是古曆七月半的事，爺爺和小瞎子大鬧一場。

47

七月半是節日，俗稱鬼節。

爺爺講，七月半，鬼一半：一半是活人的，一半是死人的。

按習俗，這一天活人要祭祀死人，做好發糕和桂花餅去祠堂的蔭堂敬拜祖宗陰人。蔭堂是陰曹地府和陽世人間接頭的地方，接口，通道，平時不大有人去的，瘮人，但這天你又是必須去的，不去就是不敬祖宗，搞不好要被惡鬼纏住，更瘮人。一般人家都要派人去，去的多為老人、孩子、婦女。中午去的人最多，最熱鬧，繁碌時蔭堂裡都是人，像筷筒裡的筷子一樣插滿，濟濟一堂，嗡嗡嚶嚶的，就有一種危險似的，像祖宗馬上要破壁而出，房子馬上會塌掉。

爺爺專挑中午去，帶著我，去湊熱鬧。祠堂門口人來人往，空氣裡全是桂花和米酒的香氣，濃厚得醉人。日頭正中，直射下來，收起陰影，陽光鋪滿空地，放著光芒，刺眼，熾熾的熱。進門前，我看到小瞎子坐落在祠堂側門前，面前放一只筲箕，盛著十幾塊發糕和餅子，大大小小，形形色色，一看就是多家人送的。小瞎子以前是可恨，現在是可憐，廢人一個，有爹沒媽，爹又是瞎佬，肯定做不來發糕和餅子，所以有善心人送他。小瞎子這時節去，也是去要這份善心的。

爺爺講：「形勢造人人造孽，現在小瞎子被造成一個只要肚子不要面子的人了。」

敬完祖宗出來，爺爺沒有直接回去，而是走到小瞎子面前，從自己的筲箕裡取出兩塊發糕和一個餅子放入小瞎子的筲箕裡，然後問他：你講上校是雞姦犯，怎麼知道的？小瞎子嗚里哇啦一通，當然是聽不懂的。爺爺講：這樣吧我問你幾個問題，很簡單的，你只要點頭或搖頭好了。小瞎子點點頭。爺爺問：你講他是雞姦犯，他是不是雞姦你了？小瞎子搖頭。爺爺又問：那你有沒有看見他雞姦誰了？小瞎子又搖頭。

爺爺提高聲音一通笑，吸引更多的人矚目、圍觀。等人圍上來後，爺爺開始正經八百地對小瞎子宣講：

「這就怪了古了，雞姦犯又不是瞎子瘸子駝子癱子傻子瘌子，是可以看出來的。大家曉得雞姦犯像聾子婊子慫蛋子（陽痿病人）石女子，光看是看不出來的，它是一種暗病，看不見摸不著的毛病怪病，他既沒有雞姦你，你也沒有看見他雞姦誰，那你憑什麼講他是雞姦犯？」

小瞎子想站起來，手忙腳亂的，一邊又是嗚里哇啦一通。

爺爺扶他坐下，勸他：「你就好生坐著吧，別講了，講了也是白講，無人聽得懂的。你還是聽我講，村裡人是不是一向叫他太監？你也時常叫的，是不是？是，你就點頭，不是就搖頭。」

小瞎子急得滿臉通紅，更是嗚里哇啦一大通。但他不點頭，也不搖頭，好像知道這是個陷阱，他要避開。

爺爺不給他避，直截了當指出：「這你就不對了，為什麼不點頭？村裡人誰不曉得他是太監，從小孩子到老頭子都知曉，老保長那次在批判會上也講過，上上下下明裡暗地，講了幾十年了都無人反對，他自己也拿不出證據反對。這是鐵板釘釘的事，無人反對得了，現在你非要反對，為什麼？憑什麼？再講我們都曉得，他當時關在柴屋裡是被五花大綁的，要是沒人給他解開繩子，他是孫悟空也傷不了你。那是誰給他解的繩子？他為什麼要這樣傷害你，割你舌頭又挑斷你手筋？為什麼？」

爺爺問他又不要他答——他也答不了——獨自講到底：「我分析只有一個原因，你是雞姦犯，你為了雞姦他，所以才給他解開繩子。因為你雞姦了他，所以他才要這麼整治你，割你舌頭，廢你手。他這既是為自己報仇，也是為別人著想，不讓你去害人。大家曉得，太監最愛幫助人的，他這麼廢你就是要叫你永世不能再去作踐別人。幸虧他把你廢了，否則不知道以後你還要作踐誰。」

爺爺像打了雞血，越講越來勁，吸引所有人圍上來聽。小瞎子早受不了，不斷嗚里哇啦叫著、嚷著。爺爺卻不管，只管自己講，口若懸河，滔滔不絕，氣得小瞎子捶胸頓足，團團轉，哇哇叫，口沫橫飛，鼻涕直流。最後他衝出圍觀人群，跳下台階，挑到一片泥土，甩掉拖鞋，用腳趾頭在泥土上寫字。他太生氣了，人在顫，腳在抖，橫不平，豎不直，寫出來的字不成形。

爺爺當好人，安慰他別急，慢慢寫。

小瞎子寫了又寫，腳趾頭磨破了，流血了，終於寫成幾個字：我操你媽。

爺爺看了也不生氣，反而笑，哈哈笑道：「我媽早死了，早爛成一團泥了，你連爛泥都要操，看來你真是雞姦犯。」氣得小瞎子發瘋，窮凶極惡朝爺爺撲上來，要打。可他是一雙殭屍手，使不上勁的，對不準方向的，爺爺隨便一躲，他就撲了個空，撲倒在地上，一個狗啃泥——不是操泥，是吃泥呢。

爺爺不管他，繼續奚落他：「你有沒有良心，剛才我還送你發糕餅子，然後我只是對你和太監之間的冤仇進行一個分析，你就要操我先人，還要出手打人。我都七老八十了，有你這樣對待老人的？就算我分析不對，講錯了，你也不能這樣對一個老人，既打又罵，有話好好講嘛，憑什麼耍流氓？誰不曉得，雞姦犯就是流氓犯，憑你今天這個流氓相，我認定你是個雞姦犯！」

第十一章

48

我知道強姦犯，但不知道雞姦犯。我曾問爺爺，什麼是雞姦犯，爺爺剜我一眼，責備我不該關心它。這可是個最下流的污髒東西，爺爺講，別掛在嘴上，丟人的。看樣子，聽口吻，比強姦犯更下流，比太監更丟人。

就算很下流丟人吧，可爺爺為什麼要在上校是雞姦犯的問題上那麼認真？我覺得奇怪。我覺得小瞎子講上校什麼讓他去講好了，跟我們家有什麼關係？反正上校已逃走，講什麼他也聽不到，等於白講。更讓我不理解的是，爺爺口口聲聲講，要我們以後不提上校，禁止提，他自己居然在大庭廣眾面前提，而且顯明是在幫他講好話。這不是自相矛盾嗎？自找麻煩嗎？我對爺爺的做法充滿疑問。

事實上，後來發生的一系列事情我都不大理解得了，事情變得越來越古怪。

首先，從七月半那天起，爺爺時常去小店、祠堂、理髮店、裁縫鋪，這些人多的地方講，四面八方講，小瞎子是雞姦犯，雞姦了上校。從爺爺挑的時間、選的地點、講的話等眾方面看，他不是隨便這樣講的；他是有計畫的，有預算的，有目標的，目標就是要給小瞎子貼一個罪名：他是雞姦犯，雞姦了上校。爺爺一向口才好，腦筋也靈，一事一例，講明道理，立下證據。比如那天晚上，小瞎子為什麼要支走其他紅衛兵，只留他獨個人審問上校？以前胡司令審人不這樣，平時公安審人也不這樣，他為什麼要這樣？就是心裡有鬼，想做見不得人的事。又比如，以前只聽說男人偷看女人上廁所，小瞎子卻偷看上校解溲——這個矮腳虎和我都可以作證，我們在場。又比如，小瞎子為什麼會得這種怪病——歡喜男人——跟他倒楣的命有關，他生來沒被女人疼過愛過養過，一天都沒有，所以骨子裡頭恨女人！又比如，小瞎子從小吃羊奶長大，照吃什麼補什麼的道理，他補的是畜生那一套，血液裡是畜生，不是人。講完小瞎子又講上校，講他年輕時如何亂搞女人，如何把自己搞成太監，等等，種種舊事，沉渣泛起。

爺爺講的這個那個，總歸是一個方向，一個效果：要幫上校洗清雞姦犯的惡名，把惡名戴到小瞎子頭上，戴牢，扣緊。在我看來爺爺講的那些十分有道理，像孫悟空頭上戴的緊箍兒，每講一遍緊箍兒就緊一輪，牢牢箍在小瞎子頭上。我後來完全相信小瞎子是雞姦犯，雖然我對雞姦犯的意思照舊是不太理解，對爺爺的做法也照舊是不理解——越來越不理解。真的，每次聽爺爺講那些，我心裡總冒出個聲音：爺爺，誰是雞姦犯跟你有什麼關係，犯得著你這麼認真嗎？費盡心機的，幹嗎？

其次，儘管爺爺為這事費盡心機，但效果總不見好。爺爺像遇到了強大的敵人，但你又不知道敵人是誰，在哪裡。敵人神出鬼沒的，趕不盡，殺不絕；敵人像風一樣的，在弄堂裡穿來穿去，去了又來，一波一波的，一陣一陣的。到八月初，這股風突然變得強勁，颱風一樣的，災難一樣的，來勢洶洶，連風帶雨，連爺爺帶老保長，都被澆成一隻落湯雞，洋相出盡。

這一天小瞎子演戲一樣，領著他爹瞎佬和瞎佬弟弟，帶著道具，一起來到祠堂門口，紮出場面。瞎佬是主持人的角色，上來就吆喝，敲鑼，吸引人來看。道具是一只圓匾、一袋細沙子、一根竹扁擔。瞎佬弟弟先上場，把沙子倒在匾內，用扁擔抹勻、刮平，然後等著做記錄，是配角。主角是小瞎子，由瞎佬撐著，赤一隻腳，金雞獨立的樣子，專心用赤腳的大趾頭在抹平的沙子面上寫字。沙子鬆鬆的，在上面寫字比在泥地上容易得多，也好認得多。看樣子，他們一定在家裡練過，駕輕就熟的，小瞎子寫一個，瞎佬弟弟用毛筆抄一個。字寫得難看死，大小不勻，歪歪斜斜，但總歸是那個字，認得出。瞎佬使勁吆喝，加上事情有看頭，很快吸引人一撥撥圍上來。中午的陽光烈，小瞎子寫得滿頭大汗，大家看得興致勃勃，真像看戲一樣。

眼看著，一個個歪七扭八的字黑在一張洋白紙上，我看到時已經貼在祠堂牆上，每一個字我都認得——錯別字也認得——是這樣寫的：

> 我講太監是雞姦犯，是因為他小肚皮上刺著一行字：這混蛋是雞姦犯。我親眼看見，長頸鹿和肉鉗子可以作證。

其中好幾個字是錯別字，比如「監」寫成「鹽」，「刺」寫成「剌」，「鹿」寫成「樂」，「眼」的「目」字旁寫成「日」，「鉗」的「甘」字寫成「廿」。這裡所謂的「長頸鹿」，就是我表哥。

49

好久沒見到表哥了，他參加工作了，平時不住家裡，住鎮上。因為參加革命積極，公社成立革委會後，胡司令推薦他去我們公社革委會工作。我們公社小，排不出崗位，派他去公社中學當門衛，一個月工資十三塊。開始表哥不想去，不是嫌工資低，是嫌門衛工作不氣派。但最終還是去了，因為沒其他工作，否則只有留在村裡當基幹民兵。基幹民兵照樣做農活，拿工分，工資是一分也沒有的，比一比還是當門衛好，就去了。

當天晚上表哥被緊急叫回來，關在廂房裡，接受爺爺和父親的盤問。沒有人規定我不准聽，我就在門外專心聽，沒有漏掉一句。爺爺開頭就對表哥凶，發警告，要求他必須有什麼講什麼，不能瞞一個字。表哥感到事態嚴重，肯配合，雖然不那麼爽快，有些吞吞吐吐，但總歸是一五一十地講出了那天晚上的經歷。

表哥講，那天晚上他和肉鉗子、野路子三人開始都在食堂廚房弄夜宵，小瞎子獨個人在胡司令辦公室審問上校，審問情況他們一無所知——這我可以作證。夜宵弄好後他去叫小瞎子，並和他一起把上校押回來。因為同意上校換衣服，他們沒有綁他，準備等他回到柴屋換好衣服後再綁。進柴屋前上校提出來，身上很髒——一身都是煤灰和貓爪子——要求去食堂洗個澡。開始小瞎子根本不同意，罵他：「你想得美！」把他推進屋，命令他馬上換衣服。他手上拿著繩子，準備把他綁好，然後安心去吃夜宵。

但不一會兒，他又同意了。

表哥原話：「當時我覺得奇怪，幹嗎要對他這麼好。後來我才明白，也是他小瞎子親口講的，這樣我們可以偷看他洗澡，看看他下面那地方到底是什麼樣子。我本來想反對的，但我又想這是不可能的，天那麼黑，他不可能開燈洗澡，我們要看也看不到什麼的，所以就沒有反對。」

我覺得表哥說的後半句是假話，他不可能反對，他一定也是想看的。誰不想？我也想呢。他要真不想後來完全可以不參與，做野路子的角色。野路子沒參與，也不是他不想，而是受小瞎子奚落，輪不上。總之，對上校褲襠裡的好奇，這是我們每個人都有的，誰都不可能反對。

問題是天那麼黑，不開燈，你怎麼能看到？

小瞎子就是鬼主意多，他知道上校會防範他們偷看，所以事先做好幾個布置：一是把廚房的水缸移到一邊，這樣上校洗澡必定是在窗洞的視線內；二是把廚房電燈的開關線接長，拉到窗洞外——上校進去後保準會關門，但絕對不會開燈，所以一定發現不了；再一個是上校進去洗澡時，他們故意裝給他看，四個人一起在隔壁飯堂裡喝大酒，估算他已經脫光衣服開始洗澡時才溜出來，躲在窗外偷看。野路子的角色是負責掩護，當受氣包，一個人發神經似的在飯堂不停嚷嚷：

「喝！快喝！我已經喝完了。」

「你別耍花招，喝掉！喝完！」

伴著拉凳子、摔缸子的聲響，感覺幾個人仍在那兒吃大酒。

窗洞是沒窗簾的，隨便看，但不開燈，什麼都看不到。那天天很黑，廚房窗前又有棵皂莢樹，更黑。上校看屋子裡黑得死沉，即使有人偷看也不怕，加上隔壁還在嚷嚷，所以沒有防備，脫個精光，呼啦呼啦洗個痛快。

當小瞎子突然拉亮電燈時，他嚇壞了！

興許是嚇壞的緣故，他沒做出明智選擇：蹲下身，而是下意識地往門前衝，想去關燈。這樣等於是朝他們迎面衝上來，面對面的，他們三人——表哥、小瞎子、肉鉗子——因此都看個清楚：一是他那地方並不短缺，那東西活脫脫地掛在那兒；二是小肚皮上確實寫著字，並畫著一個醒目的紅色箭頭。

表哥原話：「字有不少個，橫的豎的都有，大的有螃蟹那麼大，小的也小不了多少，幾乎爬滿整個小肚皮。但時間太短，我們都沒認出那是什麼字，只是看到有字，到底是幾個字都沒看清。小瞎子講這是什麼字篤定是後來看到的，當時絕對沒看到，因為後來上校穿好衣裳出來，他還當面質問他是什麼字，要看到就不會問了。」

小瞎子那麼問他，上校便知道他們沒看清楚字，於是開心得哈哈笑，逗小瞎子：「你們不是在吃酒嘛，你給我一碗酒吃我就告訴你。」小瞎子上當了，帶他去飯堂，請他坐下，倒一碗酒給他。他吃酒又吃肉，完了告訴小瞎子，那幾個字是：你媽是個大婊子。氣得小瞎子要打他。

表哥原話：「是我把他攔住的，因為我知道我們打不過他。」

當時上校其實可以逃走，他要逃誰都追不上。但他不要逃，因為兩隻貓已經得救，他自己澡也洗了，衣服也換了，酒也吃了，又有菸抽，他不怕被關押。畢竟逃是犯法的，他不想犯法，主動去到柴屋，也同意他們綁他。綁好後他們回去繼續吃夜宵，一邊議論上校，以前講他沒「那東西」，現在看肯定不對，那東西明明在那兒，六隻眼同時看到，樣子也不像假的。

表哥原話：「但我們都沒有看清一個字，我們只看清一個紅箭頭，從上面往下指的，箭頭上面是一排字，兩邊也有字，至於什麼字絕對沒人看清，這一點我可以保證。」

按規定前半夜由表哥和肉鉗子負責看守，後半夜輪到小瞎子和野路子。但野路子起先獨自一個人吃，可能吃撐了，回家就肚皮痛，一夜都沒去接崗。所以後半夜只有小瞎子獨個人看守上校，那期間發生了什麼事沒人知道，只有上校和小瞎子知道。

最後表哥講：「如果他（小瞎子）講的（其實是寫的）那些話是真的，一定是他在後半夜看到的。」

「放屁！」話音未落父親就發火，罵表哥，「怎麼可能真的？全是瞎話！」

「那你知不知道真的是什麼？」爺爺問父親，聽口吻他好似知道一些。

「我怎麼知道？」父親惡聲惡氣地回覆，「鬼也不知道。」他叫爺爺少管這些屁事，一邊氣憤地開門出來，一邊臭罵表哥，「當初就叫你別跟這畜生往來你就是不聽，非要當他跟屁蟲，整天跟他混，鬧出一堆屁事。你看著好了，哪天我非把他的嘴撕爛不可！」指的當然是小瞎子。

父親罵罵咧咧地闖出大門，好像真要去撕小瞎子的嘴。我想，撕他嘴沒必要的，他已是斷舌啞巴，除非剁掉他腳，才能叫他徹底閉嘴。但總體講我仍是搞不大懂，他們為什麼要在這件事上不停地糾來纏去，搞得人心慌亂的，難過死。說到底，我當時仍是不知道什麼是雞姦犯，因此對這件事我一直找不到判斷力，也失去想像力和分析力。我在黑暗中覺得孤獨無助，舉目無親的感覺，孤兒一樣。

50

表哥平時住學校，四人一間的集體宿舍，只有周末才回家。

現在是夏天，學校放暑假，他回家待幾日，老是被姑夫——他父親——派去做農活，他討厭，不歡喜，又回學校去住。這時同寢室的另外三張床都空的，他一個人住，很愜意，就更不想回家。有一天，我去學校看他，晚上就睡在他寢室裡，反正有三張空床。就是這天晚上，我才真正明白雞姦犯的意思，是表哥告訴我的。

表哥是在熄燈後跟我講的，也許他覺得這東西太髒，不適宜開著燈講。屋裡一團黑，窗外更加黑，黑得發亮，有衝力的，洪水一樣，排山倒海朝我撲來，把我吞沒又拋起，拋起又摔下，摔下又托住，托住又跌落、吞沒……什麼叫駭人聽聞？我那天就駭人聽聞了。

我一邊聽表哥講著，一邊渾身不斷起雞皮疙瘩，發冷，噁心，想吐，想拉肚子，想捂住耳朵，想逃走……好像看見了世上最最下流骯髒的東西：比流氓下流，比強姦犯無恥，比太監流氓強姦犯都骯髒醜惡，髒得噁心，醜得可怕，惡得猙獰，把我嚇壞了！不知怎麼的，我已經拉亮電燈。

「幹嗎開燈？」表哥坐起身，看我。

「我怕。」我說，手上仍拽著開關拉線。

表哥直愣愣地看我，看好久，終於問我：「你是不是已經聽到了？」

「聽到什麼？」我鬆掉開關線，看表哥看我。

「你爹。」表哥扭開頭去說。

「我爹怎麼了？」我納悶，這跟我父親有什麼關係。

「你沒聽到？」表哥躺下，側過身去，用後背對我說，「算了，我也不想講，丟死人了。」

話講到這份上哪有不講的道理？我非要他講，求他講，求一次不行求兩次，一而再再而三。最後我去到他身邊坐下，拉著他手，強迫他講，不講我不睡，賴在他床上。表哥這才開口，罵我：

「你怎麼這麼笨！雞姦犯是兩個人，兩個男人，上校只是一個人，必須還有一人，都說是舅舅。」

「怎麼可能？」他舅舅就是我父親，怎麼可能？不可能！

「村裡人都在講，」表哥教訓我，「但你不能回家講。」

表哥平時不住村裡，風聲已颳到他耳朵裡，指明確實有很多人在講，風聲已經很大。但我確實沒聽到過，包括我家其他人，包括以後，我們都沒有再聽到過，僅此一回。後來我明白，像這種事我家裡人是聽不到的，人家都躲著我們講，誰要敢當我們面講就死定了。爺爺後來就是這麼教育我，誰講打誰，往死裡打，不用怕，打死人他去坐牢，因為坐牢也要比被人家講這個好。

這個晚上表哥把我徹底害苦！

儘管我可以找出一堆證據反對表哥，但表哥的話總像一條陰險的毒蛇盤在我心頭，時不時躥出來咬我，嚇我，噁心我，叫我做噩夢。我經常在夢裡罵人、打架、哭叫、逃跑……一天晚上我哭出聲，驚叫，講胡話，把爺爺吵醒。爺爺看我那麼傷心，渾身抖，蜷成一團，像發羊癲瘋。爺爺心疼我，叫醒我，問我夢見了什麼。我要知道我已不在夢裡，什麼都不會講的，打死我也不講。我已經十五歲，快上初三了，雖然孤獨無助，雖然青澀苦悶，但已知羞恥、識好歹，也有一定承受力、體諒心。我要一個人替全家人吃苦受難，受不了也要受，寧可死也要受。

但當時我以為自己是在夢裡，對爺爺講了實話……

印象很深，爺爺當時反應很強烈，臉上驟然雲遮霧繞的，有震驚，有慌張，有惱怒，有羞赧，總之是很複雜。事情實在太髒、太毒、太丟人了，他都不好意思聽，同時又好像不滿足只聽到一些，想進一步探聽更多情況，追問是誰在講。我不講，他逼我講，幾番回合下來，我退路斷掉，只好如實交代，把表哥出賣。

眼看著，爺爺昏花的老眼迸出火星子，拳頭捏得鐵緊。我體會到爺爺心如刀絞的痛，感到無比內疚和懊悔，恨自己沒有守住祕密，恨不得一頭鑽進爺爺胸膛，替他刀絞。但爺爺是堅強的，無私的，他寧願自己痛也不要我痛。他迅速調整好心情，忍住痛，綻出笑，安慰我，給我力量，雖然都是騙人的東西。

爺爺講：「上校怎麼可能是雞姦犯？他年輕時睡過的女人要用汽車裝，小瞎子那麼講指明他是瘋掉了。只有瘋子才會講這種鬼話，鬼都不信的鬼話。」

爺爺講：「手筋是連著腦筋的，小瞎子手筋斷了會影響他腦筋。我看他腦筋也斷了，現在他是個神經病。」

爺爺講：「你爹做人太凶，得罪的人太多，所以容易遭人誣陷……」

不管我懂不懂，信不信，爺爺挖空心思想著、講著，往我心裡灌。天淅淅瀝瀝下落著小雨，屋簷水滴答滴答滴著，黑暗中我覺得那是爺爺心頭滴的血。因為他捏緊的拳頭不時嘎嘎響著，是骨頭碎裂的聲音。這註定是個不堪的夜晚，一個力敗氣衰的老頭，一個世事不諳的少年，承受著世間最羞的辱，最沉的重。

以後接連幾天，爺爺都跟蹤我，有時祕密，有時公開。他怕我被人用雞姦犯這項污名奚落。我大姊已經出嫁，嫁出去的女兒，潑出去的水，管不著了；大哥和二哥也不要管，他們已長成人，要力氣有力氣，要脾氣有脾氣，吵架打架不要人幫。只有我，因青而澀，稚氣未盡，遇到惡人惡語，保不定會忍氣吞聲。爺爺跟著我，既是偵察敵情，也是準備為我助戰交戰的。甚至，他特意給我搞來一把白亮的三角銼刀，配齊套子，讓我隨身帶，交代我，誰要敢對我提那詞就捅他，捅死人不要緊。

爺爺幾次對我講：「准許天塌下來，也不許雞姦犯這污名進我家。」

那段時間，爺爺有種兵臨城下的緊急和謹慎，像個新兵，眼裡塞滿放大的敵情，心裡盛滿誓死的鬥志，隨時準備與敵人決一死戰，絕不容許雞姦犯這髒東西入侵我家。我知道，爺爺已經做得盡善盡美，該講的都講了，該做的都做了，言傳身教，不遺餘力，從芯子裡撫慰我，把我的羞恥心極大地壓下去。但不是百分之百的，似乎仍有黑洞，有死角，有深淵，有什麼威脅著我。開學那天，我瑟縮著，拖沓著，幾次拿起書包又放下，邁不開腳步。我怕同學瞎說八道……同學是最愛瞎說八道的，無風三尺浪，見風就是雨，口無遮攔，舌頭子尖，而且專挑你痛處捅，抓你小辮子，揪你爛尾巴，你哪裡痛他們往哪裡捅，朝你傷口上撒鹽。

我的心病也是爺爺的，他雖然安撫我去上了學，卻安撫不了自己心底的苦痛。痛苦傷了他身子，他病倒了，一病不起，吃了三位郎中的草藥也下不了床，整個人像軟殼蛋一樣，一日比一日長，一夜比一夜黑，看樣子是要死在床上了。

51

這天，母親又出門去尋郎中，父親和大哥照例在出工，家裡只有我和爺爺。午後，天滴滴答答下起雨來，我在灶屋裡替爺爺煎藥，屋子裡彌漫著驅不散的甘草味，苦澀的滋味，像我苦悶的心情。我不希望爺爺死，我守著藥罐子，希望把我的祈求一起熬進藥裡，讓爺爺走出死路。

我的祈求得到照顧，有人來救爺爺了：不是母親尋來的郎中，而是自己上門的老保長。

老保長吃足酒，走路打偏斜，跌跌撞撞闖進我家大門，往退堂鑽，找水喝，差點撞上正好從屋裡出來的我。我手上端著剛煎好的藥，他嘴裡噴著一股酒氣，酒氣攙在藥氣裡，那氣味怪得噁心人，薰得我幾乎要吐。吃飽酒的老保長是個混蛋，他看我手上端的，明知是藥水，卻把它倒掉，讓我去給他倒碗水，氣得我要哭，眼淚漲在眼眶裡。他也不管我氣不氣，徑直回頭，闖進廂房，對爺爺大聲嚷嚷：

「老巫頭，聽說你要死了，我來看看你。」走到床前，看爺爺像隻病貓一樣蜷在毯子裡，人瘦得不成樣子，他開心得不得了。「啊喲喲，我的天吶，怎麼十來天不見，瘦得跟隻螳螂似的，這麼大熱天還蓋毯子，看樣子真要死了。」

爺爺努力從床上坐起來，坐好，有氣無力地講：「真要死了就好了，我現在是被閻羅王點了名，正在去見他的路途上，要死不活，是最難過的。」

老保長講：「那你到底是想死還是想活。」

爺爺回答：「死。」

老保長笑：「別死了，下床，來陪我抽根菸。」

爺爺居然哭起來，「下不了了，只有死才能讓我下床了。」

老保長笑得更響，「可我不同意你死，我們做了一世冤家，你死了叫我一個人活著，想吵架都找不到人，還有什麼他媽的活頭。告訴你，你不能死，也死不了，我是來救你的，當然也是救我自己啊。你從前不是經常罵我作孽太多，一定比你早死，你死了我哪有機會活？所以我一定要救你的。」

爺爺對他翻白眼——看上去更像死人——哼道：「你是來看我死的。」

老保長講：「你這話傷我心呢老巫頭，我今天是來救你的。」他口渴得不行，見我端來水，一口吞光，然後坐到凳子上，喘著氣，好像真是傷到心，晃著腦袋講，「老巫頭，我今天是真心來救你的，我們吵了一生世，也好了一生世，我們是一對冤家，也是一雙鞋子，左右對上的，你要死我還真捨不得呢。」

爺爺有氣也沒氣地：「剛才我聽到的，你把我藥水都倒掉了。」

老保長嘿嘿哈哈笑，一邊點旺菸，抽著，講著：「你得的是心病，藥水救不了你，只有我能救你。你也不是被閻王爺點了名，而是被小瞎子點了名，他一張大字報貼得你不得安生是吧？這畜生賊精的，知道怎麼害你，知道這樣就能害你。為什麼，因為他戳到你的痛處了是吧？你心裡本來就有個鬼，疑心太監跟你兒子在搞雞姦犯……」

爺爺用腳跟猛敲床板，罵他：「閉嘴……你閉嘴……」聽上去不像罵，像在討饒。

老保長嘴巴張得更大，是一不做二不休的意思，把什麼都抖出來。「難道不是嗎？」他朝爺爺吐一口煙，甩出一串連珠炮，「你自個兒心頭有數你在想什麼，你就懷疑太監在外頭染上怪病，是個雞姦犯，回來把病染給了你兒子。你整天四方傳播太監把我姘頭日了，太監褲襠裡空了，他年輕時日過的女人要用汽車裝——長年跟人叨叨這些個，就是不想叫人把他往雞姦犯方向想。你為什麼怕人往這方向想？因為你他媽的就在這樣想。你比任何人都知曉他跟你兒子關係好得像一對鴛鴦，所以你他媽的比任何人都懷疑他們在搞鬼名堂。你一心想拆散他們，但打罵鬧都沒屁用場，天打不散，地拆不開，所以你更加懷疑。你懷疑人家也在懷疑，所以大家給他取個雌老虎的綽號。小瞎子這畜生就是順著你們這個懷疑，貼出這張大字報，把你們的懷疑落實下來，害你一家。」

爺爺一直不響，聽著，這時才發問：「他為什麼要害我們家？」

老保長乾脆講：「先去問你兒子，再問你自己，你們都對他做了什麼？你在祠堂門口當著全村人辱沒他，逼他寫出大字報。你是自己害自己呢。」

爺爺講：「我是駁斥他，之前他已經在村裡四方亂講。」

老保長講：「所以我要你先去問你兒子，他作什麼孽啦。」他叫我再去加水，回頭對爺爺講，聲音嘶啞，調門卻高，我在退堂照樣聽得見。「我雖沒看見也沒聽見，但可以預見，憑你兒子雌老虎的德性，他一定對小瞎子下過手。他媽的，自己好弟兄被他害得當罪犯，有家不能回，他會饒過他？一定要報復的。怎麼報復我不知曉，但他媽的篤定是下了重手的，叫小瞎子恨死他，起足報復心。可他現在這慫樣子，打還不了手，罵還不了嘴，怎麼報復？就想出這計謀，順著你們的懷疑心，把太監造成雞姦犯。太監是雞姦犯，另一個人是誰？當然是你兒子，這道理小孩子都會算，村裡尋個人跟太監配對，排掉你兒子排不出第二人。然後你又去激他，逼得他進一步造謠，把謠造得越大，就是現在這樣子，徹底公開，講得有名有實，叫大家都相信，叫你羞死。我敢講我今天不來你必定死，因為你心裡就有那個鬼，現在這個鬼比任何時光都活跳，正一口口在活活吃你是不是？可你上當啦老巫頭，你是聰明一時糊塗一世。至少在這件事情上，你一向被鬼附著害著，我今天就是來給你驅鬼的。」

老保長想抽菸，拿出菸又放回口袋，板著臉孔對爺爺講：「我給你驅鬼憑什麼吃我自己的菸，先拿包菸來。」我知道菸在哪裡——在床頭櫃裡，看爺爺的臉色是同意的，便拿出一包給他。

趁老保長拆菸、叼菸、點菸之際，爺爺幽幽又猶豫地問：「你的意思……小瞎子……在造謠……」

老保長吐出一口煙講：「篤定！」

爺爺受他篤定的口氣鼓勵，稍微坐正身子，眼巴巴地望著老保長，畏縮縮地告訴他：「可他身上真有字，肚皮上。」指的當然是上校。

老保長脫口而出：「別講肚皮上，你就是把字刻在他額頭上我也不相信。」抽菸，略作停頓，接著講，「有字我相信，但必定不是那個字。你講誰死了從棺材裡爬出來我相信，你講我死了要去陰曹地府被一群女鬼生吞活剝我相信，總之你造其他謠我都可以相信，但你講太監是雞姦犯我就是不相信。天真地真，都沒有自己的經歷真，今天我就來同你講講我親身經歷的太監的故事，要不是看你要死，我是堅決不會講的。太監要知道我同你講這些，非把我剁成肉醬不可。」

52

這麼祕密的事，我當然不能聽。老保長把我趕出來。但天在下雨，總沒必要出門吧，我上樓去好了。爺爺叫我去退堂樓上，去那裡，隔著遠，他們在這裡吵架我也聽不到。我響聲上樓，響聲去到退堂樓上，然後脫掉鞋子，像隻貓一樣，斂聲收氣，輕手輕腳，潛到廂房樓上。樓板是百年前的老木板，像老太婆的臉孔，癟的地方癟，褶的地方褶，我站著可以聽到老保長放屁，趴著可以聽到爺爺歎氣，總之什麼聲音我都可以聽得一清二楚。你知道我最愛聽上校的故事，現在有他一個故事，傳了要剁人肉醬的，多誘人啊！我當然要偷聽。我索性睡在樓板上聽。雨水已經匯聚成流，流入接在屋簷下的竹槽，摔在天井裡，劈啪響，我即使翻個身也是有掩護的。

只要不打噴嚏，我相信我比鬼還要隱身。

老保長講故事的樣式跟爺爺比，有兩多一少：多的是廢話和髒話，少的是具體年份。他講年份不講民國哪一年，也不講公曆多少年，統稱「那年」，糊里糊塗的，像他人一樣。好在我已經聽夠上校的故事，他糊塗，我不糊塗。我馬上聽出，故事起頭的年份是上校拎著一箱子金銀財寶回鄉（後又拎走）的那一年，秋天時節。當時老保長腰桿子剛硬著，住的是大台門屋，門口有兩隻石獅子，一隻拴鐵鍊條的大黃狗。黃狗見了熟人搖尾巴，見了生人汪汪叫，門鈴一樣的，家丁就被喚出來。家丁是本村的，認得上校，攀談起來，終究是一個意思：老保長恨你一個洞，勸上校回頭，別自討苦吃。上校不聽勸，闖進去，果然遭老保長一頓奚落。

「你來做什麼，尋女人？」老保長陰陽怪氣譏笑他，「女人是有的，就怕你沒毬用，我聽說你被閹了。」

上校講：「你不要污辱人，我是好心來跟你了帳的。當初我是匆忙走，沒機會跟你了清帳，今天是專門來還舊債的。」

「還債？你還得起嗎？」老保長講，「你欠我一條命。」

上校笑道：「我不欠你人命，只欠你一個女人。」

老保長講：「你他媽的不要忘了，現如今是誰的天下，我當的是誰的保長，我把你押去縣裡，你就是死罪。」當時我們縣是鬼子的地盤，老保長當的是偽保長，有義務把上校押去給鬼子或偽政府。

上校講：「如果你是這號人，欠命的是你，我該把你除掉，我正念你沒當走狗，才登門來謝罪。」當時上校正在上海跟那女特務做特務工作，除鬼殺奸的是國家派他的使命。上校講著，一邊從口袋裡摸出一只金元寶，啪一聲放在桌上，對老保長講：

「這不是包金，是實金，可以賠你一船女人。」

這玩意足足三寸長，兩寸高，船一樣擱在桌上，火團一樣的，把暗沉的桌面映出一層油光。

老保長看著，口水泉水一樣往上湧，要流出來。但那時光的他，面子要緊，面子比金子貴。他左看右看，手癢心癢，等著上校好言相勸——只要上校勸慰一句，他是準備撂下面子收起金子的。上校不解他心思，一言不發，掉頭走。上校的本意是要給他留面子，免得看到他受寵若驚的樣子。老保長卻誤會，以為上校是衝他擺闊氣，耍牛氣，一下叫他把面子繃起來，抓起金元寶朝仇人後背擲去，一串惡語，機關槍一樣掃。

金元寶從上校肩背上彈出去，在地上打滾。上校忍著痛，拾起金元寶，放回口袋，掏出來的是一把黑亮的小手槍，把老保長逼到牆角，罵他：

「你這是要作死！別叫我提了你腦袋回去領功，老子現在是戴將軍的人，專門負責除奸殺鬼。」

老保長聽到槍栓咔嗒一聲按下，腿腳免不住發軟，心想，受過大辱的人必定是大惡的，這傢伙現在是條斷尾狗，褲襠裡空了，心底斷然是越發黑惡，惹不得的。心裡發怵，嘴上便是硬中帶軟，嚷嚷：

「你欠我的是女人，給這東西作啥，這東西是污穢我呢，有本事還我一個女人。」

這是且戰且退的意思，生死面前，面子是不值錢的。

「想要女人就跟我走。」上校收起槍，又掏出金元寶，在他眼前晃，「這東西保準你睡上一船女人，個個都比你小店裡的人年輕漂亮。」

去哪裡？

大上海。

好像是講著玩的，但話趕話，一句比一句真實，一齣比一齣戲文。老保長像一下返回童年，七八歲，聽故事，驚驚怪怪，眼前不時浮出一個電車叮噹作響、洋樓高過天、彩燈刺瞎眼、人比螞蟻多、錢比石子多、公園比田畈大、女人一個比一個水靈妖怪的花花世界。這世界像紙上畫的，假的，白日可以去看電影、逛公園，凳子椅子隨便坐；夜裡可以去跳舞、汏浴，有人替你搓背修腳；天熱有電風扇，天冷有電暖爐，只要有錢有勢，有槍有勇，人人可以活得有天有地，有滋有味。

雨越下越大，老保長啊啊地對爺爺吁歎：「我真他媽的鬼迷心竅了，居然真的跟他走了。第三天，半夜三更，月黑風高，我們在洋橋頭會合，然後他在前，我在後——我像他影子一樣跟著，過橋上路，天不知，地不曉，興許只有我家的大黃狗猜到我要走遠方，看我過了橋，牠在橋另一頭嗚嗚地長嚎，分明是叫我回頭。」

第十二章

53

我算過，這一年是民國三十年，即一九四一年，時值秋天。到了冬天，太平洋戰爭爆發，大上海全是小鬼子的，當時還是全世界的，各種租界犬牙交錯，各色人種混居，各方勢力掣肘，三教九流，男盜女娼，兵匪流寇，黑道青幫，日偽政權，地下組織，魚龍混雜，打打殺殺，吃喝嫖賭，鬧熱熱，香噴噴，亂蓬蓬，臭醺醺。尤其愚園路一帶，三不管，四不轄，燈紅酒綠，滿大街茶肆酒樓，卻是野地一樣，英雄好漢，烏龜王八，妖魔鬼怪，販夫走卒，嘈嘈雜雜，蠻死蠻活的，漫生漫長的，趕不盡，殺不絕。

不老的老保長由年輕的上校領著，走路，翻山，越嶺，搭船，乘車，坐火車，兩天兩夜。第三天凌晨，由一輛黃包車拉著，在黎明的天光中，在淅淅瀝瀝的雨絲裡，拖拖沓沓地出現在冷漠寂靜的愚園路上，然後消失在一個巷口，像是被那口子一口吞掉。老保長初來乍到，看新鮮，發現巷子套弄堂，外弄套裡弄，暗道一樣，曲裡拐彎，斷頭又接頭；巷弄兩邊，有門有窗，卻無音無影，死屋一樣。天光本來弱，被左遮右蔽，擠在狹促裡，不剩幾絲。里弄盡頭，大牆裡伸出半棵黃山欒樹，正是花開季節，在一夜雨線抽打下，落滿一地花蕊子，黏鞋子。黃包車停在樹底下，老保長從車上下來，看到一邊屋門前掛著一塊木牌，上頭是一個紅「十」字，下面是四個黑字：私人診所。老保長認得字，知道這是看毛病的地方。

老保長講：「我要看女人，不要看毛病。」

上校解釋：「先休息，女人晚上帶你去看。」

上校留下一把零錢，告訴他哪裡有食鋪，哪裡上廁所，什麼時光來接他去看女人。一番交代，又上黃包車，一眨眼，不見了，只見一通空空的黑弄，像見不到底的黑洞。診所裡有張高腳病床，老保長吃了睡，睡了吃，幾次做夢上校來接他。但過了約定鐘點，上校遲遲不來，把他急焦得做噩夢。噩夢醒來，見上校從頭到腳換一個相，頭頂肉色氈帽，腳蹬黑色皮鞋，一身白西服；一隻手，指頭夾著一根粗壯的旱菸——其實是雪茄；一隻手，拎著一只漆藤箱。打開箱蓋，是從頭到腳、從裡到外的兩套行頭。換上行頭，老保長也換一個人，像上校，也是西裝革履，戴帽繫領。老保長看著脫下的衣裳，魂不守舍的樣子，邁不動腳步，像魂靈藏在舊衣裳裡，沒附體。上校教著他走，走給他看，抬頭，挺胸，提腹，收屁股，伸直腿，腳跟先著地，目光朝天看。

怎麼學，老保長都不得要領，不是丟三就落四，看得上校又氣又笑。最後，逼得上校用土話連叫他兩聲保長，點撥他：

「你就記牢自己是保長，這地方就是你的村子，你要去見的女人就是你的姘頭，你說一她不敢二的。」

這樣總算得到一些體會，身子挺起來，步子實起來，目光彈出來。上校看有些樣子，便拉著他走，門口黃包車一直等著。天晴了，朗朗的月光照出黃山欒樹一大片黑影子，像一攤水。

黃包車走原路，卻不再是原樣，前次死屋一樣的門口窗裡，亮燈點火，有人在門口生著爐子炒菜，有人在窗洞裡嚷嚷、罵娘，人影人聲交織雜亂，煙火味十足。越是往外頭走，燈火越是旺，開店設鋪，人來車往（黃包車），人影綽綽，煙火味越是足。穿出巷口，一路的霓虹彩燈噴薄出來，光光閃閃的，爍得人頭暈，也興奮。大街上人多車擠，鋪一層潮汐一樣的市聲，稀里嘩啦的，穿來梭去的，是亂的，又是不亂的；兩邊櫥窗一律亮堂，從吃喝到穿戴、到日用，一應俱全，招搖得搔首弄姿的，像是等你去拿，又是碰不著的，因為有玻璃隔著。玻璃，這麼多玻璃！燈光，這麼多燈光！像是全世界的玻璃和燈光都被集合到這兒，老保長來不及看，眼前和心裡是一團亂，是碎掉的感覺。

黃包車一往直前，碎掉的感覺也是一路跟著。開始老保長是新奇的，興奮的，後來無端地悲涼起來，是孤單的感覺，被拋棄的感覺，好像要被拉去槍斃，是束手待斃的悲涼。車夫恰似體會到他心思，將車子一個慢下來，然後一個轉向，彎進巷子裡，那些燈火和穿心的亂便倏地消失了。巷子是新式的，樣相比剛才出來的巷子要寬大些，也闊綽些，兩邊多的是高圍牆，有的爬滿密麻麻的爬牆虎，有的探出一蓬黑森森的夾竹桃，有的甚至架著刺啦啦的鐵絲網，總之是一個字：靜。開在牆上的院門，多的是大鐵門，關死，閉緊，閉聲；有的帶崗立哨，等於是更加關緊——得用槍才能打開。就是講，牆和門是勾結的，加到一起，便是靜到芯子裡，有一種肅穆的感覺。

路上行人稀少，黃包車又添上速度，老保長聽到速度的聲音，呼呼的，刮刮的。呼呼的是風聲，刮刮的是車篷迎風飄的聲音，同時老保長心頭冒出一串嘀咕聲：這是看女人的地方嗎？這是關禁閉的地方還差不多，裡頭的人被錢財和權勢關著，守著，罩著，呵著，寵物一樣的。好在兩天來，一路上，他同上校已達成諒解，兩人交了心，結了盟，上校給了他分量足足的信任和服氣，否則他真想回頭。巷子這麼深，這麼闊氣，這麼森嚴，他總之是覺得古怪，弔詭，鬼知道前面是什麼，反正去看女人的樣相是越來越不像了，倒像去看女鬼，吸血鬼，對準你脖頸咬一口，血淋漓地被一根溫軟的舌頭吮出、舔光——據說這是很痛快的，他以前聽人講過。

老保長對爺爺講：「你是知道的，我那時當著偽保長，雖不直接同鬼子打交道，但鬼子的事總歸比你們聽的多。據講鬼子有些女佬是專門幹這爛事的，男人死在戰場上，給她們留下一大堆錢財和地位，她們整天吃香喝辣，吃喝玩樂，最想玩的當然是男人。哈哈，好吃不如茶泡飯，好玩不如人玩人。老巫頭，這個你是沒體驗的，我有，我闖去上海就是奔著這個去的，最後也是體驗足的。但那種玩法，咬脖頸，吮血，這個從沒玩過，不敢。誰敢？只有鬼子！為什麼叫他們鬼子，因為不是人，是鬼嘛。自古以來，你聽見過有像鬼子那麼糟蹋女人的？從六七歲的小女孩一直糟蹋到六七十歲的老太婆，大白天，大街上，什麼地方、什麼時候、什麼人都糟蹋，畜生都不如。我在縣城親眼見過，真是不要臉的，也是沒有臉的，鬼就是沒有臉的嘛。那麼女鬼呢？更可怕！我剛才講過，有的女鬼子就專幹那事，咬脖頸，吮血吃，哪天厭了，就把你血吮光為止，真正可怕啊。」

這麼想著，魑魅魍魎都追著黃包車來，車子騎得快，它們追得快，比黑風快；巷子鑽得深，它們潛得深，比陰溝深。甚至遍地都是，牆頭，屋角，樹枝間，花叢裡，陰溝裡，隨處都伸著根猩紅的舌頭，隨時都可能從背後撲上來，惡狼一樣的，對準你脖頸一口咬。這麼想著，老保長也開始不大信任上校，甚至想到，他褲襠裡空了，所以只能讓女鬼咬脖頸。這麼想著，老保長越發不信任上校，也是越發地怕了。

「怕到什麼地步？」老保長對爺爺講，「當車子停在一個院門前，下車時我發現腿是軟的，踏在地上像踏在棉花上。更嚇人的是，我發現自己褲襠裡也空了，兩個卵蛋不見了，那東西像烏龜頭一樣縮進去，只有半個拇指大，隔著褲子幾乎摸不著。這你該知道，那東西是最膽小的，你受到驚嚇時，它總是首先被嚇倒的。」

54

圍牆和周邊幾乎是同樣高的，院門大小也是差不多，雙開門，又高壯又寬大，只是並非鐵門，是木門：厚實的梓木，漆成大紅色，門襟嵌著兩盤黑色獅子頭門環，像煞兩隻洞悉人世的大黑烏珠。月色畢竟是月色，上校並不覺察到老保長慌張的神色，付掉車錢即掉頭去敲門，用銜環敲獅子頭，咔咔兩下，停一停，又一下，暗號一樣的，門就從裡面稀開一個人頭寬，並探出一個光頭。見是上校，門立即開大，放兩人進去。光頭對上校點頭哈腰，像老保長在縣城見到鬼子。

院子不大，當中開路，鋪的是青石，兩邊是修剪整齊的冬青；路盡頭是一個花壇，花壇後邊是一棵闊葉廣玉蘭樹；樹兩側是各一棟西式洋樓，一大一小，大的三層，小的兩層。樹高過三層樓，枝繁葉茂，擠滿天空，也被月光鋪滿院子，院子因此嫌小，滿負荷的。兩棟樓都亮著燈，大的窗多，顯得更亮。上校領著老保長，熟門熟路的，繞過花壇，徑直往大的三層樓走去。

像得到通報，兩人走到樓前，剛準備上台階，一門燈光，水一樣撲出來，鋪滿台階，同時傳出一個銀亮的聲音：

「啊喲喲，你去哪裡了，十幾天了，都以為你跳黃浦江了。」

聲音比明朗的月光亮。她是這兒的主人家，一屋子煙花柳女的總管，俗稱老鴇，這裡人都叫她小媽，塗一臉桃紅和白粉。年紀是看不出的，皮肉卻隨便看，穿的衣裳那個少，衣裳料子的那個薄啊，燈光都照進去，透亮的，透出一身白肉和曲線，也是一身膽量和欲望。走進門，客堂裡，沙發上，樓梯上，茶桌前，有站有坐有躺有簇的，散著八九十來個女子，個個是小媽的翻版，穿得少，塗得濃，妖得豔，見了上校，叫得響，像見了親爹——她們確實也叫他爹：小爹，跟小媽配合的。

小爹也是像足爹，一進門，手上已捏著一沓鈔票，啪啪地拍在另一隻手掌裡，最後拍在茶桌上，轉著頭，衝四周的人嚷：

「人手一份，不多不少。」

惹得八九十來個女子一齊尖著聲又叫又嚷，嘻嘻哈哈，屋子像被火點著似的。

老保長啊啊地發感歎：「啊那個派頭啊，啊那個威風啊，你想不到的，也想不通的。這哪是你我認得的那個小木匠！這也不是營長團長的陣勢，營長團長只配給他當勤務兵！啊那個夜裡啊，我經歷了一生世，沒見過的錢，沒見過的女人，沒見過的生死，都活脫脫經歷了，一切都像在夢裡的夢裡。」

上校拍了錢，徑直把小媽和老保長領進隔壁一間小屋裡。小屋是小媽的私人待客室，彌漫著酒氣、香氣、胭脂粉、菸味、藥水味，混亂得烏煙瘴氣，梳妝台上的鏡子閃爍出妖氣的反光。上校在沙發上坐下，一把將小媽拉在懷裡，又一把將那只被老保長擲棄的金元寶嵌入她肥厚的胸溝裡。

小媽用手勾住小爹脖頸，嗲著聲問：「這什麼意思？」一邊的薄絲短袖子縮到肩膀上，露出臂膀上繡的一朵牡丹，白肉紅花，分外誘人。

上校天花亂墜，把老保長描成自己多年前的救命恩人，對小媽吩咐：這是恩人的嫖資！

小媽咯咯咯笑，笑彎了腰，兩隻肥奶從蕾絲花邊裡放蕩出來，一口吳儂軟語腔調的北方話嗲聲嗲氣鑽出來：你這是要他命呢，我看他年歲也不輕壯了，哪消受得了這寶貝疙瘩？上校講這你不管，你只管給他消受，享受，是我欠他的。幾番來回，小媽正式行使職權，從茶几隔層抽出一本相冊，啪啪翻著，對老保長講：貨都在這兒，編了號的，一到十九號，沒有四號、十三號、十四號，總共有十六人，除掉九號，其他十五個號，任你在一個月內隨便享受；中途也可能送來鮮貨，你照樣有權享受，只要她們有空檔，你有力氣，只怕你消受不了。

上校問：「為什麼要排掉九號？」

小媽答：「我確定她染上病了。」

上校講：「那得叫她走，留著害人呢。」

小媽講：「我就要留她專門用來害人。」

當天夜裡，老保長吃了兩份夜宵，叫了五個號。清早走時，小媽把他叫去隔壁兩層樓去吃早飯，一邊問他許多事：同上校結交的來歷、行業、收入、老家、住的酒店，等等。老保長都照上校事先規定的講，全是瞎話，不透露一絲真相。兩人往來的聲音一律小，做賊骨頭似的。老保長預感樓上房間裡睡著她男人，興許正是上校。

分手時，小媽對老保長講，以他這個年歲，一夜能叫五個號，不是餓鬼就是煞佬。如果他能這樣堅持三日，說明真是煞佬，那她也是他的，照樣也是免費用。

老保長笑道：「這是個大騷貨，專挑能幹的，那些號都是她的試驗田。」

爺爺不高興：「你同我講這些做啥？我不要聽，快講事實吧。」

老保長訓道：「冤有頭，債有主，殼得一層層剝，話得一句句講，你不聽這些哪聽得懂到事實。你不知道接下來的事情有多稀奇，我要不經歷也理解不了的。」

我連這些都已經理解不了，叫了五個號，什麼意思？試驗田什麼意思？如果不排四號和十四號，是因為「四」「死」音近，不吉利，那為什麼不排十三號？還有，九號得的什麼病？一定是傳染病吧——我想應該是肺病。可肺病是要傳染身邊所有人的，怎麼可以專門用來害人？我理解不了，完全理解不了。當然最不能理解的是上校，他不是在當軍統特務嘛，上有上級，下有下級，有組織和使命任務的——專門除鬼殺奸，怎麼搞得這麼無組織無紀律，跟個大流氓似的？

55

這一個月——老保長繼續講——我白天就待在他診所裡無所事事，夜裡就去那裡吃喝玩樂。我可以隨便叫吃叫喝，也可以隨便叫號，這日子過得真叫舒坦，神仙也不過如此。我不大見得到他人，我是講太監，他似乎是躲著我，也似乎真是忙，每次見面都匆匆忙忙的，提了箱子就走——手術箱。他的診所開得怪，通常不開門，卻又是名聲在外，時不時有人尋上門，要不就把他接走。這些人，尋來的也好，接走的也好，都有來頭的，不是大富大貴，就是藏槍帶刀的，都有名堂。有些人他不許我見，就臨時把我支開，有些可以見的，我就當他配手的角色，負責端茶倒水，迎來送往。這些人多半是非富即貴，出手闊綽，給我小費都是大鈔票。

剛才講了，我晚上都在那兒吃喝玩樂，玩樂什麼？就是嫖和賭。嫖賭是一家，有嫖必有賭，我就是在那兒迷上賭博的。怪得很，頭些年我都贏的，後來有些小輸，最後你曉得，傾家蕩產，妻離子散。我記得清爽，這是抗戰最後一年五月裡的事，我把祖傳的台門屋典給當鋪，準備最後一賭，贏了錢去買個縣長當，輸了就跳黃浦江。最後輸個精光又不敢跳江，就回來認慫了，豬狗一樣活著。世上事就是這麼怪，我骨頭裡是討厭鬼子的，但命相裡鬼子好似是旺我的，他興我興，他敗我敗，賭桌上都是這樣的。

爺爺又駁他：「講這些做啥，我都清爽的。」

是的，這些你都清爽——老保長回頭講——那個月裡，頭半個月，我把那裡的每個號都叫了個幾遍，後半個月我只叫一個號——七號，其他人厭了，只對七號好，她也對我好。人就是這樣，你好我好，合配的，對上的。就是這七號，把我拉到賭桌上，天天賭，輸了我全認，贏了對半分。她贏了很多錢，因此對我越加好，後來我反覆去也是念著她的好去的，這就是我的命，要被她害慘痛。

好了，現在可以講你要的事實了，就是這個七號，後來對我透露了不少太監的事。先前那半個月，我叫遍每個號，也問遍每個號，想打探太監一些事，沒一個號敢對我吐一個字，顯明是那個大婊子（小媽）下過死規矩，不准她們講。後來七號對我好，信我服我，也是被我催著，誘著，慢慢開始對我透露一些事。許多事也是以後一年年長出來的，我就總著給你講吧，全是稀奇事。

原來太監名義上在開診所，實質上是軍統特務，診所是掩護身分用的。他的頂頭上司是國民黨特務頭子戴笠的親信，一個漂亮到每根眼睫毛、凶狠到每根寒毛的女特務，據講也是戴笠的姘頭。一次她在南京受傷，連夜送出城，送到太監手上，太監不但救了她的大命，還意外送她一條小命，給她當了一回接生婆。這故事太監自己公開講過。

確實，我聽上校講過這故事，一個女的，肩膀大腿肚皮，身上三處受傷，找他救命結果救下兩條命：女人自己並不知道，她肚皮裡懷著一個七個月大的嬰兒，挖出來，只有拳頭的大，像隻小貓。

就是這女的——老保長講——看太監聰明能幹又會醫術，通過戴笠的權力，把他弄到上海，教成一個高級特務。為什麼是上海？因為她在南京出過事，身分敗露必須換地方。這我在前面也講過，他那次回來曾拿槍抵著我腦袋警告我，他現在的職務是除鬼殺奸，我那個……

爺爺勸他：「講過的不講了，講上海的事。」

上海？那個——老保長被突然打斷，腦筋一時有些短路，新點一支菸後才接著講——然後要講的就是那大騷貨，那個小媽，她何止是個大婊子，告訴你，她是個實芯子壞透的大漢奸！專給鬼子拉皮條的。她在那裡開一爿窯子，三百米開外還開著另一爿，那是特別給鬼子開的，高級得氣死你！我去看過，當然進不了門，門口有兩個彪形大漢，是走狗，也有狼狗，你過去，隔著幾十米遠走狗和狼狗就對你吼，叫你滾開；不聽話，不是放狼狗咬你，就是走狗上來搧你耳光。我只是遠遠看，進出的都是小汽車、大美人，那圍牆，那院門，那屋頂，處處包金閃銀的，刺你眼，燒你心，恨殺你。

總而言之吧，那大婊子同時開著兩爿暗店，一爿是替另一爿打底的，預備的，試驗把關的。什麼意思？就是一個個四方八遠搜來的號，先在這兒培養，訓練，試過，挑過，好的派過去，給鬼子用，差的留下，做預備用。預備的意思是，比如臨時開來部隊，那邊的號不夠用，這邊的號也要頂上去，清場，不准中國人來用，只准鬼子包場用。當然，平時這邊主要是中國人在用，你只要有錢，任何人都可以去嫖、去賭。

據七號講，太監是那年春節後冒出來的，他必是探到情報，那大婊子在替小鬼子開暗店，想通過她接近鬼子，便尋上門來。一來就出了名，出手闊綽不講，關鍵是他那個傢伙奇特，工夫好得不得了。什麼傢伙？就是褲襠裡的傢伙，男人的傢伙，他那傢伙稀奇，一下在店裡出大名。

不用講，七號是接待過他的，她親口告訴我，他那個傢伙跟任何人的都不一樣。怎麼個不一樣？補過的！頭子上像開過花，破掉過，然後被縫好，補過。然後這東西就變了，怪了，跟個獅頭核桃殼似的糙，而且大。這你總可以理解吧，受傷的地方總會結疤，結疤總會長出一些新肉，拱起一塊或一條，總之是不平整，不光滑，像補過的斷牆，總比原先的壯實。七號講，他那傢伙，前半截幾乎沒一撮好肉，溝溝縫縫的，四周是疤塊，然後來事時就七拱八翹的，糙得不行，就像核桃殼。這看是很難看的，但使起來就好啦，這你可以想的。你也可以想，什麼七號八號幾號，這些人專吃這門飯，自然見得多，比得多，拿七號的話講，沒一個人可以跟他比，那工夫，那滋味，那痛快，七號形容過一句話：叫人活活發癲！

這話編是編不出來的，只有嘗過那滋味……

爺爺討饒似的勸他：「啊呀，這個你就少講吧。」

好，這個我少講，總之他那東西確實受過傷。這跟我們當初聽到的傳聞是一致的，只是我們都是道聽塗說，不全面，不客觀。尤其是我，當初恨死他，硬是造出謠言，講他是被他們師長活閹的。事實我早知道，他是在戰場上受了傷。但之前我不知道，誰也不知道，它已經被修好，並且因禍得福，反而變成稀奇寶貝了，一去那兒就出了名。那些號都是碎嘴長舌頭，愛傳話，你傳我，我傳她，搞得每個號都搶他。他出手闊，東西奇，工夫好，哪個不想嘗一下稀奇？七號講，店裡每個號都搶著要他，都不止多少次接待過他。所以你講他是雞姦犯，怎麼可能？一萬個不可能！後頭故事還有一大堆呢，都是證明他那東西的稀奇的。

56

老保長吃足酒，不停吃水，便要撒尿。撒完尿回來，老保長接著講——

我前面講過，每個號都是那大婊子的試驗田，大家試過是好的，她自然要親自上陣，嘗一嘗，驗一驗。一驗，名不虛傳啊，也是發癲啊。七號講，從她驗過後，那大婊子就召大家開會，定下兩條死規矩：一是所有號不准碰他（身子），二是所有人不准傳他（事情）。她一邊把他當私貨藏起來，自個兒享用，一邊將他當寶貝供上去。供給誰？當然是女鬼，女鬼佬。我之前便聽聞過，有些女鬼，男人死在戰場上，她們要錢有錢——都是男人從我們中國人身上掠奪來的錢財；要地位有地位——也是男人用性命換來的；要空閒有空閒，就是沒有男人，在家裡守活寡，熬著，餓著，便要胡搞亂來，烏七八糟的。

那大婊子——更是大漢奸——起頭是專替男鬼佬拉皮條、做肉生意的，明的，開店擺攤的。但經常同鬼子進出往來，也接觸到這樣一些女鬼佬、活寡婦，便做起順水人情。這是暗的，是順手撩一把的意思，反正她手頭有的是這種爛男人，要錢不要命的，志氣骨氣是更不要的。窯子總的是像一塊腐肉，專門聚會爛人的。

太監當然不爛，他一身志氣和骨氣——也是國氣。他恨死小鬼子！你想，小鬼子害死了他親爹，也差點絕了他男人最根子的東西，能不恨嗎？於公於私都恨的。他不在後方當軍醫，甘願到大上海這個魔窟來冒生死，當特務，除鬼殺奸，為的就是精忠報國，報仇雪恨。他去那兒接觸那大婊子，本是出於特務工作，為國家收集情報，現在有機遇打入敵人內部，他當仁不讓，求之不得呢。

俗話講，不……不……怎麼講的？

我知道，他想講：「不入虎穴，焉得虎子。」

因為村裡有老虎山（後山），爺爺教過我許多跟老虎有關的成語俗語，比如初生牛犢不怕虎；虎毒不食子；將門出虎子；前怕狼後怕虎；一山不容二虎；有膽子摸老虎屁股；老虎嘴裡討不到肉吃；山中無老虎，猴子稱大王；兵馬不離陣，虎狼不離山；打虎要打頭，殺雞要割喉；人到四十五，正如出山虎；鳳凰落架不如雞，猛虎下山被犬欺；深山藏虎豹，亂世出英雄；擒龍要下海，打虎要上山；不入虎穴，焉得虎子；明知山有虎，偏向虎山行，等等，一大堆。

在爺爺幫助下，老保長前後用了兩句：一句是「不入虎穴，焉得虎子」，另一句是「明知山有虎，偏向虎山行」。

對，就是這句——老保長講——明知山有虎，偏向虎山行。他就是這樣子，明知道那大婊子不安好心，在賣他，那幫女鬼佬也不是吃素的，他踏上這條賊船有可能是一條死路。即便不死吧也可能說不清道不白，被人明裡暗地的罵。人不能吃錯飯，更不能睡錯床；吃鬼子的飯是漢奸，被人戳脊梁骨罵，睡鬼子的床——要是女人就是漢奸加婊子，罪加一等，要是男人要加十等罪，你講是不是？這社會就是這樣，女人賣×是一分罪，男人賣×是三分罪；如果賣給鬼子，女人是十分罪，男人就是豬狗，豬狗不如，罪不罪都不講了，因為不是人了，是畜生。鬼子打到家門口，男人就該上戰場，上戰場死了，一白遮百醜，千錯萬錯都可以原諒；要上了女鬼佬的床，鬼知道會落個什麼下場，千秋萬代都可能要遭後代吐口水罵的。

你知曉，太監是個聰明人，這些道理他不可能不懂。他比誰都懂得，一旦踏上那艘賊船可能面臨什麼——被人誤解，遭人唾罵，人不人鬼不鬼，跳進黃河也洗不清。但為了當好特務，完成任務，他不管不顧，豁出去了。這是合貼太監性子的，他骨頭比誰都硬，膽量比誰都大，脾氣比誰都犟，認定的事十頭牛拉不回。就那樣，他順著那大婊子安的黑心，鋪的黑路，深入虎穴，不時出入鬼子營地，跟一幫子女鬼佬混在一起。我第一次去那兒時，他大體就過著這種日子，一邊被那大婊子霸著，一邊也被她賣著，同時還要領帶一個組工作，還要出診看病，還要管我，所以是很忙的。同時在那兒，在那些號面前，他地位又滿高的，派頭十足，是那大婊子的心肝寶貝，所以大家叫他小爹，是後台老闆的意思。雖然我不大見得到他，但估算他是時常在那兒的，在隔壁那兩層樓裡。這從那些號的碎嘴裡可以得知。

當然，當時我並不知曉他這些底細，包括軍統的事，他也總避著我，不對我講，不准我問。有時我問起，他總是一句話：

「我的事你還是不知道的好，更不能讓人知道。」

你知曉他講話滿風趣的，有一次他特別警告我：

「你在這兒下口可以放肆，上口必須閉緊；下口放肆只傷你身子，上口放肆會要你的性命。」

我覺得這日子過得跟神仙似的，可不想丟掉性命，所以嚴格聽他的，只放開下口，不放鬆上口，閉得緊。

什麼上口下口，放鬆閉緊，我完全聽不懂。其實，老保長這會兒講的許多事我都不大聽得懂，半懂不懂吧。我最懂的只有一個：明知山有虎，偏向虎山行，這話是形容一個人英雄勇敢的。如果講這是爛，絕不是腐爛的爛，而是燦爛——陽光燦爛——的爛。我想，老保長大致在講一個上校光輝燦爛的故事，而不是陰暗腐爛的。

57

遇到聽不懂的內容，注意力會從耳朵溜到眼睛上去。我躺在地板上，窗戶含著一個斜的天空，雨線也被風拉斜，往窗戶一邊倒，感覺都要往窗洞裡鑽，卻又滴水不進，像隔一塊玻璃。其實隔的是視覺錯誤，是我躺著、看不到屋簷的緣故。屋簷有一米多深，除非風力大，雨才飄得進窗，現在風力不夠，都散落在屋簷下。

一陣猛烈的咳嗽，把我注意力拉回來。

是爺爺在咳嗽，是老保長抽的菸讓他咳嗽的。我都聞得到，樓下一定早已煙霧騰騰，把貧弱的爺爺燻得夠嗆。但我擔心的不是爺爺的身體，而是擔心老保長把一包菸抽完又要第二包。真的，不一會我聽到老保長嚷嚷：

「沒菸了，抽完了。好事成雙，再來一包。」

爺爺二話不講，讓他自己拿。這菸以前是爺爺的寶貝，都是一根根數著抽的，現在這麼爽快送人的樣子，好像料定自己要死了。想到爺爺要死，我心裡就難過，難過得連上校的故事都不大想聽，倒是爺爺急著想聽。

趁老保長拆菸的工夫，爺爺便催他接著講，火急火燒的心情，好像馬上要死，只怕被耽誤，聽不完故事就死。老保長卻一再耽誤，叼著菸又去退堂倒水，可能又去撒尿，反正好一會兒才回來。回來後倒是俐落，沒坐下就開講——

現在講第二年。開過春，我又去（上海），發現情況有變化，變化大得很。首先那些號很少談起他（上校），見是根本見不到，我去診所尋他，診所的樣子是老樣子，但去十次沒一次開門，像個死屋；其次那些號偶爾談起他，稱呼和口氣都變了，不再一統叫他小爹，叫法變得五花八門，有的叫「那郎中」，有的叫「那傢伙」，有的甚至叫「那個獅子頭」「那個核桃殼」，總之是不尊敬的。以前是尊敬又親熱，現在是隨便帶輕蔑，完全變樣子，鳳凰變雞了。正因此，七號才敢對我講他的一些事，主要是「核桃殼」的事，以前哪敢講？失寵了才敢的。至於為什麼失寵，七號講不知道，但感覺又是知道的，只是不肯講。

那年我一共去過四次，是我去那兒最多的一年，也是我在賭桌上運氣最旺的一年，去一回，贏一回，把我賭膽越壯越大，也是陷阱越挖越深。應該是第三次吧，有一天我贏了很多錢，開心得要死，跟七號在房間裡吃酒，兩人都吃個爛醉。她醉成死豬，悶頭大睡，我醉成瘋狗，跑去隔壁兩層樓裡找那大婊子打聽太監下落，正好撞上七十六號的一個惡煞。

七十六號知道不？極司菲而路七十六號，這是汪精衛的特務組織，當時在上海大名鼎鼎，一幫子流氓漢奸仗著鬼子勢力，無法無天，殺人不眨眼，吃人不剝皮。我醉成那樣，什麼都不記得，只記得醒來時在醫院裡，照鏡子，不認得自己，半張臉跟煮熟的豬頭一樣紫紅綻開，手一戳要破，流出油水。後來知道我撞上的那個惡煞是七十六號的殺手，殺人跟殺雞一樣的，我壞了他的好事，沒丟性命要拜菩薩了。

七號正是由此起了菩提心，怕我再吃醉酒去找那大婊子打聽太監，便在一天夜裡斗膽對我抖出太監的機密。原來，那些女鬼佬——不止一個，據說有三個——嘗過太監那個核桃殼的滋味後，起黑心，要吃獨食，想霸占他，禁止他同中國人上床。她們把中國人當狗看，才不想跟狗共用一個東西，包括那大婊子。這便是鬼子的德性，你大婊子對她們好，她們可不領情。但當時太監跟她小爹小媽的，經常出入那裡，哪能守得住規定，明的不做暗的做。他們大意了，以為神不知鬼不覺，哪知道那些女鬼佬派人來暗查，買到一個奸細，就是那九號。

前面講過，她身子染上病，終歸生意不好，缺錢花，見錢眼開，把他們的暗事揭發出來，換了錢。他媽的，這還了得，太歲頭上動土，找死！那大婊子畢竟交際廣，有攀附，從鬼子司令部到七十六號，都有她的來頭，僅憑女鬼佬那點日落西山的勢力是治不了她的。她們甚至不如她勢力大，何況行的事齷齪，不能明目張膽跟她鬥，只好把氣撒在太監身上。而太監為了繼續搞情報，跑不能跑，躲不能躲，只好任她們罰。怎麼罰？就在他肚皮上繡字，教訓他，警告他，也是警告那大婊子，不准他們往來。

講到這裡老保長停下來，似乎是存心吊爺爺的胃口。

爺爺確實也被吊起胃口，忍不住問：「什麼字呢？」

這個還真不知道——老保長講——七號跟我講，從那以後她沒有再見過太監，但繡字的事是篤定的，因為是那大婊子親口講的，有一次吃醉酒，講漏嘴的。七號講，那幾個女鬼佬中有一人，以前是專門給人身上繡字作畫的，那大婊子臂膀上的牡丹花就是她繡的，我親眼見過。現在小瞎子，包括你那外孫和肉鉗子都這麼講，指明那大婊子確實也沒有瞎講，確實繡著字。至於什麼字，繡在那暗地方誰看得見？但我思忖，那字不外乎是一個意思吧，就是把她們立下的規矩——禁止太監跟中國人上床——寫明吧。

老保長解釋，在身上繡字是小鬼子的風俗，他當保長時年年要去縣裡開會，每次開會都是歲末年底，大冬天，作為優待、福利，他們幾個保長都會被安排去鬼子的澡堂汰浴，是犒勞的意思。汰浴嘛，總赤條條的，他便見識過不少鬼子身上都繡著字，有的是「武」字，有的是「忍」字，有的是「忠」字；有的繡在胸口，有的繡在手臂上，有的繡在背脊上；顏色有的是青，有的是黑，有的是紅。

爺爺不要聽這些，要他繼續講上校的事。

老保長卻起身，拍拍屁股準備走，一邊講：「夠了，夠了，這些都是太監不准講的，往後的事就更不准啦，你就別害我啦。」走到門口又補充，「好啦，該起床啦，不管太監肚皮上寫的是什麼，總不會寫他是雞姦犯吧，這你總該放心、稱心，而不是被小瞎子氣成這個死樣。」

講完就走，不囉唆。

我和爺爺一樣遺憾，老保長沒有回頭。但爺爺回頭了，當天夜飯吃了一碗熱粥，好似就有了力氣，天色暗黑時，摸摸索索下了床，坐到下午老保長坐的椅子上，抽了生病以來的第一支菸。當時父親在天井裡，聞到菸味從廂房裡飄出來，對母親講：看來你這回尋來的藥管用了。

第十三章

58

爺爺的病一天比一天見好，對父親是一下子見好：徹底好，一口口叫父親的小名，好得我都有點替他難為情。以前爺爺連父親大名也不大叫的，有事——如果在身邊，總是哎或嗨一聲；如果不在身邊，要叫才叫得應，爺爺是不親自叫，要讓我或旁人叫。爺爺的變化讓我心裡暖烘烘的，但父親照舊對爺爺愛理不理，不變。自從雞姦犯的問題冒出後，父子倆關係仇敵一樣的，見面不是互相甩冷眼就是吵架，冷戰加嘴仗，家裡不是冰凍三尺，就是烽火連天。

爺爺講：「兩人心頭都裝滿恨，一個是羞恨，一個是怨恨。」

現在爺爺的羞恨化為內疚，一口口叫父親的小名，是內疚的體現，也是想喚醒父親的溫情，陪他來好好聊場天，化掉父親的怨恨。有一天就聊了，爺爺把老保長對他講的，從頭到腳對父親講一遍。我發現儘管父親同上校關係好到門，但對上校同「那些號」的事還是知之不多，聽了很意外，連著幾次講：

「我怎麼不知道呢？」

父親幾乎有些生氣，盲目地責怪上校：

「這人真是，連我都瞞。」

爺爺告訴他，老保長肚皮裡還藏著不少貨色，「往後的事」隻字沒提。「我估算啊，」爺爺長呼短歎，「那些事也都是你不知曉的。」

於是兩人變成戰友，一起謀略，怎麼樣去敲開老保長閉緊的嘴。

一日午後，爺爺拿出私錢，叫我去七阿太小店買兩斤燒酒、四包菸。我從小店回來，看見父親正在裝一盤炒花生米，裝在一只茶缸裡，然後帶著菸酒，和爺爺一道出門去。我知道他們要去幹什麼：去找老保長，用酒把他灌醉，套他講出「往後的事」。

老保長住在村口，在老虎的尾巴上，一間孤零零的石頭屋，以前是地主家存放棺材的壽屋，造得也同棺材一樣，只有門，沒有窗——僅有兩孔窄小的氣窗，開在東西兩堵側牆的天花板下，像個狗洞。老保長去上海吃喝嫖賭的下場就是傾家蕩產，家破人亡，從全村最富豪有勢的頭人，淪為最貧落孤零的賤人，一度如貓狗一樣的，吃住在寺廟裡，解放後才分到這屋。

爺爺講：「這是軋姘頭最好的地方，四邊無耳目，像在棺材裡一樣安全。」

當然也是談論機密的好地方，敞開門大呼小叫，都不一定有人聽得見。這也是爺爺和父親所以不在家裡，而是專程上門請老保長吃酒的原因，就是要「四邊無耳目」。他們一定想不到，其實還有我一副耳目。屋西側垛著一堆乾柴，我爬上柴堆，氣窗就在眼前，屋裡每句話都送進我耳朵。有時候我自己也覺得奇怪，那麼多事都躲不掉我的耳目，好像我有搞偵探的天才，將來可以去當大特務。

59

「這是什麼。」

「燒酒。」父親應答老保長，「十足兩斤。」

「我當然曉得這是燒酒，你們沒進門我就聞到了，我問你們這是什麼意思？」老保長自問自答，「我知道什麼意思，老巫頭已跟你講了太監的事，然後你們還想聽他後事，就想灌醉我，叫我酒後吐真言是吧？」

「不是的，不是的。」爺爺連聲否認，感覺滿臉堆著笑，「我是來謝你的，這不我下床了，沒死，多虧你救我啊。我得的確實是心病，你那場話確實是最好的藥水，把我從閻羅王手裡要回來，今天是專門來謝你的。」

「謝我是對的。」老保長講，「給我送酒也是對的，我最愛吃酒。」

「還有菸。」父親遞上菸，幾包聽不出來，我猜應該是兩包。

「送菸也是對的，我也愛吃菸。」老保長講，「但你們的想法是不對的，你們以為我吃醉酒就什麼都會講？也不想想，我吃了一生世酒，酒醉糊塗的時節多了去，可你們見我跟誰提過太監那些事？那天對你（爺爺）講是因為看你要死了，救你命，才講的。這些事我絕對是第一次同人講，想必你（父親）也沒聽過吧。他同你這麼好，好得要被人懷疑是雞姦犯也不對你講，為什麼？因為不能講啊，以後你們也不能對外講，要保證！」

「他在上海當軍統特務的事有什麼不能講的，」父親給老保長遞菸，點菸，一邊講，「這我早就知道，他都當故事給我講過。這是替國家做事，殺鬼子，殺漢奸，光榮的，有什麼不能講？窯子裡的事他也同我講過一些，只是那大婊子和女鬼佬繡字的事，我確實沒有聽他講過。」

老保長的口氣堅決：「你不知曉的事多著呢。」

剛才他們一直站著講。爺爺大病一場，身體虛弱，拉出凳子先坐下，一邊講：

「所以還是想請你講一講啊，我們保證不會對外講。」

「要講可以，」老保長也坐下，「但你兒子得先講。」

「我講什麼？」父親笑道，「我能講的你都知道的。」

「有不知道的。」

「哪個方面的？」

「他在哪裡？現在！」老保長的口氣比剛才更加堅決，給我感覺應該是瞪著眼，用手指著父親，「你去看過他是不是？必須講實話！」面對沉默，老保長給父親打氣，「知道就是知道，莫非你還怕我揭發他？我只是也想去看看他。我心裡惦記著他呢，他是我活著唯一的惦記呢。」

父親仍是沉默。

老保長接著講，感覺滿動感情的：「這村裡人全死光光我都無所謂，只希望他別不得好死。如今這世道真他媽的作孽，把一個大好人糟蹋成這樣，拖著老母親四方流浪，要藏著躲著過日子。這都是小瞎子這畜生害的，要早二十幾年我當著保長，必定把這畜生槍斃了。糟蹋一個好人就是罪，活該槍斃。你們不曉得他為國家立過多大功，又受過多少罪？那個罪過啊你們想不到的，生不如死啊！他是個英雄你們知道吧，只是……只是……怎麼講呢，人是有命的，他命苦，總被人糟蹋。這不，到今天還在吃苦，我真替他難過。」聲音顫顫的，我懷疑他流淚了，屋裡靜得可以聽到爺爺的喘氣聲。

過一會兒，老保長的精神頭又起來，吊著嗓門叫爺爺：「老巫頭，勸勸你兒子，知道就告訴我，我要去看他，哪怕紅衛兵要我的命也要去。」

不等爺爺勸，父親已開口：

「你放心，他都好的。」

聲不響，音不高，卻震耳欲聾，像雷劈。

我不知道爺爺當時的表情和心情，我是嚇壞了，因為我知道這是犯法的，公安四處在尋上校，父親隱瞞不報，可能還偷偷去看過他，這不是知法犯法嗎？上校出走那天夜裡，因為來過我家，這成了我們家一個炸彈，導火線就在我手上。我突然後悔來偷聽，家裡多了一個炸彈，我身上也多了一根導火線。

更氣人的是，本來約好的，父親講，老保長也講，臨時他卻假惺惺當好人，講起什麼狗屁大道理：

「有些事你們還是不知道為好，知道是罪，就讓它們爛在我肚皮裡吧。」

這不是耍無賴嘛，氣得爺爺罵他。

父親似乎是想搞激將法，對老保長講：「其實他後來的事我也知道，他一個手下被七十六號逮捕，受不住嚴刑拷打，叛變，把他出賣，於是被鬼子抓去湖州長興戰俘營挖煤。這是民國三十二年的事，是不是？」

「然後呢？」老保長問，「關鍵是進了鬼子戰俘營怎麼出來的。」

「因為他救了一個鬼子大官的命。」父親講。

老保長哈哈笑，是嘲笑。「你以為鬼子是新四軍啊，醫藥水平差？告訴你鬼子的醫藥水平是全天下第一。」老保長講，「一次我發高燒，連著三天神志不清，講胡話，那些號都以為我要死了。七號可憐我，去求那大婊子，求到兩粒藥片，就這麼丁兒點大，綠色，扁圓的，像粒被壓扁的綠豆。我吃下一顆，不到半個時辰，燒眼看著退下去，像一盆炭火裸在雨天裡。那個奇蹟啊真像是仙丹，死人都救得活的。你想，鬼子這麼好的醫藥水平，憑什麼大官的命要他救？沒腦筋的，這種鬼話也要聽。」

「那你就同我們講講人話吧，」爺爺惡聲惡氣又是討好的樣相，巴巴地望著老保長，「他究竟是怎麼出去的？」

「我敢講就怕你不敢聽，聽了是罪知道吧。」老保長振振有詞，「剛才你罵我無賴，可我是為你好，你一大家子，有老有小，身上擔那麼多罪，擔得起嗎？你比不得我，獨孤孤的一人，老不死一個，天大的罪都擔得起，大不了一個死，早死早了。我現在唯一惦記的就是死之前想去看看他，現在好了，既然你（父親）知道，有地址，可以去了，禮物也有了。這酒我不會自己吃的，我要送給太監。」

我聽著，心裡不由害怕起來，像看見父親領著老保長去看上校，公安在後面悄悄跟著。我討厭這個棺材屋，這個下午，全是晦氣，什麼故事都沒有聽到，反而身上多了一個炸彈，夜裡一定又要做噩夢了。

60

儘管上校的「後事」懸空著，但爺爺的心頭是十足踏實了的，幾十年的擔心、疑心被一掃而空，填進去稱心、開心、放心、高興、慶幸——怎麼這麼多ㄒㄧㄣ音？我們口音裡沒有後鼻音的，「心」「興」「幸」是一個音——總之是一種甜香味，在蜜罐裡的樣子。興許是香味太過濃郁，我家屋子太小，裝不下，爺爺沒守住老保長的告誡，將上校跟那大婊子合配當小爹小媽的下流故事，以及被女鬼佬刺字的悲慘故事，相繼一點點掏出來，拿去祠堂、小店、理髮店、裁縫鋪等地偷偷傳。

老保長消息靈，很快找上門，罵爺爺不講信譽。開始爺爺耍賴皮，否認講過，後來被老保長有證有據扒下皮，只好承認，並解釋他正是「要信譽」才講的。他們當著我的面爭來吵去，一個朝東，一個朝西，面對面，頭衝頭，像兩隻鬥雞，伸長脖頸，吵翻天。起初我覺得爺爺講得有道理，後來又覺得道理在老保長身上。

東講：「現在我是已經知曉他們不是雞姦犯，可村裡人誰知曉，他們照樣在傳小瞎子的瞎話。你耳朵聾了，難道沒聽見？」

西講：「我就是耳朵聾了也比你聽得多，這種話你一家人必定是聽得少的。」

東講：「所以你要允許我講啊，誰能背得起這種惡名？我做夢都羞死。」

西講：「你講頂個屁用，你講只會叫人笑話，人家背後都講你在造謠言。」

東講：「我指明是你講的。」

西講：「我不會承認的，我才不情願為你得罪太監，我跟他有約定，絕對不講這些事。」東講：「可小瞎子講的是瞎話，你只要指明他在講瞎話就好了。老保長，」爺爺少見地沒叫他老流氓，因為這是懇切相求的大實話，「我們相好了一生世，你就幫幫我吧，把事實講給大家聽，好讓我日後死個閉目。人言可畏啊老保長，他們要是把生米煮成熟飯，你讓我把臉皮往哪裡放嘛！」

「老巫頭，不是我不肯幫你，」老保長講，也是誠實的，「我為救你命都破了跟太監的約定，怎麼不幫你？現在是我幫不了你。正因為我們相好一生世，大家都曉得，所以我講是沒用的，人家只會笑我吃了你菸酒，幫你造謠。你滿肚子道理，難道不懂這道理？」看爺爺不響，又講，「老巫頭，我勸你把這事情放下，想開點，別管它，別整天喜鵲烏鴉地四處亂叫，叫了只會更難堪，你我都他媽的難堪。有些事你得認命，這恐怕是你命中一個劫，躲不過去就扛著吧。」

爺爺眼巴巴地望著老保長，「你幫我想想，看有沒有其他法子？」

老保長為自己的一番苦心失效而失望，毅然起身走。「法子就是你嚥下去！」他邊走邊罵，「你這人就是自私，總想著要體面，把面子當命根子。他媽的，面子頂個屁用！我當初像狗一樣活著，人家太監現在也是一隻喪家之犬，小瞎子是廢物一個，屙屎連屁股都不會擦，不都照樣活著。照你這樣想，我們都該去死，就你一個人活著。」

我看到，爺爺呆若木雞，一臉丟魂落魄的死相，好似面對一泡屎——小瞎子屙的——必須吃下去，沒有退路，嚇傻了。事後我看他確實是有點傻，傻到家了，有一天居然拎了一籃子玉米，要我陪他去看瞎佬。

我說：「你不是最恨小瞎子，去他家幹嗎？」

他講：「我要同他爹去講點事。」時間是選過的，專挑小瞎子出門瞎逛的時段。去到他家，爺爺首先向瞎佬遞菸，噓寒問暖，然後認錯，承認當初罵他兒子雞姦犯是他昏了頭，搞得很丟人現眼，叫我替他害臊。我拽他衣服，想拉他走。他不識相，瞪我眼。好在瞎佬什麼也看不見，他聞到新摘來的玉秫的清香，像看見一樣，誇這玉秫好新鮮。爺爺講是他早晨剛去地裡摘的，一副討好賣乖的奴才相，我恨不能朝玉秫撒泡尿。

瞎佬比我父親小兩歲，可看上去比我爺爺還老相，半頭白髮，鬍子拉碴，一臉營養不良的菜色，衣服鈕扣扣錯，拖一雙豁嘴的爛布鞋，穿一條沿口脫絲的破大褲衩，可憐是滿可憐相的，只是並不讓我可憐。小瞎子亂造謠，故意害我們一家，我也恨他們一家，看到瞎佬的可憐相，我心裡只有高興。

瞎佬替人算一生世命，講話是有一套的。「我算你不是來找我算命的。」他講，白烏珠朝上瞪著，手指頭習慣地撥弄著，像在撥弄爺爺的心腸，「你該是來尋我兒子談事的吧，他出去了，你有什麼事談吧，我回頭可以轉告他。」

爺爺本來有副好口才，這天卻有口無才，講得含糊其辭，支支吾吾，亂七八糟的。聽好久我才明白他講的意思，是他從多方面聽聞上校肚皮上的字不是小瞎子上次用匾寫出來的那句話，同時他認為小瞎子必定知曉真正的話是什麼，希望瞎佬做做他兒子的工作，叫他把真話寫出來。

爺爺講：「太監從前待你不錯的，別埋汰他。」

瞎佬講：「你憑什麼講那句話不是真話。」

爺爺講：「因為他不可能是雞姦犯，有人親口對我講的。」

瞎佬講：「誰講的？」

我朝爺爺揮手，讓他別講。但爺爺思量一會兒，還是指出是老保長，氣得我像瞎佬一樣對他翻白眼，氣死了。

瞎佬講：「他嘛，你給他吃兩碗燒酒女人都可以讓出來，更別講替人擦屁股。」這話已經帶點攻擊性，但爺爺仍是不識相，繼續做他工作。

爺爺講：「如果是那句話，太監不會滅你兒子口的。這是毛病，又不是罪行，為什麼要封他口？」

瞎佬講：「你好可笑，既然這不算什麼你又幹嗎操心這事？這事跟你家沒關係，你幹嗎瞎操心？」一邊嘿嘿笑。

我聽出這是冷笑，也聽出這是正話反說，身上起雞皮疙瘩，又去拽爺爺，要他走。爺爺再次推開我，簡直傻到頭，人家吐他口水，他仍舊笑顏相待。我氣得不行，不管他，索性走掉，晾他去丟人現眼。所以，後來他們說什麼我不知道，也不想知道。我覺得爺爺讓我很丟臉，正如他從前講過的一句話：這是去討糞吃，腦筋長到屁眼裡了。

果然，後來爺爺回來，一進家門就朝天罵：「個狗日的東西，老天有眼，叫他一輩子做瞎佬。我也真是瞎了眼，去狗嘴裡尋象牙。」

我出去想對爺爺說：「你這是去討糞吃，腦筋長到屁眼裡了。」可出來看到爺爺被憤怒放大漲紅的臉，嚇得我不敢吱聲，那樣子像一頭受傷的野獸，是要拚命的。這天我懂了一個新道理：人和獸之間，只隔著一團憤怒，像生死之間只隔著一層紙——後面這話當然是爺爺講的。

61

路順著溪坎修，溪坎彎頭多，路也是彎來繞去的。我說的是公路，往山裡走，到硯口後路分岔兩頭，一頭可以去到鐵匠木匠的老家永康、東陽、義烏、金華，一頭可以去蕭山、諸暨、紹興；往江邊——富春江——走，可以去鎮上、縣城，乃至杭州、蘇州、上海。縣城在江北，我們在江南，要渡船過江。渡船一小時一輪，叫輪渡，像一個籃球場大，可以開吉普車上船。

爺爺講，以前沒有輪渡，也沒有公路，這些都是日本佬搞出來的。鬼子打到杭州，當時錢塘江大橋剛修好，炸了，阻止鬼子過江。鬼子沿著江一路逆流而上，找過江的地段。到我們縣城，找到了，那兒江面窄，兩岸平緩，鬼子搭碼頭，通輪船。輪船把一輛輛坦克、一隊隊人馬送過江，一路燒殺搶掠，往金華永康方向撲去，那邊有新遷的省政府和國民黨大部隊。大部隊打不過小鬼子，一路撤退逃跑，逃得快的去了江西，慢的只好躲進附近山裡。前山海一樣大，是藏伏人的好地方，幾百人散漫在崇山峻嶺裡，偶爾出來打個伏擊，騷亂一下。鬼子摸清情況後——有漢奸嘛——派來飛機，開來坦克，狂轟亂炸，把前山好些個山頭燒成癩痢頭。飛機丟了炸彈就走，坦克不走，排成隊，停在溪坎邊，十幾天不走。村裡人能逃的都逃走，逃不了的躲進觀德寺，求菩薩保佑。菩薩顯靈，派出老和尚和鬼子小隊長比武，立好規矩，贏退兵，秋毫不能犯，輸則殺人燒廟。結果小鬼子輸得一塌糊塗，只好退兵，寺院和躲在裡面的人總算躲過一劫。

但十幾天下來，村子已經被鬼子劫踢個慘，糧食被吃光，畜生被殺光，值錢的東西被搶光——這就是爺爺時常講的鬼子的「三光」政策。到老保長嘴裡，要加一個「光」：女人被糟蹋光。我聽老保長多次講過，鬼子進村時村裡女人跑個精光，但他們從外邊抓來十幾個女人，關在祠堂裡，日裡夜裡輪姦。鬼子撤走時祠堂裡丟著兩具女屍，一個是小女孩，一個是老太婆，都一絲不掛，一副被活活×死的樣子。

老保長講：「自古有定理，哭不死的孩子，累不死的男人，×不死的女人。但這兩個哪是能×的女人哦，一個門還沒開，一個門已關死。×這樣的女人，指明鬼子不是人，是畜生，連畜生都不如。」

爺爺一向不對我講這些事，大概是怕髒著我吧。爺爺講公路的起頭，其實是鬼子坦克碾出來的，一部坦克十個汽碾子，開到哪裡都留下一路轍子，來往幾次一條路便成形。早先路面是夯實的泥地，坑坑窪窪，不平整，晴天乾燥，人跑過，一路灰塵，雨天泥濘，黏腳板。新中國，勞動人民當家做主後，政府號召大家修路，把路面修平整，又蓋一層礫子，至少雨天吸水，不黏腳。礫子是放炮從山上開採下來的，用軋石機碾碎，大小差不多，帶各式顏色：大都灰色、褐色，少數白色，少少數是青石板的顏色。下雨天，各種顏色一統消失，褪色，褪成一路濕漉漉的水印子；陽光下，各種顏色被放亮，天上地上都是光，遇到風，陽光被吹淡，光亮也淡了。

爺爺每個月都要上路一次，往山裡走，是去大姑、三姑家，往江邊走，是去二姑家。以前，爺爺上路的日子，我就可能看到上校來我家；現在，爺爺照舊月月上路，但上校不可能上我家了。他在哪裡，村裡大概只有父親一人知道——這是他親口承認的——我倒不希望他知道。想到父親知道上校在哪裡，而且有一天會領著老保長去尋他，我心裡就有一種盲目又茫然的害怕，好像公安隨時會來找我審問。

胡司令抄在學校牆上的革命詩，在日曬雨淋和風吹雪打下，失消了當初鮮豔奪目的紅，變得淡紅而有些髒。髒是皮球印子，上體育課，我們經常把牆上的字當籃框瞄準，投籃；下雨天，皮球濕的，髒的，嘭一聲，牆上便有一個黑印子。大多數印子會被雨水洗掉、陽光曬乾；也有些洗不掉，跟字一樣牢牢長在牆上，看上去，便是髒。我平時不大想得起胡司令，只有看見這些字時才偶爾會想到。想到他，就會想到上校，想到父親，想到公安民警，然後生出害怕。

我覺得我的膽量是越來越小了，不像力氣，去年還背不動爺爺，現在可以把他背上樓。當然爺爺不需要我背，他也不需要上樓。我是說，我的力氣這一年長了許許多，但膽量卻不長反而小了，萎了，縮了，像爺爺的身子骨，那場瀕臨死亡的大病後，整個人小了一輪，穿的衣褲顯明寬大了，背後看，衣褲四處裡灌進風，飄飄忽忽的，有一種淒涼和孤獨。爺爺講，馬瘦毛長，人瘦嘴大。我也發現，他的嘴巴包括眼睛都好似大了一些，似乎在配合他講的道理的真實。好在瘦是瘦，但精神頭還是不錯，照舊日日出門，去祠堂門口或小店轉轉看看，月月上路，去女兒家享享清福，不耽誤。

我照舊是天天守著幾本功課書和幾隻兔子撞日子。我已經讀初三，成績不好也不壞，但要上高中是必須要好的，拔尖的。我料定自己上不了高中，最後一年便有些結束前的鬆懈和放棄，便是撞日子，像和尚撞鐘，樣子做到算數。甚至樣子也做不足，常常編造各種理由遲到早退。進入十月份（陽曆），山上的野柿子一天天由青變紅，味道也由酸澀向酸甜變，等不到真正蜜甜時，它們將消失得一個不剩。這天下午最後一堂課是體育，我和矮腳虎合謀扮戲，他負責受傷，我負責送他回家。我們扮得十分像，矮腳虎坐在沙坑裡，抱著一隻腳啊喲啊喲叫，我報告老師，然後背著他回家。一出校門他跑得比我快，我們從老虎尾巴上山，直奔老虎屁股。

村裡人有忌憚，老虎屁股摸不得，沒人敢去那兒動刀子，那裡的樹木天長日久養著，野著，原始森林一樣的，樹大林深，柴藤漫生漫長，密不透風。林子大了，什麼鳥都有，也是什麼樹都有。春天，我們來這裡摘覆盆子，夏天摘野桃子，這季節就是野山柿。我們爬上樹，輕輕搖樹枝，掉下來的柿子必是熟的。如果使勁搖，生的也掉下來，這是不道德的。別以為我們是野孩子，不講道德，祖宗定下的道德是長在我們身上的，像胎記，抹不掉的，人人得講，尤其在老虎屁股上更要講。什麼是道德？損人利己的事可以做，損人不利己的事不能做。我們把熟柿子搖下來，吃到肚皮裡，這是損人利己，可以的。如果把生柿子搖下來，豬都不要吃，只能爛掉，讓蒼蠅蚊子吃，這就是損人害己，不道德的。

我們來早了，只掉下來幾個柿子，吃了舌頭像被砂紙磨過一樣的麻木，說明它並沒有熟透。我們約好過兩天再來。回家的路上，在關帝廟附近，我們意外撞到小瞎子，他對我們嗚里哇啦一通叫。鬼知道他在叫什麼，但從表情看我感覺到他心底很高興。我心想難道他剛才去關帝廟裡認罪，得到關公原諒，答應給他治病了？但又想怎麼可能，關公像已被搗毀——正是他帶頭搗毀的——誰給他治病？他的病只有下到陰曹地府才能治。這是爺爺和老保長一致認定的，兩人很少意見統一，對這件事卻一口咬定，從不改口，鐵鑄似的。我最後想，他高興大概是在廟裡撿到了點吃的吧。

爺爺講：「寺廟嘛，再破總有人去拜的，哪怕叫花子也有三個搭子。」

這一年多來小瞎子家已窮得叮噹響，錢都花在他看病上，病看不好，家眼看著敗了，一日三頓都湊不齊，經常餓肚皮。肚皮是不要面子的，只要有的吃，管它是什麼。現在他經常去觀德寺偷祭物吃，誰家掛在窗前簷下的醃肉筍乾也要偷，甚至剩菜剩飯也要偷。如果他能爬樹，山上的野果子一定輪不到我們。饑腸轆轆的肚皮讓他對食物產生了像前山一樣海深的感情，如果能在關帝廟撿到一些食物吃，他一定是高興的。我想不出還有什麼東西能讓他這麼高興。

回到家，母親已經燒好飯菜，端上桌，冒著熱氣，卻沒有一個人吃。爺爺坐在東廂房的門前吃菸，父親低頭立在西廂房前，也是吃菸，中間隔著整個天井。我從他們寒風凜冽的臉上看出，感覺到，他們都在吃苦，中間隔著一個苦大仇深的世界，嚇得我不敢往前走——踏入天井——好像天井裡盛滿苦水、血水，刀光劍影的。我不知道發生了什麼事，直到夜裡睡覺前才知道，上校被公安抓了！

第十四章

62

從我們村往山裡走十幾里，是一個叫秦塢的小村莊，我大姑就嫁到那村莊裡。從秦塢再往山裡走十幾里，是一個叫駱村的大村莊，我三姑家就在那兒。每年春節，我都要跟爺爺去幾個姑姑家拜年，三姑家是我最不愛去的，因為太遠。不愛去也得去，這是禮數。去多了，我對這些村莊都有些了解，比如駱村為什麼叫駱村，是村裡人都姓駱嗎？不是的。駱村跟駱駝有關，意思是這地方缺水，村裡人像駱駝一樣，要四處尋水吃。這兒沒有大源溪，只有兩條山澗小溪，經常斷流，冬天幾乎勻不到一碗水。所以，這兒家家戶戶門前屋後都挖一個水窖，儲水的。

爺爺講，駱村缺水跟這兒的山矮有關。其實這兒都沒有山，只有一支嶺，叫螞蟥嶺，意思是它像螞蟥一樣，細長細長的——好似還可以拉長，上去後一時下不來的，樣子和性子都類似螞蟥。螞蟥不像蚊蟲和其他蟲子，叮在身上，人動一下就開溜，警覺得很。螞蟥是個笨蛋，癩皮狗，叮上身，你扯不下來的，扯下來得有耐心和竅門，要慢慢地輕輕地撓它，撓得它癢癢的，它才會鬆口，溜掉。很多外鄉人經常上螞蟥嶺的當，不吃飽飯就上山，結果肚皮餓癟了，還只是走在螞蟥的背脊上，離下山還遠著呢。

細長的螞蟥嶺臥在像大海一樣的崇山峻嶺裡，像一條海峽，很合適當邊界，嶺背便是界線，這邊是我們縣，那邊是鄰縣蕭山。下了山，是蕭山的小陳村，捂在山坳裡；走出山坳是大陳村，那兒已是杭嘉湖平原散落的一角。平原上的村莊可以無限制擴大，大陳村居然比我們村莊還大一倍，有近萬人，大概也是我們省裡最大的村莊吧——我不知道，是爺爺這麼講的。

爺爺講：「人多好藏人，好像樹葉藏在樹葉裡，最難找。」

上校聰明絕頂，怎麼可能不懂這道理？他就藏在大陳村，和老母親一起落腳在當地一個老廟裡，廟裡的大和尚是他母親在普陀山修行時相識的。大和尚背上長一個瘤子，活的，年年在長個，已經大得像一隻老太婆的癟奶子，耷拉下來，走路晃蕩晃蕩的。天大地大，上校哪兒不去，偏投奔這兒，正是得知這情況，他可以幫大和尚驅病消災，建立交情，然後留下來。

這裡，我們的公安管不到，大街上沒有通緝他的頭像，沒人知曉他是罪犯。一年多來，他天天晨早傍晚掃地，白天夜裡陪母親念經，念經的水平已追上大和尚。他甚至已經學會一口地道的蕭山話，剃一個光頭，穿一身僧服，沒人看得清他的來歷，也沒人去看去想。他在這裡像在我們村裡，照樣是好人緣，大家尊敬，上下歡喜，以致那天我們的公安去抓他們母子倆時，和尚結集起來，攔在門口，不准公安帶人走。最後是上校，知道胳膊擰不過大腿，勸散和尚，公安才把他們押上吉普車。

吉普車翻過螞蟥嶺，往縣城開，中途必經我們村。經過時，公安把車停在祠堂門口，押著上校，許他回家十分鐘，拿取即將坐牢必備的東西。那時我正和矮腳虎一起在老虎屁股上搖柿子吃呢，所以沒見著，而多數人是見著了，沒見著的人也很快聽著了。父親、爺爺、老保長，包括小瞎子都是親眼見著的。

爺爺講：「他白了，胖了，光一個頭，一身和尚穿扮，看上去真像一個和尚。」

但其實已是一個被抓捕歸案的罪犯，雙手被手銬銬著，步步被公安押著，不准同任何人講話，沒有一點自由。父親想湊上去同他講句話，被公安一把推開；小瞎子跳到他面前，想吐他口水，也被公安擋開並訓斥。公安押著他，也保護他，像管著公家的一頭水牛。他母親一直沒下車，埋著頭，在小心翼翼地抽泣，不敢哭，哭出聲，公安就罵，要她閉嘴。你看不到她臉，只看到一頭蓬亂的白髮和半身黑衣裳，埋伏在前座的靠背後，隨著抽泣在索索發抖，像一隻關在籠裡等著宰殺的白頭黑羊。有人看見，她手也是被銬牢的，銀色的手銬，從黑的袖子裡露出一半，像戴著銀手鐲。

這天晚上全村人都在問同一個問題：公安是怎麼發現上校的？爺爺懷疑是老保長透露的風聲，因為父親帶他去看過上校。

爺爺講：「他這個嘴，吃醉酒，腸子都要吐出來。」

父親講：「這我不信，上校身上繡字的事就是例子。」

爺爺講：「倒也是，二十多年他一個字都沒吐過。」

父親講：「上校的事你殺他頭他都不會鬆一個口。」

爺爺問：「那你還跟誰講過？」

父親嚷：「你以為我是三歲小孩！」

爺爺講：「你嚷什麼，怕人家聽不見？跟你講，你還是要裝著不知道，公安要知道你知情不報也會把你抓進去的。他媽不就是例子，為什麼抓她？她犯的是包庇罪，包庇罪犯也是罪行知道不？」

他們在前堂裡講著，我躺在廂房裡的床上聽著、想著。儘管他們誰都沒提到，儘管我什麼也沒看見，但我腦海裡總浮現一個情景：村裡人成群結隊從弄堂出來，聚在祠堂門口，把吉普車團團圍住，等著上校回來車上……當上校回來時，大家的目光都沒看他臉，而是盯著他的小肚皮，希望用目光扒下他褲子……這不是說大家不同情他，要看他笑話，而是大家都首先想滿足自己的好奇心。我自己就是例子，聽說公安把他當一頭水牛一樣押著、管著，我頓時對公安生出一種恨，同時我又想叫公安扒下他褲子，讓我看看他肚皮上到底繡著什麼字。我徒勞地想著他的肚皮、肚皮，以致怎麼也想不起他的長相。窗外，風有氣無力地吹著，我被紛亂的空想弄得筋疲力盡，以致沒有力氣睡著。

63

上校的聰明體現在四四面面，公安抓他時畢竟意外，突然襲擊，速戰速決，廟裡的東西他什麼都沒帶——正因兩手空空，他才說服公安准許他回一趟家。機不可失時不再來，他要趁機給父親遞話，去收養他貓。但明的不能講，公安禁止。於是他盤著父親的心思布局，先埋下暗號，在屋門口隨意丟一條專給貓汏浴的毛巾，然後不關院門。他盤算，父親只要看他家院門沒關好，一定會進院門去看看，然後看到毛巾，想到貓。後來臨時冒出小瞎子吐他口水的事，他趁機設計，連罵小瞎子幾聲：「畜生！畜生！」而眼睛死死看著父親。父親當即明白，是在提醒他貓的事，回頭就去上校屋裡看。

開始父親以為貓已被上校帶回家，看到毛巾，看不到貓，知道貓還在廟裡。第二天一早，父親便出發去大陳村，領回兩隻貓，挑回一擔東西。我不知道有什麼東西，東西存在上校屋裡，貓被父親帶回家裡。從此我家又多出兩張刁嘴，我吃魚羹的機會被大打折扣。如果說上校有什麼東西讓我討厭，首先就是這兩隻貓，然後才是他神神叨叨的老母親。不過老太婆倒是怪可憐的，她對觀音菩薩這麼好，菩薩卻不顧念她，不報答她，這麼一大把年紀還讓她去坐牢。

貓的事剛平順，父親便約老保長陪他去縣城看上校。

老保長因為賭博經常進出公安局，反倒認得公安局裡一個管後勤的幹部，沾點親故關係的。幹部待人客氣，請他們到辦公室坐沙發，泡茶遞菸，禮數周到。但講到具體事情——要會上校——他一通搖頭，老師一樣，上課一樣，給他們講一番大道理，大道理扣著鐵面無私的紀律，叫他們死透心。兩人鎩羽而歸，一路攢滿疲憊和懊喪。我看見父親進門時臉色青得像一葉菜，回家就上樓睡覺，夜飯都沒吃。爺爺留老保長吃夜飯，拿出燒酒，存心要探聽情況。

老保長長了見識，要傳播，加上燒酒，在飯桌上大肆宣揚，毫無保留。

「今天我當了一回小學生。」老保長開講，「同樣是犯罪，以前我只知曉分輕重，不曉得還分門類。門類分民事和刑事兩路，像賭博嫖娼、偷雞摸狗、腐化墮落，哪怕打架鬥毆只要不傷人，不見血，都算民事犯罪。民事犯罪歸派出所，有熟人可以探訪。太監傷了人，犯的是刑事罪，關的是牢房，判刑前不准任何人探訪。加上他傷的人是紅衛兵，加上潛逃一年多，加上從前歷史問題，罪行一級級加，太監已被列入重犯名單，保不準要判死刑。」

爺爺不是無知識的，家有家規，國有國法，傷歸傷，命歸命，一條條數出來跟老保長擺事實，講道理，認定上校不是死罪。老保長講，現在是造反派當道保不準的。爺爺講，死罪必須死人，這是國家保證的。老保長講，你又不代表國家，能保證個屁。爺爺講我保證頂多判無期徒刑；老保長講無期徒刑還不如死；爺爺講好死不如賴活；老保長講活在監獄裡哪能叫活？那叫活受罪；爺爺講人生無常苦有常，做人就是活受罪；老保長講對於我只要有菸抽有酒吃，快活如神仙呢……兩人一人一路，話趕話，路岔路，最後不知岔到哪裡去。這也是老人容易犯的錯誤。

爺爺講：「年輕人容易心碎，老人容易嘴碎。」

但這時節父親哪受得了他們嘴碎，還快樂如神仙！氣得他跳下床，探出窗，往樓下扔鞋子，罵娘。老保長自知理虧，連摑自己兩個巴掌，把酒潑在地上，灰溜溜走掉。我看父親氣急敗壞的樣子，看到的是他碎掉的心。父親本是悶葫蘆一個，心思重，嘴巴緊，從此變得更悶，幾乎不跟人言語，只跟貓講話。每次看他跟貓講話，我心裡總是辛酸嘰嘰的，想他是不是心也碎掉了？

一天下午我放學回家，老遠看到祠堂門口聚一堆人在看什麼——肯定是大字報。誰寫的大字報？我馬上想到小瞎子。他會寫什麼？一定又是關於上校雞姦什麼的。他不可能不知道爺爺在反擊他，他也不可能甘心認輸，現在上校被抓捕歸案，時機大好，趁熱打鐵，痛打落水狗。這麼想著我就不敢往那邊走。我不想自討沒趣，雖然我敢肯定他在胡說八道，但大多數人都愛聽胡說八道，不愛聽真話。誰說的？老師說的？真理掌握在少數人手上。

爺爺講：「一個字，一盞燈。」

村裡多數人是文盲，大字不識一個，心裡烏漆墨黑。跟這些人講道理是對牛彈琴，所以儘管爺爺反覆講了那麼多上校不是雞姦犯的真事，但效果並不好，原因就在這兒：人們愛聽瞎話，不愛聽真話，正如大家互相不叫名字，愛叫綽號一樣。

我埋頭走著，恨不得飛過去，卻被矮腳虎發現。他興匆匆朝我跑過來，烏鴉一樣，大聲向我叫：

「快來看，公安局出通知了，上校是大漢奸，不是雞姦犯。」

不是雞姦犯？烏鴉原來是喜鵲。我這才過去看，一張洋白紙，一手黑色毛筆字，每個字我都認得，每句話都寫得考究，文謅謅又威風凜凜的：

公告

據悉貴村盛傳反革命分子蔣正南（綽號太監）小腹有文身，內容指其為雞姦犯。現經查明文身係真，內容為假。真實內容指明他是日本鬼子的大走狗！大漢奸！望大家端正視聽，勿以訛傳訛，將一個罪大惡極的大漢奸當作一個笑柄，喪失無產階級革命鬥志。特此公告。

偉大領袖毛主席萬歲！

無產階級文化大革命萬歲！

下面蓋的果然是縣公安局的大紅圖章，落的是前一天的日期。

我從頭到腳反覆看幾遍，感覺每個字都像是被念過咒，有魔力的，吸著我目光，戳著我心尖。我心情是複雜的，既有高興也有疑惑，甚至有擔憂，但總的是高興、開心、慶幸，壓倒性的——又是那麼多ㄒㄧㄣ！你知道，雞姦犯的事害得我們一家人難受死，像得了某種丟人的暗病，說不清道不白：說是越描越黑，沉默不說是承認事實。我因此自卑得不行，像身後拖著一根大尾巴，時刻怕同學來揪、來踩。爺爺給我備一把三角刀，專門用來對付可能出現的壞蛋，保護我和全家尊嚴。現在尾巴叫這公告徹底割斷，我因羞恥而擔驚受怕的日子從此一去不復返啦！

64

我的心情也是全家人的心情，尤其爺爺，特意殺一隻雞，張羅出一桌酒菜，犒勞這個特別的日子。這隻雞香噴噴、油汪汪、滿當當地盛在陶缽裡，大張旗鼓地展示著我們心裡那麼多的ㄒㄧㄣ。呃，ㄒㄧㄣ就甭提了，滿得溢出來，連上校的兩隻貓都聞得見，嘗得到，挺立著尾巴在天井裡美美地享受著兩個魚頭和魚尾巴——牠們不吃雞肉，但在這個大喜之日，爺爺怎麼會虧待牠們？

好啦，別ㄒㄧㄣ啦，說說疑惑吧：上校怎麼一下變成大漢奸了？那公告上講他小腹確有「文身」，那麼到底文著什麼字？還有，公安幹嗎要特意來貼這個公告？好像專門要對我們家行好，為什麼？

父親關心前面的問題，但答不了；爺爺關心後面的問題，並一語道破。

爺爺講：「這不明擺的，是上校（難得不叫太監）在幫你，當然也是幫他自己。你去大陳村看他時一定同他講過小瞎子貼大字報的事吧？」看父親點頭，接著講，「這顯明對他對你和我們一家人都是潑糞，多污穢！多丟人！哪怕不為你著想，他也得為自個兒想，一定要澄清這事實。怎麼澄清？口說無憑，用公告白紙黑字來講最好。」

父親問：「公安幹嗎要聽他的？」

爺爺答：「你還不了解他嘛，他是多聰明的人，他要做的事哪有做不了的？再講這也並非什麼難事，要是我也想得到法子，很簡單嘛，你公安不是要審問我？好，我講，什麼都可以講，但有個條件，你們要幫我澄清一個事實。對公安來講，這不就是寫張東西，叫摩托車跑一趟而已，幹嗎不應他？」

我覺得爺爺講得有道理。

以我對上校的認識，哪怕不為自己，只為父親他也篤定會這樣做，他們兄弟一生世，他又是那麼講情義的，怎麼可能讓父親陪他背這個黑鍋？上校是天底下最有擔當的人，爺爺是世面上最有見地的老人，父親——怎麼講？只能講他的嘴巴是那個最熬得住聲響的，即便在這個喜慶之時，依然沒幾句話。相比，爺爺連講帶笑喜洋洋的，配這個喜滋滋的日子，配得合榫合卯，無縫無隙。平時爺爺老眼昏花，眼光是黯淡的，這天卻泛出一輪輪光波，把我罩進去又照出來。

天涼好個秋，天高氣爽，蚊蠅差不多死光，陰溝裡的臭氣也收光，天井迎來一年裡最好的時光。吃過夜飯，我和爺爺享受著這好時光，坐在天井裡聊天，一邊剝著玉米——明早煮粥用的。父親是不聊天的，至少不跟我們聊天，他給兩隻貓汰浴：一黑一白，在銀亮的月光下，黑的更黑，白的更白，喵喵地叫，有一股妖氣和怨氣，跟這個夜晚是不配的。玉米剝落後，空芯子堆起來，散發出一種淡淡的穀物的草香，和這個夜晚是配的。這種日子從前上校是經歷過的，以後大概是經歷不了了。

爺爺曾認定上校不會判死罪——因為沒殺人——但現在，加上一個漢奸罪，奸得什麼程度，不知道，就不好下判斷。爺爺講，鬼子投降那年，漢奸是排成隊被一批批槍斃的，槍斃作廢的子彈殼，在刑場上隨地撿。村裡有人就拿撿來的子彈殼用銼刀磨一眼孔，做哨子，吹出來的哨音尖鋒得很，嚇麻雀賊靈光。這季節你去稻田菜地，四處會瞧見稻草人，小丑一樣招搖立著，幹嗎？嚇麻雀。

爺爺講，麻雀灰不溜湫，一副賊相，貪吃，是農民的天敵，趕不盡，殺不絕；燕子一身漆黑，一副忠誠相，是農民的長工，所以家家戶戶留它們在屋簷下做窠。自古，遠親不如近鄰，近鄰不如長工，所以對長工是要待好的。

65

自貼出公告後，好似公安局在我們村裡鑿通一個窗洞，風來雨來，不時傳來上校一縷縷音訊，眾說紛紜的，如一鍋熱粥，四處冒泡，稀里糊塗，見不著個底，你不知道信誰不信誰。一種說法，上校骨頭剛硬，在鐵皮牢屋裡被連吊幾夜，肋排骨被打斷幾根，就是死不開口，寧死不屈。一種說法，上校當過軍統特務，有本事對付公安，輕鬆耍花招，把公安蒙在鼓裡，根本沒挨打。一種說法，公安從省裡請來專家，專家帶來藥，藥無色無味，攙進白開水，上校喝下去，不過十分鐘換一個人，問什麼講什麼，一五一十全交代。種種說法都有人信，也有人不信，沒威信。

對上校肚皮上的字也是這樣，大家好像猜謎語，什麼都不顧忌，亂猜，一下猜出多個底本，諸如：我是皇軍一條狗；皇軍萬歲；皇軍大大的好；我是漢奸我該死；太監是假漢奸是真，等等。好像在猜一句鬼話，說什麼的都有。甚至有種說法，說那根本不是一句話，而是一張地圖，地圖上標的是當時上海軍統特務的祕密聯絡圖。

爺爺幾次約老保長討教，老保長一律答覆：都是胡說八道。

直到一天，村裡有人打架，派出所來人處理，聊起上校，撂下一個說法，有權威性，很快傳開來，把那些亂七八糟的東西壓下去，一枝獨秀。這說法不關上校有沒有挨打或吃藥：這是過程，可能也是祕密，人家不講。人家只講明結果：上校已經接受坦白從寬的政策，承認小瞎子是他害的；為什麼害他？因為他看見了他肚皮上的字；什麼字？是一句下流話；什麼下流話？這不能講，因為太下流，開不了口——有些話太髒，毒藥似的，人是不能碰的，碰了髒你嘴，毒你心。關鍵，這個不是下流的問題，而是漢奸的問題：那句下流話像句口號似的，徹頭徹尾指明上校是個十惡不赦的大漢奸！

爺爺講：「收音機裡看不見人，玻璃櫃裡藏不了人。」意思是做人要亮身子，講話要見芯子。你說話光露一個把子，不露芯子，就別怪人家編鬼話，瞎猜。一時間，村裡編出各式各樣的下流話，貼在上校肚皮上。那個下流啊，真是下得脫底，流得滿地都是，反正不是雞巴棏子就是陰×洞子，精赤赤的，淫蕩蕩的，不留一片布絲。我每次聽到都起雞皮疙瘩，真正嘗到什麼是「毒藥似的髒」，別說嘴巴子不敢碰，耳朵根也不敢。畢竟我才十六虛歲，用爺爺的話講：剛出屌毛，面皮子薄。

不久後的一天晚上，我已經上床睡覺，爺爺正準備去關大門，老保長闖進來，喝得醉醺醺的，進門就吆喝，討菸抽。爺爺遞給他菸，取笑他：怎麼有人請你吃酒不送你菸？他拍拍褲袋講，菸在這兒，整包的。爺爺講，那該你請我抽。他講，好，那就你來講故事。爺爺問什麼故事，他講當然是上校的故事。

「太陽從西邊出來了。」爺爺一通笑，嘲弄他，「上次送你兩斤燒酒你都誆我，毛都沒讓我見著一根，今天怎麼主動送上門，該不是又想誆我？」

老保長講：「上次誆你是因為我跟太監有約定，不准講，講了對他不尊敬。今天他自己已經開口講了，約定就取消了。你沒聽見嘛，全村人都在講他的故事，下流得要淹死人，可那都是他媽的瞎扯淡。今天我講是為了尊敬他，是要叫人別亂嚼舌。」一邊衝樓上嚷，叫父親一起來聽，接著對爺爺講，「今天我講的事你可以四方八遠講，去堵堵那些爛舌根，叫他們知曉什麼是真的。」

父親下來，給他泡好茶，選好位置，擺好凳子。本來這季節天井是談天的好位置，但他們選在前堂，目的是不想吵著人；可能也是因為要講的事太過那個吧，不合適其他人聽，尤其是我。可我是篤定要聽的，遠遠的棺材屋我都要跟去聽，何況送上門來的。其實我想不聽都不成，老保長喝足酒，嗓門大，與許母親和大哥在樓上都聽得到。儘管父親和爺爺多次勸他小聲點，可小一會又會變大，沒用的。

爺爺講，酒鬼嗓門大，死鬼烏珠大。這話一點不假。

66

上次講到哪兒了——在父親提醒下，老保長從上校被鬼子抓去戰俘營開始講——對，這是民國三十二年的事，那年我一共去上海四次，最後一次是過完冬至節去的。去了以後就聽聞太監出事了，被手下出賣，抓起來，關在湖州長興的戰俘營在挖煤。那時間我跟他交情很深，人家落難，我當然要去看他。原想回家中途改個道，從蘇州下火車，走太湖去看他。可一打聽，去不了，時機不對，大冬天，太湖結冰，輪船不開。走杭州也不行，那時杭州到湖州還沒開通火車，也沒公交車，主要交通工具是腳：人腳、馬腳。我那時手頭有錢，包個馬車不在話下。但馬車也不行，天寒地凍的，馬去哪裡找草吃？自帶乾草？那麼路遠迢迢，車子還不夠裝草料呢。行不通，只有等來年再講。

過了年，三月底，春暖花開，田頭路邊的青草跟莊稼一樣盛，馬可以上路了，我就出門了。先坐船到杭州，在客棧過一夜，雇好馬車，第二天清早上路，天黑趕到長興縣城。戰俘營在牛頭山一帶，從縣城過去馬車還得幾小時，到地方還得尋地點，到地點還得尋人。總之緊趕慢趕，第二天下午三四點鐘，總算熬出頭，尋到人。不是太監本人，是管太監的人，牢頭。戰俘營屬鬼子管，其實又沒幾個鬼子，管事的大都是中國人，漢奸，見錢眼開的。我尋到一個管事的牢頭，送他兩塊銀圓，他眼睛亮得！恨不得要造出一個太監給我。

是的，太監走掉啦，就在我去前一個月，春節前，有人開來小轎車把他接走啦。牢頭看我是有錢人，對我客氣，給我泡茶，陪我在工棚裡聊了一個多小時天。他告訴我，來接他的人一副大派頭，穿一身西裝革履，戴一頂黑氈帽，拿出來的證件是南京鬼子司令部發的，汽車掛的也是鬼子的軍牌照。開始我的想法跟你（父親）一樣，以為太監是被人接去行醫，他在上海開過診所，名聲在外，人家慕名而來，是要他去救命——這樣的話，太監應該還要回來。牢頭講，這陣勢是去天堂的，死了都不會回來了。那天堂在哪裡？不知道，去幹嗎也不知道，總之很機密。牢頭是個小嘍囉，只管著地獄，天上的事搆不著。

後來我到上海，七號告訴我，太監去了北京——當時叫北平。我問他去北平幹嗎，她反問我，他還能幹嗎？除了他那個「獅頭核桃殼」。原來那大婊子又把他賣了，當然本意可能也是為他好，想救他。能把一個戰俘從牢裡救出來，我想得是什麼人物啊。七號報一個人名，一個日本女人的名字，問我有沒有聽聞過。我哪兒聽過，聽過也記不得。我只記得什麼號，名字聽了也記不牢。日本佬的名字怪，女的都叫什麼子，男的都叫什麼郎什麼村，長長一串難記得很。七號講她本是中國人，打小過繼給日本人，才起個日本名。她繼父可是個通天的大人物，汪精衛見了都要對他點頭哈腰，端茶遞水。就這樣，因著繼父的權勢，加上人聰明漂亮能幹，吃得開，吃得香，她在鬼子圈內可以上下通吃，殺人救人都是一兩句話，稀鬆平常得很。

我無法想這到底是個什麼人物，有一次七號給我拿來一張報紙，上面有她照片，長得真滿漂亮，瓜子臉，水蛇腰，穿扮洋派，面容端正。我想，太監這回沾著了，這模樣看上去怎麼都不像個壞人。可實際，是個壞到底的大漢奸、女流氓。七號講——當然七號也是聽那大婊子講的——她每天都少不得男人，甚至跟乾爹、繼父都上床，豬狗不如。她玩的男人要用火車裝，飛機運，但嘗過太監那「核桃殼」的滋味後，其他男人一概不要了。她把太監當寵物養起來，高圍牆，大花園，一堆傭工，好吃好喝，什麼都有，就是沒自由，出門有保鏢盯著，回家有狼狗看著。這日子過個十天半月，那是神仙，過久了就是坐牢。關鍵，她是出名出頭的大漢奸，本是太監要除殺的對象，現在卻成了她玩物。這讓太監是最難過的，日後怎麼跟國家交代嘛！

「他應該趁機把她殺了。」爺爺突然冒一句。

「就你聰明。」老保長用一種譴責的口氣頂撞爺爺，「人家不是吃素的，人家吃的味精比你吃的鹽還多，輪不到你來聰明。她知曉太監以前是軍統特務，防著他，一到手就給他蓋印章，把自己名字蓋在他肚皮上。你們曉得，你家外孫（表哥）就見過，太監肚皮上本是被那些女鬼佬繡過字的，上面是一行大字，下面是一個箭頭，箭頭兩邊正好有個空心，她就在空心處添上自己名字，拍好照，照片鎖在保險櫃裡。這樣你殺她也沒毬用場，照片是證據，他們相好過，你太監×她又殺她，外人多半會想這是情場上的屁事，不會是國家大事。後來太監吃的就是這苦頭，跳進黃河也說不清。這是後話。」

話講回來——老保長吃口茶，接著講——當時太監還有好的盼頭，想有朝一日跟組織接上頭，可以利用她搞情報。當初他在上海跟那些女鬼佬鬼混就是這樣，利用她們搞情報。現在只要接上組織他就可以打到大老虎，幹嗎不試試看？人就這樣的，往回看什麼人都可以做諸葛亮，但往前看諸葛亮也要被氣死。太監想得美好，可下場不好，一年多下來都接頭不上組織。他組織在上海，北京人生地不熟，又時刻被人看著管著，哪容易接上組織？接不上組織，做不成事，他就成了那女人私養的一條狗，女人是大漢奸，他就是大漢奸的走狗，最後被國民政府判刑，關在北京一座監獄裡。

講到這裡老保長停下來，問父親：「他在北京坐牢這歷史你知曉嗎？」父親沒出聲，大概是在搖頭。他接著講，「是的，這歷史污髒，他一向對人瞞著，可這回我聽聞他主動對公安交代了，所以我懷疑公安真的給他上了藥，否則他死也不會講的。」

「我了解他後來又回國民黨部隊去當了軍醫。」父親講，「坐牢怎麼當軍醫？」

「照你這麼講他後來又怎麼能去當解放軍、志願軍呢？」老保長反問父親，「事情在變的嘛。他媽的他這輩子簡直跟牢房結了仇，之前坐過日本佬的牢，之後坐過國民黨的牢，馬上又要去坐共產黨的牢，不知這一次還能不能出得來。」長歎一口氣，帶出一個響嗝，「事情就是這樣的，日本佬投降後他被判漢奸罪關在北京——當時叫北平——炮局胡同的陸軍監獄。這是歸國民黨中統管的監獄。中統軍統是對家，也是一家，反正都是特務機關。這些我後來都是搞清爽了的，因為有一天我被軍統抓去審問了。」

我本來是靠在床上聽的，後來老保長去豬圈撒泡尿回來，入座前拉一下椅子，一下改變朝向，有些話我聽不大清楚，只好下床，坐在爺爺的躺椅上聽。我把躺椅拉到門背後，再把門稍稍稀開一條縫，比剛才聽得更清楚。

這是個月黑之夜，月黑生風，風從門縫裡一縷縷切進來，吹到身上已經有些涼意。椅子上搭著一條棉毛薄毯，爺爺有老寒腿，經常拿它捂膝蓋和小腿，毯子上附著爺爺的體味和腳氣。我是在爺爺的腳氣中長大的，小時候我總要抱著爺爺的腳才睡得著，現在抱著毯子，感覺又像抱著爺爺的腳，昏昏欲睡，又不忍睡去。

第十五章

67

村裡老人不一定記得自己生於哪年，卻都記牢日本佬投降的年份：是民國三十四年，公曆一九四五年。爺爺時常講，這年夏日裡的一天，美國佬在日本投下一顆原子彈，隔兩天又投一顆，然後日本佬就乖乖地宣布投降。用老保長的話講：美國佬的兩個蘑菇彈把日本佬的兩個卵蛋都炸成肉醬。但同時也把他炸成一個窮光蛋、晦氣鬼，以前在賭桌上的進帳嘩嘩嘩出去，擋不住，摧枯拉朽的。

鬼子投降初期，窯子裡生意出奇的好，嫖客賭棍洪水氾濫的多，都是趁亂作亂掠到橫財的賊鬼爛佬，賭注下得大，心眼黑得辣，不守規矩，耍鬼名堂。老保長不知深淺，不出半月老本已輸個精光。不甘心，借錢博，又輸光，欠下一屁股賭債，剩下狗命一條。債主怕他賴帳跑路，把他剝光衣服，關進窯子地下室，派出七號去搬救兵，籌款來要命。

七號從此一去不返，這也是符合這些號的人性的。

眼看老保長只有等死，卻意想不到等來救星。一日上午窯子裡外清風素靜的，人都還在睡大覺，只有院子裡的花草醒著，在陽光下爭奇鬥豔，吐故納新。突然，院子的朱紅大木門被生生撞開，闖入一女子，人稱長官，三十出頭，長得標致，穿得普通，卻是一副凶相，帶一隊憲兵，進門就放兩槍，把兩條嗷嗷叫的狼狗殺掉，然後封死門前屋後，抓人。抓的是那大婊子，她正在浴缸裡洗澡，當兵的不敢進，女長官親自上陣，三下五除二，用一個被套把她裹個嚴實，對她當場審問。審問完，交給當兵的，押上車，抓走。

女長官不走，指揮手下在大婊子的兩層樓的一樓客廳擺好桌椅，叫人把隔壁三層樓裡的所有號一個個帶過來審問。審問分兩項內容，一是要她們揭發大婊子做漢奸的事，二是向她們打聽上校的下落。當時老保長已在地下室關了三日三夜，當兵的發現他時已餓得肚皮貼在背脊上，腳長在手上，走路得靠手，扶著牆走。走出地下室，他已經累倒，口吐白沫，要死不活的樣子。窯子裡零食多，餅乾，糕點，糖果，香菸，酒水，像農家院裡的雞糞，四地散落著。

老保長講：「我見什麼吃什麼，吃到又是口吐白沫為止。」

女長官最後一個提審他，那時太陽已經西下，院子裡一蓬芙蓉樹在經受一天陽光的曝曬後，花朵蔫耷耷的，但夕陽的光芒依然照得它一團桃紅，紅得刺眼。此時的老保長已死過兩回，一點不怕死，他知道要去見誰、做什麼——那些號受審回來，嘰嘰喳喳的，把女長官形容成一個女魔頭，目光刀子一樣尖，發火時把烏黑的手槍從腰裡掏出來，拍在朱紅漆亮的桌面上。那是那大婊子的餐桌，老保長曾在那兒吃過飯，印象很深，桌面光滑得像綢緞子，紅亮得像漆過血精，可以對它照鏡子。老保長滿嘴酸水，打著飽嗝，在紅桌子面前坐落時，首先從桌面上看見女長官的臉，晃晃悠悠的，像浸在水裡。

「起先我一直低著頭。」老保長講，「我不敢抬頭看她，又惦記著桌上有沒有手槍和刑具什麼的，便偷偷看。」

沒有手槍，沒有刑具，什麼也沒有，桌面像鏡子一樣乾淨，只見桌沿上，支著兩隻袖著淺白碎花的肘子，中間夾著一張女人模糊壓扁的臉。桌子底下，蹺著一副二郎腿，左腿擱著右腳，露出右腳白皙玲瓏的腳踝。此時的老保長對女人的心腸基本上還是個糊塗蛋，但對女人的身體已經研究透，看這腳踝，他知道這一定是個生相標致的女人，身形偏瘦，年紀在三十歲上下。

「抬起頭來！」女長官發話，「你是這裡什麼人，怎麼身上臭烘烘的？」

老保長抬頭看她，左看，眼睛發亮，右看，腦袋發黑……他怎麼也沒想到，在這地方遇到她。他以為自己還關在地下室做噩夢，扭自己大腿，大腿生生的痛；看窗外，斜陽的光芒從窗洞裡亮亮地射進來，絕對不是在地下室；再看她，左看是她，右看還是她，而且她刀子一樣尖的目光在他癡癡的注視下，削鐵如泥似的，明顯收起了尖芒，露出疑惑和驚訝，也可能是驚喜。

68

剛才還是月黑風高，而風是會撥開烏雲吹來月亮的。時值古曆十月，蛇蟲百豸死掉的死掉，躲掉的躲掉，銷聲匿跡，夜深人靜。當老保長閉口時，我聽得見月光在屋頂上走動的聲音，它們趕著黑暗，走入天井，爬上牆，天井變得更大，也更靜了。

爺爺講：「月光爬上牆，人爬上床。」

這是勸我睡覺的道理。爺爺講道理的水平一套一套的，睡覺是睡覺的理，起床有起床的理，什麼東西都有理。要講道理，我篤定，爺爺的水平高高在上，沒人能占他上風。但講故事和吵架的水平，老保長絕對在他之上。老保長吵架，操爹日娘，句句帶把子，可以把死人氣活，活人氣死；講故事能從賭桌上講到嚮床上，從白花花的銀子講到白生生的奶子，從白生生的奶子講到紅滴滴的×，可以把每個好人教壞。他見酒就喝，喝了就醉，醉了就講，不分場合，不知疲倦，一個故事能講幾十上百遍，也把好多好人教壞幾十上百遍，至少在心裡吧。你看他不停地把一個個老故事顛三倒四地講，以為他早已傾家蕩產，想不到還埋著這麼大一個金礦。我無法想像一個整天酒醉糊塗的人是靠什麼鎖住這個金礦的，正如無法想像一個老酒鬼守著一缸老酒不喝一口。這個事實讓我對老保長肅然起敬，我覺得我們所有人都應該尊敬他。

月光在老保長不語時顯得更亮，好像沉默真的是金子，可以發光，照亮月光。老保長講故事有門道的，每講到關鍵處，總要停下來喝水，重新點一支菸。這是吊人胃口，也是為了把故事講出門道：好像講不下去，其實是要個停頓，擺個樣子而已。

擺完樣子，老保長又開始講——

這女長官是什麼人呢？就是把太監調去做軍統特務的那人。這人你們總該聽聞過吧，太監救過她命，還給她當過接生婆。我頭一回去上海，在太監診所裡曾跟她撞過一面，半夜三更，她乘一部黑轎車來。那天真見鬼了，我不該在診所反而在，太監該在診所反而不在，兩個「不該」好像是摸了她兩隻奶子，叫她很生氣，對我一通訓和審，好像她是警察我是流氓似的，好像我真摸了她奶子。她奶子是滿鼓的，條桿也上好，手長腳長的，上床篤定是把好手。可那時我在窯子裡已經玩了一只金元寶的女人，吃飽了撐的，紅燒油肉也不想吃。我只是奇怪，她一個女的，年紀輕輕，怎麼訓人的口氣那麼老到，跟練過似的，張口就來，接二連三，句句盤到我底細。我照太監事先教的，講土話，裝傻子，一問三不知，只管點頭哈腰，賠笑臉。她看我是個土鼈，聽不懂她話，回頭自己翻箱倒櫃尋了一些酒精紗布走。這時我才知曉她來找太監是去救人命的，太監不在只好自己先去急救一下。臨走她交代我，要太監回來後迅速去尋她，她叫姜太公。完了想起我是個「聾子」，她從頭上拔下一支玉簪，丟在案台上，意思是這代表她。

她頭上本是對著插著兩支簪子，拔下一支，頭髮散開一撮，她索性拔下另一支，一頭長髮瀑布一樣瀉下來，散在肩頭，披在背上，拖到腰線。她穿的是草綠的緊身旗袍，配上一身烏黑長髮，整個人頓時柔媚得閃閃發光起來，像奶罩，明明是加蓋一層，卻比扒掉一層更撩人。她很會打扮自己，用手上的簪子把頭髮稍稍理一下，又活活添一分嫵媚，有窯子裡那些號的姿色，但又比那些號雅致清爽。我看著她出門，一扭一扭走，鑽進車門，那腰身，那屁股，把黑暗都照亮。我當時想，操他媽的，老子睡了一只金元寶的號都不及她漂亮。我後來跟那些號來事時，腦子裡經常想的是她，有時不行了，烏龜了，一想起她就行了。俗話講人醜×不醜，×醜毛蓋著，跟女人那個，緊要的是想頭，×是次要的……

老保長滿嘴是×，下流到底。爺爺聽不下去，讓他別講這些，他還不高興，發脾氣，要走。走是假，討個好是真。好好好，父親出來打圓場，遞菸又點菸，勸他接著講。從後面講的情況看，他好像真有些生氣，至少是洩了氣，講得浮皮潦草的，要不斷追問才能問清一些事實。

「後頭的事就簡單啦，」老保長講，語焉不詳，聲音裡透出一股沒有洩盡的怨氣，「她派我去北京找太監。」

「誰？」父親問，「誰派你？」

「這還用問？」老保長講，「當然是姜太公。」

「她怎麼知曉他在北京？」爺爺問。

「你說呢？」老保長哼一聲，反問，「人家已在那兒拎人審問了一整天，什麼事不知道？這些風塵女子哪有什麼道義，基本規矩都沒有的，包括七號也是下三流，你好她好，你不好她更不好。面對憲兵，對著烏黑的槍口，她們可以把腸子奶子都掏出來，這就是婊子。總之，審我前她已從各路打探到，太監曾被那女漢奸弄去北京養著。當時這女漢奸剛在北京被抓牢，報紙上都登了的，她自然想到太監可能也被當漢奸抓牢。想想看，漢奸養的男人能是好人嗎？不抓他抓誰？誰了解他太監的底細啊，只有她姜太公，她想救他，便派我去找他，我就這樣去了北京，當時叫北平……」

「不，」父親打斷他，「你先別去，先講明她幹嗎派你去？」

「就是。」爺爺附和道，「她手下那麼多兵，幹嗎非派你去？」

「幹嗎？」老保長提高聲音，分明是衝著爺爺撒氣，「因為養他的人是個大漢奸！報上登著，風口浪尖的，社會上都睜大眼盯著，你不先摸個底就派人去公事公幹，不遭人風言風語嗎，萬一太監真做了漢奸呢？多難堪。派我去，能進能退，進可以救他，退可以放手不管。你以為她姜太公的名頭是白取的？她心機比姜太公還深厚，事事想得周全，進退自如。天曉得，她知曉，除了派我去，找不到第二個合適的人。」

69

老保長是以上校娘舅的身分去北平的。父親已亡，母親一雙裹成粽子一樣的小腳，不便出遠門，派娘舅去尋，名正言順。為了把事情做實，姜太公先安排老保長回家，和上校母親合一張影，做證據。這事情很簡單，麻煩的是老保長兩手空空回來，先前典給當鋪的田產房契，掌櫃的著急要轉手，一堆手續要辦。此時他作為保長的名頭和地位已坍掉，人家發了國難財，在鎮上有錢有勢，比他狠，不辦手續就關你黑屋子。周折一番，七八日過去，等他回到上海已挨攏農曆十月半。在上海又耽擱數日，出發的日子正好是十月半。這日深夜十點，姜太公親自開吉普車把他送到火車站，一路上，四方瞅見磕頭燒紙錢的人，街頭巷尾，香火繚繞，鬼影幢幢。十月半是又一個鬼節，俗稱下元節，是三大鬼節的收官之節。

這個日子上路，老保長心頭多少有些不祥的預兆。

火車一路北上，也是一路停。一半是臨時停，停下來都是一件事：查證件，抓漢奸。這年月，漢奸不是關在監牢裡就是逃在路上，火車人多，好掩護，是漢奸逃跑的首選路線。老保長手頭有一本證件，是姜太公給他備的，藍面子，黑印章，有見官高一級的權威。坐他對面的是個書生模樣的中年人，戴眼鏡，穿長衫，言少笑多，待人彬彬有禮。首次查證件，他順便刮了一眼老保長證件，然後便對老保長恭恭敬敬，給他遞菸買包子，跟勤務兵似的。車上有不少軍人，士兵軍官，三五成群，吆三喝四，把自己當戰鬥英雄，把布衣百姓當鬼子，手下敗將，想訓斥就訓斥，要座位就得讓，橫行霸道。書生悄悄對老保長講，中國要有這麼多戰鬥英雄，日本佬該早滾蛋了。

這也是老保長的想法，兩人因此有好感，一路攀談。

車到鎮江，要加掛一節車廂，據說車廂裡全是黃金和保衛黃金的機槍和機槍手。黃金哪來的不知道，只知道是要去南京。火車遲遲不發，兩人在月台上抽菸、散步、聊天，一個大大咧咧，一個必恭必敬，一前一後，一問一答，倒真有些主僕的樣子。上車前，書生從隨身拎的皮包裡摸出兩盒菸送給老保長，請求做他隨員。老保長納悶天下怎會有這麼好的事，對方以為他在猶豫，又塞給他兩塊銀圓。這反而引起老保長一些猶豫，懷疑他來路不正。但又想前回查過他證件，沒問題的，看人相也是有模有樣，幹嗎客氣？他先接過銀圓揣入胸口暗袋，再接過菸塞入褲袋，然後拍拍書生肩膀，以保長的口氣講：

「好，就這麼定了。」轉眼又退一步，「要不我做你的隨員也可以。」

「不不不。」對方連連搖頭，「我是隨員，我是你的隨員。」

隨後一路上，老保長都把他當隨員向人介紹，他也一口口稱他為「頭」，照顧周到。老保長心想這真是遇見鬼了，平白無故撿個大便宜。火車總是停，也總是在開，只是慢。徐州是個大站，下去半車人，一路擁擠的車廂一下空出不少座位。老保長對隨員講，這才叫坐火車，剛才連牛車都不是，滿車廂都是屁臭、吵鬧。隨員講，待會兒將上來更多人。

他是有遠見的，後來果然上來更多人，車廂裡人頭攢動，連行李架上都爬滿孩子，他們根本不敢下來，下來就可能被擠扁。不過隨員是看不見這些了的，因為他在這些人上來前已被憲兵帶走。雖然他身上有證件，但憲兵手上有他照片，在照片面前，證件屁都不是，哪怕老保長把證件調給他也免不了他罪——他是在逃的漢奸！這件事讓老保長受到教訓，好像身邊每個人都可能是漢奸。後來一路上他再沒有接人家一支菸，隨員給他的菸和銀圓也如數交給憲兵：這是他受騙的證據，必須交出來。

事實上他不缺錢，姜太公是給足盤纏和開銷費用的，包括禦寒的棉大衣和大棉鞋，雖然是二手貨，興許是從死人身上扒下來的。但到了北平，沒它們你可能成死人，凍死！火車一路北上，季節一路入冬，農曆十月半的上海，白日是夏天，夜裡是秋天，到了北平，日裡夜裡都是嚴冬，北風呼嘯，寒風凜冽。

火車在半夜裡，在一層霧白的霜氣裡開進北平，頭一夜老保長將就寄宿在火車站附近的一家小旅店，因時值凌晨，他跟店小二討價，只付半夜房費。小二同意，同時也刻薄他，把他排進沒暖爐的一間冷屋，凍得他頭皮發麻，清鼻涕直流。

第二天，他住進一個四合院，院內蹲一棵古松，形狀古怪，侏儒似的，幹粗個矮，枝丫曲直有度，有造型，顯明是人工精打細作過。七八間正屋偏房都貼著白紙黑字的封條，單有一間灶屋和下人寢室，門窗上貼的是紅色剪紙，有字有圖，內容都是喜慶的，只是歷經風吹日曬，一律褪色，有的破損，有的捲角，與四周的封條合配出一副敗落相。一個斷手佬守著偌大一個空院，寂寞使他對老保長的到來綻放出熱烈而誇張的笑容。這也是老保長心裡的笑容，因為他預感自己時來運轉了。

70

盤纏，證件，照片，是尋不著人的。尋人得靠人，當地人，地頭蛇。

爺爺講：「強龍不壓地頭蛇，天大地大地頭蛇大。」

姜太公在上海是一條暗龍，地頭蛇，而各地的暗龍、地頭蛇是響應的，如官官相護，青幫黑路私通一起一個樣。臨行前，姜太公交給老保長三封信，密封，編了號：1、2、3，張三李四，單位地址，一一寫明，讓他依次去尋人。運氣好，三人中必有一主認他這個「娘舅」，幫他去尋見可能落難的「外甥」。尋到人該如何應待，一是一，二是二，分門別類，都有相應方案和禁令，不能擅自發話，只能照令傳令。運氣不好，路路不通，他自行回家，銷毀證件，不准對任何人提這事，提了她也不認，將會當他騙子論罪。

老保長沒想到，運氣出奇的好，尋的第一人——一號信主——便認下他，待他客氣，安頓他住處，滿口答應他所求——與外甥見面。好似上校就在他工廠裡做工，可隨時安排他們會面，先去洗塵歇息吧。便來到四合院，見到斷手佬。封的院子，曾經是個漢奸窩，關著太多漢奸的故事。斷手佬靠山吃山，滿嘴巴噴著一個個漢奸故事，幾天幾夜講不完。至此至時老保長恍然有悟，姜太公為什麼有那麼多忌憚和禁令，因為這年月漢奸實在太多啦，當漢奸實在太容易啦，上校被大漢奸包養，罪名上已是漢奸，誰敢保證他實際裡不曾失過節？失過節，她周折此事便是自取其辱。

斷手佬是有故事的，曾是飛行員，去過美國，到過緬甸，跟鬼子打過空戰，最後一仗飛機墜落懸崖，一個大鐵傢伙摔個粉碎，他卻命大，只摔掉半隻胳膊。老保長跟他一個炕上睡過幾夜，對他印象深，有感情，講他講個沒完，直到爺爺和父親把他拉回來。

爺爺講：「這人的故事大，一時講不完，改天講吧。」

父親講：「現在講上校的事，他在哪裡？」

第二天晌午時節，便有人乘黃包車來，又乘黃包車去，領著「娘舅」去那胡同的監牢裡會見「外甥」。

老保長講：「我在空屋裡等著，眼看獄頭押一人出來，乾屍的瘦，剃一個光頭，穿一套脫殼棉衣褲，我根本認不出他是太監。他瘦得脫形了，又出格的白淨，像一頭餓死的脫毛死豬，眼珠子要從眶子裡凸出來，腮幫子癟進去，兩撇牙床青筋一樣暴著，我他媽的死活都認不得。我認不得他，他認得我，對我哎一聲，問我怎麼來了。我連忙一口口叫他外甥，一口口自稱娘舅，給他看我和活觀音（上校母親）的合影照，講她在四方尋兒的罪過。他覺出異樣，配合我，也叫我娘舅，問家裡一些事。獄頭雖在身邊，我們講土話他聽不懂，卻也不來阻止，其實是容許我們講些私話的。我便把姜太公對我的託付，她設定的要求，原話講給他聽。」

姜太公讓老保長轉告上校，必須講實話，有沒有被鬼子收買行過漢奸事，有就有，沒有就沒有；有沒有她都會幫他，但有是有的幫法，沒有是沒有的幫法，所以容不得一丁點兒虛假，弄虛作假最後會把大家都害的。

上校聽過，先是激動，滿臉漲紅，罵一通髒話，眼眶子裡滿是淚花，是受盡冤屈污辱的樣子。平靜下來，他一字一字對老保長保證：

「你回去告訴她，我對天發誓，老子除了自己被糟蹋外，沒有糟蹋國家任何一個人一件事，有一個假字，天打雷劈！」

老保長照話傳話：「那你就給她寫封信，講明經過，指明事實，申冤喊冤，信上要蓋上血印。」

第二天，照約定，差不多時間，又是同人同車，帶老保長去同一間屋與上校會面。他整夜沒合眼，臉色更慘白，烏珠卻是血紅的，血烏珠下是一對黑眼圈，看著叫人心酸心疼。他已經寫好兩封信，一封給母親，一封給姜太公，一封封交給老保長。對母親的信，他不猶豫不多語，只交代一句：你跟她什麼都別講，就講我一切都好的，我信裡也是這麼寫的。對另一封信，他好像在秤重似的，捏在手裡好久才交出，再三叮囑老保長一定要親自交到姜太公手上。

老保長講：「這信雖然封了口子，但我還是偷偷看過。我好奇他在講什麼，拆開信卻嚇得我不敢看。為什麼？五張信紙，張張寫滿字，每一個字都是用血寫的，最後蓋著五個大血手指印，那看得我！雖然沒看內容，可已經叫我看得哭了。我心想這太監啊真是命苦啊，如果可以以罪換罪，我當時的心情真願意替他坐牢，哪怕死也情願，反正我已經家破人亡，窮光蛋一個，活著也沒毬意思，不如替他死。」

這天上校心情較日前沉實許多，跟老保長拉了些家常。他知道老保長已經把家產敗光還欠一屁股債後，直搖頭，講賭債是禍水，這些黑道的人是惹不起躲不開的，早遲要找老保長還帳。老保長講，我只剩狗命一條，帳是還不起了，只有還命。他沉默大半晌，向獄頭討來紙筆，當場給姜太公另寫一段話。他告訴老保長，他手下被捕後，相關人是有防備的，轉移了住址，暫停了聯絡。後來大家看那人沒變節，以為沒事了又出來聯絡，恰恰這時他又叛變了，把一組人都害慘。但他轉移後的新住址只有姜太公一人知曉，公私財物都在那兒，如果不出意外，他認為姜太公應該收著他的財物。他補寫的話講的就是這事：如果她收著他的財物，讓她替老保長還掉賭債。後來老保長就是這麼還掉賭債的，用上校的錢，躲掉禍水。

老保長講：「據我知曉，姜太公確實收著他的財物，後來也是都還給他的，包括你們見過的那一盒子金子打的手術刀具。」

爺爺問道：「他替你還了多少賭債？」

老保長講：「你不是只准我講太監的事？這是另一件事，我不想講。」

當天確實沒有講，後來爺爺告訴我，姜太公問清老保長賭債的數目後，狠狠搧他兩個大巴掌，一個巴掌值一根他拇指一樣粗、筷子一樣長的金條。爺爺講，把我們家房子賣掉也買不來這樣一根金條，那麼等於上校給老保長造過兩棟比我們家還大的樓房。這樣我一下子理解老保長為什麼那麼保護上校，一直為他封口，也敢為他冒險同紅衛兵鬥爭，重金之下必有勇夫嘛——爺爺講的。

71

周折的火車票，有限地周轉了斷手佬多日寂寞，也給了老保長多方見識，比如空軍的來歷、漢奸的等級、中統和軍統的關係等。在斷手佬嘴裡，中統的特權要大於軍統，但從火車票的周來折去中，老保長認為他在吹牛皮，至少一號信主的權力大不如姜太公。當初姜太公手上根本沒票，僅憑一本證件把吉普車開進火車站，直接把他送上車。而一號信主卻為一張票讓他乾等了三天，好沒有派頭。臨行前，老保長又去監牢看上校，這權力一號信主倒是派頭，想去就去，去就可以見到人。事實上一號信主就是監獄的頭，他已在短時間內給上校調整牢房和工種，當老保長去同他告別時，他身上熱烘烘的，鼻頭額角都紅熱的，像剛從澡堂子出來。上校告訴他，他現在的工作是燒鍋爐，這是這兒冬天最好的工種。

老保長講：「分手前，他交代我，回去同姜太公講，國共軍隊已經在東北、山東、山西局部開戰，第三次全面內戰勢在必然，讓她把他丟到戰場上去送死好了，他死之前一定能救活一些人。」後來果然如此，內戰火勢越燒越大，前線軍醫只嫌少。他耀武揚威的「金一刀」本是名聲在外，姜太公只需略施小技，便有在東北撫順浴血的司令長官，以一紙命令把他調到前線幹起老本行。在槍林彈雨的戰場上，在鮮血淋漓的生死線上，他最擅長創造傳奇，傳播英名。第二年夏天，有人曾在《東北戰報》上為他寫過一首詩，洋洋灑灑幾十行，其中有這樣一段：

我看見了死亡的猙獰

血盆大口　獠牙雙戟
他悄悄來到我身邊
手上鉗著金子光芒
嘴裡含著綠色鑰匙
生死一頁紙
閻王是活鬼
他最巧於對死鬼施令
讓閻王回歸人的良心

戰火自北向南一路燒，解放軍一路圍追堵截，上校隨國軍一路敗退，最後退到江蘇鎮江，陰錯陽差當了國民黨海軍軍醫。後來，一夜之間，他的部隊棄暗投明，改了姓。解放軍講道理，對不願改姓的官兵不歧視，不苛刻，可以選擇回老家，並且發放盤纏。那時他已看透榮辱生死利害，生活裡最看緊的東西是貓，對部隊姓什麼無所謂，只關心一事：當解放軍能不能繼續養貓，能就當，不能則罷。他抱著貓去找解放軍一個領導問情況，領導對他講，養貓還是回家便當。於是他回手術室收拾好手術器具——這是他拿自己金子打製的，屬個人財產——準備去操場領盤纏走人。他抱著貓，走出彌漫著混亂和藥水氣的紅磚門診樓，去到操場，排在一長溜等著領盤纏回家的隊伍裡。貓哪見過這場面，不時喵喵叫，壯膽子，引來不少好奇的目光。一個負責維護現場秩序的解放軍，討厭這貓，也討厭這人，準備去批評他，甚至打算把貓繳走，交給炊事班去燒一道葷菜。他提著槍，氣呼呼衝過來，見到人，卻笑了。

老保長講：「他們是老相識，幾個月前就是他把太監綁去給他們大首長救命。以後的事情反正你們都知曉的，我就不講了。」

確實，以後的事我都知曉，大首長帶著他先馳騁在長江兩岸打國民黨，後來雄赳赳跨過鴨綠江去抗美援朝，打美國佬。打誰都需要軍醫，上校是最好的軍醫，把他留在身邊，等於給性命留條後路，閻王爺找上門，可以搶命。從此他一直跟著大首長走南闖北，救死扶傷，立功受獎，享盡金一刀的名譽。後來回國，不知怎麼的又跌跟頭，被開除軍籍，遣返老家，重新當農民。所謂「不知怎麼的」不是沒有說法，而是說法太多，有說他手術失誤害死一個師長，有說他調戲婦女被人告倒，有說保他的大首長出事，殃及池魚。總之形形種種，反而不知怎麼的。

72

月光爬在牆上，久了，累了，都從牆上下來，匍匐在天井裡，把灰白的地磚照得冒出冷氣。我躡手躡腳坐在門背後，久了，也累了，真想回床上去躺著聽，但又怕去床上有些話聽不清爽。老保長講話帶著酒性，抑揚頓挫的，飛揚時捂著耳朵也鑽進來，下挫時豎起耳朵都聽不見。所以我一直熬著，不敢上床。天不寒，但地上已浸透涼氣，我從床上下來，只穿個褲頭，單薄一層，坐久了就覺得冷，好在有床薄毯。

老保長大概也是累了，沒個收場，說走就走。「他媽的，脊梁骨都直不起了，走了，走了。」椅子腳在地上發出撕心裂肺的掙扎聲，然後便是吧嗒吧嗒的腳步聲，向天井的方向吧嗒來。

爺爺哎一聲，挽留他：「別走，你事情沒講完呢，講完再走。」

老保長一邊走一邊應：「完了，都講完了。」走到天井，停下來，抬頭看，「你看，月亮都直射了，該是子夜了，早點睡吧。你沒事可以睡懶覺，你兒子明早還要替你掙工分呢。走了，走了，明日見。」

爺爺不准他走，追到天井攔住他，批評他：「你上海北京的講了一大通，關鍵的東西還沒講呢，怎麼能走？講了再走。」

老保長講：「什麼東西？」

爺爺冷笑：「你別裝糊塗，那東西，他肚皮上的字。」

老保長哈哈大笑：「老巫頭啊你不愧是個老巫頭，我繞了一大圈，想把你繞暈，忘掉這東西，你居然還惦記著。」

爺爺講：「我還沒有老糊塗。」他一半身子已走進我視線裡，我可以看見他手上燃著的菸頭，在月光下淡薄的紅，像快熄滅似的。

「好吧。」老保長倒爽快，「既然你惦記著這事，我滿足你，反正公安已查過，遲早要傳出來，我就讓你享個先吧。寫的是這東西——」我看見老保長的手伸進我的視線裡，往爺爺的褲襠處撈一下，嚇得爺爺一步後退，完全進入我視線裡。

爺爺罵他：「你幹什麼，老流氓！」

老保長哈哈笑，一邊也走入我視線裡，對爺爺笑道：「你不是要我講寫的東西嘛，寫的就是這東西，下流死了，我老流氓也不好意思開口呢。」

這時父親也走進我視線裡，挨著老保長立著。老保長看看父親，又回頭看看爺爺，唉一聲，歎口氣，聲音低下來。但四周靜得很，一字一句都靜靜地送入我耳朵——

「老巫頭，別怪我嘴髒，是你一定要我講的。」乾咳兩聲，像是要給髒東西做個掩護似的，「我聽到的情況是——聽見沒有，我也是聽來的，信不信由你，真不真由不得我。」又乾咳兩聲，像要把髒東西嚥下去，但興許是被爺爺目光逼著，終是吐出來，「字分兩項，主項是上海那些女鬼佬繡的一句下流話——這屌只歸日本國，橫排在上面，下面是北京那女漢奸後補的她的日本名字，我忘了……」

我記不得老保長還說些什麼，那句話，像一個手榴彈，把我和爺爺父親一時都炸暈過去。等我清醒時，老保長已影子不見，只聽見弄堂裡響著一個拖沓的腳步聲在遠去，爺爺和父親像一對木樁一樣杵著，無聲，顯明是還暈著。

爺爺比父親先醒，他看看父親，似乎要催他醒，少見地罵了句娘，然後咕噥道：

「鬼子就是鬼子，什麼鬼事都做得出來，什麼好東西都想歸他。」

父親如夢初醒，怔怔地望著爺爺，仿如是被月光吸走了魂。爺爺四周看看，像在尋他的魂靈，接著又罵一句娘，上前拍一下父親肩膀，勸他：「去睡吧，確實不早了。」說著走出我視線。我知道他要去豬圈解手。

父親追上去，也脫離我視線，但聲音我依然聽得見，雖是怯生生，幽幽的：「這……你說……會不會加重他罪行？」

爺爺答不了，歎著氣，沉吟道：「曉不得是不是真的。」沉默一會，又開口，顯明在安慰父親，「就算是真的你也不用怕，他命裡是有貴人的，保不準又有人會救他，我們就在心裡給他求個貴人吧。」

隨後父親一直沒出聲，爺爺解完手回來又勸他去睡覺，他仍舊沒聲響。爺爺已經呼嚕呼嚕，我一直側著身，睜眼盯著門縫裡射進來的一束月光，阻止自己睡著。我在等父親上樓的聲音，等啊等，等啊等，眼看著那束月光一點點打斜，一絲絲淡弱，最後黑掉——我不知是自己睡著的緣故，還是門板擋住了月光，還是烏雲遮住了月亮。我只知道，半夜裡我被尿憋醒，迷迷濛濛跑去撒尿，經過前堂時一頭撞見父親跪在地上，在對祖先磕頭。第二天，我注意到父親額頭上有一塊烏青，我看著就想哭了。

第十六章

73

驚蟄不動土，春分不上山。
清明吃青果，冬至吃白餅。
立夏小滿足，大雪兆豐年。
鯉魚跳龍門，雷公進屋門。
朝霞不出門，晚霞行千里。

這些都是爺爺講的，跟我講，跟表哥講，有時也跟非親非故的人講。有一回，我看到他在路上攔下我的幾個同學，考他們：

「你講，為什麼驚蟄不能動土？」

誰知道呢？誰也不想知道。

你不想知道他也會告知你：

「因為驚蟄是蛇蟲百豸蘇醒的節氣，地裡土裡都窠著各種幼蟲胎卵，嬌氣得很，動了土就要了它們命了。哪怕害蟲也是性命，要讓它們投胎活一世，不能叫它們投不了胎，死在胎盤裡，這是做人的起碼。」

你不知道爺爺哪來這麼多道理，正如無法知道老保長哪來那麼多女人，而且兩人都愛宣揚自己的特長。村裡有種傳言：不讓老巫頭講道理，他就上頭疼；不讓老保長講女人，他就下頭疼。上頭是頭腦的頭，下頭就是那個頭……算啦，小孩子有些話是不能講的，否則就是老臉皮。

爺爺講：「樹老皮厚，但世間最厚的皮是臉皮，老臉皮。」

小孩子不能老臉皮。少時老臉皮，老來沒臉皮——當然，這肯定又是爺爺講的啦。老保長不止一次講過，如果道理可以當鈔票用，我們家篤定是全村最富裕的人家。我們家並不富裕，這話是帶點笑弄爺爺的意思。爺爺不聽見則罷，聽見一定要頂他，有時講：「如果做人不講道理，吃再多的飯都是白吃，穿金絲綢緞也是馬戲團裡的猴子。」有時講：「你就是不懂做人的道理，把女人當錢用，結果變成窮光蛋，老光棍。」有時講：「你要笑話我得重新投胎從頭學起，讓我來教教你害臊識相的道理道德。」這等於是罵人了，罵他不害臊，不識相，不知恥。總之，在做人上，爺爺在老保長面前是有道德優越感的，口碑在那兒，道理在那兒。

這年冬天有點反常，冬至節出大太陽，小寒不出霜，大寒不結冰，整個臘月沒有落一場雪，只下了幾個雪珠子。老天似乎在體恤上校，不讓他孤苦伶仃在監牢裡受寒挨凍；政府似乎也在同情他，遲遲沒有對他宣判。從被捕之後，幾個月裡，關於判決他的傳聞一次次接踵而來，好幾次都是有鼻子有眼的，有時間，有地點：地點是公社中學操場，時間一會兒是冬至節，一會兒是某個趕集日。但幾次落空後，慢慢地大家也不大關心這事。大冬天，村子裡是不大生事情的，精壯勞力大都被派去江北修水利，老人婦女大都待在家裡，生火盆取暖，給孩子納鞋底、做新鞋，只有小孩子在外頭亂竄，在乾涸的溪床裡翻開石頭抓凍僵的泥鰍螃蟹，刨開洞穴捉黃鼠狼和冬眠的蛇。

父親照例被派去江北修水利，上校似乎也因此被帶走。老實講，我有很長一段時間都想不起他，只有偶爾看見貓才會想起他。冬天樓下冷，貓一般不下樓，待在樓上，樓上你也不知道牠們在哪裡。貓只跟父親有感情，父親不在家牠們很落寞的，經常東躲西藏，有點抗拒同我們碰面。

時近年關，村子裡又鬧熱起來，最熱鬧的當然是春節頭幾天，家家戶戶都忙著拜年，走親戚，迎親戚，大人都在酒桌上，小孩都在數壓歲錢。一般這種熱鬧要到正月初十才會冷下來，但這年春節一場大雪提前讓熱鬧冷清下來。

是正月初七這天，一場遲到的大雪因為來得遲，似乎帶補償性的，下得特別大，一夜間封了村莊，把我家豬圈的茅草屋也壓垮一角。這天早上，我在天井裡掃積雪，不知怎麼的突然想起上校，想起他的大頭皮靴對著冰雪刀割、錘擊的喀喀聲。這幾乎是我最早的記憶，年復一年被喚醒、疊加、固定，有點牢不可破的意味。這天，我心裡是有些替上校憂傷的，因為天這麼冷，我不知道監獄裡有沒有給他配棉襖棉褲，沒有的話那一定滿受罪的。

74

這天晌午，天還在下雪，老保長突然一身雪花，一聲不響，出現在我家天井裡。還是節日間，家裡有客人，爺爺和父親正在前堂陪客人聊天，看見老保長，兩人都起身招呼他，給他讓座。老保長卻不理睬，一臉殺氣，徑直走到爺爺面前，二話不講，掄起手朝爺爺臉上連摑兩巴掌，一邊罵：

「你個王八蛋，老子操你的祖宗！」

大過年的，上門打人罵祖宗，豈有此理！父親和客人都上來連罵帶動手，推搡老保長。父親揪住他胸脯把他抵到柱子上，用手鉗住他脖頸，狠狠罵道：「除非你承認吃醉酒，否則我今天要你的老命！」

老保長嚷嚷：「我沒喝醉酒，我是替你兄弟打他的。你問他，到底作了什麼孽。」趁著父親手鬆緩，他掙脫出來，又衝到爺爺面前罵：

「你個王八蛋！老子瞎了眼，跟你好了一生世。」

父親攔在中間，責問老保長：「你講清爽，他作什麼孽了。」

老保長哼一聲：「你自己問他吧，我反正以後再不會踏進你家一步，他也別讓我在外頭看見，看見我就要罵，就要打，打死他我就去坐牢，你就去給我送飯。真是滑稽，整日子對人講這個大道理那個大道德，結果自己畜生都不如。」

老保長一邊罵一邊氣呼呼往外走，經過我身邊時，我緊張得喘不過氣來。我想一腳踢死他，但又怕父親不同意——父親在場輪不到我威風。我注意到，他沒有喝酒，身上一點酒氣也沒有。我覺得他是瘋了，想找死。天井裡落滿雪，滑腳，他踉踉蹌蹌走著，我希望他跌倒，摔死。

父親追上去，追出門，消失在大門口。

我來到爺爺身邊，拉著他手，想安慰他，又不知講什麼，氣憤讓我變成了廢物。爺爺也是，自挨老保長打罵後，一直呆若木雞，傻愣著，既不還嘴罵也不叫苦申辯，好像老保長事先給他灌過迷魂藥，他神志不清了，體面不要了，道理丟完了，成了個十足的糊塗蛋、可憐蟲。我既覺得有些可憐爺爺，又覺得這裡面可能有什麼古怪：興許是爺爺有錯在先，他認錯了。

這麼想著我心裡少了氣憤，多了緊張，怕他有錯。

不一會兒，父親回來，像老保長剛才一樣，也是一臉殺氣，一聲不響地走到爺爺面前，像剛才對老保長一樣，一把揪住爺爺胸口，推他到板壁前，抵住，惡聲惡氣地責問爺爺：

「你給我講實話，是不是你向公安揭發了上校？是不是？講實話！講啊！」

爺爺，你開口啊，不是的，你又不知道上校躲在那裡，沒人跟你講過啊；爺爺，你快否認啊，你是冤枉的；爺爺，你一向懂得做人道德的，你不可能幹這種缺德事；爺爺，你快講啊，大聲講出來。

可爺爺一言不發，一聲不吭，只閉了眼，流出兩行淚，蟲一樣爬著，鼻涕也流出來。看著這樣子，我心都碎掉了。我號啕大哭，像爺爺死了。這個該死的下午，天地是雪白，可人是污黑的，壞人打好人，兒子罵老子，天理皇道塌下來，壓得我窒息，心裡眼前一團黑，恨不得哭死。

75

事情很快搞清楚，確實是爺爺揭發的上校，他雖然不知道上校躲在大陳村，但他派三姑跟蹤了父親，就知道了。

父親每次去大陳村看上校，因為要翻長長的螞蟥嶺，總要先去三姑家周轉，吃飽飯再出發，否則要被「螞蟥」榨乾拖垮的。爺爺每月輪流去一次女兒家，那次去三姑家，三姑順便講起不久前父親帶老保長去過她家。而在那之前，父親當著爺爺面，在老保長的棺材屋裡承認他知曉上校藏在哪兒，也答應哪天帶老保長去看他。爺爺一點不老糊塗的，聽三姑那麼講後馬上猜到，父親這是帶老保長去看上校。以前三姑雖然也講過，父親最近常去她家，但不冒出老保長他想不到這點，而現在又太容易想到這點：這是個打雷下雨的關係，雷在先，雨在後，倒著算，九算十準；再算，八九不離十，上校應該就躲在附近。

爺爺把情況告訴三姑，要求下次父親再去她家，她跟他走一趟。三姑是他女兒，父親的話就是聖旨。第一次跟，沒想到要上螞蟥嶺，這麼遠，都是山路，步步要力氣，她一個女人家哪兒熬得起，跟丟了。第二次她派老二跟，我五表哥，十九歲，身子燕子一樣輕，眼睛老鷹一樣尖，跟到底，一點沒差錯。爺爺就這樣掌握到地址，然後去二姑家。二姑的公公在縣城開一爿豆腐店，認得不少城裡人，其中認得公安局一個幹部，就是老保長在公安局的那個親眷：他管後勤，吃喝拉撒都管，多次來過豆腐店，有時驗貨，有時對帳，一回生，二回熟，便有些交情。

通過二姑公公牽線，幹部在辦公室接見爺爺，問什麼事。爺爺從小瞎子造上校是雞姦犯的謠言給我家造成的惡劣影響講起，把來龍去脈講一通，只怕漏掉，反覆強調現在村裡多數人仍認為上校是雞姦犯。雖講得顛三倒四的，幹部倒也聽出頭緒：在逃的犯人（上校）肚皮上有字是真，雞姦犯是假，村裡人把假的當真的，連帶到我父親，害得我家名聲壞，不好堂正做人。

幹部忙，不耐煩，打斷爺爺：「你講這些有什麼用，犯人逃竄在外，我幫不了你。」

爺爺講：「你答應幫我，我可以幫你抓到罪犯。」

幹部問：「我怎麼幫你？」

爺爺講：「你抓到他，查明他肚皮上的字，肯定不是雞姦犯。」

幹部笑：「然後呢？」

爺爺講：「你公安局給村裡出證明，講明事實。我們講破天都沒用，你們寫一張證明就有用。」

幹部終於明白爺爺的心思，這是個交易，互相幫助，互相給好處。這是合情合理合法合規的，幹部答應下來，爺爺便交出地址。然後便有後來的一切，上校被捕，公安來村裡貼公告，交易是成功的，雙方都滿意。

交易還有項內容，幹部要替爺爺保密，不能對外講是他舉報的。保護舉報人的私隱，這也是合情合理合法合規的，幹部答應，也遵守。所以前次老保長帶父親去尋他時，他客氣接待他們，只講明的法規和道理，不講暗的背景和私情。但幹部管後勤，經常陪領導吃酒，練出一副酒量和愛好，春節是難得滿足他愛好的節日，走到哪裡都有人請他吃酒。公安局幹部嘛，吃你家酒是給你家面子，沒有酒也要借來酒請他喝。前一天，他和老保長一起坐到一張酒桌上，他們不是直接的親眷，中間隔一層的。這一天機緣巧合，兩人同時到中間這人家作客，酒逢對手，喝個酣暢。酒後吐真言，幹部把爺爺的私隱吐出來，氣得老保長吃醉酒。因為酒醉，他睡到晌午才醒，醒來就直奔我家。

76

不論老保長打罵，不論父親威逼，爺爺既不承認也不否認。不否認其實就是承認，但父親要弄個明白，畢竟是老子，不能莽撞，萬一事出有因呢，比如有人架著刀逼他講，或無意漏嘴的。性質不一樣，他應對也不一樣。左思右想，父親想到三姑，當天冒著大雪去找三姑問情況。

三姑經不起父親逼，一五一十交代，把父親氣得當場哭——性質惡劣嚴重啊！

父親回家已經天黑，爺爺已經上床睡覺。其實哪睡得著，他是砧板上的魚，只等著挨刀子。父親走幾十里雪路，又氣又累，推門進來，沒有發話，先坐在凳上，點旺一支菸，慢慢吃著，樣子是要同爺爺推心置腹。我看著，心裡一陣暗喜，想爺爺得救了。哪知道，父親抽完菸，講的話句句是要人死的。

父親講，聲不高，音偏輕，一字一字吐出來：「你不是人，從今後，我不會再叫你一聲爹，不會同你，吃一桌飯，不會管你，是死是活。我只管葬你，料你也活不長了，早死早收場。」

爺爺終於發話，有氣無力，斷斷續續，聲音幽得像死人在留遺言：「我……是……不想讓你……背黑鍋，叫……一家人……被……當賊看，丟人……」

父親倏地彈起身，像炸彈一樣爆開，對爺爺吼叫：

「那黑鍋你還背得起，現在這黑鍋才他媽的背不起！你看著好啦，今後我們一家人都成了人家心頭的畜生、惡棍，保準用口水淹死你！作死你！」

父親是半個啞巴，悶葫蘆，平時不大開口講話，開口也是笨嘴笨舌，講不出個理，要講都是事。這回卻翻轉，變一個人，句句是道理，機關槍似的掃出來，可想是盤算了一路，想透徹了的。更怪的是，這回他講的話，像菩薩一樣，句句靈驗。沒幾天，我家接連出了一堆怪事：窗戶裡丟進一隻死老鼠；兩隻水鴨出門回不來，回來的是一地鴨毛，撒在我家門口，顯明是被人做了下酒菜，還羞辱你；我大哥跟人打了一架，因為人家罵他是白眼狼的種操；我去七阿太小店打醬油，矮腳虎趁機要同我下軍棋——這是以往常有的事，這回卻被七阿太搧一個巴掌，叫他滾，其實是叫我滾。

父親知道緣故，決定認錯，大冷天，在祠堂門口跪了一天，討饒。討到的卻是一頓難聽話，什麼黃鼠狼給雞拜年，什麼既當婊子又立牌坊，什麼有本事去替上校頂死，等等，聽了氣死人。這也是他們的目的，氣死你，好解他們的氣。村裡大概只有老保長知曉我父親是清白的，但老保長也不體恤父親，袖手旁觀，看熱鬧，不幫襯他，甚至落井下石，講風涼話。

「你就受著吧。」他對父親講，「老子作惡，兒子頂罪，天經地義。」後一句是爺爺以往講過的話，他套用的。

爺爺癱在床上，根本不敢出門，因為母親多次告誡他，出門要受罪，保不準要被人吐口水罵。他不出門，有人上門來罵，來罰。是小爺爺，門耶穌，爺爺的堂兄弟。小爺爺平時滿口阿門阿門的善良，連牲口都不殺不吃的，這回卻破口大罵，把爺爺從頭到腳罵出血。他帶來上校從杭州給他捎來的耶穌像，放在我家堂前閣几上，要爺爺對著耶穌跪下認罪。爺爺像小孩子一樣聽話，咚地跪在耶穌面前，嗚嗚哭，一邊流眼淚鼻涕，一邊罵自己該死該死，張口罵，閉口哭，一點不要體面。

小爺爺在一旁教訓他：「你是聰明一世糊塗一時，他是什麼人？你們嘴上叫他太監，實際他是皇帝，村裡哪個人不敬重他？不念他好？我就是例子，你對他那麼惡，隨口罵他斷子絕孫，可我出事他照樣救我，不記你恨，也不顧他媽信觀音，只顧念我們好。世上有耶穌才出這種大好人，他是不信耶穌的耶穌，你對他行惡就是對耶穌行惡，看耶穌能不能救你，我反正是救不了你了。」

我在一旁望著耶穌，耶穌站在閣几上，背靠著板壁，頭歪著，耷拉著，手伸著，被釘子釘著，流著血，腳上也流著血，是一副受苦落難的樣子，也是要人去救的樣子。我突然覺得爺爺就是這個樣子，受苦落難，要人去救。耶穌真能救他嗎？我心裡猶豫著，雙腳卻已經信服，順從地跪下來，祈求耶穌救爺爺。與此同時，父親在祠堂門口跪著。爺爺對我講過，男兒膝下有黃金，寧可死，不可跪，可現在我們一家三代男人都跪著。這麼想著，我對耶穌又有新的要求，我求他從閣几上跳下來，把我和爺爺都掐死算了，生不如死啊！

77

這天是融雪的日子。

融雪的日子比下雪的日子冷，父親跪一天，回家時走路比七阿太還要蹺。七阿太只有一隻腳蹺，走路一頓一頓的，父親是雙腳蹺，變成一跳一跳的，更難堪，更吃力。第二天大清早，母親叫醒我，叫我上樓去給父親用熱毛巾敷膝蓋。

父親兩隻膝蓋腫得像各貼著一個饅頭，摸上去軟沓沓的，指甲掐得破。我在給父親敷膝蓋時，母親在旁邊給父親收拾東西，內衣內褲、被單毛巾什麼的，看樣子父親像又要去江北修水利。我想父親這樣子怎麼能出遠門幹重活？後來想這大概就是對父親的懲罰吧，乘人之危，痛打落水狗。這也是爺爺以前教育過我的，人就這樣世故，你好給你錦上添花，不好給你雪上加霜。

下午發現，我想錯了，父親不是去修水利，而是去上校家。他讓我牽著兩隻貓，讓大哥扛著一麻袋東西，自己一跳一跳的，去了上校家。母親已經把樓下前廳和貓房收拾得乾乾淨淨，等大哥來了，一起給父親在貓房裡搭了一張床。從此，父親就和貓住在一起，除了回家吃飯，其餘時間一律待在上校家，家裡像飯店。父親堅持不同爺爺同桌吃飯，爺爺上桌他離桌，爺爺叫他聽不見，爺爺哭他看不見，總之以前怎麼立的誓，他講到做到。其實，父親做的已超過講的，之前他可沒有講要離家去上校家住，難道這是他向全村人討饒的一個新樣式嗎，替上校守好家，爭取大家原諒？我不知道。

但我知道，這個討饒也不起作用，村裡人仍舊敵視我們，包括我。開學了，沒有一個同學情願跟我同桌坐，老師把我安排到最後一排，一張斷腳的破桌上，並且陰陽怪氣對我講一句意味深長的話：

「桌子是有些爛，只要人不爛就無所謂。從前有個人，家裡很窮，點不起油燈，他鑿壁借光，照樣讀好書，考上古代的大學，成為一朝朝人的佳話。」

第二天，我發現桌子變得更破，有人——據說是我昔日的難兄弟矮腳虎——帶頭在我桌上用小刀劃了一個大大的叉，它像一隻母雞，隔一夜生下一窩小雞，我的課桌轉眼成一個雞窩，一桌子叉叉，看上去雞零狗碎的。老師（同一個）見此，同樣拖著陰陽怪氣的腔調，勸我要正確看待這事。她是女老師，聲音尖利，像刀子一樣戳我心，字字見血：

「大家知道，在試卷上叉代表做錯題，這麼多叉叉，沒一個勾，叫剃光頭，吃鴨蛋，考零分；在大字報上，叉代表壞蛋、反革命分子、人民公敵，群眾要群起攻之，甚至要殺頭。但在課桌上代表什麼呢？我不知道，希望你知道。你要不知道可以回家問你爺爺，他是什麼都知曉的老巫頭。」

老實講，雞姦犯是很丟人，但以前鬧雞姦犯時大家從沒有當面歧視我，公開奚落我，頂多個別人背後嘀嘀咕咕，用怪異的目光看我，而且只是偷看，不敢直看。因為他們知曉，我身上揣著一把鋒利的三角銼刀，誰惹我就是惹火燒身，找死。這次開學前我預感要受奚落，跟爺爺討那把刀，爺爺卻不給。

爺爺哭著對我講：「這回不同，你就忍著點吧。你長大了，要學會吃苦頭。」

我忍著，苦著，煎著，熬著，下場卻同父親下跪一樣，討不到饒，甚至變本加厲，差點叫我丟掉性命。一天下學，天陰沉沉的，像又要落雪，同學三五成群，嬉笑打罵，只有我，獨孤孤一人，灰頭土臉，心空比天空陰沉。我不知道什麼時候才能回到同學中去，從前的未來什麼時候才能回來？不知道。我默默走著，默默忍受著孤獨和恐懼的煎熬，心裡生出對爺爺從未有過的厭和恨。我知道，這一次他把自己一輩子和一家子都毀了，他一錯百錯，我們家一落千丈。我覺得他正在活活腐爛，散發出來的臭氣讓人人都討厭，連我也受不了。幾天前我就在想，我是不是應該離開他，搬到樓上去住？

這天下午一塊斷頭磚從空中落下，促使我下定主意，立刻行動。

我回家必須經過七阿太小店，然後進入祠堂弄。祠堂高，弄堂長，天空狹長一條，天色更加陰沉。正常，我一分鐘可以走完這條弄堂，我已經走過十六年，無數次，但這天下午的一分鐘差點成了我一輩子：一塊斷頭磚從祠堂窗口飛出，無聲地衝著我墜落，擦著我背脊滑下，砸碎在地上。我只受皮傷，擦出一道血印子，但如果我晚半步，就是一輩子，比爺爺先死。

這天我終於明白，爺爺為什麼從那天起不再出門，他像隻老鼠一樣，寧願去豬圈裡待著也不邁出大門一步。因為他知道，出門必定會有更多的窗戶飛出斷磚碎瓦，你無法尋出誰是凶手，凶手是風，是貓，是老鼠。我甚至懷疑小爺爺都可能這樣作證，只有耶穌知曉他們在撒謊，但耶穌又會原諒他們的。

爺爺啊！

爺爺啊！

這天晚上，我毫不猶豫搬上樓去，睡在二哥床上。二哥長年在外拜師學手藝，平時難得回家，現在更不想回家了：家像敵人的碉堡，有人無數次在心裡想把它炸毀。我一個人睡在陌生的床上，少了爺爺的鼾聲，多了背脊的痛，怎麼也睡不著。我也不想睡著，怕睡過去再也醒不來。死是如此活的、真的、近的，看得見，摸得著，像我養的兔子，就在我身邊，我生活裡。我不怕死，我才十六歲，怕父親打，怕母親罵，對死是一點不怕的。但愛我的人怕！你別以為，我活得不如上校家的兩隻貓，就沒人愛了。

爺爺講：「所有父母都愛自己的孩子，像所有樹都愛陽光一樣。」

第二天，父親通知我別去上學，別出門；如果出門，必須由大哥陪著。他自己倒是夾著油布傘，帶著乾糧，冒著漫天的雪珠子出門了。他好幾天才回來，然後第二天大清早又領著我出門，先乘船，後乘車，不知要去一個什麼地方。我不知道這是一次漫長的離別，加上是大清早，我瞌睡矇矓的，沒有和爺爺告別。大哥送我到公路上，母親送我到鎮上，船埠頭，抱著我咽咽哭一通，向老天求平安。

母親對我哭訴著：「你一定要平安，一定要回來看我。」

這時我才警覺到，我要去很遠很遠的地方，今後我們可能再也見不著面了。天已經放大亮，遠的江面上，含著一個紅太陽，近的江面上，波光粼粼，反射的光芒落在母親頭上，我第一次注意到，母親的黑髮裡攙著不少白髮，咽咽的哭聲裡透出深厚的膽怯、痛苦和無限的疲憊。

我在海邊的一個不知名的村落裡，一戶曾經被上校看好病、救過命、父親也認識的漁民家裡，待了將近一個月，然後在一個漆黑的夜晚登上一艘小漁船，天麻麻亮時，我看見一艘像小山一樣大的遠洋輪船。正午時分，我登上大輪船，船上都是中國一種稀特的土石，在潮漉漉海風的侵蝕下，放肆地揮發著一種既鹹又苦的氣味。有人領著我，花半個多小時，穿過一道道厚鐵門，走下三層鉛灰色的鐵樓梯，最後來到一個儲物艙裡，裡面堆滿土豆、芋頭、蘿蔔、包心菜、筍乾、粉條，總之是吃的菜蔬和醃魚臘肉；幾個角落裡，或坐或躺著幾十人，有男有女，有老有小，似乎都討厭我，沒一人理睬我，我卻有心情把他們理解為累極了。

確實，那天我心情很好，儘管我不受人待見，儘管我知曉這是逃命，儘管我也擔心有可能逃命不成，死在路上，丟進大海餵魚。但有個天大的好消息鼓舞著我——出海前，有人捎給我消息，父親去公安局門口守一天，終於見到那個管後勤的幹部，在他周轉幫襯下，父親拿到一份上校親筆寫的申明，大紙大字，寫給全體村民，希望大家原諒我爺爺。上校寫得情真意切，有理有據，大家看了都感動，都服氣，就原諒我爺爺了。

據說申明的最後一句話是：一切都是命。

我無所謂自己的命是好是壞，只在乎這消息是真是假——如果是真的，其實我不用逃命啦。但等我有這個思想時我已經上船，下不了船啦。我想這可能就是我的命，逃命的命，亡命天涯的命。

一切都是命，這話爺爺以往多回講過。那天，我十分後悔離家時沒有和爺爺告個別，我猜他一定為我的無情無義傷心死了。這大概是他的命，對我好言好待十六年，卻沒有得到我一分鐘的話別。爺爺講過，一分鐘的和好抵得過一輩子的仇恨，我和他正好反過來。想到這點我忍不住大聲哭起來，那時船正好啟航，陣陣巨大的輪機聲把我的哭聲吞沒得連我自己都聽不見一絲毫。

第二部

第十七章

78

現在是北京時間二〇一四年十二月二日，深夜九點，西班牙馬德里時間下午三時。我有兩個時間。我必須有兩個時間，因為我被切成兩半：一半在馬德里，一半在中國。我已經六十二歲，在中國是退休的年紀，但我忙得很，現在。崛起的中國給了我創業的機會，我四十九歲開第一家公司，如今有三家，上百號員工，一堆事，幾乎每個月要回國一兩次，因為時差原因，經常白天黑夜連軸幹。開始我擔心身子會累垮，但十幾年下來我身體越來越好，甚至稱得上強壯。都說人是血肉之軀，在健康面前沒有誰是銅牆鐵壁，可我彷彿是個金剛之身，經常累得站著就睡著了，而疾病從沒有在我身上醒過，十幾年傷風感冒都沒來招呼過我。我覺得自己有兩個心臟，像我經常搭乘的民航客機，有兩部引擎。

報紙上說，民航飛機是最安全的，因為所有核心機部都有雙份，有預備。當然遇到恐怖分子預備再多也沒用，只有預備死。恐怖分子是當今人類的腫瘤——這也是報紙上說的。我每天看報，回國看《參考消息》，在國外看西班牙《國家報》和中文版《僑新報》《歐洲時報》：四張報紙一年四季陪著我，影子一樣，獎牌一樣——我曾對妻子說過，它們是我年輕時與孤獨交戰的戰利品。現在我不孤獨，公司家庭，妻子兒孫，七姑八姨，員工老鄉，都要我的時間，我忙得沒時間孤獨，孤獨像風化的乾屍，我不認識了，想不起了，唯一留下這戰利品：看報紙，傷疤一樣，褪不掉。託祖國的福，我生意越做越大了，去年我還去人民大會堂開過僑胞聯誼會，中央四台報導過，我妻子在家裡看見，激動地抱著孫子哭起來，把小傢伙嚇壞了。

做人如做夢，倒退幾十年，我拿兩個腦袋做夢也想不到會有今天。父親是怕爺爺作的孽把我作死——不死也活不好，才鋌而走險，送我一條逃生之路。儘管這條路寒風凜冽，但事實證明，父親的選擇是明智的，那個鄉村已經容不下我們，與其留下來受罰不如逃走。我逃了，其實大哥和二哥也逃了，方式不同而已。

我逃出來後第一站落腳在巴賽隆納，是西班牙海邊的一個城市，很大很美，像中國的上海。城市有多大多美，我就有多小多醜，小得連名字都沒有，大白天不敢上街，聽到警笛就發抖。偷渡客都這樣，像陰溝裡的老鼠，只能苟且活著，能找到一條陰溝賣命就是最好的活路。我有幸在一家老一代華人開的鞋廠找到活路，一天上兩個班，只做一道工，給皮鞋釘繩扣。一年學徒期不算，整整五年，經我手的皮鞋少說數以萬計，可我沒見過一分錢。我的錢都讓龍頭收走了。現在叫蛇頭，那時叫龍頭，龍頭老大，本事很大的意思，帶我們飄洋過海闖天下的。但不可能免費，要收錢，收的錢叫出頭費。多年後，父親告訴我，他當初給接手的人付過出頭費的，是一只金手鐲，從上校屋裡拿的，算偷吧。可龍頭說，交手的人一個屁兒都沒給他，只給他我一條命。就是說東西沒到他手，我只有用工錢抵。手鐲去了哪裡？不知道，過去那麼多年，當初接手的人作了古，說不清楚。

這是一九九一年，我第一次回國，二十二年前的事，也不必要去說了。

報紙上說，人要學會放下，放下是一種饒人的善良，也是饒過自己的智慧。我這一生許多事都放下了，但有些事又怎麼放得下？我在鞋廠給皮鞋釘了六年扣子，深知一個道理，扣子不是鞋帶，可以脫下，扣子釘上去後就跟鞋子長在一起，脫不下的，脫下皮子就壞了。有些事長進血肉裡，只有死才能放下。一九九一年，我還沒做生意，掙錢難，為了攢足一張機票錢，我得熬五六年時間，像養大一個孩子一樣難。我說過，那時回國是傷筋動骨，但只要傷得起，不是粉身碎骨，我是不會放棄的。我已經等了二十二年，每天我用回憶抵抗漫無邊際的思念，用當牛做馬的辛勞編織回來的夢。

一切都是為了回來！

像一個人不能把自己拎起來一樣，我放不下回來的念想。一定意義上說，我活著就是為了回來。

謝天謝地，我總算等到了這一天：用二十二年等的一天！記得那天從售票台接過機票的一刻起，我的心就開始怦怦跳，像接到手的是一張生死命狀，激動，緊張，害怕，興奮，太多的情緒，太亂的心思，一路上我都天昏地黑的。等踏進家門，我一下咚地跪在地上，像這套紙票（我訂的是中轉往返票，便宜）有千斤重量，我負重竭盡全力挺一路，到家再也挺不住，累垮了。現在想起這些，我依然感到膝蓋發脹，眼前浮現出妻子用手輕輕摸去我臉上淚水的情景，彷彿發生在昨天。

人活一世，總要經歷很多事，有些事情像空氣，隨風飄散，不留痕跡；有些事情像水印子，留得了一時留不久；而有些事情則像木刻，刻上去了，消不失的。我覺得自己經歷的一些事，像烙鐵烙穿肉、傷到筋的疤，不但消不失，還會在陰雨天隱隱疼。

79

哪裡埋著你親人的屍骨，哪裡就是你的故鄉。一九九一年，我行囊空空、疲憊不堪地回到家鄉時，後山的老虎背上已多出我三座親人的墳墓：一座是爺爺，一座是母親，一座是我二哥——如果嫂子也算親人，就有四座，是我未曾謀過面的二嫂。我在一個陰雨綿綿的春日（這是航線淡季）的下午小心翼翼地走進暌違二十二年的老宅時，父親正落寞地坐在我和爺爺曾經睡覺的東廂房門前的躺椅上，一邊抽著菸，一邊看著屋簷水滴答在天井裡結滿污垢的青石板上。他把我當作走錯門的人，抬頭看我一眼，又低頭抽菸，問我：

「你找誰？」

我叫一聲爹，報出自己小名。他像只有二十二個小時沒有看到我，沒有些許激動——也許是怕激動，也許是要給我騰出時間，認識一下這不堪的老屋，目光自下而上、自外向裡無精打采地睃視著，好像在告訴這些老牆、老門、老樓板：有故人回來了。屋子裡彌漫著一股發霉酸腐的濁氣，門楣上、樓板下、屋簷下、角落裡，掛滿蒙塵的蜘蛛網；幾張條凳、竹椅橫七豎八地散亂在前堂；堂前正壁貼著我熟悉的毛主席像，已經脫落一只角；閣几上灰撲撲的，像父親抽了幾年的菸灰都撒在上面，並被攤勻。屋裡唯一乾淨的是那張我從前做作業的八仙桌，即使在昏暗的光線下依然泛出絲絲紅光。

我以為父親癡呆了，數著他臉上一條條狂野、黝黑的皺紋。父親瘦成了一把骨頭，手背的青筋有他指頭間夾的紙菸一樣粗。足足過了一分鐘，我再次叫他一聲爹，報明身分。他丟掉菸頭，看著菸火在雨絲裡慢慢熄滅，終於開口：

「你爺爺死了。」

這我早就猜到，從幾方面都猜得到。爺爺是那麼要面子的人，當初一個雞姦犯的假傳聞都差點把他送進鬼門，何況後來全村人包括父親集體公然向他發難譴責，他哪受得了？報紙上說，智者可以從過去摸到未來的痕跡。我不是智者，也從爺爺犯的錯誤中聽到了他死亡的腳步聲：一步之遙，觸手可及。此外，我出去後每年都給家裡寫一封信，從沒有收到一封回信。頭些年我還苦等回信，後來根本不等了，寫信只是告訴他們我還活著。家裡只有爺爺能寫信，他要活著一定會給我回信，哪怕明知第二天要死，也會給我寫好回信。後來父親告訴我，在我走後沒幾天，還沒等到上校的申明告示，爺爺已經把命交給他的褲帶，在豬圈裡上吊了。上校的申明起的作用，也許只是沒人去刨他墳墓。老保長一再公開揚言，爺爺沒資格葬在村裡任何一寸土裡，他應該碎屍萬段，餵豺狼吃。何況，爺爺要在世，已是年近百歲的老壽星，一個背負罵名、膽戰心驚的人無論如何是享不到這福壽的。

過一會兒，父親又說：

「你媽也死了。」

這我從剛才看到的屋子的淒涼景象中猜得到的。母親要在世，這些灰塵蜘蛛網不可能這麼耀武揚威在我面前。母親是天底下最勤勞的人，屋子在她手裡，哪怕是豬圈，地上的垃圾也不會過夜，板壁上、樓板下的灰網不會過月，如今它們成年不敗的威風，顯然是母親入土化為塵灰的證據。我問父親母親是哪年走的，怎麼走的——我希望是自然走的，不是自殺，也不是他害。父親不理我，繼續說：

「你二哥也不在了，比你媽先走。」

二哥是病死的，白血病。這對一個漆匠來說也許是職業病，但父親不這麼認為，理由是鎮上漆匠多了去，只他一人得這怪病。我們三兄弟，二哥最像父親，不愛說話，綽號叫鐵疙瘩，心思被鐵包著。所以父親有理由認為，二哥是鬱悶死的。父親說二哥：「他就像被老婆戴了綠帽子，整天愁眉不展，悶聲不響。他是被自己憋死的，也是我們逼死的，老輩子作了孽，他是替死鬼。」這是父親後來說的，那天他像口喪鐘似的，只報喪，報了二哥，又報二嫂：

「你二嫂也死了，比你二哥先死。」

二哥的性格不討人喜，三十歲沒女朋友。三十二歲，在父母親極力張羅下，花錢從貴州買了個媳婦，年紀相差十歲。不知是語言不通的緣故，還是年齡相差大的原因，兩人結了婚像結了冤，二哥經常不回家，回家就吵架。他寧願跟家具、漆桶待在一起也不愛回家，像配給家具似的。據說二嫂到死也沒學會我們這邊話，因為二哥老不著家，沒人跟她說話。因為語言不通，兩人吵架經常動手，摔傢伙，砸東西。一次，二哥下手重了，一巴掌打掉她一顆門牙，然後摔門走掉。二嫂哭了一夜，凌晨喝下一瓶農藥。這是他們婚後第三年，遺下一個兒子，當天晚上我就跟他睡在一張床上，十一歲，長得一點不像二哥，在讀小學。據說學習成績很好，門門功課全班第一，這也不像二哥。二哥是反過來，門門功課班上倒數第一，所以早早退學，去學手藝。

父親說完二嫂的死，我已經被死人包圍，心裡已膽怯得發抖，不敢去想大哥。看屋裡這慘惻的敗相，也不像有大哥大嫂鮮活的樣子——當然可能根本就沒有大嫂這個人。我問大哥是不是也走了，結果父親說：

「是走了，但人還在。」頓了頓，又說：

「幸虧走，否則也活不成，你也一樣。」

我一下淚滿眼眶，好像在戰場上，全軍覆沒，終於保下來一個，也終於保住了我千辛萬苦回來的價值。父親這樣子，哪是歡迎我回來的樣子——對他，我回來的價值是個負數，他巴不得我別回來呢。後來他告訴我，所以這麼多年沒讓人給我回一封信，就是不想讓多一個人知道我還活著。他怕死神惡鬼對著地址去尋我，追殺我。他已經認定，這村子是剋我們一家的，他怕我回來，沾了晦氣，活不成。

80

大哥是去了秦塢，一個偏僻小山村，做了倒插門女婿。在生死面前他躲過一劫，但在榮辱面前，丟盡了臉面。長兄如父，再窮困潦倒的人家也不會把長子拱手出讓，這是一個破掉底線的苟且，形同賣國求榮，賣淫求生。這是生不如死，是跪下來討饒，趴下來偷生。我忽然明白，即使村裡人已原諒我們家，但我們家卻無法原諒自己，甘願認罰贖罪。爺爺尋死是認罰，大哥認辱是認罰，二哥年紀輕輕抱病而死和我奔波在逃命路上，亡命天涯，又何嘗不是認罰？

父親數完家裡的遭受的罪罰後，再不吱聲。他心裡有鬼。他怕跟我說的太多，透露出情感，被死神惡鬼識別出我的身分，又對我作惡。他已經被嚴酷的事實嚇怕了，丟了魂，犯了強迫症。陰雨綿綿的天色，黝黑骨瘦的臉色，膽怯壓抑的神色，一頭稀疏灰白的亂髮，一臉麻木不仁的絕望：這一切，都叫我想起那次漫長的海上逃生之旅。那時我天天做著死的打算，夜夜做著死的噩夢，當終於上岸時，年少的我已變得像一個老人一樣懂得感天謝地。我和一群九死一生的同伴一起跪在碼頭上，一下下地磕頭，引來一群海鷗好奇。牠們從高空俯衝下來，翅膀撲撲響著盤旋在我們頭頂，嘎嘎叫，彷彿我們在搶吃牠們的盤中餐而破口大罵——我們的樣子確實像雞在啄食。

報紙上說，生活不是你活過的樣子，而是你記住的樣子。

父親甚至不許我住在家裡，交給我上校家鑰匙，讓我去那兒住。我問上校的情況，他依然惜字如金，含糊其辭地說：

「你都會知道的。」

我以為上校在他家裡，我可以去找他相問。去了發現，門前屋後，樓裡窗外，一派年久空置的亂象敗相：菜地裡雜草比人高，亂草堆裡藏著各種動物的糞便乃至死屍，在雨水浸泡下散發出陣陣惡臭；院子裡野草叢生，鋪地的青磚受不了柔軟的蚯蚓的頑強拚搏和野草來自地下的壓力，已經七拱八翹；一種不知名的藤草爬上台階，正試圖向窗戶進軍；廊台上從前上校經常躺著看報的躺椅，已經完全散架，支離破碎，像被天打雷劈過。鑰匙已經失用，鎖眼被鐵鏽堵住，我只能強行入屋。

屋裡看上去擺設整齊，但聞起來是一股死亡陰森的氣息，灰塵和蛛網統治了一切；我每邁出一步，灰塵在腳底下興風作浪群魔亂舞，嘴巴眼睛都可能吃進蛛網；放眼看去，目光所及，都令我膽寒心驚，如受了凌遲似的；掛在門後衣架上的一件白色棉襯衫，也許曾有汗水留下的鹹味，已被蛀蟲吃得千瘡百孔，像是從骷髏身上脫下來的；貓房裡，金絲絨的窗簾一角懸著，大半掛落著，即將拖地，像裹著個吊死鬼；兩只精緻的貓籃，裡面盛滿一層黑乾的老鼠屎，無法想像兩隻貓曾經嬌生慣養的榮耀風光。

我沒有上樓。

我害怕上樓。

父親認為我們家裡有鬼，我並沒有切實感受，但到這兒我切實受到了鬼的威脅，似乎鬼隨時可能從樓上或哪個角落裡鑽出來，對我伸出血淋淋的長舌頭。或者，整棟樓就是一個孤獨的野鬼，沒有任何人跡和煙塵火氣。父親說我都會知道的，現在我終於明白父親的意思：上校仍在坐牢，要不已被判死刑。我想，若是坐牢，二十二年都坐不穿的牢底，就是死牢啊，還不如判死刑。我沉浸在對上校的哀傷中，心裡湧起一陣陣想哭的衝動。這也是我要離開這屋子的衝動。我像被這裡的一切羞辱傷害一樣，氣憤地掉轉頭，不想在此多滯留一會兒。

毫無疑問，我不可能來這裡住。

毫無疑問，任何人要來住，都得拿出至少幾天時間來收拾、清理大量時間殘留的大量垃圾廢物。說它是廢墟也不為過，所有木頭都朽爛，所有鐵件都鏽蝕，磚牆上長滿青苔和各種蟲卵，屋頂瓦楞間長出小樹。這是一個被冷酷的時間無情啄爛的軀體，父親大概至少幾年沒來看過它，他保留的也許是十年前的印象。也許，他認為鬼是怕鬼的，我住在鬼屋裡可以借鬼殺鬼，保全自己。

我轉身往外走，在經過一只邊櫥時，無意間一只相框撞進我目光裡：它斜著、平攤在櫥櫃向門的一邊。櫃面上除了厚厚灰塵，別無他物，它孤獨的樣子，斜置的角度，飽含著等人帶走的渴望。相框有一本雜誌的大，灰塵已蓋住相片。我拭去灰塵，看到一對中年男女的半身像，兩人肩並肩對我微笑著，好像是一幅婚照。我沒有馬上發現，但也很快認出男人是上校，他笑得不自然，拘謹又努力，反而顯得有些木訥：這也是我沒有馬上認出的原因。在我印象中上校的笑容是自由燦爛的，笑聲是響亮的，並且一貫如此。他是個開朗愛笑的人，現在似乎腰肚裡被旁邊的女人抵著槍，是被強迫笑的。

女人剪著齊肩短髮，圓盤臉，肉鼻子，闊嘴巴，短下巴。黑白照，膚色是看不出的，但看年紀似乎比上校要小不少，也許是笑得甜的原因，減少了她的年齡。在上校拘謹木訥的笑容襯托下，她確實笑得尤為甜蜜，好像在照相機的鏡頭裡看到了上校的拘謹，是一種獲勝的竊笑，暗藏著滿肚子祕密。我不認識她，但婚照的樣式給了她明確身分：上校妻子。這對我是一個驚人的意外，它留在這兒應該也是個意外。我想，照片上的人——也許是上校，也許是他妻子——一定是準備帶走它的，其實已經帶它到門口，臨時不知怎麼忘了，像我們有時出門把鑰匙落在鞋櫃上一樣。

我回去問父親婚照的情況，父親備感意外的同時，斷然拒絕開口。他說會告訴我的，但不是在這裡。他要求我馬上回去收拾那邊房間。他怕在這裡對我多語，更怕我晚上住在這裡。他慌張地睃視著四周，彷彿四周的鬼在偷聽偷看我們。他心裡已全是鬼。他自己也許並不怕這些鬼，是在替我怕。我告訴他，若真有鬼，我寧願被自己家裡的鬼所害，也不願被上校屋裡的那些野鬼所害。他怔怔地看著我，哭了。這是我此生第一次看見父親哭，他是個咬碎牙也不願吭聲的悶葫蘆，哭需要學習——那麼多親人離去他已經學會了，聲音低弱，嘶啞，嗞嗞的，像一只衣袖被間歇地撕開，而淚水卻不間斷，分多頭，唰唰而下，令我不禁悲傷地想到一個詞：老淚縱橫。

81

第二天清早，我去鎮上請了香火、冥錢，然後直奔後山老虎背上，給爺爺、母親、二哥二嫂四座新墳上墳。清明節未到，老墳不能上，這些對我是新墳，又是必須要上的。正是驚蟄時節，乍寒乍暖的，昨天下雨，冷得凍手指頭，今天雨後出晴，天氣轉暖，一路上山，熱得我一路脫衣服。父親只怕鬼認出我來，不願陪我，甚至阻止我，但也知道阻止不了。正好是星期天，我叫上小姪子，他說他知道墳在哪裡。可到了墳地，遍地是墳，冬天的枯草亂蓬蓬的，早春的花草又蓬蓬勃勃的，有點考驗他畢竟才十一歲的記性。在反覆尋找、回憶和比較中，他給我確定了四座墳。我拜過哭過，心裡卻在犯嘀咕，小姪子有沒有認錯墳。我只能安慰自己，如果認錯了，正好順了父親心願，叫鬼認不出我。

下山已過午飯時間，我們在祠堂門口的小吃攤上隨便吃了點小吃。有人認出我，七說八說，小姪子陪著無聊，跟一個撞到的同學走了。我不是榮回故里，並不想拋頭露面，敷衍過去，便獨自回家。經過上校家門口時，只聽院門痛苦地呻吟一聲，稀開一半，鑽出父親的頭腦。他衝我一個擺頭，說：

「進來吧。」

我很詫異他在二十二年後依然能聽出我的腳步聲，也詫異他怎麼在這兒。進去，我發現父親已經把門廊收拾乾淨，擺著一對拭去塵灰而顯出古舊老色的竹椅子，地面和椅子都用水沖刷過。午後的陽光明亮溫暖，正好鋪在門廊的水泥地上，照出水洗過的濕印子。椅子空著，是等著人去坐的樣子。我和父親坐下來，沒有寒暄，像一切在意料中，沉默是應有的預備和等待。我看父親掏出菸，點旺，抽著。抽過幾口，他沒頭沒腦地說一句：

「村裡人都知道。」

「什麼？」我問。

「上校的事。」他說，「女人的事。」

在這兒，他不怕鬼，甚至喜歡這兒的鬼。不等我催問，他一徑說起來，說話的方式、語氣和個別使用妥帖的字句，顯然是事先思量斟酌好的。父親這輩子從沒有一下對我說過這麼多話，不過也並不多，寫下來超不過兩頁紙。他攢了二十二年的話也就這麼多，不愧是個真資格的悶葫蘆。

父親告訴我，公安先給上校母親判刑，三年有期徒刑，關在杭州女子監獄。上校的刑遲遲沒有宣判，他被列入大案要案，縣裡報市上審，市裡又報省上審，判決因而一拖又拖，直到我走後幾個月，那年的「五一」勞動節這天，才召開宣判大會，地點在公社禮堂。宣判前一天，廣播上一再廣播，大特務，大漢奸，大流氓，毒害紅衛兵的大凶手，公社有史以來最大的公判大會：一長串嚇人巴煞的噱頭，誘得第二天去看熱鬧的人把大禮堂擠破，最後鬧出嚴重的踩踏事件，踩傷小孩子好幾個。恰恰是我們村，去的人少，大家出於對上校的尊敬，不想去看他洋相。

父親說：「我也不想去，但想到可能是最後一面，要給他收屍，只好去。」

講台上坐一排判官，有穿便衣的縣革委會領導，有穿制服的公安局長、法官，有紅衛兵和群眾代表。胡司令——父親叫他小鬍子——坐在最左邊，他已提拔到縣革委會宣傳部當什麼股長，這天主要負責喊口號。他帶著革命熱情和個人感情工作，口號喊得特別響亮起勁，帶表演性，有煽動性，把台下群眾的革命熱情一再激發出來，上校人沒出來，禮堂裡已經山呼海嘯的殺聲陣陣。上校從後台被押出來後，禮堂一陣安靜，像演出開始似的。上校沒有五花大綁，小綁也沒有，因為有兩個持槍的民警押著，即使他能變成鳥飛，兩支槍照樣可以把他從空中擊落。

父親說：「他瘦成一隻猴子，蓬亂的鬍子遮住半張臉，我都認不出來。」

那天是大晴天，五月，天已經熱，上校只穿一件襯衫單褲，整個人輕薄得發飄，要不是被公安架著，後來又掀起的喊口號的熱浪都可能把他捲走。法官從座位上起身，捧著黑皮夾子，把上校的罪名一項項讀出來。當讀到他肚皮上有字，證明他曾做過女鬼佬和女漢奸的「床上走狗」——父親強調這是法官的判詞——時，台下有人突然高聲喊：

「把他褲子扒下讓我們看一看！」

這人正是小瞎子父親，瞎佬，他什麼也看不見，那天卻擠在台子最前頭，瞪著兩隻白烏珠，衝著大家高喊，引來一陣回應。與此同時，瞎佬的弟弟領著小瞎子和兩個從鎮上花錢雇來的二流子上台，要去扒上校褲子。小駋子沒有用喇叭阻止，反而高喊口號：毛主席萬歲！人民群眾萬歲！其實是在鼓勵群眾去扒他褲子，看他恥辱。

父親罵：「這個畜生！他存心想看上校洋相，專門不制止。」

押人的民警不知該怎麼辦，回頭看一排領導，領導交頭接耳，一時沒有形成決定。轉眼間，瞎佬弟弟已帶人衝到上校跟前，要扒他褲子。瘦弱的上校剛才似乎連站都站不住，這下卻爆出天大的力量，像手榴彈開了爆，把後面兩個公安和前面四個混蛋，一下全炸散，掀的掀翻，踢的踢倒，撞的撞開，任他逃。他逃的路線怪，先在台上轉一圈，找出口，最後卻不選安全的後台逃，而是從前台跳下去，跳進人堆裡。這一跳又是一個炸彈，把一堆人炸開，有人當場被撞傷，痛得哭叫，卻被他癲狂的嚎叫吞沒。他喉嚨裡像安了擴音器，身軀像一匹野馬，橫衝直撞，嚇得所有人紛紛逃開，怕被他撞碎。他一路嗷嗷叫著，衝著，把人群像浪花一樣一層層撥開，最後沒人了，他竟然不朝大門逃，而是又回頭衝進人群，好像要再表演一次。

父親說：「他就這樣瘋了。」

82

公安不要瘋子，監獄也不要，帶走後，不到一個月，派出所通知村裡去監獄領人。村支書和老保長帶頭，領著全村幾十號人，浩浩蕩蕩去了縣城，把人領回村裡。一路上，上校都在操人罵娘，村民們都在為他傷心抹淚。

父親說：「他徹底瘋了，連我都認不得，見人就要打，要罵。」

以後一直由父親照顧，村裡給父親記工分，照顧上校就是他的工作。父親住在他家，吃喝拉撒管完，保母一樣。

管吃喝拉撒容易，只要盡心盡力就好，而父親有的是這份心力。難的是管住他不發癲，發癲時不打人和不傷害自己。沒有人知道他什麼時候會發癲，但所有人知道發癲時他見人要打，見刀要搶，捅自己小腹。他這輩子最後悔的事大概就是沒有用自己的技術把肚皮上的字塗掉，瘋了都惦記著，想塗掉。

父親說：「其實我看也是塗過的，塗過兩處，但沒塗掉，也許是太難吧。」

為了不讓他傷害自己，父親像牢裡的獄警，每天給他戴手銬。這樣過去半年多，一個女人尋到村裡，找上校。女人乾乾淨淨，說普通話，像城裡人。她見到上校就哭，哭得稀里嘩啦的，好像是上校的親妹妹。上校是獨根獨苗，哪有什麼妹妹。她是什麼人？

父親說：「就是照片上的人。」

她拿出隨身帶的兩張照片，證明她是上校在朝鮮當志願軍軍醫時的戰友。她要把上校帶走，說是帶他去看病。村支書召集十幾個老人，在祠堂召開村委擴大會，大家舉手表決，最後同意女人帶他走。一年多後的一天，女人帶著上校回到村裡，瘋病是好得多，不會見人打罵吵鬧，反而變得十分安靜，人也是清清爽爽的，見人有時會笑。多數時候是一聲不響，很老實的樣子，叫他做什麼就做什麼，不做就不做，像小孩子一樣聽話。

父親說：「他從一個武瘋子變成文瘋子了。」

女人這次回來，隨身帶著一張結婚證明書，她要嫁給上校，一輩子照顧他，請求村裡給上校出同樣一份證明。村裡又開會，徵求大家意見。哪有反對的道理？都同意。於是便去鎮上辦手續，拍照片，就是我看到的那張照片。這年冬天，上校母親刑滿釋放回家——這也是女人帶上校回來的目的，算好時間的，專門等老人家出獄回家。老人家本來身體就差，在監獄裡受累吃苦三年，身體差到底，走一步停三秒，吃飯要吐，只能喝粥，怎麼看都像一枝風中殘燭。女人一邊照顧一個病得下不了床的老人，一邊照顧一個像小孩子一樣懵懂無知的大人，比男人辛苦，比任何女人周到。在她的悉心照顧下，兩個病人活得體體面面，一點不受罪。

父親說：「村裡人都說，上校媽一輩子拜觀音菩薩，真的拜到一個觀音菩薩。」

村裡人都叫她「小觀音」，也把她當觀音菩薩待，她也像觀音菩薩一樣待全村老小。後來我聽村裡好多人談起她，都說天底下這樣的女人找不出第二個，家裡要有這樣一個女人死都願意。

一年多後，上校母親被一口粥嗆死，她以嘹亮悲愴的哭聲給老人家送終，哭聲像鴿子的哨音一樣，泣著血，盤在空中，照亮夜空，把村裡所有女人的淚腺激活。後來送葬，她一手死死扶著棺材，一路灑著同樣泣血奔淚的慟哭，把村裡所有男人的淚腺也激活。所有跟我回憶上校母親出喪那天情景的人，沒有一個不帶著迷離的神情，噙著淚，一種無法慰藉的悲傷像歲月一樣抹不去。

父親說：「上校身邊有這樣的女人，這屋子的風水篤定是好的。」

這也是父親所以要安排我到這兒來談話，包括讓我來這兒住的緣故，他認定我們家裡有鬼，這兒篤定沒鬼。這兒只有觀音菩薩，兩個女人都是觀音菩薩，一老一小。

做完婆婆「七七」後，女人把上校屋裡的東西分好，能帶的帶上，不能帶的都分給村裡需要的人，然後領著上校和兩隻貓回她老家去了。貓是畜生，不知人間滄桑，只是年邁得走不動了，要用籃子拎著。上校體力還是好的，貓對他的感情也是好的，甚至更好，因為朝夕相處，相濡以沫一樣的。

父親說：「兩隻貓在他手上拎著，像他人一樣老實聽話，他們就這樣走了。」

村裡出動幾百人，男女老少，成群結隊，送他們到富春江邊，船埠頭。船在汽笛聲中離開碼頭，女人對著送行的村民長跪不起，抹著淚，上校像孩子隨母親一樣，跟著跪下來，那情景把幾百人都感動哭了。幾百人哭的場面能感動所有人和所有時間，父親在回憶中依然禁不住滾出淚花。

父親說：「從那以後我再沒見過他們，我不想把身上晦氣傳給他們。」

我想去看看上校和這天底下最好的女人。父親給我地址，是女人親手寫在一頁作業本的紙上的。我看地址居然在上海青浦朱家角鎮，是我返程去上海虹橋機場必須要經過的，更加堅定了我要去見他們的決心。

第十八章

83

那時出租車不多，有我也租不起。那是「摩的」的時代，從朱家角鎮出發，搭摩的，兩塊錢，就到了地址上寫明的村莊：桑村。鄰近村莊，我知道它為什麼叫桑村，村子被大片光禿禿的桑樹包圍。尚是早春，桑樹一個綠芽也沒有，但都被修剪過，像一條流水線上下來的產品，全一個樣，低矮，整齊，一畦畦，放眼望去，讓人想到一列列被剃光了頭、整裝待發的士兵，在沉默中等待衝鋒。這兒是一望無際的平原，人工開鑿的河流，筆直，水面波瀾不驚，兩岸，裸露的土地黑得冒油。走進村子，房子一律青磚黛瓦，傘形屋頂，兩層樓，帶後院，像馬德里的某些社區，統一規畫建造的。

這是一個因種桑養蠶而發達的村莊，年輕而充滿活力。

司機是本村的，一個毛頭小夥子，我給他看女人和上校的婚照——我要送給他們，物歸原主

——雖然是快二十年前的照片，他居然一眼認出來，然後熟門熟路，直接把我送到他們家門口，並告訴我，這家男人精神有毛病。但同時也誇這家女人是個大好人，對自己有神經病的男人溫柔體貼，照顧周到，對村民溫良謙讓。摩托車停在門口，他未經我許可，徑直朝屋裡大喊一聲：

「郎中奶奶，來客人了。」

天下著毛毛細雨。這季節就是雨多，忽冷忽熱，下了雨天就冷，風吹一路我更冷，手腳都有些凍僵。我要回馬德里，總是有行李的，一只紙箱子，一只帆布袋，也給他們捎了一網兜新鮮的竹筍、豆角什麼的。這些東西都綁在摩托車後座上，不等我把它們卸下來，我聽到背後的門老弱地吱呀一聲，打開，有腳步聲停在門口，有一股風往我背後吹去。我感到背上有目光趴著，有點不大敢回頭。

我收拾好行李，回頭看到，一個乾瘦的老太婆直愣愣地看著我，她頭髮稀疏，白得灰撲撲的，該修剪沒有修剪，披散著，被風吹著，更顯得散亂；臉色蠟黃、蒼老，皺紋褶子橫七豎八，腮幫子癟著，顴骨凸著，下巴尖著，整張臉上只有眼袋處有肉；腰佝僂，身子前傾，要不是手扶著門框，我擔心她要撲倒。不論從哪個方面看，這都是一個被生活榨乾的人，和我在照片上見到的人完全不一樣。她幾乎認定我找錯人了，沒有問我是誰，只問我找誰。我也懷疑自己找錯人了，遲疑著，沒有及時回答。這時她發現我腋下夾的相框——我剛在路上給司機看過，一直夾在腋下，沒有放回包裡——問我：

「你是從雙家村來的？」

我說是的，她這才走下台階來幫我拿行李，一邊問我是誰家的人。我告訴她我父親的名字，她很激動，放下行李，一把抓住我，問我是不是待在國外的那個。看我點頭，她緊緊握住我手，說：

「我看過你寫的信。」出去頭幾年，尤其是頭一年，我信寫得勤，幾乎月月寫，寫信是我用回憶抵抗不可遺散的孤獨的唯一方式。後來因為老收不到回信，也是因為有了自己的生活，才寫得少，越來越少，最後守住一年一封的底線。那些信，頭幾年的信，都是她讀給父親聽的，所以她了解我不少情況。

「這麼說，」她依然握著我手，開朗地笑道，「我們是老朋友了，我看了你那麼多信。」

生活把她榨乾了，但她依然保留著樂觀、熱情，甚至不乏幽默。她手勁也不小，緊緊握著我手，我感覺得到。她手掌大而粗糙，像一雙男人的手。後來她一手拎起我的紙箱，先我進屋，雖然傴著腰，但步子是扎實的，一點不飄。剛才我看到，和鄰居家相比，她家的屋牆明顯老舊，粉牆白得髒兮兮的，是長年沒有重新粉過的破舊，門上的油漆也斑駁陸離的：本來概是褐色的，現在是密密麻麻的不規則的灰白斑。但走進屋，裡面整整潔潔，家具擺設也不少。進門右手邊，是一套醫務所的設備，有接診的案台、藥櫥、輸液架、聽診器、出診的醫護箱等。

父親告訴過我，她姓林，照輩分，我該叫她林阿姨。林阿姨進屋後一直忙，又是收拾東西，又是擦桌子，又是給我泡茶。我接過茶，在八仙桌前坐下，四處張望，尋找上校。一杯茶見底，我仍不見上校，忍不住問道：

「阿姨，叔叔呢？」

我從來沒有叫過上校為叔叔，這麼叫讓我覺得有點羞愧，好像我把他當外人似的。

她告訴我：「他在樓上。」抬頭對樓上大喊一聲，「老頭子，下來吧，來客人了。」

樓上迅速響起腳步聲，咚咚的，快速，有力，不一會兒，腳步聲響在樓梯上。我起身，想去迎接。阿姨示意我坐著，自己去接。其實根本不用接，他腳步輕快著，阿姨只是立在樓梯口等他下來。儘管我對著記憶和照片想過上校的各種模樣，但他的樣子是超過所有人想像的：面色紅潤，雙眸明亮，白白胖胖的，加上一頭晶晶亮的白髮，十足像一個鶴髮童顏的洋娃娃。他白淨飽滿的面容，讓我懷疑他是不是換過皮膚，白得生機勃勃，富有彈力活性，完全是孩子的風采。他的神情也像孩子，看見外人興奮又緊張，想說話又不知說什麼，害羞地看著林阿姨，眼巴巴的。我向他問候一聲叔叔好，居然把他嚇得直往林阿姨身後躲。林阿姨也不介紹我，只管安慰他：

「沒事，沒事。」

一邊拉著他手，是給他保護的樣子。

一個是老態畢現卻沉穩自如，一個是鶴髮童顏害羞膽怯，兩個人都遠遠走出了照片，走出了我的想像。尤其是上校，小孩子的神情、舉止，無論如何也無法讓我捕捉到一絲記憶和真實。我無法掩飾此刻的迷惑，我知道此刻我的目光像受驚的蒼蠅在左衝右突，臉上寫滿驚異和疑惑。兩個人站在一起，比對著，映襯著，只有一點在我心裡像一枚釘子釘在牆上一樣確鑿：是上校把他身邊的女人榨乾了。

報紙上說，生活是部壓榨機，把人榨成了渣子，但人本身是壓榨機中的頭號零件。

84

林阿姨告訴我，作為醫生她知道，像上校這種在極端刺激下犯的瘋病，只要得到及時治療完全可以痊癒。但她在半年多後才得知情況，帶他去求醫，已經錯過最佳治療時間，結果就成現在這樣，廢了。

她給我打一個比方：「像你手上挨一刀，哪怕斷了筋骨，只要及時找到好的醫生治療完全治得好，留一道疤而已。但錯過時間，傷口爛到骨髓裡，只有截肢，不截肢最後會把你爛死。你該知道，他父親就是這麼爛死的。」

是的，我知道。我也知道，這是一種傷害性治療，斷臂求生。上校最後進行的就是這種治療，把他正常的智力像截肢一樣截掉，以抑制他的瘋病。他現在的智力只有七八歲孩子的水準，而且是受過驚嚇的孩子，特別怕見生人、大人。她建議我把他當小孩子看待，跟他親熱，帶他玩，他會很快接受我的。我那時已有兩個孩子，一兒一女，大的十歲，小的正好七歲。當我把他當我七歲的女兒待時，果然我們相處得很好，我說什麼他都愛聽，我問什麼他都會講，完全幼稚、天真、透明。我給他講故事，他坐得老老實實的，跟他下跳棋，比我兒子還來勁。

他嘴上喊林阿姨叫老伴，實際上把她當母親。

天色向晚，林阿姨去廚房燒晚飯，他像一下獲得解放，偷偷領著我去樓上，打開一個房間。房間是樓上三個房間中最大的一個，長方形，裡面全是小孩子的各種玩具：彈珠、彈弓、水箭筒、木手槍、連環畫、塗鴉板等。他似乎特別喜歡畫畫，除了靠在牆上的塗鴉板——用紅色粉筆畫著一個紮羊角辮的女孩——窗前還架著一塊門板當桌子，鋪著一張醫院特用的白色床單，一邊排著一排粗細不一、顏色各異的鉛筆、炭筆、蠟筆，顯然是畫畫用的。他首先向我炫耀他的各種玩具，完了問我要不要看他畫畫。我說要，他便眉飛色舞地拉出凳子，坐上去，鋪好紙，選好筆，埋下頭，安靜地畫起來，那副認真的、安詳無比的模樣頓時讓我想起兒子和女兒。只是，他高大的背影、銀亮的頭髮、沉重的喘氣聲，實在無法讓我把他當成一個孩子。我剛才一直沒注意到他的穿著，我的注意力全在他怪異的神情舉止及談吐上，這時才發現，他穿的是一件寬鬆的醬色毛線衣，袖口和肘子處已經有脫線和爛洞，褲子是藏青的燈芯絨，腳上穿一雙棉拖鞋。

他畫的是一個美國大兵，戴灰色鋼盔，持黑色衝鋒槍，蹬褐色高幫皮鞋，左胸前佩著一面彩色星條旗。以七八歲孩子的水平看，不論是畫的速度還是形象絕對是高水平的，使我想到他已畫過無數次。

我端詳著畫，問他：「這是什麼人？」

他脫口而出：「美國佬。」

我又問：「你見過他們嗎？」

他想了想，回答：「見過。」頓了頓，又說，「我當過志願軍，在朝鮮。」

我很意外他還有記憶。我放下畫，不由自主地牽住他的手，彷彿是牽到了他過去的崢嶸歲月。我說：「你在那兒當軍醫是吧？你救過很多人。」

他的記憶像被我的手輕輕一碰，跌入懸崖。「軍醫？救人？」他認真思考著，「在哪裡？」

我說：「朝鮮啊，你剛才不是說你在朝鮮當過志願軍。」

他說：「你騙人，我才不要當志願軍，我要當解放軍。」

後來林阿姨告訴我，他的記憶像躍出水面的魚，大多數時間沉沒在水下，偶爾才會靈光一現，而且前後不一致。剛才就是這樣，我看見了魚肚白，但轉眼又被他否認，讓我懷疑自己是不是出現幻聽了。

他說過要當解放軍，馬上翻開一頁紙，要給我畫解放軍。畫筆像是他的鎮靜劑，畫紙像是他天真爛漫的樂園，我眼看著他又沉浸在安詳專心的「創作」中，熟練的筆法，順暢的線條，從他抿緊的嘴唇和專注的目光裡流出來。我小心翼翼地站在他身後，盡量欣賞著，盡量不發出聲響，好像面對一個天才畫家在創作一幅天才之作，欣賞和安靜都是為了保護並激發他的靈感和才情。

突然他丟下筆，對我說一句：「我要尿尿。」迅速跑去隔壁房間，那兒是他和林阿姨的臥室，想必是有馬桶的。

兩邊房間都沒有關門，我聽著他撒尿的聲音，禁不住地想到了他的「小腹」。那是他最機密的地方，他一輩子的榮辱、起伏、罪過、瘋狂的祕密，此刻近在眼前。我幾乎有一種衝動，也想去撒尿，順便看看他那致命的祕密。以他現有的智力，我想他不會拒絕的。我兒子已經十歲了，每次洗完澡都光著身子在房間裡亂竄，像在犒勞空氣的眼神似的。當然以我此刻的心情，陰雨綿綿的心情，我實在提不起那個心思。

報紙上說的，當一個人心懷悲憫時就不會去索取，悲憫是清空欲望的刪除鍵。

走道上很快飄來糞便和尿液發酵後的酸臭，像鳥翼振翅攪亂了寧靜的時空。撒完尿，他幾乎是跑回來，沒有繫上褲帶，一手提著褲子，一手拉開裡面秋褲的褲沿，緊張神祕地對我說：

「你來看，我這兒有字的。」

回頭看看，聽聽，又悄聲說：

「不要跟我老伴說，她會罵我的。她經常為這事罵我。」

曾經他為保住裡面的祕密甘願當太監、當光棍、當罪犯，現在卻要主動示人，寧願被老伴痛罵也要給我看。我心裡的悲傷本來已經要漲破，這會兒終於破了。我哽咽著上前幫他穿好褲子，繫好褲帶，抱著他啜泣，淚水灼傷了我的雙眼。他奇怪我為什麼哭，我奇怪這世界怎麼會這麼殘酷無情。

我後悔來這裡。

我恨不得連夜逃走。

85

雨在傍晚時一度下得很大，雨點子結實地砸在屋頂，叭叭響，像一頭巨獸拿瓦片當餅乾在饕餮。夜幕降臨時，雨一下停止，像被夜色撲滅的。我心裡太難受，難受得要窒息，迫切地想出門去喘口氣。吃過晚飯，我幫阿姨一起洗好碗筷，趁她給上校剪指甲之際，我提出要出去走走。阿姨建議我可以去村子東邊的絲綢廠看看，說廠裡剛引進一批德國機器，一台機器抵得過一百個人的勞作，看得讓人傻眼。我說好的，但心裡根本不想去看什麼機器。我心裡都是上校的前世今生，都是悲傷，都是眼淚，都是苦澀。我預計，我出去後一定會找個地方痛哭一場。

我在一片潮濕的桑樹地裡狠狠哭一場，心裡要好受一些。回來的時候，我眼裡有了這村莊。這個攤在寬廣的平原上的村莊和我的家鄉完全不一樣，它有一種開放和現代性，道路寬敞，房屋整齊，沿路有路燈、行道樹，家家戶戶門前有花草，樓上有陽台，窗戶掛著窗簾；有人手挽手在馬路上散步，不時有自行車從我身邊騎過，或者迎面而來：他們對我這個外鄉人毫無興趣，沒有人對我投一瞥好奇的目光。二十二年後的我回到村裡時，對任何人來說都是陌生人，我深有體會，當我在自己村莊的弄堂裡行走時，我身上被多少好奇的目光撫摸過。這兒對陌生人毫無興趣，它已經半城市化，在工廠裡打工的大都是外省人。

報紙上說，中國自實行改革開放政策後煥發出了勃勃生機，從城市到鄉村，從吃穿住行到思想觀念，都發生了翻天覆地的變化。這一點，現在的我最有發言權，即使近些年我幾乎一半時間在國內，因為有另一半的襯托、國外的比對，我照樣時常生出驚異的目光，欣喜的心情。

但在一九九一年，我雖然也看到變化，卻並沒有多少欣喜，甚至多的是沉痛。

那次我在村裡待了十一天，足夠我重溫少時的記憶，而我能找回的記憶卻少之又少：清澈的溪水淪為污濁的臭水溝，據說不到三十公里長的溪坎，兩岸建有幾十家造紙廠、冶煉廠，整條溪流成了它們天然的排污溝；山上翠綠的竹林樹林炮聲隆隆，炸出一個個瘡痍的天坑石塘，修路、建廠、造房子都得仰仗它們；弄堂裡，積澱著歷史背影和回音的鵝卵石路，因為自行車不適宜，經常滑倒摔跤，一律澆成灰色的水泥路；祠堂裡，一台台綠鏽丟渣的機器占領了列祖列宗的香堂，天天造出白色垃圾，據說都被送去大城市，登上無數琉璃幕牆的寫字樓裡的餐桌：碗盞、筷子、瓢羹、餐巾紙，一應俱全。鐵匠鋪不見了，肉鉗子死在了越南前線，安葬在雲南保山；表哥結婚了，又離婚了，後來跟鄰村一個丈夫癱瘓在床的女人公開相好，生了一個孩子，不知道怎麼上戶口；野路子接過他媽媽（鳳凰楊花）的衣缽，把小吃店開到縣城，據說經常便宜採購發霉的穀米，做成好看好吃的發糕高價賣給城裡人；矮腳虎租下關過上校的柴屋，裝修個嶄新，加盟杭州一家老字號連鎖店，賣的東西死貴。當然，七阿太、老保長、村支書等老一輩都死了，是壽終正寢，不像爺爺，死得不體面。據說老保長死前一年，親自選好墳地並種好兩棵柏樹，一棵在第二年陪老保長一起死掉，很稀奇；另一棵至今活著，已長成兩層樓高，在春天裡冒出新綠。

總之，村裡是大變樣了，從山到水，從田到地，從吃到穿，從住到行，從人到物，都像被火點著了，而偌大的村莊，大幾千人口，似乎都是易燃易爆物，火燒火，越燒越旺，幾乎找不見不變的東西。唯一沒變的只有小瞎子，他的斷舌頭，他的殭屍手，他可憐可恨半瘋半癲的垃圾樣相。以前老瞎子在世，他生計尚有著落，活得還有點人樣。老瞎子死後他生活完全失去依靠，只能靠善心人的可憐苟活。時間駁落了當年大張旗鼓刷在村頭弄尾的革命標語的墨蹟，包括胡司令寫在學校牆頭血紅的革命詩，卻駁落不了小瞎子對我家種下的屈辱和深仇大恨。我沒有去看他，兩次在路上碰到也不睬，恨不能一腳踢死他。我覺得他才是我家的鬼，要不是他瞎說八道，胡謅出個什麼雞姦犯的事，哪有爺爺糊塗一時的事？父親啊，世上哪有什麼死鬼，我家的禍水其實都是他這個活鬼惹出來的。

多年以後，年齡和成功贈予我豁達和寬容之心，讓我和命運達成諒解協議，對小瞎子生出同情心；一年又一年，同情心像樹的年輪一樣長，最後長成善心義舉，真心幫助過他。但在一九九一年，我對他只有恨，恨之入骨！即便回到馬德里，我依然把恨留在村裡，咒他快死。印象很深，就在這個夜晚，我在上校的玩具間，在林阿姨給我臨時鋪的地鋪上，上校陣陣如雷的鼾聲令我輾轉反側，我在不眠的鏡子裡清晰地看到自己兩個相殺的形象：一個是為上校的可憐悲悲切切，虛弱得無力閉上眼睛；一個是為小瞎子的可恨咬牙切齒，憤怒得可以拔刀殺人。

這註定是一個不眠之夜，略帶寒意的風從窗縫裡嗞嗞鑽進來，給我送來桑樹和泥土的氣息，也送來了後半夜的月光。有點不可思議的是，當月亮升起後，上校的鼾聲像怕光似的一下沉落下去，沉得無聲無息，隨後我聽到林阿姨輕微的呼吸聲。她的呼吸聲凌亂無序，讓我想到她臉上的皺紋。黎明時，東邊天空中布滿酒渣色的雲層，我不知道它在天亮後是白雲還是烏雲。

86

我在一身疲憊和不安中回來。林阿姨像料到我的不安，在我回來前已經把上校安頓上床，並替我鋪好地鋪：在上校的玩具間。她就坐在上校下午畫畫坐的凳子上等我回來，手上夾著菸。我比她預想的要回來得遲，我注意到，菸缸裡已經躺著兩個菸蒂。她問我要不要來一根，我說不要。我以前抽過菸，後來為攢回家路費戒了：我的機票錢就是這麼一分分攢起來的。她說她是在前線醫院裡學會抽菸的，那時經常有缺胳膊斷手的傷兵，他們苦悶，要抽菸，菸癮大，自己沒手，抽不來，都靠她餵他們抽，就這麼不知不覺自己也上了癮，像傳染的。

「後來戒過，」她說，「這幾年不知怎麼的又死灰復燃。」她確實這麼說的：死灰復燃，包括前面的「餵他們抽」。她說話經常冷不丁會冒出一些有趣的詞，幽默一下，一邊笑著，展出更多皺褶。

我知道，抽菸可以一定程度地緩解人的焦慮。我也知道，是照顧上校的煩心把她的菸癮又喚醒了。不是說久病床前無孝子嘛，還有什麼比積年累月對付一個七老八十的小孩子更讓人焦慮煩心的？她卻不這麼看，她說照顧上校讓她感到無比安心，累是累，但累得有勁，有寄託，心裡踏實。

抽著菸的她，有一種老人的威嚴和通達。

突然，她掐掉菸頭，對我直通通說：「我想你來這裡不僅僅是來看他吧。」

語焉不詳，我不知該怎麼作答。我坐在唯一一張小板凳上，心思一亂，想站起來，好像心思是有重量的，小板凳吃不消。

她對我擺擺手，示意我坐著別起身，接著說：「你可能更想來看我，村裡人都把我當作個怪人是吧？」

我說：「沒有，他們都說你是個大好人，都叫你觀音菩薩。」

她說：「是啊，怪的就是我為什麼對他這麼好，你不覺得奇怪嗎？」

我說：「因為你們曾經是戰友。」

她說：「他十七歲參軍，從打紅軍到打鬼子，打解放軍，打蔣介石，打美國佬，半輩子都在前線戰場上，戰友多了去，被他救過命的人也多了去，憑什麼單我一人對他這麼好？這裡面一定有故事的。」

我覺出她有一種講述往事的衝動。她和一個大孩子生活在一起，整天只能陪他說相似的話，卻沒人陪她說說自己，她一定是很孤獨的，埋在心頭的往事也許更孤獨。隨著年歲的向老，這種孤獨也在長老，面臨隨時死亡的威脅。她也許並不怕自己死去，因為怕也沒用，早遲的事，阻止不了。但往事可以活下來，往事——尤其是沉痛的往事——有活下來的自重和慣性。

後來我知道，她在我們村滯留那麼長時間，和那麼多人相處往來，從沒有對任何人提起自己這段往事，包括我父親。村裡人對上校的尊敬和對她的感激之情，讓她失去了坦露自己心聲的勇氣：因為這是一顆黑暗之心，飽含罪孽之淚。在鄉下，人心像日常生活一樣粗糙簡單，黑白分明，分辨不了黑白交織出來的複雜圖案和色彩。爺爺就是例子，一錯百錯，一落千丈，死有餘孽。她怕自己成為我爺爺的複製品，甘願人無端猜測，莫名禮拜。她把過去鎖在心裡，把毒液含在嘴裡。但這個夜晚，我的出現對她幾乎有一種不可抵擋的誘惑；我的身分是那麼符合她的渴求，幾乎是恰到好處：既是當事者——上校摯友之子，又是局外人——置身萬里之外。她靜靜坐在那兒，燈光下，蒼老畢現，欲望畢露，菜色的雙唇被等待的渴望攪得蠢蠢欲動。

「民國十九年，即一九三〇年正月初七，差不多就是現在這個時間吧，我就出生在這個房間裡。」沒有徵詢我意見，沒有開場白，只靠新點的一支菸的過渡，她直爽地翻開了自己塵封已久的歷史簿——

家裡有一畝桑樹田和一間蠶房，我阿爸雖不是一把好勞力，但姆媽會裁縫，補上去，家裡日子過得不好也不差。後來阿爸把田和蠶房租給外鄉人種養，自己跑生意，採購村裡的絲綢，用船運到湖州南潯販給中間商，賺差價，幾年下來已是村裡比較富裕的人家。我有兩個哥哥和一個姊姊，淞滬戰爭爆發時，我大哥十五歲已被父親送去上海讀書，我七歲，也在鎮上讀小學。這說明我家當時確實已經有些錢。

但戰爭一下把我們家毀汰了，阿爸、姆媽、二哥、姊姊，四個人在同一個時間被鬼子飛機炸死的炸死，淹死的淹死。當時我們一家人在同一艘船上，準備逃難，去南潯，阿爸在那邊有朋友。其實待在家裡反而沒事，你看這房子，不是好好的？這是命，不能回頭說的。阿爸和二哥當場炸死，姆媽和姐是淹死的，她們和我都不會游水，只有大哥會，逃了命。我不知是怎麼逃的命，反正等我有意識時已躺在河邊，不知是誰把我救上岸的。這是我的命，命運等著我來吃一生世的苦。

我們回到村裡，投靠阿爸的大兄弟。大阿叔人是好的，但大阿嬸待人刻薄，經常飯桌上拉臉色，甩風涼話。大哥正處在青春期，吃不下冷臉色，一氣之下翻了臉。好在住房、蠶房和桑田都在，生活設備也不缺，大哥也能養蠶，我也能照顧自己，可以湊合過日子。家裡有盒粉筆，不知從哪兒來的。大哥每天在蠶房的竹柱上畫一個叉，每次畫時都對我講：你快懂事，等你懂事了我就去當兵，殺鬼子報仇。畫了一年半多，蠶房裡的叉叉比蠶蛹還要多，一天早上我發現他房間空了，只留下一封信和一點錢，告訴我他走了，讓我照顧好自己。我心裡早有準備，並不意外和害怕。

兩個月後，我收到大哥從長沙寄來的一封信，告訴我他已經加入薛岳將軍的部隊，在訓練做機槍手。以後三年多我再沒有收到他一絲音訊，收到時已是死訊，他已在一年前的長沙保衛戰中犧牲，是鄰村一個同他一起參軍的人帶回來的消息。那時我雖然才十二歲，但比二十歲的人都能幹，洗衣、燒飯、養蠶、繅絲、紡線，樣樣能幹。蠶房簡陋，用竹排搭的，大哥用粉筆畫的那些叉叉經不起風吹雨淋，像大哥的性命經不起槍林彈雨一樣，消光了。我得知大哥犧牲後，也開始在蠶房裡畫叉，每天畫一個。我想大哥用粉筆畫，丟了命，我改用刀刻，用剪刀。

鎮上經常有部隊來祕密招兵，刻了一年多後我開始去找那些人接頭，要參軍。因為年紀不夠，一次次被拒絕，直到一九四五年春季末，夏季初，一支部隊要了我。是國民黨忠義救國軍，把我帶到江蘇宜興太湖邊的一個山塢裡，學習做護士的那一套。學習結業前，鬼子投降了，大家在操場上慶祝，我一個人在房間裡哭。我參軍只為報仇，報不成仇，一家人白死了，我活著也是白活。當時我十五歲，已覺得活著沒意思。這八年，我是靠仇恨養大的，仇恨死了，我活路也斷了。那天夜裡，人家唱歌唱啞了喉嚨，我痛哭哭瞎了眼睛，兩隻眼珠子腫得要從眶裡脫出來。

結業前一天晚上，又是搞慶祝。中途隊長把我一個人叫走，帶到他房間，問我是想去前線部隊醫院還是上海南京這種後方城市大醫院。我說鬼子不是完蛋了，哪還有前線？他說鬼子是完蛋了，但共產黨沒完蛋，下一步要叫新四軍八路軍完蛋，仗有得打。我想自己是為打鬼子來參軍的，打共產黨沒意思，就要求回上海。他答應我，同時要我答應給他身子。我不答應，他卻不准我不答應，動手把我按倒在床上。正是大熱天，我穿得少，他很快剝了我衣服，摸到我身子。我不是嬌生慣養出來的小姑娘，我是用剪刀刻了幾年叉叉的受盡苦難和仇恨的姑奶奶。我掙扎著，趁他要撒野時用腳狠狠踢了他襠部。他一下跪在地上叫死叫活，我又用他掛在牆上的手槍托砸破了他腦袋，砸昏了，用兩張床單擰成繩，加上皮帶，把他捆個結實，然後連夜逃走。

87

報紙上說，心有雷霆面若靜湖，這是生命的厚度，是滄桑堆積起來的。

我驚詫她在說這種殺人強姦的事時依然聲色不動的平靜，像在說抽蠶剝絲的平常事。她畏懼驚嚇的神經大概是麻木了，像她的手掌，結一層糙皮，長滿厚厚的繭，刀子都敢接。一直如此，不論說什麼，她總是一個表情：沒有表情的表情，波瀾不驚的樣子；一個腔調：風平浪靜落雪無聲的樣子，事不關己高高掛起的腔調。倒是隔壁上校，鼾聲一陣陣的，時而高亢歡快，時而悲切沉吟，像在夢中歷盡悲歡離合。

因為是逃走的，自然不敢回村裡，怕被追殺。她飄在上海城裡，顛沛流離，做過各類苦工，就是不敢去醫院找工作，怕仇家順藤摸瓜找到她。她吃得起苦，但能吃苦的人實在多，滿大街都是跟她搶飯碗的人，競爭激烈，生計總出問題，最後還是斗膽去醫院做護士。畢竟學過的，也畢竟是有門檻的活，專業的事，搶的人少，總算安耽下來，過了將近兩年太平生活。

大概已經好久沒正經八百跟人說過普通話，開始她講述的語速偏慢，且不時冒出方言土語。但普通話的底子在那兒，講著講著，摸到門路，找到感覺，到這時已熟門熟路，順口起來，語速提起來，只是語氣和神情一律不變，呆板的樣子，是被麻木鎖住的。

「可我天生苦命，秋葵一樣，好日子長不了。一九四九年三月二十日下午三點鐘，我正在給一位在街頭打架挨了刀傷的病人輸液，護士長突然把我叫走。」她對這個時間記得如此清楚，好像是她生孩子的時間。其實差不多，這是她一個新的歷史時間，上校已經在三天後的手術台上等她——

現在我們說國民黨抓壯丁，總以為抓的都是男人，其實也有女人。我就是這天下午被一個操四川口音的國民黨軍官帶走的，全醫院十來個年輕護士，在大廳裡排成隊，他在我們面前來回走著，看著，指著，點人頭。總共點了五個，我是最後一個被點到的。沒什麼好囉唆的，誰囉唆他把槍抵在誰頭上，有人當場嚇得尿失禁，他照樣帶走。我們被塞進一輛吉普車，三個人的位置五個人擠，他坐在前面哼著小調，流里流氣的。我真擔心我們被拉去做那種事。我想過，如果是做那種事，我就死給他們看。我見多了死人，家裡人都死了，我對死不怕。

吉普車開一個多小時，換乘一輛帶篷大卡車。車上滿當當的都是和我一樣年輕的姑娘，私下問，都是護士，有的還穿著白大褂，好像要拉我們去救一火車傷兵。有一個押車的，腰裡別一把手槍，手上提一把卡賓槍，警告我們，誰不老實小心吃鐵花生：是子彈的意思。我們問他去哪裡，他說去的地方多著，運氣好可以見著李宗仁總統，運氣不好只能去見鬼了：這是死的意思。

卡車連夜出城，往南京方向開，一路經過多座軍營，每進一個兵營放下幾人，多則五六個，少則三四個。我在第三天下午和其他四人一起被丟在鎮江郊外，金山寺附近，長江邊的一座兵營。後來知道，這是一支艦艇部隊，兵營不大，但房子一色是青磚或紅磚房，看上去結實牢固，和我們一路上進的幾座兵營不一樣。這裡明顯好，以前有些兵營破破爛爛的，像野雞部隊。我慶幸自己被分到一座好的兵營，一路上的恐懼受到安慰，撿了便宜似的，對不明不白被抓來當兵的屈辱反而放下了。

我們五人被安排在同一個房間，四張鐵床，上下鋪。房間裡基本生活設備都有，牆上貼著電影海報，桌上有女人專用的小圓鏡、粉盒，甚至箱子裡還有不少女人內衣內褲什麼的，好像這些人剛死去。其實她們是逃走的。街上四處貼著傳單，解放軍要打過江來，當國民黨死路一條，她們逃去尋活路了，我們是來抵死的。我們也想逃，但兵營裡加滿崗哨，夜裡探照燈雪亮，掃來掃去，逃路堵死，大家只有等死。當天晚上我們各人領到一套軍裝和白大褂，有人說這是我們的壽衣。死歸死，累歸累，死是以後的事，累是眼前的事，顛簸一路，累得要死，躺下就睡著，跟死一樣。

半夜裡有人嘭嘭嘭敲門，說有急救手術，要我們出兩人去配合。三輪摩托停在門口，引擎響著，看樣子是很緊急。我和另一人去，坐上摩托，兩分鐘就到。手術室在一樓，我們進去，看到地上、手術台上、醫生白大褂上全是血，像剛殺完豬。傷員死豬一樣躺著，無聲無息，奄奄一息。醫生背影高大，手裡捧著一堆腸子，翻著，動作麻利，在找創口。我們哪見過這場面，同去的人當場啊啊地嘔吐，引得醫生回頭看。他戴口罩、頭罩、手套，只露出一雙眼睛：即使在雪亮的手術燈下，這眼睛依然放出亮光，像兩只通電的電珠。他朝我甩頭叫我快去幫他。我赤手空拳上去，他又朝我甩頭，示意我戴口罩、頭罩、手套。東西都是齊備的，就在旁邊推車的托盤裡。我全套戴好，配合他挖開肚皮，把更多的腸子拎起來。他很快找到創口，誇我手氣好。

然後三個多小時，他埋頭操作各種手術器具，我負責遞接。經常遞錯，他也不罵人，只說一個字：錯。天毛毛亮時，手術終於結束，我替他摘去頭罩、口罩、手套，脫下血淋淋的白大褂，看到他臉色蒼白、面容僵硬，是一副累極的樣子。他沒穿制服，白大褂裡面是一件脫殼絨衣，大概跟我一樣是臨時從床上拉來的。絨衣洗過多次，黃色褪成灰色，看上去土相。他吩咐我一番護理的要求，叼著一根菸走了。我回頭收拾手術台時才發現，整套手術器具，剪刀、鑷子、切刀、縫針，大大小小，都是金子打的，剛才太緊張，沒注意到。

上午九點多鐘，他來病房查房，穿一套戴上校軍銜的制服，剛睡過覺，臉色紅潤，和我夜裡見的人絲毫搭不上。他倒一眼認出我，問我傷員情況，也問我個人一些情況。知道我是被抓來的壯丁，他似乎猜到我想逃走的心思，勸我別胡思亂想，好好待著。他指著昏睡的傷員告訴我，他就是逃的下場。原來我們熬了一夜辛苦，救的是一個逃兵，沒有功勞，只有苦勞。

護士都逃了，當兵的也要逃，我想這部隊必定打不了勝仗。

果然，一個月後，解放軍打過江來，整座兵營只冒出幾聲槍響，解放軍就順順當當接收了我們。這一個月裡，我和他沒見過幾次面，因為逃兵都不敢逃了，沒傷員，他是不來醫院的。據說他天天在家裡養著貓，看著報，吃飯有人送，衣服有人洗，是長官的待遇。有一次我在營區路上碰到他，他露出一口白牙對我爽朗地笑著，叫我一聲名字，並問我，你是這名字吧？我說是的，停下來，等著他再問我話。他卻沒有下文，徑直挺個胸脯，大踏步朝前走去。我聽著他灑下一路鏗鏗的腳步聲，像聽音樂，心裡喜悅，忍不住回頭看他，希望他也回頭看我。

這是我長那麼大頭一次回頭看一個男人。那年我十九歲，他三十一歲。他也是我這輩子唯一這麼回頭看過的男人。他沒有回頭，我心裡空落落的，像他本來在我心裡，就這麼走掉了，心裡就空了。

她努力想用細節給我重塑上校三十一歲的英俊形象，也試著回憶自己心裡第一次裝下男人的青澀。但上校不配合，大概是做了噩夢，鼾聲突然變成驚叫聲，把她從遙遠的過去拉回來，拉去他身邊，跟我聽到女兒在夢裡驚叫差不多。孩子們都一樣，白天天不怕地不怕，夜裡卻常常為一隻吞下大象的螞蟻嚇得要死，驚叫，尿床。她過去，像我去看女兒一樣，觀察一下，摸摸他臉蛋，幫他理理被子——應該是這些吧，反正我是這樣的；如果醒了，我會哄一哄，一般哄兩下又會睡過去——孩子就這樣，睡覺是他們的拿手好戲。

第十九章

88

在她離去時，我起身站到窗前，舒張一下被矮凳子收緊發硬的身子。窗外黑沉沉的，沒有一只窗戶亮燈，路燈也滅了。夜深了，正如她講到一半的故事，正在積聚隱秘的能量向芯子裡湧動，把未知和孤獨留給我一人。我有些迷茫恍惚，不知是希望她盡快回來，還是遲些回來。我可以想像，她和上校一定愛過，然後恨過，然後……我無法想像她現在是在重拾舊愛，還是自我救贖。相愛相殺，愛不成便成恨，恨的傷口可能釀出毒藥，她現在在喝下自己釀出的毒藥？我想起前妻，我們沒有恨過，是命運給我創下一個巨大的傷口，毒性至今都沒有消失散盡。

她很快回來，添了件衣服，是一件肉色的絲絨開衫，寬大的樣子無疑是上校的。這衣料在馬德里是昂貴的，但在這裡只是土特產，家家戶戶都送得出手，想必也是人家送的。上校已牢牢把她捆住，她不可能重操舊業。據說在去我們村莊前，她是這兒唯一的赤腳醫生，同時也是最搶手的紡織能手。她一邊行醫，掙醫生的錢，一邊紡絲織衣，掙老闆的錢，是這兒收入最高的婦女之一，攢的錢可以重造一棟房子。但這些積蓄後來都為上校治病花光了，為了照顧上校她又沒空打工掙錢，只靠給人看病掙點油鹽錢，一度生活十分拮据。不過前兩年政府給她落實政策，天上掉餡餅，她月月有筆數目可觀的退休——不，是離休——工資，生計難題一下得到解決，解決的方式和結果幾乎是完美的。這從她抽的菸可以看出來，她抽的是鳳凰，是僅次於牡丹的好菸。

「剛才說到，解放軍順利接管了我們，據說沒費一槍一彈，我們聽到的幾聲槍聲是有人自殺，不是抵抗。」她一點不糊塗，不要我任何提示，只靠兩口菸的過渡，恢復了淡然的神情，繼續機械地往下說——

解放軍和國民黨軍隊完全不一樣，他們到我們醫院，迎面見到女護士，靠邊站，等著我們過去再走。第一次這麼遇到，嚇得我不敢往前走，擔心他們要調戲我。後來見多了，就覺得他們是好人。他們對俘虜制定的政策也上好，先談話，勸你留下來，加入解放軍，不願意的給你發回家路費。找我談話的人知道我是個孤兒，家裡沒一個親人，說：那你沒選擇，留下來吧，解放軍就是你的家，我們都是你的親人。說得我當場流下眼淚，真像回家一樣。後來我知道上校也留了下來，心裡更高興。可他不久便隨大部隊出發，不知去了哪裡，總之是前線吧，因為前線最需要他這種醫生。他沒有跟我告別，也不需要。我說過，那時我們才見過幾次面，連個天都沒聊過，是我自作多情，心裡莫名地裝著他。用現在的話說，我有點暗戀他。其實暗戀也談不上，就是一種好感，一種小姑娘的心情。

我繼續留在醫院，並受器重，被提拔當了護士長。解放軍真把我當親人待，對我特別照顧關心。不久上海解放，九月份，我被派去華東醫護幹部學校學習，就是現在解放軍第二軍醫大學的前身。我學的是麻醉師專業，本來要學兩年，後來朝鮮戰爭爆發，中國派出志願軍抗美援朝，學校發出號召，動員我們去前線保家衛國。很多人報名，我為了獲得批准，用血書寫申請，寫血書的也是第一批被批准的。最後一共批准六十個男生、十二個女生，差不多裝滿一節火車廂，直接開往前線。這年年三十，我們是在火車上過的，一路上成千上萬的人擁在月台上給我們送餃子，一站站送，哪吃得掉？吃不掉沒關係，我們裝在網兜裡，掛在車窗外冰凍。火車開出濟南後等於開進冰箱裡，一路都是冰天雪地。開過鴨綠江，那個冷，那個雪，我們南方人想不到的，鼻涕流出來就結冰。天是那麼冷，但我們心裡熱火朝天，一路上唱著歌，跳著舞，根本不像去前線打仗，像從前線凱旋回來。

跟那次國民黨抓我的情況相似，火車每到一站，就會下去一批人。不同的是來接我們的人個個熱情洋溢，脫掉手套，用冰冷的手和身子擁抱我們，噓寒問暖。解放軍和國民黨是一個桑蠶一個樟蠶，根本不同的，桑蠶吐絲做衣，一身寶，樟蠶啥都沒用，只害人。我和二十一個同學在長津湖東端的一個叫下碣隅里的火車站下車，分頭上了三輛吉普車和一輛卡車，去了各自部隊。我上的是卡車，去的是二十七軍軍部野戰醫院，當時醫院在長津湖邊的一個山洞裡。我們六個同學，四男兩女，下車時手上都拎著一網兜冰凍餃子，當天晚上醫院會餐，吃的就是我們帶去的餃子，大家吃得開心死了。

吃到一半，突然闖進來四個人，兩個手上提著槍，一個手上拎著醫護箱，另一人空著雙手，但手上有血跡。他可能在雪地裡洗過手，但沒洗乾淨，殘留著明顯的血跡。他們去前線接診剛回來。他一出現，像來了大領導，大家安靜下來，院長坐的那一桌子人都站起來向他問候，拉他入座。我左看像，右看也像，最後確定就是他，我老頭子，就跑上去向他問好。他沒認出我來。我說我是誰，他聽了不相信似的，對我左看右看，最後說，你怎麼胖得像一頭過年豬了，可以殺了過大年（元宵）。

說完哈哈大笑，引得滿堂大笑。

確實，在軍校一年半，我胖了一圈。我從來沒有過過這種好日子，不要做體力活，有吃有喝，無憂無慮，能不胖嗎？像我現在，整天替他操心操勞，能不瘦嗎？我被他說得滿臉通紅，渾身不自在，像滿屋子笑聲都化作水潑在我身上，我成了一隻落湯雞。他看我窘迫的樣子，安慰我說，沒事，要不了兩個月，保準你瘦回原樣，那時我就認得你了，說完又笑。以前我真不知道，以後知道，他就是愛開玩笑，愛笑，笑起來聲音很大，放炮一樣。現在我真想再聽到那種笑聲，可聽不到了，只有在夢裡才能聽到。那兩年，儘管每天出生入死，不死也累得要死，但因為和他在一起，成了我這輩子最開心的時光，我心裡越有苦就越是會夢見它。

89

同樣的白熾燈泡，濾掉了蒼涼的紅光，變更亮了，因為多數工廠停業了，電力足了。她同樣的臉，顯更大了，因為疲倦爬上去了。疲倦加深了皺紋，下沉了眼袋，拉長了下巴，臉就變大了，更老相了。但她的精神還是好，越發好，記憶清晰，思路活靈，講得很流暢，或許是美好的回憶在起作用吧。

據說，出租車司機會忘掉所有乘客，除非你把錢包落在他車上，他沒收也好，歸還也罷，都是他美好的回憶。她把最寶貴的青春和初戀落在朝鮮長津湖邊的血土上，這片土地形同她故鄉，會魂牽夢繞的，她沒收不了，也歸還不了。因為嵌入血肉了，只能和血肉同生同亡。

初戀的感覺是甜蜜的祕密，是緊張的等待、偷窺，是手不經意中相碰觸電的感覺，是炮聲轟轟中的害怕和禱告，是午後的陽光在風中行走，是微風吹來了稻花香，是徹夜不眠的累人旅程，是各種複雜幽秘、別出心裁的明測暗探。總之是細膩瑣碎的，孤僻，怪異，情亂神迷，神神叨叨。她改變不了事實，甚至樂於耽於這種逝去的事實中，不免說得鋪張，讓我覺得囉唆。整個晚上，我第一次出現聽力疲勞的感覺，忍不住打斷她：

「總之你愛上他了。」

「是的，」她脫口而出，「我這輩子只對他這麼愛過，愛得小心翼翼又天昏地暗。」

她又列數種種心花怒放又揪心斷腸的細節、事蹟，癡迷於逝去的青春和灼傷淚眼的甜滋滋的苦澀中，流連忘返。這是她畢生的輝煌，一生盤根錯節的痛的根子，彩虹一樣的，驚人的美麗，也是驚鴻一瞥的殘酷。她心裡在燃燒，一顆孤寂的心在一往情深。沒有人會忘掉自己的寶貝藏在哪裡，也沒有人會忘掉刺穿自己心的箭。我不忍心再打斷她，就讓她說個夠吧，這不是修養，而是仁慈。

終於，她在迷途中繞出來，回到正途——

我不知道具體是從什麼時候開始愛上他的，就像我不知道他身上有哪一點是不值得我愛的。我愛他的笑聲；我愛他的背影；我愛他抽菸的樣子，愛他丟下的菸蒂；我愛他在手術失敗後罵娘的憤怒，當然更愛他手術成功後的燦然笑容；我愛他遛貓逗貓的樣子，那一定是他最得意開心的時候；我愛他義無反顧奔赴前沿陣地去出診的英勇，愛他風塵僕僕回來的喜悅和痛苦。我們醫院總共有七個外科醫生，他去前沿陣地出診的次數比其他六人加起來還要加倍的多。

為什麼要出診？因為有些傷員傷勢太重，下不了陣地，下來必死在途中。他聞訊後總是對其他醫生說，別搶，我去，我要讓我的金子（手術器具）多發光。那可能就是去送死，前線的槍炮是不認人的，敵機在空中專門找這種孤單的吉普車，認為裡面一定是送情報的人或大首長。好幾次，我隨他去前沿出診，路上遇到敵機掃射，有一次一梭子彈正好鑽進我和他肩並肩的夾縫裡。我嚇得哇哭，他笑道，誰說子彈不長眼？子彈知道我們要去救人，打死我倆等於要打死一堆傷兵，它下不了手。有一次車子被地雷炸翻，滾入山溝裡，司機當場犧牲，我下體出血，一隻肩膀脫臼，痛得昏過去，他毫髮不損。他常說，救人一命勝造七級浮屠，他造的浮屠已上千級，已經在天上，死神搆不著他了。

真的，他那麼拚命，幾十次去前沿陣地救人，身邊的人一個個死傷，他最嚴重的一次只是斷過一根腳趾頭，其他都是擦傷皮肉，跟穿著鐵布衫似的。也許這就是福報吧，但他現在這樣子哪有福氣？

我說：「你就是他的福氣。」

她說：「聽下去你就知道我是他什麼了。」

她繼續說——

就是那一次，我終於向他說出我的愛。事情是這樣的，趁我昏迷時他給我脫臼的肩膀復位，那個痛，死人都要痛醒。我醒來發現下面全是血，以為受了傷，可並不覺得哪裡痛。他讓我起身走，蹬腿，彎腰，都沒問題。他知道是怎麼回事，告訴我，我聽了又哇哇哭。我寧願丟一隻手也不願意丟掉它，這是女人獻給丈夫的新婚禮物。我哭得死去活來。他以一貫愛開玩笑的樣子，安慰我說，沒事的，回去把這褲子保存起來，以後我給你的丈夫作證，這是你的軍功章。我一頭扎進他懷裡對他說，就你做我的丈夫吧。他哈哈大笑，說，你是怕我作證服不了人，那好吧，回去我就讓部隊開個證明。我緊緊抱著他，把自己對他的愛從頭到腳說了個透。他似乎被我感動了，卻沒有激動，依然用一副詼諧的口氣說，你太可愛了，如果我需要一個妻子就是你，但現在我更需要死神的愛，而不是你。

我說，我們相愛了死神會更愛我們。

他說，我見的死人比你聽的槍聲還要多，在死神面前你連小學生都不如，大學生在你面前，聽大學生的吧。

我說，你剛才說了，如果你需要一個妻子就是我。

他說，可我可能永遠不需要妻子。他放開我，指著一旁犧牲的司機說，你看他，需要妻子嗎？如果他有妻子，該有多痛苦，一輩子都要痛苦。

我還想說什麼，他對我擺手，告誡我別說了。他說，在死者面前說這些是不合適的，對自己也不吉利，我希望你活著回國。至於我嘛，他一邊給死者拭去臉上的血污，一邊對著天空說，老天知道，我已死過多次，死了也無所謂，多活一天都是賺的。

以後，他再不帶我出診，我把這理解為是對我的愛，是在保護我。尤其是，他每次出去都把他心愛的貓託付給我，就更以為他心裡有我。每次，我還他貓時都會塞給他一封信，寫的都是我情真意切的感受，濃濃的愛和深深的怕，怕他不回來，怕他受了傷回來。有時我又希望他受了傷回來，當然不是重傷，只是輕傷，這樣他可以養傷，我可以照顧他養好傷。他從來不給我回信，一聲回音都沒有。只有一次，他接過信時突然對我說：你對一個你完全不了解的人談情說愛，是對自己的不負責任。我用他曾經說過的話說：在前線是最能了解一個人的。類似的話領導在台上說過，私下也常有人說，他也確實對我說過。那時我到前線已超過一年，我說我已經在最能了解人的前線和你相處一年多，我很了解你。他說，你的眼睛看不到我的過去。我說我要的是你的以後，不是以前。

我就是這樣對他猛衝猛打，什麼都不顧忌，狂熱，什麼姑娘家的矜持、面子、尊嚴，都放下，只要他一個字：愛！我親人都死光了，太孤獨了，太需要一個人來愛我，而天下哪裡去找他這樣的好人？英俊，能幹，英勇，幽默，只要他答應愛我，我為他死的心都有，不答應我也想死。這種心情你可能很難理解的。

我想我是能理解的，那個孤獨，那個渴望，我嘗過，就在我出國頭幾年，那種舉目無親的感覺，那種什麼都放得下的悲涼和狠心，像寒毛一樣附在我身上，我像熟識老家的弄堂一樣熟識。

90

凳子越坐越硬，像受骨頭僵硬感應傳染似的。我索性坐在地上。她丟給我一個上校玩的毛線大肚娃娃，說地上冷，墊著吧。我墊著坐好，繼續聽她說——

從一九五一年夏天起，敵人對我們實施長達一年多的絞殺戰，經常出動飛機來炸我們的鐵路、公路、駐地，狂轟亂炸。你想毛主席兒子毛岸英，一直跟在彭德懷司令身邊的，都犧牲了，可想炸得有多厲害。我們軍主要打的是圍殲戰，經常要換駐地，部隊換到哪裡我們醫院跟到哪裡。一九五二年五月中旬，我們在轉移途中，一天晚上臨時住在一個村莊裡。可能有特務跟蹤我們，敵人連夜出動飛機來定點轟炸，炸死軍民一百多人。五月天不冷不熱，多數人都露宿在路邊，只有傷員和我們幾個女的借宿在村民家裡。民居都小，大家只能分開住，我和護士長寄宿的那家人正好被一枚炮彈擊中，護士長和東家一對兒女當場被炸死，我也被房梁壓著，動彈不了，眼看要被燒死。

他知道我住在那裡，不顧死活來救我，披一床用水浸過的毛毯衝進大火，大聲叫著：小上海！小上海！找我。自我們在朝鮮見面後他一直這麼叫我。他找到我時火已經在燒我辮子梢頭，嗞嗞的聲音，像蛇在噴氣。他把我撲在身下，先把我辮子上的火頭滅了，然後滅四周的火，最後用濕毛毯裹著把房梁抬起，把我從死神手裡奪回來。當時敵機還在轟炸，大家都還在東躲西藏，營救工作其實並沒有開始，他完全是冒死來救我的。所以，我後來的命實際是他冒死救來的。

怕天亮後敵機再來轟炸，部隊連夜撤離村莊，往山區轉移。中途要經過一條溪，我受了傷，小腿撕開一道嘴巴大的口子，剛做包紮，不便下水。他背我過河，剛趴在他背上我便開始哭。五月正是雨季，溪裡水滿滿的，深過膝蓋，我哭著，他背著更累，上岸便一屁股坐在地上，大口喘著氣。我仍然哭著，哭得稀里嘩啦的。人累時容易生氣，他突然訓我：你哭什麼！但馬上又安慰我，哭吧，哭吧，死了那麼多人，該哭，一邊來拉我的手。我緊緊抓住他手，一頭扎在他懷裡，哭個夠。黎明前的黑暗，伸手不見五指，我有種強烈的衝動，希望他吻我。

我說，如果我剛才死了，我在這世上什麼也沒留下。

他說，今天晚上犧牲的人一半都這樣，戰爭就是這麼殘酷。

我本來是希望他對我說，我至少給他留下了那麼多信，我留下了對他的愛。但他沒那麼說，我只有直接討。我昂起頭，對他說：你給我留個吻吧，這樣我死了至少留下了愛，和我給你的那些信是配的。他遲疑一下，低頭吻了我。是那種吻，只有儀式，沒有欲望。畜生都不會在那時有欲望，才死了那麼多戰友，心裡難受得很。但對我來說這儀式也很重要，像終於收到了他一封回信。

部隊到新駐地後，住的是臨時用原木搭的工棚，很矮小，一間屋只夠放兩張小床，床也是用木板拼的，直接鋪在地上。那時我們只有一個團在前線，大部隊已準備撤回國，戰事明顯少了，但傷員不少，都是那次轟炸加出來的。我說是麻醉師，其實平時做的大都是護士的工作，護士長犧牲後由我接班，反而更忙，經常上夜班。總共就五個護士，一夜兩個班，前夜班和後夜班，反正互相輪值。一天晚上我上的是前夜班，我同寢室的人接我的班。我回去倒頭就睡，朦朦朧朧中，總覺得有東西在摸我臉。夏天，山裡蚊子多，都掛蚊帳，開始我以為是風吹著蚊帳搭在我臉上，後來那東西往我胸前移。我一下嚇醒，想叫沒叫出聲，因為他用嘴堵住了我嘴。

我知道是他，還能是誰呢？那天他跟我一起上的前夜班，我們一起下的班，只有他知道這時屋裡光我一人。再說，也只有他才敢這麼大膽，知道我會要他。這是我第一次，我雖然嚇得渾身發抖，但還是大方地給了他，讓身體來證明我們的愛。因為旁邊有人，原木拼的隔壁根本不隔音，我們自始至終都咬著牙，怕出聲，喘氣聲都用手捂著悶著。那年代不像現在這麼開放，談戀愛頂多拉拉手，接吻都是不敢的，他就是膽子大，特立獨行的。這也是我愛他的原因，身上有種別人沒有的膽量和擔當勁，也是男人勁。

那次翻車後我一直藏著那條血褲子，他出於對我負責，確實向單位反映過我的情況，單位也確實給我開過一個證明。我本來一直都藏著，第二天我把證明撕了，褲子也洗了。我想既然這樣，他要了我，我還留它們做什麼？他是親眼所見，眼睛是最好的證明，還要什麼單位證明？我覺得他所以敢來要我，大概也是因為知道我已不是那個（處女），無所謂了。在我九月份回國之前，他還來過三次，每次都是月黑之夜，每次我們演的都是無聲電影，因為要避人耳目。

回國後我們駐紮無錫，醫院加入解放軍一〇一醫院，在太湖邊。我繼續幹老本行，麻醉師。他立過一等功一次，兩次二等功，是英模代表，回國後四處作英模報告，一個多月後才回部隊。回來那天晚上，醫院給他開慶功會，會上院長宣布命令，任命他為外科主任。一個多月沒見，我想死他了，他在台上又說又笑，我在台下又哭又抖，激動得像他第一個晚上來找我。他有應酬，會後沒馬上回宿舍，我就在宿舍樓下等他。看他房間燈一亮，我就上樓去找他。他住在頂層三樓，樓梯口的房間，似乎專門挑過的，好讓我悄悄去找他。敲開門，我直接往他懷裡撲，他也大大方方擁抱我，親熱地叫我小上海。我一直等他來親我，他卻放開我，跟我噓寒問暖，一邊讓我坐下。我不幹，主動要親他，卻被他拒絕，還跟我說一通大道理，好像當上英模變成聖人似的，我這種凡夫俗人的要求是低俗的，不配他的光輝形象，把我氣得含著淚跑掉。

我等他來安慰我，等幾天都等不到，偶爾在醫院或食堂碰到，他還是老樣子，叫我小上海，跟我開玩笑，就是私下不來找我，像什麼事也沒發生，發生的都過去了。我熬不住，一天晚上又去找他，結果大吵一場。他說的話把我氣死了，死了也要從棺材裡爬出來咬他。我說，你答應要娶我的。他說，我說的是如果，如果我要娶妻子就娶你。這倒是真的，當初他確實是這麼說的，可在我看來他要了我身子就是要娶我。所以我說，你既然要了我就要娶我。那時候我們說話不像現在這麼直接，都是點到為止，我想他也該明白我在說什麼：你要了我身子就要管我一輩子。可他居然說，那是在特殊情況下，戰爭時期，死亡和我們牽著手什麼的。說到後面還笑嘻嘻的，意思好像現在戰爭結束了，一切過期作廢。我氣得哭了，我說你不要我沒人要我了。他說怎麼會呢，你那麼年輕漂亮，又是大學生，喜歡你的人排著隊呢。我說你別裝蒜，你該知道我已經……我支吾著想找一個得體的說法，他打斷我說，我知道你想說什麼，可你手上不是有單位證明嘛，如果需要我也可以出面作證，怕什麼。

我的天哪，他怎麼說出這種話？簡直不是人！當時我恨不得要抽他耳光，但我氣得手在抖，像不是自己的手，嘴巴也不是自己的，不知道說什麼，失靈了，只有眼睛，雖然含著淚水，依然看得清。我看他那副滿不在乎、厚顏無恥的樣子，直想一頭撞牆，死給他看。現在想當時要撞了牆就好了，事情鬧得越大越好，可當時我恰恰是怕自己衝動，去撞牆，把事情鬧大，所以跑掉了。

91

人像一枚硬幣，有兩面，遇到好的一面是你運氣，遇到壞的一面是你晦氣，如果兩面都叫你遇到則不免要喪氣歎氣。當然這也是報紙上說的，我是說不出這種文謅謅的話的，甚至是怕說，因為說起這種話，我就會想到爺爺。爺爺是最擅長說這種話的，滿肚子都是，張口就來。這當然是爺爺好的一面，可惜我又遇到了爺爺的另一面：不好的一面。我想林阿姨也是這樣，把上校的兩面——好壞兩面——都遇到了，這確實讓人很沮喪。整個晚上，直到這時候，我才開始偶爾看到她臉上浮出一些表情，冒出一些感喟。

她長長歎一口氣，繼續說——

我不知道那段時間是怎麼熬過來的，真是生不如死，死亡比在前線還離我近。我是麻醉師，手上有的是讓自己死的藥，一針下去，一死了之。這種念頭無數次出現在我腦海裡。有一次，我甚至已經配好藥，只要一閉眼，把針頭插進身體任何一個部位，有人就要替我收屍了。可我連個替自己收屍的親人都沒有，正是這個想法讓我閉上的眼睛又睜開了。我想我還是要活下去，我活著，至少可以每年回去給我死光的親人上個墳。我不為活人活，只為死人活。

我就這麼活下來了。

我不死，他在我心裡也死不了。一天下午，我把他攔在路上，是要決一死戰的意思。我直接問他，你到底要不要娶我？他看我這麼決絕的樣子，少見地端出一副誠懇的老實相對我說：我的小上海同志，你不了解我，我娶不了你，我這輩子註定是個光棍命。我說，你不娶我我就去死。他有些生氣，說我這是在威脅他。他說，我千錯萬錯，至少還救過你命，何必這樣？接著又說，我是為你好，你這麼年輕幹嗎要吊死在我這棵死樹上？我相信你一定能找到一個比我好得多的男人。我說，老實告訴你，我已經把單位給我開的證明撕掉了，沒人會要我了。他居然說，那還不容易，我讓單位再給你補開一份。把我簡直氣死！我挑一堆髒話狠話罵他，想用憤怒換取他的同情，或喚醒他的恐懼也好。我說，你就不怕我告你嗎？我的憤怒沒得到同情，恐嚇也沒有嚇倒他，反而激怒了他，他無情地對我說，你憑什麼告我，難道你的情書能證明我愛你嗎？看得出，他當時已經很生氣，說完就拔腿走了。我看他筆挺著背脊大踏步離去，以前覺得雄赳赳的，很好看，這天只覺得醜，還散發出臭氣，把我噁心得一屁股坐在地上。

這天是周六。

周一下午，院長把我叫到他辦公室，交給我一份新開的證明，同時拐彎抹角做了我一些思想工作，說我有學業又有前線經歷，工作能力很強，前途很大等等。院長專門說到，這是我的軍功章，要我別為這事背上思想包袱。軍功章這話是他曾對我說過的，我由此想到院長是在替他做我思想工作。我徹底明白，他已經鐵了心，今後我只能把未來的丈夫寄託在這張證明上了，它證明了我的清白，更證明了他的清白。當看到一個人無情到這種程度時，我還有什麼好說的？死心吧。

心死了，人反而不會死了，只是活得像一台機器。

不久，組織上派他去軍區幹訓班學習，在南京，有意無意地把我們分開。我當然認為是有意的，是讓我眼不見為淨，為他息事寧人。幹訓班就是培訓幹部，選拔幹部苗子，像現在去黨校學習一樣，回來提拔當副院長也不是不可能。他的走，客觀上確實幫助了我把心情平靜下來，心平復下來，理智就回來，我不管他上天入地，只管自己把他從心裡清洗出去，洗乾淨。我像當初在蠶房用刀刻叉一樣，每天在日記本上打叉，有時一打就是滿滿一頁。打了一個多月，見效了，我不想打了，好像他已經被我叉死。那天，我把那日記本……對了，中間有一天他把我給他的十幾封信還了我，那天，我把那日記本和這些信統統燒掉，完了去澡堂好好洗了個澡。我要把自己洗得乾乾淨淨，開始迎接新的生活。

那時洗澡有統一時間，一個月一次，一般是星期六晚上，大家都會去。那天，我從澡堂出來，正好碰到內科主任，是安徽銅陵人，四十多歲，也是朝鮮回來的，和我很熟識。他也是剛洗完澡，我們便一起回宿舍，一路上聊天，聊到一件事，一下把我剛精心養好的傷口又揭開。他隱隱諱諱地向我透露，他聽到一個風聲，說我老頭子在外面講，我把身子給了他，可他懷疑我也給過別人，所以跟我絕了交。

且不說這風聲有多大，但真是假不了的，因為這是天知地知他知我知的事，現在至少有第三個人知。誰說出去的？我怎麼可能說？我沒說，那麼只能是他。

我當時什麼感覺？五雷轟頂。

我說過，我不是個大小姐，我是個逼急了敢殺人的人，那個想強姦我的國民黨忠義救國軍的隊長就是例子，現在他在我心目中可惡的程度一點也不小於那個該死的隊長。如果當時他在單位，我一定會找上門去把他的腦袋也砸爛，砸死也說不準。可他遠在南京，回來還可能當副院長，領導我。我想不通，一個人怎麼會無恥到這個地步？他逼我走上了絕路，我連夜給軍政治部寫信，告他強姦我。他不仁我不義，我要他死得難堪！這是我那天夜裡咬了一千遍的話，牙齒都咬碎了。

政治部保衛處迅速派人到我們單位來調查，同時把他從南京緊急召回來配合調查。他當然不承認，但有什麼用，我白紙黑字寫著，時間地點次數，寫得清清楚楚，於情於理，哪怕邏輯分析，真理都在我手上。從邏輯上說，他為我去向單位要第二份證明，分明也成為他要了我身子又想拋棄我、安撫我的一個把柄，否則幹嗎是他去代我要？退一步說，即使沒這個把柄他也沒逃路，這種事只要有人告，一告一個准，誣告你也得認，逃不掉的，你能找誰來證明你的清白？

他是英模，組織上開始是想保他的，因為從事情經過分析，當時我們是在談戀愛。這也是事實，我也承認。於是組織上徵求我意見，如果他願意娶我，我是不是可以不告他，化干戈為玉帛。我嘴上說不可以，心裡其實是做好準備的，只要他來向我認個錯，答應娶我，我會接受的。但他不願意，組織上怎麼開導都不接受，死活不願意。那誰救得了他？結果就那樣，被開除軍籍，遣返老家，過去的一切榮譽、身分、地位一夜間都歸了零。

殺敵一千，自傷八百，我也沒好下場，首先是臉破了，其次是心碎了。第二年，我要求轉業，單位一百個同意，巴不得我走。一個破相的人待在那裡大家都不舒服，走對我本人和單位都是好事，兩全其美的事，誰反對？都催我走呢。我想沒有人會祝我一路走好的，因為我沒幹好事。有人會同情我嗎？我想不會有，包括我自己，有時也懊悔把他毀成那樣。但我不是神，我是人，我就那水平，人的水平，所以更多時候我並不懊悔。我認了，是把刀子也得吞下去，沒有選擇。人就是這待遇，熬著活，你看我和老頭子，現在活成這樣還不是熬著在活？

92

可能是疲倦，可能是急於想看到自己稱心的結局，她省去了自己中間大段的經歷。我是後來陸續了解到的，她轉業後被安置在上海長寧區人民醫院，以為到一個新單位，大家不會知道她的過去，她可以素面朝天，活個清靜。沒想到，很快，不過小半年，她過去的尾巴就拖在新單位的旮旯犄角。她不知道原因，只知道結果，新單位的人對她不光彩的過去很感興趣，眾人拾柴，添油加醋，以訛傳訛，她成了一個有生活作風問題的狐狸精，害人精，然後每次運動都拿她開刀，為民除害。她是第一批右派分子，一九五七年十一月被下放到崇明島勞改農場接受勞動改造；一九五九年三月受到優待，回原單位（長寧區醫院）做勤雜工，負責整棟門診樓的廁所清掃工作，同時兼任每次政治運動的批鬥對象，時常上台挨鬥，掛牌遊街；一九六四年十月醫院有一批藥品失竊，她被人栽贓，開除公職，押去位於皖南的上海白茅嶺監獄服刑四年。

「總之，後來我去安徽坐了四年牢，至於為什麼坐牢就不說了，說了你的年紀和經歷也理解不了，跟一齣戲一樣的荒誕。」她直接把話插到白茅嶺監獄，直奔上校而來，「我這個牢其實坐得划算，正好躲過了文化大革命的浪頭，要不我一定會像老頭子一樣吃盡紅衛兵的苦頭，至少免不了掛一堆牌子上街遊鬥，也可能被掛一雙破鞋，也可能被剃陰陽頭，也可能被潑糞。坐牢讓我躲過一劫，大概是冥冥中老頭子在招呼我吧，要我去為他贖罪，去料理服侍他完全癱瘓的生活。」

「你信嗎？世上沒有不透風的牆，沒有風飄不到的角落。」她端著一雙青黑的眼圈——像長期戴眼鏡留下的陰影——問我。不等我開口，她又替我回答，「反正我是信的，否則很難理解當初我在無錫軍營裡的風怎麼會吹到上海，後來你老家的風又怎麼會吹到這個村莊裡？總之是吹來了，並且吹到我耳朵裡，說得有名有姓，有經過，有結果，有人甚至連他肚皮上的字都一個不落地告訴了我。」

說到這裡，她又低眉輕聲地問我：「你知道他肚皮上的字嗎？」看我搖頭——我選擇了搖頭——她露出驚異的目光，「怪了，你們傍晚在一起這麼長時間他都沒給你看？」

我說：「他想給我看，但我沒看。」

她說：「這就對了。曾經他把那地方當罪惡和恥辱，寧願殺人放火也不要人看到，要瞞住，現在他把它當寶貝，見到陌生人就要給人看，獻寶一樣的，我想攔都攔不住，攔他就要哭，你說這人已經變成什麼樣了。」

停下來，看看我，略微提起了聲氣，說：「他變成了自己想要的人。」

說著，她慢騰騰站起來，又緩緩彎下腰，從做案台用的門板下拉出一只破紙箱，一邊翻著一邊說，「這些是他最得意的大作，他都收好的。作為一個孩子，他是很懂事的，很知道愛惜東西。」作品看上去有不少，她找到一張，抽出來，遞給我，「你看吧，畫得跟他身上幾乎一樣，大小比例都差不多，除了字。」

我起身接住，像紙上畫著我的羞辱，有點不敢看。

這紙是我最熟悉不過的土紙，半米見方，蠟黃色，紙面粗糙。我們村莊有不少人在用老古作坊生產這種紙，全國賣。我們叫它冥紙，主要用來給陰曹化緣，做佛包，去墳前燒給死人，求活人平安。作為七八歲的孩子，畫確實畫得不錯，兩條簡潔流暢的線條，一下把人的小腹和腿彎勾勒出來，上面一點黑是肚臍眼，下面一團黑是陰毛，位置適中，比例勻稱——看得出，這是反覆練習後的成果。引人矚目的是，肚臍眼下方有一行向下弧形的八個墨綠大字：命使我乃鬼殺奸除，字形端正厚實，排列均勻。在「乃鬼」兩字的間距下方，直直地伸出一支漸放的紅箭頭，直指陰毛，箭頭鈍重厚實。箭頭線兩邊又有字，豎排，各兩個，右邊是「軍令」，左邊是「如山」，字體狂狷邪魅，色彩純藍，大小比上面的字要小一號。

阿姨沒有回頭，卻像看見了我的震驚，淡淡地說：「別奇怪，這就是他想要的，他照自己的意願改了這些字，黑白掉了個頭。」一邊繼續翻著。

又翻出一張，畫還是老樣子，一模一樣，不一樣的只有字：「除奸殺鬼乃我使命」和「軍令如山」被「國家興亡匹夫有責」和「中國必勝」取代，一樣的字數，一樣是繁體字，一樣是從右到左、一橫兩豎的排列。接著又翻出一張，畫仍是老樣子，但看不見一個字，每個字都被塗成黑方塊。

阿姨說：「應該還有兩張。」卻停止尋找，回頭來輕輕撫摸那些字，一個個地撫摸，一邊自言自語道，「有時我覺得他現在這樣子滿好的，可以忘掉那些髒東西，可以照自己的意願改掉這些字。他這輩子如果只有一個願望，我想一定是這個，把那些髒東西塗掉，改成現在這樣。這個願望死都奪不走他，但也是死都實現不了的，只有現在這樣子，失憶了，才能實現。」

我說：「他能記得這些話，說明他對過去還有記憶。」

阿姨說：「很少，偶爾有一點也不是固定的，不知怎麼來了，又不知怎麼走了，所以才會這樣，一會兒是這句話一會兒是那句的，確定不下來。」阿姨告訴我，他的記憶已被大火燒得只剩下灰燼，這些話就是殘留的灰燼，它們一定曾經被他反覆用過、想過，滲到骨縫裡了，燒不掉的，燒掉了還會留下渣子，散落四處，時不時被他撞見。

說到這裡，阿姨又回頭去紙箱裡翻，很快找出一張畫，是一幅素描，畫的是一個年輕的志願軍女戰士，穿著臃腫的大棉襖，席地坐在一只炮彈箱前，嘴裡咬著一桿鋼筆，一臉沉思也是憂鬱的神情。

我想這應該就是阿姨，問她：「阿姨，這是你吧？」

她點頭，然後捧起畫，茫然地看著，過好久，才幽幽地說：「他已經不會撒謊了，他心底一定深深刻著我。」

我說：「是的，他一定很愛你。」

她說：「我更相信是恨。」右手食指輕輕落在筆梢上，像要把它拔出來，一邊苦笑道，「這支筆給他寫過求愛信，但也把他害了。」

我安慰她：「他會理解你的，是他沒有向你說明情況。」

她說：「他理解不了，永遠。」

我說：「但我相信如果不是鬼子給他留的那些髒東西，他一定會娶你。」

她說：「世上沒有如果，只有後果。」沉默一會，突然問我，「你知道那些髒東西嗎？」

我如實說：「聽說過一些。」

她又問我：「聽說了什麼？」

我沒有如實說：「據說上面有一個女漢奸的名字。」我不想提老保長說的那句髒話，難以啟齒，而且從字數上看，老保長說的是七個字，實際是八個，有出入。我覺得這挺好的，別讓我知道真相，給我心愛的上校留個祕密。

她說：「是的，有個十惡不赦的女漢奸的名字。」停頓一下，接著說，「我在部隊上經常接受政治教育，老早就知道這個大漢奸，所以當聽到你家鄉傳來的消息後，我再想起他曾對我說過的那些話，突然明白他當初為什麼不肯娶我，寧願開除軍籍也不肯。這情況他怎麼娶我？怎麼娶？包括後來他為什麼要那樣害小瞎子，因為這是要他命的東西，他不能讓任何人知道。他寧可一輩子做光棍，寧可犯罪，寧可死，也要守住這祕密、這恥辱，有人卻要當眾扒下他褲子，他能不瘋嗎？他是活活被逼瘋的，但首先是被我害的……」

她幽幽地說著，把我的記憶和感傷一一喚醒、點著。往事今情歷歷在目，如鯁在喉，我受不了，把畫放回紙箱，順勢坐回原地，捂住臉哽咽起來。她上前輕撫了一下我頭髮，慢慢走開去，坐回凳子上，繼續木木地說：

「是我害了他，是我害了他……」一句話反覆說，似乎是被點穴定格了。在我以為她還要繼續反覆時，她突然略微提高聲音，明顯加上情緒，加快語速，俐落地說：

「但首先是他害了我，那個王八蛋。」

「誰？」我抬頭問，發現她正昂起頭，衝著我。

「他，那個向我報信的傢伙！」她咬牙切齒地說，「那個在澡堂門前碰到我的主任，內科主任。」說著聲音又低下去，彷彿怕隔壁老頭子聽見似的。她看我一眼，接著說，「其實事發半年後，當時我還在部隊，這傢伙當上副院長後我就懷疑自己被他當槍使了。醫院缺個副院長，他和我老頭子都是候選人，他資歷比我老頭子深，可我老頭子是英模，當時又在南京幹訓班學習，他怕被搶去，便耍了這個陰招。」

我問：「他怎麼知道你們的事？」

她說：「這也是那些年我一直在想的。我想不外乎兩個原因，一個是老頭子確實在外頭說過這事，他性格豪爽又愛喝酒，有時失言也不是不可能；另一個是他看見老頭子夜裡去找過我。」
我說：「以他能把身上的祕密藏一輩子這點看，酒後失言的可能性不大。」
她說：「是的，可以前我哪知道這些？何況……」說著停下來，搖著頭，似乎是不想說了，又似乎為了隆重推出下面的話，「我希望是我老頭子酒後失言，這樣我心裡要好受些。以前我就是老這麼自己騙自己，想不到……」
突然刷地掛下兩行淚，啜泣說：「我老頭子從來沒有去找過我。」
我一時沒聽懂什麼意思。
她一把拭掉淚，看我一眼說：「那個人根本不是他，我完全冤枉了他！」
我懂了意思卻又覺得不可理喻，怎麼可能不是他？即使不是他，他今天這樣子又怎麼能為自己申辯？記憶背叛了他，沒這能力的。我感覺坐不住，站起來，問她：「你怎麼知道不是他？」
沉默好一會兒，她終於開口：「他的身體告訴我的，身體。他腦筋出了問題，但身體還是正常的，當我們在一起後……」她思量著，在找一個合適的說法，「我是女人，我能感覺得出來，不是同一個人。不是，太明顯了。」
眼淚再次奪眶而出，她立刻用雙手捂住臉，怕羞似的，泣著聲，一口氣說：「你別問我那個人是誰，我不知道也不想知道，這個世界壞人太多。」說著埋下頭，幽幽地哭起來，聲音像一個小姑娘，樣子像一個老朽得不堪入目的老太婆，頭髮像冬天的枯草，脖子裡的皺紋犬牙交錯，每一寸皮都黏著骨頭，只有耳垂處掛著一小坨肉。
整個晚上前面所有時間，她都像一部老掉牙的機器，像枯水期的溪流，聲色不變，木然淡然的樣子，涼薄的樣子，讓我想到她心底已被完全掏空，也可以說被徹底填滿。哀莫大於心死，心死了天塌下來都不會挪個位。我想她應該早已是這樣的人，所以對她最後一刻的動情，我毫無心理準備。她的泣聲、淚水，像水點燃了火一樣嚇人，比槍林彈雨還讓我驚慌失措。

我在一片恍惚中看她離我而去，我不記得我們有沒有互道晚安——有也是一句空話，這天晚上我怎麼可能安寧？我只記得第二天上午，我和他們分手時，阿姨問我的一句話：「你還會來嗎？」那時我窮得被這個問題難倒，正在遲疑時，她身邊的老頭子像我女兒一樣搖頭晃腦地代我說：

「會的，一定會的。」

聲音透出一種孩子的天真爛漫。

我搭上摩托，轟的一聲離去，回頭看到，兩人肩並肩、手牽手站在門前台階上，阿姨臉上烏雲密布，上校臉上陽光燦爛。

一路上，陰沉的天空正在醞釀一場大雨，而在我心裡，上校燦爛的笑容早已把我折磨得淚如雨下。這是一次痛徹心扉的離別，摩托車的引擎聲聽上去都像是傷透了心，在聲嘶力竭的哭。

第二十章

93

報紙上說的，世上只有一種英雄主義，就是在認清了生活真相後依然熱愛生活。我不知道什麼是生活真相，什麼是英雄主義，對愛不愛生活這個說法我也不覺得有什麼好的。要我說，生活像人，有時或有些是讓人愛的，有時或有些又是不讓人愛的，甚至讓人恨。總之我對這話並不太認可，但我一直記著它，因為這是我向前妻求愛時說的一句話，也是她臨終對我說的最後一句話。

我說過，剛出來時，我曾在鞋廠打過六年工，給鞋子打孔釘扣的事，我閉著眼睛都能做得好，可其他事仍一竅不通。多數工人都這樣，只會一門手藝。這是行規，都會了，有人就會自立門戶，單幹，搞個小作坊也比工錢掙得多。這是做老闆的最忌諱的，最基礎的私心和防備，可以理解。剛進廠時我有位師傅，是個女的，比我大兩歲，父母曾是浙大教授，母親是福建泉州人。她打小在外婆家長大，會說一口閩南話，也染上當地一些口語，比如「天烏烏」「人生海海」什麼的。我們每天工作十二個小時，一個月下來，我十個手指頭被齒狀的鞋扣咬得血淋淋，當牛做馬的生活讓我對生活只有恨，沒有愛——愛被我恨死了，葬在大海裡。

有一天，工頭用西班牙語叫我做一件事，我聽得半懂不懂，做錯了，挨了兩耳光。我很委屈，他明知我剛出來，西語不好，他會中文不說，偏裝洋人，說洋話，還學洋鬼子，打人。我覺得這日子不過也罷，便罷工，罷吃，等著被開除，流落街頭，挨餓凍死。她給我帶來飯菜，給我看一張報紙，上面用紅線畫著一句話，勸我收場。那時也沒有中文報紙，報紙是西語的，她在報紙的空白處寫著中文，就是那句話。

不愧是教授女兒，她學習能力很強，我遇見她時她已經能用西語跟人吵架。我的西語都是她後來教的，一邊做工一邊教，看報的習慣也是她帶我養成的。而當時，我連中文也沒學好，我初中沒畢業，也沒見過世面，哪能領會這麼文雅精緻的名言錦句。我看著一個個認識的字，卻不知道什麼意思，問她。在她看來這是一句大白話，大白話像公式一樣的，不好解釋的。她沒招接招，接到一句俗話上，說：

「人生海海總知道吧，就這意思。」

一個十七歲的鄉下傻小子，付得出死的勇氣，卻拿不出活的底氣——當時我連「人生海海」也不知什麼意思。她噗嗤一下笑了，告訴我這是一句閩南話，是形容人生複雜多變但又不止這意思，它的意思像大海一樣寬廣，但總的說是教人好好活而不是去死的意思。

她說：「如果因為生活苦而去死，輪不到你，我排在你十萬八千里前。」

後來我知道，她家裡很慘的，父親被紅衛兵打死，她哥哥去報仇，打死一個紅衛兵，自己也被紅衛兵打死。紅衛兵分兩派，一派殺上門，要斬草除根；一派暗中報信，想幫她和母親逃走。她連夜逃走，母親死守丈夫和兒子的屍體不肯走，寧死不走，結果受盡折磨，以死求了解脫。她逃回福建老家，東躲西藏，最後走投無路，只好用年輕的身子抵出頭費，逃了出來。早我一年出來，

人生海海，我們像海灘上的兩粒沙子一樣相遇；人生海海，我們同吃同工三年後，她離開鞋廠，用幾年的工錢租下一個小鋪子，炸油條賣。這是一次鼓足勇氣的冒險，因為當地華人不多，願意花錢的華人更少，搞不好炸出來的油條只有自己吃。但她很聰明能幹，對油條樣子做了修改，改小，小得像一根大薯條，然後配上巧克力醬，蘸著吃，一下符合了老外口味，生意做成了。

鋪子就開在鞋廠附近，我們回宿舍必經的一條小街上，我眼看著她生意越做越好，心裡替她高興。她知道我沒工錢，每次看見我都叫我進去免費吃。我不好意思，有時她會主動送我一袋，說是賣剩的。交情就這樣一點點加深，後來她實在忙不過來，邀我去做她幫手。那時我已付清龍頭的錢，她出的工錢也不比鞋廠少，就沒猶豫去了，吃住在她鋪子裡。半年後的一天晚上，我主動向她求愛，讓她很詫異。

她說：「你不知道我的情況嗎？」

我說：「知道。」

所謂情況就是她和龍頭的關係，龍頭一年來這裡三四次，來了就把她帶走。廠裡人都知道，她是龍頭的小鳥。這是過去造成的，我覺得她現在應該改變這個情況——當時我就是這麼說的，你要改變這情況。她說，你不怕人笑話你嗎？我說，我死都不怕怎麼怕人笑話。她說，不，這對你不公平。我說，難道龍頭對你公平嗎？她說，我會改變這個情況，但不是在這裡，更不是你，等我攢足錢，我要離開這裡，重新開始生活。我說，那我們一起走吧，鋪子離不開我。我說了很多都沒能說服她，直到想起她寫在報紙上的那句話，我稍加修改，把「生活」改為「你」，對她說後，她才流

著淚對我說：

「我以後會一輩子對你好的。」

我說：「你以前就對我好了。」

她說：「以後會更好更好。」

真的，我前妻人很好，就是命苦。我們結婚才七個月，她不幸走了。那時我們已經搬到馬德里，同樣的鋪子，在這裡犯上水土不服的毛病，生意慘澹。為了節約成本，我們不買城裡的麵粉，到百十公里外的農場直接批量進貨。後來又心疼租車錢，我前妻賣掉了她從父親遺體上摘下的金戒指，買了一輛破貨車。這車真是太破了，連剎車都不靈光。不靈就不靈吧，我們開慢一點就好了，反正生意清淡，我們有的是時間。為了開辦這個新鋪子，她花光了所有積蓄和才幹。我們老鋪子生意好好的，幹嗎要路遠迢迢遷到這兒來？不就是為了給我一個男人的面子，這裡沒人知道她的過去，她是乾淨的，我是體面的。沒想到，我的面子要她付出生命的代價，這破車！

有一天，我們剛上完貨，開出農場沒一公里，下坡時，本來不靈的剎車徹底不靈，破車變成一頭瘋牛，開進草地裡依然把我們驚恐的叫喊聲當耳邊風。當時我還不會開車，是妻子開的，她懷孕已六個月，肚子明顯挺出來，有時會碰到方向盤。我曾跟她開玩笑說，你是世上最牛的司機，可以用肚皮開車。她說，我們孩子將來一定是個賽車手，沒出生就學會開車了。當然那時我們不可能再說這些，那是剎車僅僅不靈時，現在剎車徹底完蛋了，我們嚇壞了。她叫我跳車，我叫她跳。她說我這肚子連走路都走不好，怎麼跳車，你跳吧——她對我大聲吼叫，我比她吼得更響——

她說：「你快跳！不跳可能就死了。」

我說：「我可以死！你不能死，你要給我生兒子。」

她說：「那我們只有一起死了。」

我說：「那我們就一起死吧。」

可最後死的是她，我只是擦破了一塊皮，她的血從下面流出來，也從嘴裡流出來。她撞破了肝臟，在這遠離城市的鄉下派直升飛機來救也來不及，只來得及跟我做臨終告別。當時我們流的那個淚啊，那個哭啊，就不說了，就說說話吧。

她說：「我真該死，沒把孩子給你留下來。」

我說：「你不能死，你死了我跟你一起死。」

她說：「你不能死，你死了連給我上墳的人都沒有，我的親人都死了。」

我說什麼呢？我就是哭，像傻子一樣哭，看著她越來越蒼白的臉，抱著她越來越輕的身子。她十幾斤體重——也許是幾十斤——就在幾分鐘內鑽進了草地，化作了泥土，而我只能像傻子一樣哭，他媽的，我們的命真苦啊！

她真是個苦命人，卻總給人好命，給我好命，如果當初沒有她勸我去跟工頭低頭道歉認錯，我可能早凍死在巴賽隆納的大街上；如果當時沒有她苦苦勸我活下來，我可能就會就地挖個坑，把她抱進去，然後抱著她等死。愛人和孩子都沒了，我還活什麼活，活不就是受罪嘛。可是她說，她用最後一絲力氣對我說：

「記住，人生海海，敢死不叫勇氣，活著才需要勇氣，如果你死了，我在陰間是不會嫁給你的。記得當初你向我求婚時是怎麼說的？世上只有一種英雄主義，就是在認清了生活真相後依然熱愛生活。」她把「你」又改掉，改回原樣，然後告訴我，這是一個著名作家說的，叫羅曼．羅蘭，她看過他兩本書，抄下了他一本子話，其中就有這句話。她說：「你要替我記住這句話，我要不遇到它，你也一定遇不到我，死幾回都不夠。」

我知道她說的意思，就是這句話給她勇氣，讓她一直含著屈辱和仇恨活著，並對生活依然充滿嚮往，單槍匹馬去闖生意，創生活。她對我說過，如果待在廠裡她一輩子都擺不脫龍頭的糾纏，即使糾纏脫了陰影也散不了，她必須去掙錢，用錢做翅膀遠走高飛。這些我都知道，我不知道的是生活為什麼對她這麼無情，多好的一個人啊，命為什麼這麼苦？

那天夜裡，在上校的玩具間，我輾轉反側，像一頭吃撐了的牛，不停地反芻著林阿姨和自己的過去，反芻著作家的那句話。其實那張報紙上根本沒那句話，是她要送我這句話，用報紙的名義說，可以增加它的權威性，反正我也不懂西語。真的，我前妻真的是個好人，就是命苦，像上校。

94

父親和我長時間的談話屈指可數，他一輩子對我說話最多的就是那次：一九九一年，我第一次回家，在上校人去樓空的家門前那次。那次談話的中心是上校，我問他談；談完上校後談我，他問我談，談我在國外二十二年的辛酸苦辣，當中自然談到我前妻，談到那次車禍的生死離別。

聽了這情況，父親眼睛倏地發亮，沒有悲傷，只有僥倖的欣然，對我說：

「難怪你能活著回來，是她替你死了。」

我想說，是我替她在活，但話到嘴邊被我咬住，不想說。父親的冷漠和自私讓我覺得對不起前妻，而我寧可對不起自己也不願對不起她，她是藏在我心中最深的痛，也是愛，我不許父親在她面前失禮，給我丟臉。

多年後，我掙了錢，我把前妻的遺骸帶回國，想和我爺爺、母親他們幾位親人安葬在一起，也是將來和我葬在一起的想法。故土是熱的，她孤零零一個人待在國外，太淒冷了，讓我心疼。那是二〇〇〇年，大熱天——我專門挑選大熱天，就是要她忘掉冷——父親聞訊後居然冒著耄耋之年隨時可能死在山上之險，上山阻止我，堅決不准，我怎麼勸說都不行，乃至以死相脅，把我氣得要死。父親反對的理由是：她是我家的救星福星，我以前能躲過死劫是因為她替我死了，我後來順風順水掙了錢，是她在陰間護著我。

我說：「正因為這樣我們要善待她，把她當親人待。」

父親說：「死鬼比活人講道義，我們家在村裡作的孽太多，這墳山上的陰鬼都在詛咒我們，你把她葬在這裡等於送進狼窩，害她。你害了她，就沒人保佑你了，也等於是害自己。」

父親已經被家裡接二連三的災難嚇破膽，變得神神叨叨，入了魔，我有一千個理由和懇求都說服不了他。好在後來我總算在杭州南山公墓裡找到她父母的墓碑，跟她父母葬在一起也是個好的選擇。但她父母死去三十多年，四周都是別人的墓，要緊挨在一起完全不可能。最後我把整個墓地轉個遍，尋到一個墓位，可以跟她父母遙遙相望，我想這應該是她樂意的。而且，我索性把她旁邊兩個墓位也買下，留著以後給我和現在的妻子用。我們仨葬在一起，可以用西語說悄悄話，這邊人誰都聽不懂。我覺得這是個不錯的安排，只是這意味著我也成倒插門女婿了。看來這就是我們兄弟的命，不是死在村裡就得離開村裡，正應了父親的魔道。

說是遺骸，其實只是屍體火化殘存的幾片骨渣。現在火化設備好，屍體都燒成灰，那時做不到，會遺一些碎骨殘片。時值盛夏，驕陽似火，偌大的墓地靜得可以聽到烈日燒地的聲音，嘶嘶騰騰地冒著熱氣。四周都是死者陰人，只有我一個大活陽人，整個過程：鏟土，挖穴，填土，鋪礫，立碑，焚香，一切我都親自動手，忙了我兩個多小時。遺骸歷經二十多年的地下腐爛，與泥土木屑難分難解，早已不成樣，但我在撫摸它們時彷彿依然感受到自己的體溫，辛酸的往事在我心裡翻江倒海。我曾有三年時間一直隨身攜帶著前妻的骨灰。中國人講究入土為安，我為什麼不給它入土？因為沒錢，又不想隨便處置它。

我們把鋪子從巴賽隆納遷到馬德里，已花光所有積蓄，到馬德里又沒掙到錢，一直做著青黃不接的生意，過著青黃不接的生活。生意是靠妻子撐著的，她去世後，我一個人開不了鋪子，租不起房子，只好都退掉，過流浪漢的生活，露宿街頭，靠垃圾堆裡的過期食物填飽肚子。經常跟垃圾堆打交道，後來我也從垃圾堆裡發現掙錢的門道。國外的垃圾堆尤其是富人區的垃圾桶裡，經常有一些在窮人眼裡值錢的東西，春夏秋冬的衣帽鞋襪，廚房裡的鍋碗餐具，甚至連收音機、唱片、唱機都有。

有富人區必有窮人區，而且窮人總比富人多。

報紙上說，窮人區是大海灣，漫無邊際，富人區是小湖泊，一小時可以繞一圈。多年在窮富區間穿梭往來的經驗告訴我，這不是誇張的說法，而是很形象貼切。不論春花秋月，白天黑夜，我都隨身帶著妻子的骨灰，她比任何一個活人都安慰我，給我活下去的力量。我從垃圾裡找吃找錢，等待有一天可以湊夠錢，給她買一塊像樣的墓碑，葬一個像樣的墓地。今天我可以給所有親人買一塊大墓地，可那時一塊小小墓碑對我來說比馬德里的太陽門廣場還要貴，三年都湊不夠錢，倒等到一個願意幫我湊夠錢的人。

有一天，我照例在街頭溜達，目光是不會看人的，只看路邊的垃圾和垃圾桶。突然，有人叫我，聲音像穿越了千山萬水，從遙遠的中國傳來，而且有一種蜜糖的甜香味。這太稀奇了，我已經有實足三年，只跟女人說話，卻不見哪個女人跟我說過話，更不要說叫我的名字。我說話的女人是不會說話的妻子，她一直待在我時刻不離身的挎包裡，裡面用三層纖維紙包著，外面裹一層雨衣布，保證不會飛出一粒灰，不會被雨水淋濕。我以為是幻覺，聲音卻又響起，而且離我更近。

循聲看去，我看到一個個頭矮小的姑娘——對了，那也是夏天，天正好在下小雨，她穿得少，打著傘，看上去更矮小，像個中學生，走路一蹦一蹦的。我認不出她來。那些年我眼裡只有垃圾，沒有人，更沒有女人。她對我報名字，我還是想不起。長年跟垃圾相處，把我處得也像垃圾一樣沒用了，所謂近墨者黑嘛。直到她說起我妻子名字，說起已經被我退掉的鋪子，我才想起她。她是青田人，算是我們浙江老鄉，鋪子開著時她時常來買油條，便認識我們夫妻倆。那時我們不知道她的來歷，只是看她走路的樣子，有一點跛，不明顯，但還是看得出來。

後來我知道，她父母是最早到西班牙的老一代華人，她出生在這裡，幼時得過小兒麻痺症，家裡窮，沒得到及時治療，用她自己的話說：上帝把她的左腿借去了一寸，卻賴皮不還她。她似乎很懷念我們的油條，跟我攀談起來。老天幫忙，雨轉眼間下大了，她把一半傘位讓給我，拉近了我們的距離。雨水淋濕了她一只衣袖，我的遭遇淋濕了她一顆同情心。她答應給我找份工作。馬德里的華人比巴賽隆納多，在城南USERA一帶甚至有一個相對集中的華人生活區，她在這兒土生土長，熟悉情況，有些門路，有信心給我找份工作。她說，至少比你現在撿垃圾好。我拍拍挎包說，沒人會要一個隨身帶著妻子骨灰的窮光蛋的，華人是最講迷信的，這多晦氣。然後說到安葬——我還沒有攢夠安葬費。她問我差多少，我說大概多少。

她說：「我借你。」沒猶豫的。

我說：「算了，我不知道什麼時候才能還。」

她說：「你有了工作很快就可以還的。」

後來也不需要還了，因為她成了我妻子，我現在的妻子。我當然問過她，為什麼願意嫁給一個「垃佬」——中國人叫拾荒匠，倒是很文氣的稱呼，比垃佬好聽。她說一個可以把妻子骨灰隨身帶三年的人，一定是個好丈夫。說到底，還是前妻給我暗暗鋪的路。這路一直走到今天，並且越走越好，好得比做夢還好，好得讓那些垃圾都不可思議，它們居然有那麼大本領，可以讓一個窮光蛋發家致富，開三家公司。

報紙上說，當今的中國是最有錢途的時代，任何人都可以掙到錢。看到這句話時我心裡嘿嘿笑，想它是不是就在說我呢？雖然因為生活需要，我已加入西班牙籍，但我心裡從不認為自己是那邊人，如果中國政策允許，我會在第一時間放棄新國籍，恢復老國籍，甚至是村籍。

95

現在是北京時間二〇一四年十二月二日。

現在我們村被命名為歷史文化古村，政府投幾個億關停了大源溪兩岸的所有造紙和冶煉廠，溪水又乾淨得可以洗澡，成群的柳條魚在黃昏時翻出銀亮的肚皮，讓我想起小時候用鐵絲抽魚的情景；山上的天坑石塘裡種滿爬牆虎、凌霄等爬藤植物，遠看和綠色的山體連成一片，不像以前是一塊疤。對我們村，政府又投幾千萬進行改造，把我們老祠堂修葺一新，把水泥路又改回原先的石板和鵝卵石路，把包括我們家的所有老房子修的修、補的補，統一做仿古修繕，看上去真有古村落的樣貌。

大多數人家都在溪對岸，前山腳下，造起新房，老村子成了一個旅遊景點，每個周末都開來旅遊大巴，帶千里萬里遠的客人來觀光，吃土菜，喝米酒；春天看竹筍尖尖破土而出；夏天進山打野豬——有人專門養的野豬；秋天摘野山柿野山棗——對不起，要秤斤付錢的；只有冬天村子是安靜的，還給本村人。

全村最氣派的房子是野路子的，他把小吃店開進杭州城裡，開成大飯館，用他自己的話說：日進斗金。可能吹點牛，但錢絕對沒少賺，這從他房子的氣派上可以看出來。他把以前我們學校的地盤全部買下，把教室、食堂、柴屋（關過上校的屋子）、廁所統統拆光，按照美國人的圖紙，造起一棟帶桑拿房的洋樓，接待過幾任鎮長書記，也經常接待我。我做成生意後，經常回家，去得最多的地方是他家。每次去他家，對我做生意都是有形的激勵，無聲的鞭笞。

我的生意說起來難聽，買賣垃圾。這是我老本行，但今非昔比，以前我的垃圾是撿的，賣給窮人，現在我的垃圾是買的，賣給富人：造紙、冶煉、服裝等廠長老闆。我便宜買，不便宜賣，中間差價一大半開銷掉：車船運費、人工工資、場地租金等，一小半進我口袋，一次掙得並不多，但細水長流就可觀了。人生如戲，每一齣戲都明裡暗地連好的，如果我沒有三年流浪漢的垃圾生活，就不可能有後來的垃圾生意；曾經垃圾讓我丟盡臉面，如今垃圾加倍地償還我尊嚴。

我被家鄉的報紙採訪過，記者在文章裡寫道：垃圾是時代之於我的隱喻和象徵，我一生起落沉浮，波峰波谷，都在垃圾裡悄悄地說。我不懂前面的話，後面那些是真實的，符合我的。記者在那文章裡也寫到，我做垃圾生意的靈感來自於表哥一句話。這也是真的。一九九一年，我第一次回國，去鄰村一家造紙廠看在那裡打工的表哥，春寒料峭，他赤個膊在卸一大卡車貨，貨都被統一打成方形大包，外面包一層灰色的仿蛇皮紙，看上去沉實得很，把表哥折騰得熱騰騰的，頭髮被汗水蒸得亂蓬蓬的。我問這是什麼貨，他說是從美國運來的洋垃圾，美廢。

我問：「你們造紙廠要垃圾幹什麼？」

他說：「垃圾是個寶啊，你有本事能把你那邊垃圾搞到國內，保你發洋財。」

他告訴我現在這裡所有廠都需要垃圾，他的工作就是把垃圾進行分類，廢紙歸廢紙，金屬歸金屬，塑料歸塑料，能當舊貨賣的歸一類。舊貨翻新後可以當商品直接賣，金屬賣給冶煉廠，塑料賣給化工廠，廢紙留下來打成紙漿，造好紙。總之，都能賣，都是錢，垃圾裡藏的是人們美好廣闊的前途。

說說容易，做起來難，儘管我有三年垃圾生活經驗，給我做垃圾生意提供了一定條件，但也不是一帆風順，一蹴而就的。直到五年後，我才運回第一批垃圾，八個集裝箱，從寧波北侖港上岸，就地賣給中間商，獲利八萬元人民幣。這是我今生賺的第一批大款，然後一生二，二生三，生意越做越順，贏利也越來越大。二〇〇一年，我正式成立公司，炒掉中間商，自己租車租人，直接送貨上門，把中間商的利潤也收入囊中。我身邊有的是勞力，一堆表哥表弟和他們的後代嗷嗷待哺。於是二〇〇三年，我成立第二家公司，在北侖港碼頭附近租下場地，對垃圾進行分類後再出售，又加收一層利潤。我在節節勝利中發現自己有做生意的天賦，我謹慎而大膽，精明而能幹，而且善於看人、用人、培養人。

一九九一年，我第一次回來時，父親以為馬德里是可以騎馬到的，臨走時一定要我把二哥孤苦伶仃的兒子領走。

他說：「他待在這鬼屋裡，早遲要被鬼帶走，不如你領走。」

我說：「下次吧。」

他說：「下次是什麼時候？」

我哪知道？那時一張機票要我幾年的拚命和節省，領他走真不知要等多少年。五年後我從垃圾裡掙到第一筆錢，辦的第一件大事就是把姪子領走，了了父親一件心事。他曾是我西班牙公司的一把手，很稱職的一把手，是我一手培養出來的。他十分孝順爺爺，六年前他把公司業務都交給我兒子，帶著老婆孩子回國創業，理由是要陪爺爺安度晚年。爺爺卻堅決不讓他進老屋，怕他染上晦氣，功虧一簣。為此，他專門在溪對岸造一棟新房子，隔三岔五回來，把爺爺接過去住一兩天。父親怕我們去老屋，自己卻堅守老屋，目的是要把鬼留在自己身邊，別去找我們，是甘為我們當替死鬼的意思。他認為這些年我生意能做得這麼好，風調雨順，家裡平平安安，靠的是他每天跟鬼死纏爛打，不讓鬼出門來找我們。

有一次他跟我悄悄說，我們家裡有四個鬼，每一個鬼的長相他都能描述出來，有一個長三隻眼，有一個頭上長角，有一個長一身白毛白髮，有一個有頭沒臉，只有一頭披肩拖地的長髮。事隔沒幾天，他又跟我說，我們家裡有三個鬼，全是男鬼，他又要對我描述每一個鬼的長相，被我打斷。

我說：「上次你說是四個。」

他說：「被我搞死了一個。」

事實上，有時他又把鬼說成五個、六個，到底是多少個，只有鬼知道，我相信他是一定不知道的。只要不談起鬼，父親頭腦是清楚的，算得了數，記得住事，有些我小時候的事忘了，問他，全能告訴我，尤其是上校的事，記得一清二楚。但只要談起鬼，我看他的智力並不比上校高多少。上校是被活人逼瘋的，他是被死鬼嚇傻的，在看不見的鬼面前，他膽小如鼠，時常嚇得神志不清，同時又膽大包天，敢一夫當關，英勇得很——我可以把這理解為父愛，但說真的，父親缺乏愛人的能力。

報紙上說，愛人是一種像體力一樣的能力，有些人天生在這方面肌肉萎縮。看到這句話時我腦海裡首先跳出的形象是父親，然後是上校：上校是父親的反面，天生在愛人這方面肌肉發達。兩人完全是對立類型的人，也許正因此才互相吸引，能做好兄弟。我這輩子沒交到上校這樣的好兄弟，但兩任妻子都屬於上校型的，這就夠了。報紙上說，這世上最好的朋友是錢，我一人賺兩頭，就更夠了。

96

因為生意需要，也因為生意掙了錢，後來我常回國。回國一般都會順便回家看看，回去免不了要看到小瞎子，他是村裡最早一個「遊客」，整天無所事事，東遊西逛，逛累了就在祠堂門口待著，看人來人往，看人眼色，等人逗他、憐他。逗他的人不會憐他，憐他的人不會逗他。但對他來說，逗他其實也是憐他，因為太無聊了，無聊到被人奚落、看洋相也是他的樂處。

第一次回去時，我心裡裝滿兩個願望：先是家裡一切都好，再是小瞎子一切照舊。我怕他被醫好病，所以看到他老樣子，儘管很可憐——皮包骨頭的瘦，一輩子沒洗澡的髒，臉上滿是樹老皮厚的疙瘩，還有一道長長的疤——可憐巴巴地看著我，卻絲毫不讓我同情。我聞著他身上散發出來的薰人的臭，心裡不由喜悅起來，像他是一塊臭豆腐，我是一個饑腸轆轆的食客。我想對他說：「小瞎子，這是你應有的下場，我回來就想看到你這種下場，這是你為我二十多年的逃難受苦應該付出的代價。我的逃難有盡頭，你的落難無盡頭，老天是公正的，給了我最好的回報。」

當然我沒說。不說不是我怕得罪他，而是怕自己失去體面。有一次我差點說了，我覺得為洩放積壓心頭的多年之恨，裸一次身也沒什麼了不起的：什麼體面，還不都是為別人套的行頭，我幹嗎不放肆一回？我需要這個禮物，一次犒賞。可在我這麼想的同時，感到自己正在成為世上最孤獨的人：二十二年過去了，村裡人包括父親都原諒了他，只有我孤獨地停留在過去。孤獨讓我變得膽怯，不敢去領賞。我說過，那次回來，即使回到馬德里後，我依然把對他的恨留在村裡，咒他早死。

小瞎子能活下來，不凍死，不餓死，全靠他父親壯烈的死。老瞎子算了一輩子命，真正算清楚的只有自己兒子的命，他知道自己死後兒子廢物一個，活不成，要活下去，必須靠村裡有人發大慈悲，小慈悲都不行。小慈悲是同情心，是眼裡冒出來的，觸景生情，有一搭沒一搭的，不成流。大慈悲是責任心，是心底長出來的，因緣而生，細水長流。他要給全村人埋下一個緣故，心裡種下一份責任，去世前在祠堂門口長跪不起，胸前掛一塊牌子，寫一段話，見人就說：

「全村的父老鄉親，我該死，對上校作了惡，罪該萬死。我死了就去天上給你們看門守家，只拜託你們看好我兒子，讓他活個天壽。他死了照樣去天上給你們看門，守你們家家老少平平安安，發財發福，好運不斷。」

跪了三天三夜，說了百遍千回。跪得祠堂門口的石獅子的心都怦怦跳了，慈悲了，說得蔭堂牌位上的列祖列宗都聽見了，發話了。村裡一撥撥的人：老人，婦女，村幹部，老師，凡是有頭臉的人，有知識的人，都去對他應允、許諾，想拉他起身。可就是拉不起，誰都拉不起。他是決心要跪到死為止的，死的姿勢都是跪著的，拜著的，磕著頭，就這樣壯烈地以死相求，以命相託。

正是靠著這個「緣故」的造化，小瞎子才得以殺破各路死神的層層包圍，熬過一個個漫長的冬天和黑夜，沒有死。死是沒有死，但終歸是活得苦難，命懸一線，熬著，煎著，掙扎著，隨時可能斷線、脫底。我後來每次回家，看他越發生不如死的樣子，總擔心他熬不下去，熬到頭了，等不了我下次回來。但他的生命力十分頑強，也許生不如死的生是最富有生命力的，也許老瞎子在保佑他，也許死神也不想接收這種人不人鬼不鬼的活鬼。總之，他一再刷新自己的壽命，把死亡一再擋在玻璃的另一邊。

報紙上說，歲月不饒人，人生難回頭。其實，歲月也是饒人的。二〇〇一年，不知是不是回來多的緣故，我看夠了他洋相，恨夠了，過癮了，一次我在矮腳虎的連鎖超市門前遇到他，他一如既往地對我哇哇叫，向我討好，乞討要錢。我不知怎麼的，一反以前嫌惡不睬的冷漠，丟給他兩張一百元。等我從超市出來，他用殭屍手推我到一邊，讓我看他寫在泥地上的一行字：

大人不記小人過，謝謝你。

我對這句話沒什麼感覺，我才不要做他的什麼大人，更不要他感謝。但我沒想到，我居然感謝起自己來，這個不經意間的所謂善舉給我留下了經久不息的安慰。這是我的勝利，我饒過了他，也饒過了自己。我戰勝了幾十年沒戰勝的自己，彷彿經歷了一場激烈的鏖戰，敵人都死光了，一個不剩，我感到既光榮又孤獨，孤獨是我的花園。我開始在花園裡散步，享受孤獨留給我的安寧。

就是這次，離開村子前，我給矮腳虎留下話，以後小瞎子來店裡想吃什麼都讓他吃，我會來結帳。矮腳虎說，那你要結兩份帳，他小瞎子有的待遇我至少應該也有一份。我說好的，他說他媽的，看來你真掙到大錢了。我問他多少才是大錢，他說野路子一年掙幾百萬就是大錢。我說我沒他掙的多，也不需要那麼多。我說的是實話，那時候我一年也就掙個百十萬，但對我來說已足夠。人比人氣死人，我不跟人比，只跟自己比。報紙上說，幸福是養自己心的，不是養人家眼的。

97

矮腳虎這張嘴放在店鋪裡就是大喇叭，我再次回來時，村裡人都知道我給小瞎子付帳的事。父親當然也會知道，去看他前我已做好挨罵的準備。這是一個簡單的公式：我對小瞎子行好，無異於對他作惡，是要氣死他。「死了我也要從棺材裡爬出來咬你一口。」我彷彿聽到他的罵聲，一邊提心吊膽往老宅走。

這是我最後一次怕父親，那年父親八十三歲，是十三年前的事。

父親像個朽腐的樹樁子，照例是坐在老地方——爺爺廂房前的躺椅上——但人已老得不成樣子，頭髮一根不剩，皺紋從額頭爬到頭頂，臉上的皺褶疊在一起，褶縫裡藏著三年前的污垢。三年前他得過一次中風，右手廢了，左手認為自己離死期不遠，除了學會用瓢羹吃飯外，懶得去學右手的其他手藝，包括洗臉。他的眼睛基本上也昏得什麼都看不見，大概只能看見死亡。他在心甘情願地等死，但死亡像懸在豬圈椽子上的一張破蜘蛛網，看上去搖搖欲墜，似乎馬上要掉落，卻總不掉落，甚至掛得越來越牢。

「讓你別來這裡，又來了。」每次去看他，父親總以這句話開頭。有一次我曾說：「因為你沒死。」他說：「你就當我死了就好了。」和晚年的父親相處，讓我得出一個結論：世上最無情的是老人，其次是有錢人。老人因為怕死或不怕死而變得無情，有錢人因為可以用錢買到無情而變得無情。

我等著他罵我，他卻居然表揚起我來，讚賞我施恩小瞎子的善心。「把錢花在我這個死人身上真不如給他一口飯吃。」他說，「這樣至少可以買他一個死後安耽，不來作我們的孽。」

這是他在等待的一次談話。他告訴我，林阿姨在村子裡時曾提起過，在她為上校四處尋醫途中，曾在西安遇到過一個專治癱瘓雜症的大師，據說有一次她親眼看到大師劈劈啪啪幾下，把一個癱床多年的婦女當場拉起身，推著走。父親認為小瞎子既不是雜症，也不是全身癱，大師也許能把他的殭屍手劈啪好，希望我去找林阿姨，問清大師地址，給小瞎子一個機會。

我說：「奇怪，你怎麼還想當他的菩薩？」

他說：「是讓你當菩薩，免得他死了來纏你。」

我說：「你就不怕他治好手來打你嗎？」

他說：「我死都不怕，只怕你遭他殃。」

我真是百思不得其解，自私冷漠的父親怎麼會對小瞎子大發慈悲？而且這慈悲心一下插到底，不是小打小鬧，給點吃穿，而是要興師動眾，輾轉千里，求人傷財，還他一雙手。事隔這麼多年可能嗎？虧他想得出來。我覺得不可思議，唯一想到一個理由：父親大概是想通過醫好他的手，讓他寫給我們看，當初他為什麼要造謠，把上校肚皮上的字說成雞姦犯，害得我們全家遭殃。

這個也是我早想過的。一九九六年，我從垃圾裡掙到第一筆所謂的大款，首先給家裡添的一個家當是一台電腦，因為孩子學習需要，早該要的。電腦沒牌子，是個雜牌子，三大坨。我印象很深的是那個所謂的記憶電源，看上去有一只抽屜的大，是三大坨裡體積最小的，卻是最沉的，沉得像裡面裝滿子彈——它漆成軍綠色，讓人想到彈藥箱。當時我們還沒有自己買房子，寄住在老丈人家，只有兩個房間，四個人占得滿當當的。電腦來了，沒合適的地方放，孩子房間根本擠不下，只有擠在我們房間的陽台上：陽台是封閉的，風雨有阻擋。

當時電腦是個新東西，誘人，孩子白天去上學，我有時會去摸摸它，有時也忍不住去操作一下。我至今打字都是所謂的「一指禪」：兩個食指左右開弓，戳來戳去，樣子笨拙滑稽，最初就是在那台電腦上學的，養成的。當時還沒有拼音漢字輸入軟體，至少我們的電腦裡沒有。當我對著五筆輸入法，用僵硬的食指戳著鍵盤，顯示幕上顯出一個個字時，我突然想到小瞎子——他那雙殭屍手，雖然握不住筷子，但完全可以像我這樣戳鍵盤。就是說，如果這台電腦在他手上，讓他學會打字，電腦完全可以替他「開口」。

當時我確實這樣想了，不過也只是想想而已。

後來生意需要，經常要跟人通郵件，我自己買了一台筆記型電腦，只有一本雜誌的大小和重量，放在包裡，拎在手上，便當又時髦。當父親建議我去找西安大師時，我把隨身帶著的筆記型電腦拿給他看，對他說：「如果你只是要他開口，不如用它。」小瞎子人不笨，又讀過中學，識的字夠多，我估計要不了兩個晚上，他的殭屍手就能在電腦上「寫字」，跟我「對話」。

父親問我這是什麼，我簡單向他做一個介紹。父親搖頭說：「我要他開口做什麼，我要你對他行個大善，讓他活得像個人樣，死後不來作你孽。人沒雙手，就不像個人。」一年後父親臨終前還在惦記這事，問我：「你打聽到西安那個大師了嗎？」看我搖頭——其實已看不到，只是感覺到我在搖頭——他又重複了那句話：「人沒雙手，就不像個人。」意思很明確，希望我去落實這件事。父親給我的遺言只有兩個，一個就是它：還小瞎子一雙手；另一個是把老宅賣掉，賣不掉就拆掉，因為這是個鬼屋，讓它見鬼去吧。兩個交代根子上是一脈相承的，都是怕鬼來纏我，包括小瞎子以後將變成的鬼。

報紙上說，多數人說了一輩子話，只有臨終遺言才有人聽；如果臨終遺言都沒人聽，這人差不多就白活了。父親一輩子話少，遺言也不多，我想我還是應該聽的。大師能不能找到且不說，至少要去找，付諸行動，給父親一個安慰。這樣，葬好父親後，我便去找林阿姨打聽西安大師的地址。那時候我經常回國，沒少去看他們老倆口，每年一次是個底子，只多不少。去多了，就有了經驗，要夏天去，最好是五六月份。這是養蠶的最好時節，也是上校最好的時間，好得跟個正常大人似的——用阿姨的話說，走進蠶房，他跟大人沒區別，只會比大人更好。要不是親眼所見，我無論如何也想不到他還有這一面，這一手——完全是養蠶高手！

98

印象很深，我第二回去看他們，正好是五月中旬，前次光禿禿的桑樹一例枝繁葉茂，綠得蓬蓬勃勃的，看不見一個枝頭，風吹過，密不透風的桑葉像山上竹林一樣碧浪滾滾，綠得發亮。那是我第一次帶著八個集裝箱的垃圾回去，掙了錢，特意給上校買了一箱畫畫用的紙和筆。想不到阿姨見了，對我說：

「這時節他哪有時間畫畫，你應該買一箱點心才對，他現在每天熬夜，點心是最能討他歡喜的。」

說完，阿姨帶我從後門出去。後院有一間用毛竹片搭的簡易蠶房，蠶房裡有兩排像腳手架一樣高的木架子，架著幾十個篾編的方匾，每個匾裡都躺滿淡綠色的蠶寶寶。它們真的是寶寶，嬌氣得很，冷熱不行，要常溫——最好是攝氏二十四度，每隔三小時進食一次，夜裡也怠慢不得，一夜不進食，第二天只能當雞食。進食的桑葉必須鮮嫩，洗乾淨，當日吃，吃了過夜或不乾淨的桑葉，蠶寶寶就過不了夜了。因為嬌氣，養蠶的人必須花足力氣，每天日出之前和日落之後兩次去採桑葉，夜裡至少兩次起夜添食，總之要起早抹黑，熬更守夜。一般養這麼兩架蠶至少得雙人，但上校一人比兩個人還頂用，還養得好。

阿姨告訴我說：「村裡有一半人家養蠶，公認養得最好的是老頭子，他養的蠶個大，病少，出匾率高，出絲率也高，賣的價錢也高。」

我問：「有什麼竅門嗎？」

她說：「認真，他像孩子一樣認真聽話，我教他什麼他做什麼，絕不打折扣。」

或許，和正常人相比，上校最大的特點——也是弱點——是不會打折扣，不會偷懶，不會像大人一樣算計，甚至也不會疲倦。我曾多次到現場看他幹活，那個恪盡職守，那個專注潛心，只有機器才能跟他比。比如採桑葉，人家一把把抓，他一片片摘，老的不要，蟲啃過的不要；清洗也是，一片片洗，摸著洗；餵食嚴格聽鬧鐘的，鬧鐘一響，拔腳就走；天氣熱了，他給蠶寶寶搧扇子，一匾匾換著搧；冷了，用報紙糊住四面漏風的竹排縫，用乾稻草鋪滿架子添暖。他可以一個小時一動不動地守著蠶寶寶，也會為幾隻蠶寶寶的死大把大把地流淚，涕淚滂沱。

阿姨告訴我，她曾教過他多種作業：種菜、燒飯、養雞鴨等，包括養貓，都學不會，唯獨養蠶，一教就會，一做就喜歡，一頭扎進去，一年比一年得心應手，好像命中註定要來這個以養蠶為業的桑村跟她會合，當養蠶高手；也好像，命中註定他要一輩子在各方面施展才華，哪怕被命運打趴在地，依然要絕地反擊，在蠶寶寶面前露一手，正常的大人都不是他對手，像一個小孩子運動員。

以後，我經常趁養蠶季節去看他們，我喜歡看上校在蠶房裡忙忙碌碌的樣子，那種出神忘我的樣子，那種行家裡手的樣子，是可以欣賞的，我經常為之感到安心。但有時也會莫名傷心，像看到貪玩的女兒挨了打後比平時更加認真地在做作業，欣慰和傷感冰火一般交織在一起。他在桑蠶面前表現出來的孩子般的心智和成人的舉止，經常在我心底喚起意想不到的柔情。有一次，我看他一下午都在給蠶寶寶搧風，搧得揮汗如雨的，看得我特別傷感，忍不住去抱住他哭了。他對我噓一聲，說：

「別吵，蠶寶寶在睡覺呢。」

報紙上說，生活是如此令人絕望，但人們興高采烈地活著。這說的是晚年的上校嗎？我視晚年的上校如父，所以一直堅持去看望他們，盡量奉獻一個晚輩的孝心和責任。

這一次，我帶著父親的死訊和遺願去看他們，沒進村就遇到上校，駝個背，拎一籃子桑葉，剛從桑園回來。這兩年他明顯見老，身體癟下去，背駝下來，臉上手上長滿老年斑，體力大不如從前，已經挑不動擔子，只能拎籃子去採桑葉，所以養蠶的數量銳減。質量似乎也在下降，因為耳朵也不靈了，經常聽不到鬧鐘響，嬌氣的蠶小子受不得他怠慢，不肯去為他創優爭光了。但這麼一把年紀還在伺服蠶小子的，全村也只有他了，畢竟已八十多歲，能活著就是爭光。阿姨說他的記性和智力也在衰退，現在像個三四歲的孩子，已經不大能說長句子，眼前的事說忘就忘，包括年年來的我有時也會走出他記憶，看見我怯生生的，有時我待一天都躲著我，親近不起來。倒是阿姨沒什麼大的變化，還是那樣精瘦又精幹，看上去老得只剩一副骨架，可說話做事仍然思路清楚，有條有理。

說起三十幾年前的神醫大師，阿姨根本不記得他地址，只記得確有這麼個神醫。

「可神醫也續不了自己壽命，」她說，「我記得那時他都已是七老八十，現在該早作古了吧。」

其實，即使人活著，地址記著，該也是尋不著人的，中國現在已沒有幾個老地址可供人尋的。再說即使人活著，我尋著他，甚至尋著比他更牛的大師神醫，我想也還不了小瞎子一雙手，多少年前的陳傷舊病，回天比補天還難。常識總比真理知道得多，常識告訴我這是一個荒唐的願望。

阿姨是醫生，比我更確定這件事的荒唐性。「誰要說他能幫你如這個願，他就不是什麼大師，而是大仙，大騙子。」阿姨說，「你父親老糊塗了，他說這話說明他的智力已經跟我老頭子差不多了。」

我知道，對父親的遺願，自己只能盡心，盡不了力了。

這回，我告別時上校正在吃午飯，他的飯量比我還大。阿姨送我到門口，對我苦笑道：「你看他這胃口，我真擔心自己活不過他，先走了。」這話像遊蕩在這屋裡的幽靈，每次來我都會冷不丁撞到。每次撞到，我都會看到她被烏雲籠罩的臉和被恐懼刺傷的心，有時臉上掛著兩行淚，努力地向下蜿蜒——有時我覺得這是兩滴血，有時我覺得這就是他們兩個人，兩個人的生活，活得吃力、孤獨、淒苦，淒苦得只有用眼淚來洗掉眼淚，用孤獨來驅散孤獨。

99

父親去世後，我姪子也遷出村莊，搬到縣城定居。他偶爾還會回村裡去看看，我除清明節回去上墳，一次都不多回。這也是父親的遺囑之一：賣掉老宅，少跟這村莊往來。這一條我執行得堅決，不像另一條——還小瞎子一雙手——我只是心到為止，沒有真正花力氣去執行。話說回來，能不能執行是一回事，有沒有花工夫去執行又是一回事：我是沒有，心裡有時不免為此內疚。這也是阻遏我回村的原因之一，因為回去總會看到小瞎子，看到他我心裡就會被一種混亂的感覺填滿，不見則罷，眼不見為淨。客觀上，這邊的造紙廠因為人工和地皮成本的增加，都在往江西、安徽一帶遷轉，我的生意也在隨之往那邊轉移，家鄉這點小生意由我姪子代理，我完全可以放手不管。

父親去世多年後——應該是二〇〇八年夏天吧，有一天我正在QQ上跟朋友說事，忽見視窗彈出來一個叫「可憐蟲」的新人，直呼我名字，說有事找我，要我加他。我沒理他，心想知道我名字的人多著，誰知道誰，少囉唆為好，我也沒時間跟莫名其妙的人打字，除非經常交往的朋友。是朋友，請報上尊姓大名。

對方似乎懂我的心思，馬上發一條：「你爺爺講過，天大地大別自大。」爺爺在世時確實說過這話。看來這人一定是老家的，不是朋友，至少是鄉親。「鄉親面前自大不得的，即使你升到月亮上，你的祖宗還在他們腳下。」對方又敲出一行字。聽這話的腔調和理論，又是我爺爺的。爺爺生前給我留下很多類似的話，把著我做人行事。

「是哪位？」我加了對方，問他。

「猜猜看～」對方馬上給我回過來。

「是表哥嗎？」

「你可憐你表哥是不～看到可憐蟲的網名就想到他～」對方打字速度比我快，「你表哥在替人家養孩子～起早末（摸）黑在忙你的垃圾～哪有工夫上網～」從錯別字判斷，對方輸的是拼音，

「再猜猜看～看你能不能猜著～」

我又猜四五次，都不對。

他很自信：「我肯定讓你猜一百次也猜不著～」

確實，我無論如何猜不著的，一百次猜不著，一千次也猜不著：他是小瞎子！那個雙手捧不住一只飯碗的真正的可憐蟲，現在居然在鍵盤上可以跟我飆速度，我怎麼猜得著？正如漫天下著大雨，所有雨點都在往地上落，有一點雨點卻在往天上飛，匪夷所思，任何人都猜不著的。

時代變了，連可憐人的形式和內容都變得花花綠綠，什麼電腦和網路都有人送。網路是村裡接通的，家家戶戶都布了線路，世界就在線裡頭。電腦是野路子送的，淘汰下來的桌上型電腦，丟了是垃圾，送給小瞎子成了寶貝，天天搗鼓，廢寢忘食。他的手已經被廢幾十年，終於有一樣東西可以擺弄，而且這東西是那麼神奇，指頭戳著，等於張口說話，連上網路，可以跟全世界人對話。後來我發現，他QQ好友裡什麼人都有，從達芬奇到秦始皇，從杜十娘到伊莉莎白，從牛鬼蛇神到當紅明星，五花八門的網名，讓人眼花撩亂。他的QQ頭像是一隻舉著斷翅的嗷嗷待哺的企鵝，也許是對他現狀的某種暗示：手是廢的，肚皮是空的。

但他現在的精神世界是不會空虛的，因為有一堆人圍著他，頂著他。他把自己扮成一位出身算命世家、精通陰文的算命先生，跟這人聊生死，跟那人談得捨，說得頭頭是道，忙得不亦樂乎。他幾乎無時不刻不在網上出沒，像雇著幾個替身，什麼時間都在線上，什麼問題都能對答如流。生活摧殘了他，讓他過著活鬼一樣的生活，也讓他穿越了生死恐懼和世態炎涼，變得大徹大悟，笑傲江湖。他在網上人氣很高，人緣很好，眾星捧月的。他找到了自己的江湖，在虛擬的世界裡生龍活虎，活蹦亂跳。後來他把「可憐蟲」改為「可聯蟲」，又是對他新現狀的一種暗示：朋友遍天下，吃喝都不愁。據我姪子說，網上有給他捐錢的人，也有跟他網戀的人，其中有兩位婦女勇敢地從虛擬的世界跳出來，來村裡會他。雖然兩位都沒看中他，只開花不結果，但他一點不氣餒，傷心不喪氣。他相信一定會有下一個，最後一定會有一個留在他身邊，正如報紙上說的：網路讓無數的人在希望中死去，在絕望中誕生。

從「可憐蟲」到「可聯蟲」，他時不時找我搭訕，我沒時間陪他閒聊，三言兩語應付過去。轉眼到冬天，一天我住在江西新餘的賓館裡，外面在下雪，約的人一時來不了賓館，我上網瀏覽新聞，他恰好又來搭訕我，時機對上，便跟他閒聊起來。聊著聊著，我心裡一個念頭醒來，敲下一行字，發過去——

「我倒一直想問你，你想說就說，不想說也無所謂，就是當初你是怎麼看到上校肚皮上的字的？那天夜裡到底發生了什麼？」這個雲譎波詭的夜晚，像矗立在城市中心廣場的雕塑一樣雄踞在我心底，多數時間我看不到它，卻總有某個時刻會冷不丁看到。

「很榮幸他瘋了～現在只有我才能回答這問題～」

「糾正你一下，這不叫榮幸，這叫不幸。」

「是的～他確實讓我夠不幸的～痛苦一生～但看他最後比我還不如～我至少腦筋沒有斷掉～他腦筋也斷了～我就不痛苦了～只有榮幸～」

「都年近花甲的人了，有點憐憫心好不好？」

「謝謝你憐憫我～但我不準備憐憫誰～我憐憫人就是窮人憐憫富人～沒資格～你有資格的～再次謝謝你憐憫過我～」

「不說這些好嗎？」

他不同意，繼續跟我瞎掰胡扯，大都是胡言、瞎話、髒話、風涼話。我威脅要下線，他才言歸正傳——

「好吧～跟你說說那天夜裡的事吧～那天夜裡他把我們的酒都喝了～加上幾天沒好好睡覺～後來睡得跟頭豬似的～鼾打得比雷還響～我在他洗澡時已看到他肚皮上的字但沒看清內容～我看他睡得那麼死～只穿一條大褲衩～人又是捆著的～很誘惑我去偷看～我開門進去～先找了根棍子戳他～試他有沒有睡死～戳幾次都沒反應～知道是睡得死沉～我便靠上去～小心解開他褲帶～大褲衩一扒拉就下來～但沒想到裡面還穿著貼身內褲～不是三角褲～是那種內褲～緊身～高腰～腰線快到肚臍眼～要扒下它可沒有扒下那大褲衩那麼容易～可我還是去扒了～扒了也沒事～他還是沒反應～確實睡得很死～」

他說得錯別字連天又囉唆，這是我濾過一遍的。他告訴我，那天雖然有月光，但屋子裡還是黑，根本看不清字。好在他帶著手電筒，裝三節電池的那種，他一直捏在手裡，萬一上校醒過來，可以當傢伙打他。

「後來事情恰恰出在電筒上～三節頭的電筒雪亮～他好像對亮光特別敏感～我在照字時他突然醒過來～一腳把我踹翻在地上～他力氣大得你無法想像～嘩啦一下把綁住他的整部風車掀翻～風車把剛站起來的我又壓倒～沒等我從風車下鑽出來他已經從捆他的繩子裡掙脫出來～對我一番拳打腳踢～最後用腳踏著我審我～他問我看見了什麼～我說我沒看見什麼～老實說我雖然看到那句話～但時間很短～加上是繁體字～又是倒著寫的～有的字上還有疤痕～我確實沒看清那句話～至於箭頭兩邊的字我就根本沒注意到～我注意力全在那句話上～所以我真的什麼也沒看到～但他不相信～狠狠揍我～威脅我～一定要我說～可我就是說不出來～怎麼回憶都沒用～一片空白～但他就是不相信～後來他在牆上寫了一個繁體的「島」字讓我認～雖然我們不學繁體字～但這字我認得～因為街上有

寫祖國寶島台灣的標語～想不到就這原因～我認識這個「島」字～居然讓他對我起了殺心～以前我一直覺得這不可思議～那時我也不知道有個女漢奸叫『川島芳子』～我是上網後才知道這人的～川島芳子～是一個出名的大漢奸～」

這兒他說得尤為囉唆，首先他認定女漢奸就是川島芳子，然後他分析上校對他下手的原因，認為「川島芳子」四個字裡有三個簡體字，而且筆畫少，很容易一眼認下，唯一難認的是「島」字，上校發現他認得這個字後，便認定他已掌握這四個字。可以想像，即使小瞎子不知道這是個人名，但必定會說出去，私隱處刻字，多稀奇，稀奇就要炫耀；說出去後自有人會知道，這是個女漢奸的名字。一個女漢奸的名字刻在那私處，在那個大家政治嗅覺比狗鼻子靈的年代裡，這祕密像一顆炸彈，隨時可能被引爆，上校怎麼可能置之不管？必須把炸彈引線拆掉，否則他隨時可能粉身碎骨。

這個夜晚曾無數次出現在我的噩夢和猜想裡，但這些細節和情節是我怎麼也想不到的。我認為他說的是實話，否則當初他哪需要胡扯什麼雞姦犯的瞎話，只要把女漢奸的名字捅出來——不管是不是川島芳子，都可以把上校釘死在漢奸的恥辱柱上。所以，現在我的問題是——

「你明知道上校肚皮上的字跟雞姦犯無關，為什麼非要說他是雞姦犯？」

「因為你爹是雞姦犯～」

「放屁！」

「你不信是吧～告訴你～千真萬確～我要放一個屁～天打五雷轟我～」

像真吃到一個屁，我心裡又氣又惱，不理他。

過一會，他發過來一大段，當然又是囉里囉唆加上一堆錯別字，需要我濾一遍——

「你知道的～你爹是不叫的狗最會咬人～平時都經常出手打人～何況老子動了他的奶酪～我回

到村裡後最怕見到他～我猜他一定會報復我～對我下手～卻想不到會下手那麼狠～手段那麼毒～他第一次欺負我是我出院回家後第三天～我第一次出門～菸癮發作想去小店買菸～剛拐入祠堂弄裡～他像個鬼一樣冒出來～把我揪住摜倒～拖到一堆狗屎前～按著我頭讓我吃了一嘴狗屎～第二次是讓我吃牛糞～他說他要把村裡所有牲口的屎糞都叫我吃個遍給瘋子（上校）報仇～嚇得我好長一段時間都不敢單獨出門～後來時間長了有點好了傷疤忘了痛～我又開始單獨出門～有一天他守在瘋子家院門後～我剛走到門口被他一把拖進院門～又拖進屋裡～我使勁搖頭怕他又灌我什麼屎糞～沒想到他扒下我褲子雞姦了我～這是第一次～」

以後儘管他時時防備，卻總是防不勝防，被一次次襲擊，嚇得他要死。他說得有鼻子有眼，看得我要吐，要關電腦，又忍不住要看——

「那時我也不知道瘋子身上的字是有罪的～但我從你爹雞姦我這事上我懷疑那些字一定跟雞姦犯有關～我嘴不能說手不能寫～去說你爹的事哪說得清～而瘋子身上有字不止我一個人看到～是什麼字無人知～我便編出他是雞姦犯那些字～他是雞姦犯大家自然會想到你爹也是雞姦犯～村裡本來對他們就有這方面的傳聞～你爹以為我揭發不了他～沒想到我放了一個大招～這叫一箭雙鵰～一石兩鳥～」隨後是一串又笑又哭的表情符號。

外面在下雪，四周一片寒冷，我心裡卻冒著火，咬著牙，把父親讓我給他找人看病的事說一通，一邊臭罵他一頓。試想，如果他這些鬼話可信，父親怎麼會讓我給他找人治病？以他的德性，手治好了，保證要打父親，甚至還可能寫狀子告父親。這怎麼可能？父親老糊塗也不可能糊塗成個傻子，自取其辱。他媽的，我真是氣死了，父親都死了，死者為大，他還不放過，還要作踐他。父親也真是瞎了眼，到死都還在要我給他找大師，搞得我沒花力氣找心裡還好一陣內疚。

我不指望他良心發現，但至少要占領道德高地，用強大的證據戳穿他的謊言。沒有鐵的謊言，只有鐵的證據，證據面前，謊言就像他這人一樣，不過是個廢物！

想不到，他更加放肆，編出更加厚顏無恥的瞎話——

「首先我相信你說的～他私下也同我講過～要給我看病～其次他相信我不會報復他的～因為我們好著呢～我們是一對～他最後把病也傳染給了我～你想不到吧～你沒有經歷是無法理解這種事的～確實開始我非常恨他～但後來～事情在變的～當你完全被人拋棄～成了垃圾～豬狗不如～生不如死時～有一個人卻需要你～對你九十九個好～只有一個不好～你會怎麼樣～你會嚥下那個不好去享受那九十九個好～然後慢慢地你對那個不好也就習慣了～然後就成癮了～我就這樣被他培養成了他想要的人～說實話我一點不恨他～因為要沒他供我養我對我好～我早餓死凍死病死了～死一百回都夠了～我能活到今天全託你爹的福～他為了供養我把瘋子的家底都掏空了～包括他的寶貝疙瘩～一皮包用金子打的手術刀具～都被他偷了賣了～」

放屁！

放屁！

他媽的，就你這個樣子也配說金子？呸！我又不是沒見過你以前的鬼樣，一身臭，豬狗都不如，還有人供養你？鬼養你！我很清楚，父親是怕你死了變成惡鬼對我作惡才想對你討個好，給我討一個安耽。等你死了去問老保長吧，上校是不是雞姦犯？不是！上校不是哪來父親的是？混蛋，看看你在網上說的那些話，哪一句是真的？你整天鬼話連篇不就是想騙財騙色，現在又想來敲詐我是不？見鬼去吧！

我真有種衝動，想對他破口大罵。但我只是憤怒地關掉電腦，明智的選擇。

剛關上，又啟動，連上網，用狠狠一鍵把他從好友名單裡刪除，好像只有在這樣加強的程序和動作中才解氣，好像這樣是把他殺了，這樣才過癮。

殺死了嗎？我得承認，沒有。老實說，很難，像一個人要甩掉影子一樣難。父親擔心他死後變成鬼來對我作惡，其實他沒死就變成我的惡鬼了，老是偷雞摸狗潛入我心底，一口口咬著我，時時刻刻羞辱我，我想找一句報紙上的話來安慰自己都找不到：找到的都不稱心，好像都被蟲蛀過。

100

現在是北京時間二〇一四年十二月二日，深夜九點四十三分。這是上校去世的時間，他在沒有任何痛苦和恐懼中結束了最後一次心跳，身上蓋著一床藏青色的羊絨毛毯，身邊守著我和林阿姨。房間裡彌漫著豆油和蠟燭燃燒滯留的沉悶氣味，林阿姨一邊咳嗽一邊為老伴行使了最後一次作為醫生的職責，戴上耳掛，把聽診頭貼在他脖頸左側動脈處聽診。放下聽診器，她看看床頭鬧鐘，幽幽地對我說：

「九點四十三分，他走了。」

上校生於民國七年即一九一八年，差不多活了一個世紀，壽高到幾乎超出所有活人的想像和死者的等待：戰友、親人、朋友、敵人，有多少死者在地下等他！這些年我每次來看他們，林阿姨總對我說一句話：「他真能活啊。」眼看要往百歲大壽衝刺，四天前下樓時一腳踏空，一個跟頭摔下來，當場不省人事。阿姨是醫生，知道這次是要走了，給他擦好身子，備好壽衣，守在床前，等他氣絕。一線游絲一樣的氣息，居然又挺了四天。我正好在國內，第二天趕來為他送終，三天裡阿姨至少又對我說過十幾遍：「他真能活啊。」同時也說自己：「我總算熬過他了。」一種慶幸躍然臉上，像受盡恩賜。

我趕來想做些事，卻無所事事，所有善後事宜在我趕來前阿姨已全部做完，大到收拾所有遺物，小到給他剪指甲、修鼻毛。墓地在十年前就選好，在我老家後山墳地，在一向陽的山坡上，築好墓穴，刻好墓碑，包括阿姨自己的：她是上校妻子，理當葬在我們村。她為婆婆送葬的哭聲至今還盤在我家鄉上空，掛在老人們的嘴邊。所有老人都希望最後有這樣一個撼天動地的哭聲來紀念他們的死，和她葬在一起他們會感到榮耀的。

三天裡我只有一個任務，陪阿姨等上校閉上最後一口氣。我們沒想到這個時間會被一再拖延，正如上校來世時因胎位不正而大費周折一樣，他去世時同樣大大考驗了我們耐心。他大腦早已死亡，只有心跳和體溫，阿姨每隔一會兒去摸他額頭、捏他手，感受他靜脈血液的流動。第一天我和阿姨隔床而坐，幾乎沒說一句話，也許我們都覺得需要用一種肅穆的儀式送他上路。房間裡燃著一盞豆油長明燈、一對紅蠟燭，這也是將亡之人應享受的儀式。十二月的上海鄉間潮濕而陰冷，豆油和蠟燭燃燒散發的濁氣油味封閉在房間裡，令人窒息，卻窒息不了奄奄一息的上校。

晚上，我照例睡在上校玩具間，地鋪上。阿姨通宵握著他手和他相擁而寢，形同他只是發燒昏迷。第二天早上，我去看他們，阿姨已經坐在床前，拉著他手，見到我時第一句話說：「他脈搏似乎比昨天更有力了。」第二句是一句老話：「他真能活啊。」正是這兩句話像另一種儀式的啟動儀式，我們開始打開話匣。多年來的多次會面已經把我們掏空，我們說的其實都是一些老調重彈的事，直到次日下午的晚些時候，她才對我說一件新事，正好也碰及我一直難以啟齒的心事，那時，阿姨發現他脈搏明顯變得虛弱，以一種醫生的職業口吻通知我：「應該熬不過今夜。」也像醫生一樣淡然，既不表現痛苦也不感到恐懼。她想起身，卻被椅子黏住似的，朝我伸出手。我攙她起身，感覺到她手冰涼又輕薄，彷彿真是一隻冰手，已被上校最後的體溫銷蝕得只剩下骨頭。她領我去了上校玩具間：我曾在這兒多次過夜，從沒有像現在這樣空敞整潔，所有玩具和畫畫用品已作為上校遺物收拾得一樣不剩，打成包，放在樓下客廳，等待和上校一起去火葬場；唯獨畫畫的案台原樣不動，鋪的桌布都還在，上面還放著一把起子和榔頭。

阿姨進屋，不假思索地走到案台前，叫我拿起起子和榔頭，然後親自扯下桌布，讓我撬開面板。案台是一扇舊門改的，上面壓著一塊裝飾打底的五釐板，由幾顆釘子釘著，時間久了板子已經很脆，我用起子輕輕一撬便鬆開。我取掉面板，看到門板上平躺著一只熟悉的黑色皮包——我一眼認出這是上校的皮包，以前上校經常夾著或拎著它出門。

阿姨示意我打開。

我像對付一只炸藥包一樣小心翼翼拉開拉鍊，打開，眼前頓時躍出一片閃閃金光……我終於看到傳說中的東西：金子打製的醫用手術刀具，大到剪子，小到縫針，大大小小，十好幾來件，樣樣簇新，光芒閃爍，彷彿幾十年的封存和黑暗把它們擦得更鋥亮，憋得光芒要一口氣噴薄四濺，刺得我當場流淚。

阿姨告訴我，這套東西救過很多人的命，也見證過不少人的死。

「但死在它們手上的人不會有怨恨的。」阿姨拿起一把柳葉刀，輕撫一會，抬起頭對我說，「我老頭子救不了的人一定是誰也救不了的。」

正因此，阿姨相信這些金器比金子還要值錢。她把刀子放回包裡，合上，拉好拉鍊，交到我手裡，然後撫著我的手背說：「你留著吧，它們會給你帶來吉祥的。」我想推辭，她又搶先說：「難得你這麼多年一直惦記著我和老頭子，沒有人比你更有資格得到它。我把它交給你，也把我們的後事託付給你。」說著朝她房間努努嘴，「他過不了今夜，我想我也活不了太久了，你就答應我吧，留著它，把你叔叔和我的後事辦好。」

我沒有理由拒絕，只有安慰她，保證一定會把上校和她的後事都辦好。我說：「如果你覺得需要，等我們辦完叔叔的後事，我可以把你接去村裡住，那樣你可以經常去看他，現在山上修了路，可以開車上去了。」

她毫不遲疑，爽快答應：「好的，那就麻煩你了。」

隨後我們回到上校床前，阿姨預感他所剩時間不多，一直握著他手。五個多小時後，她鬆開手，戴上耳掛，顫顫地為老伴做最後一次聽診，罷了通知我上校的死訊和死亡時間。在她示意下，我配合她一層層揭掉蓋在上校身上的棉被和毛毯，然後她獨自忙起來，吩咐我下樓去打水，準備為上校潔身，換壽衣。我從樓下拎來一桶溫水，眼看著上校的睡衣已被阿姨脫下來，馬上要脫褲子。我相信此刻她和上校一定不希望我待在身邊，所以默然離去。

「你別走。」

我聽到阿姨在背後對我說，回頭看見上校的褲子已捏在她手裡，上校從頭到腳是一片暈人的白光。我下意識地閉上眼睛，卻聽到阿姨對我說：

「睜開眼，老頭子希望你來看看。」

我睜開眼，看到阿姨蒼涼地坐在床沿上，左手撐著身子，右手放在上校小腹上部，低著頭，目光凝滯地盯著右手四周，輕輕又堅定地說：「你來看，這是我三年前花了幾個月時間給他弄的。」

我愣著。她努了下嘴，又說：「現在紋身技術簡易了，村裡都開了鋪子，我學會了。」

我準備上前，彷彿已隱約看到她手下按著一排墨綠色大字。但上前後我震驚了，我幾乎一時有些暈眩，懷疑出現了幻覺。我沒看到一個字，我看到的是一幅畫，一棵樹，褐色的樹幹粗壯，傘形的樹冠墨綠得發黑，垂掛著四盞紅燈籠。為了送上校踏上歸途，房間裡所有燈火都亮著，頂燈、檯燈、油燈、蠟燭，包括我心中的記憶之燈，無不通明，以致把上校小腹上的四盞燈籠也照亮了，幫助我可以清晰地看見和想見這幅畫的前世今生。毫無疑義，粗壯的褐色樹幹是紅色箭頭的演變，墨綠傘形的樹冠巧妙地把可能有的一排字覆蓋，而從樹冠鑽出的兩根綠藤，掛落，是為了串起四盞紅燈籠，燈籠裡隱隱含著藍色火焰——這是要把女漢奸名字燒死的意思，而且絕對燒死了，斷胳膊缺腿的，火光沖天的，誰也無法讓它們恢復真身。

我癡癡地看著，欣賞著，感動著，淚水流下來。

阿姨在一旁靜靜地對我說道：「我不能寫上他要的字，我只能這樣。我想這也一定是他要的。你看這兒，這兒，」她指著樹冠兩處，那兒顯明有隆起的疤塊，顏色發暗，「他曾試圖想把它們摳掉，但沒成功。給自己剃頭總是很難的，人也總是想不周全，會有僥倖心理。早知這字會給他惹這麼大禍，別說剃頭，即使割頭我想他也下得了手。現在好了，」她握住上校的手，深情地呼喚著，「老頭子，我替你成全了，你就安心走吧，下輩子你就放放心心娶我。」

說著，她毅然決然地開始為遺體擦洗身子，擦完身子穿壽衣，最後蓋上一塊白布，從頭蓋到腳，從頭到腳用顫抖的手熨一遍，一邊噙著淚花對我說：

「死人最怕髒，白布最乾淨。」

白布嶄新，一塵不染，在電燈和油燈、燭光的交相輝映下，透出一種暖色的柔光，彷彿上校的體溫尚存。她一遍遍默默又細緻地用雙手熨著白布，其實是在撫摸上校遺體，是一副捨不得。我注意到她淚水滴下來，滴在白布上，一滴一個印。

她默默啜泣的樣子使我忍不住哭起來。她像被我的哭泣驚醒似的，抬起頭看我，示意我過去。我走到她面前，她替我拭去眼淚，一邊對我說：「你去睡吧。」她緊緊握著我的手，似乎捨不得我離開，卻堅決命令我走，「去吧，你留著淚。能為他哭喪的人不多，就咱倆，今晚交給我，你明早來接我。」

我在一片恍惚中離去，回到地鋪上坐著。我沒有關門，是不準備睡的，我想也是睡不著的。按照風俗，守靈的人必須以哭服喪，靈屋必須開著門，讓死者可以隨時接受陰陽兩界的親朋好友來弔慰。也許是太疲倦了，也許是她暫時並不想讓外人打擾，只想一個人和老伴相守，她的哭聲並不響亮，一直是嚶嚶的，只夠在樓上聽見，樓梯都下不去。我做好準備，聽她嚶嚶地哭一夜。但疲勞折磨著我，後來我睡著了一會兒，醒來是四點多鐘，發現嚶嚶聲消失了。我想她可能是累倒了。

我在猶豫要不要過去看她，不知怎麼的目光落到上校的皮包上，它就在我枕頭邊。黎明前天是最黑的，燈是最亮的，照得皮包生出一層輝，黑得要燃起來一樣。我不由自主地將它拿在手上，腦海裡頓時浮現出刺眼的金光：下午它刺得我流淚，其實不是因為光芒強烈刺激的，而是激動。我激動不是因為它是金子，值錢；也不是因為受人重託，感動；而是想到小瞎子說的，父親把上校這寶貝家底偷去賣了錢，花在了他身上。我一直苦於找不到證據反駁他，這個混蛋！現在證據就在眼前，在我手上：它確實是吉祥的，靈丹一樣的，一下驅散了蛀噬我多年的心病。我輕輕撫摸著包，心底暖洋洋的，感到有一隻溫軟之手在撫慰我，也許正是上校在天之靈的手吧。

隔壁始終沒有動靜，阿姨一定是累倒了，睡著了。我想讓她多睡一會兒，一直等到八點鐘才過去看他們。阿姨確實睡在床上，但樣子有些異常，換過衣服：是一套嶄新的黑色西服，和上校穿的壽衣一模一樣；床頭櫃上，端端正正放著一頁信箋，上面壓著一對黃金婚戒；床頭櫃前，立著原先置於牆角的移動輸液架，架上吊著一只最小的藥瓶。藥瓶滴出的一般總是治病救人的藥水，但這回卻是奪人命的。

一切都是蓄謀已久的，作為一個前麻醉師，阿姨以最專業的方式結束了自己，追隨愛人而去。她不能選擇和上校同時生，卻可以選擇同時死。她選擇和上校同時死，是為了來生與他同時生嗎？

阿姨，我知道，你選擇和叔叔同死同生，是為了來生和他相愛一生。叔叔、阿姨，你們一路走好！我放聲大哭，準備把喉嚨哭啞為止，像三十八年前妻子死在我懷裡時一樣。只是我已經六十二歲了，我擔心我哭不了多久喉嚨就啞了。報紙上說，沒有完美的人生，不完美才是人生。我哭著，想著，不知道我的哭聲能傳到多遠，能喚來多少陰陽兩界的靈和人為他們送行？

二〇一八年八月完成初稿
二〇一九年三月二日定稿

INK PUBLISHING 印刻文學 594

人生海海

作　　者	麥　家
總 編 輯	初安民
責任編輯	施淑清
美術編輯	黃昶憲
校　　對	呂佳真　宋敏菁
發 行 人	張書銘
出　　版	INK 印刻文學生活雜誌出版股份有限公司 新北市中和區建一路249號8樓 電話：02-22281626 傳真：02-22281598 e-mail：ink.book@msa.hinet.net
網　　址	舒讀網http://www.sudu.cc
法律顧問	巨鼎博達法律事務所 施竣中律師
總 經 銷	成陽出版股份有限公司
電　　話	03-3589000（代表號）
傳　　真	03-3556521
郵政劃撥	19785090　印刻文學生活雜誌出版股份有限公司
印　　刷	海王印刷事業股份有限公司
港澳總經銷	泛華發行代理有限公司
地　　址	香港新界將軍澳工業邨駿昌街7號2樓
電　　話	852-27982220
傳　　真	852-31813973
網　　址	www.gccd.com.hk
出版日期	2019年 7 月　　初版
ISBN	978-986-387-294-8

定　價 360 元

國家圖書館出版品預行編目資料

人生海海／麥家 著.
--初版．–新北市中和區：INK印刻文學，
2019. 07 面； 17 × 23公分. --（文學叢書；594）
ISBN 978-986-387-294-8　　（平裝）

857.7　　108007603